MAIN

AGUACERO

AGUACERO

Luis Roso

GRUPO ZETA

Barcelona • Madrid • Bogotá • Buenos Aires • Caracas • México D.F. • Miami • Montevideo • Santiago de Chile

1.ª edición: junio, 2016

© Luis Roso, 2016
© Ediciones B, S. A., 2016
    Consell de Cent, 425-427 - 08009 Barcelona (España)
    www.edicionesb.com

Esta edición c/o SalmaiaLit, Agencia Literaria

Printed in Spain
ISBN: 978-84-666-5921-5
DL B 8801-2016

Impreso por Unigraf S.L.
Avda. Cámara de la Industria n.º 38,
Pol. Ind. Arroyomolinos n.º 1
28938 - Móstoles, Madrid

A mi familia, en especial a nuestro abuelo Julián, al que tanto debemos. Y también, por supuesto, a Amanda, que no se ha separado de mí desde Bournemouth.

El agua no tiene memoria: por eso es tan limpia.

RAMÓN GÓMEZ DE LA SERNA

1

Recuerdo que la mañana del diecisiete de enero de aquel año de 1955 me desperté junto a la marquesita en su apartamento de la calle San Bernardo, y que me levanté, como de costumbre, muy temprano, a eso de las seis, para salir del edificio antes de que se levantaran los vecinos.

—Te tienes que ir ya. —Celia apareció cubierta con un albornoz granate que dejaba vislumbrar el sensual contorno de su cuerpo, y se estribó en el marco de la puerta de aquel salón repleto de muebles de nogal y cerámicas de colores.

—¿Es una orden? —pregunté, al tiempo que daba una calada del cigarrillo con cuidado de no dejar residuos de ceniza sobre el sofá.

—Es un consejo, por el aprecio que te tengo —respondió—. O una advertencia considerada.

—O una amenaza —añadí, poniéndome en pie y apurando el cigarro antes de tirar la colilla por la puerta entreabierta del balcón.

—Cada día te tomas más confianzas.

—Cada día me trae todo más al fresco, mejor dicho.

—¿También yo te traigo al fresco?

—También tú, sí. A ratos.

Me abroché los tirantes y me alisé la camisa, en el exterior de cuyo bolsillo izquierdo colgaba una insignia con el yugo y las flechas, reliquia de mi breve paso por el Frente de Juventudes. La conservaba ya que me servía para mantener vivas viejas amistades y como llave para acceder a ciertos ambientes que de otro modo me estarían vedados, y en los que me convenía entrar ocasionalmente por motivos profesionales. Eso sí, cuando las circunstancias lo exigían, no tenía reparos en guardar la insignia en el interior del bolsillo y conjurar contra mis antiguos camaradas del Movimiento. Por aquel entonces, en España primaba la supervivencia del más ecléctico. Lo suyo era saber adaptarse según vinieran dadas, no mostrar nunca tus cartas o tus ideas antes de tiempo, o acaso no mostrarlas nunca. Ser una cosa o su contraria según quien te convidara al café.

—No sé cómo te sigo aguantando —murmuró ella, mientras yo me enfundaba en el abrigo.

—Me aguantas porque no te queda otra, porque necesitas que alguien te dé lo que el señorito no te da —repuse yo, ajustándome el sombrero.

El señorito era un conocido aristócrata sesentón, compañero de montería de empresarios y ministros, quien, a cambio de un par de encuentros furtivos al mes y fidelidad absoluta, pagaba gustosamente los caprichos y el alquiler del apartamento de la marquesita.

—Al menos el señorito, como tú le dices, no es un impertinente ni un maleducado.

—No, eso no. A él educación no le ha faltado nunca, que para eso le pagaron sus estudios. Pero le falta otra cosa que tú sabes, al señor marqués del Rabocorto.

Celia sonrió maliciosa y caminó descalza sobre el parqué del salón hasta mi lado. Me besó en la mejilla y yo le palmeé las nalgas.

—¿Hasta cuándo? —me preguntó.

—Hasta cuando tú me digas —respondí, dirigiéndome a la salida—. O hasta que el señorito nos deje.

Mi relación con Celia estaba indefectiblemente condenada al fracaso. Ambos lo sabíamos. Ella era una pueblerina con pretensiones empeñada en alcanzar los escalones más altos de la sociedad, aunque fuera trepando por la barandilla. Yo, en cambio, no tenía más ambición que subsistir con relativo desahogo hasta el fin de mis días. Era un funcionario enquistado forzosamente, por falta de medios y padrinos, en mi puesto de trabajo: inspector de primera de la Brigada de Investigación Criminal del Cuerpo General de Policía. Yo ya había tocado mi techo, ella aún buscaba el suyo. En nuestra despedida definitiva ninguno de los dos derramaría una sola lágrima, estaba convencido de ello.

—Cuídate —me dijo, y yo le guiñé un ojo desde el rellano.

En el portal del edificio, el portero leía el *Marca* apoltronado en su silla. Tenía alrededor de cuarenta años, rostro achinado y bigote de morsa. Al escuchar que me arrimaba a la garita extendió por la ventanilla una mano sobre la que, como por arte de magia, aterrizaron cinco duros.

—Cuídese, inspector —me saludó, exhibiendo una sonrisa socarrona.

—Con lo que te pago —dije—, bien podrías dignarte a abrirme la puerta.

—Solo a los inquilinos, ya lo sabe usted.

—Cualquier día de estos te mando enchironar.

—¿Por no abrirle la puerta? Estaríamos buenos. Además, no se piense usted que me paga tanto, para como se está poniendo la vida. Estoy seguro de que si le fuera al marqués con el cuento de lo suyo y la señorita, como muestra de gratitud el viejo me pagaría más de lo que me fuera a pagar usted en un año.

—Anda, dime, ¿cómo quedó el Madrid?

—No lo sé. Este es el periódico del domingo. ¿La señorita Celia no le dejó escuchar ayer el *Carrusel*?

—No tuvimos tiempo de encender la radio.

—Estarían ustedes ocupados, me supongo.

—Más ocupados que tú, seguro, que no haces más que tocarte las narices todo el santo día.

—Y toda la santa noche, no se le olvide.

—Así va el país. No hay más que holgazanes por todas partes.

—El país avanza, lento pero firme, ¿no lee usted los diarios? Dentro de nada tendremos científicos desarrollando nuestra propia bomba nuclear. Si no, al tiempo.

—A ver si tienes razón, y con suerte estalla antes de hora y nos manda a todos al carajo, que bien lo merecemos.

—Se ha levantado hoy con el pie izquierdo, por lo que veo.

—Yo me levanto con el pie que me da la gana. Ale, hasta luego.

Ya en la calle, desprovista todavía de viandantes, me cubrí las manos con unos gruesos mitones de lana y me abroché el cuello del abrigo hasta la nariz para protegerme del frío. Aunque apenas circulaban automóviles por la calzada, un Seat 1400 color verde botella y un Biscúter gris metalizado se las habían arreglado para colisionar calle arriba, en la entrada a la Glorieta de Quevedo, y sus conductores se hallaban enzarzados en una acalorada disputa sobre quién llevaba la preferencia en el momento del golpe. Por la acera opuesta un guardia urbano con rostro somnoliento caminaba pesadamente hasta el lugar del siniestro.

Dejando a mi espalda los gritos de los airados automovilistas, a los que enseguida se unieron los del urbano, doblé a mi izquierda y recorrí una estrecha bocacalle para desembocar en Fuencarral. Al comienzo de Fuencarral, cercano a la Gran Vía, estaba mi apartamento, un entresuelo de unos ochenta metros cuadrados que había sido propiedad de una tía materna mía y que yo había heredado tras su muerte unos años atrás.

Don Celestino, el portero, un anciano arrugado y jorobado, padre de seis hijos y abuelo de ocho, me abrió la puerta del edificio y, con algo de sorna —un portero sin sorna es una quimera, un contrasentido— me preguntó por los tres días en que no había pasado por casa.

—Misión oficial —respondí.

—¿Rubia o morena? —preguntó el anciano, a la vez que reía mostrando su boca desdentada—. La misión, digo.

—Un término medio. Rubia tirando a castaña. ¿Qué tal su señora, por cierto? ¿Se ha recuperado ya del colapso?

—Qué va. Ahí está, en la cama metida. Ni siente ni padece. Y así se va a quedar ya para los restos, según parece.

—Vaya, hombre. No sabe cuánto lo siento.

—Cosas de la vida.

—Y usted, ¿qué tal anda de los pulmones?

—Me estoy tomando un potingue que me ha mandado un curandero que dicen que es medio santo. Si me va la mitad de bien de lo que asegura, igual tiro otros diez años más.

—¿Y si no va bien?

—Pues mejor. Suplicio que me ahorro.

—¿Ha llegado algo para mí?

—La semana pasada le vino el recibo del agua. Ahora se lo saco.

—Estamos a lunes... Déjelo reposar por lo menos hasta el miércoles. Y póngalo en la ventana, a ver si merma con el fresco, que el último me sentó como una puñalada.

—Dígamelo a mí, que cada mañana me bajo a la fuente con la garrafa para ahorrarme dos perras y aun así no hay mes que no me salga a perder.

Una vez en mi apartamento, me desvestí y me rasuré a navaja los restos del fin de semana con Celia. Hacía tiempo que quería comprarme una maquinilla eléctrica, pero aún no había ahorrado lo suficiente. Luego me duché, me puse ropa limpia, y me colgué la pistolera bajo el brazo. De vuelta en el vestíbulo, don Celestino me despidió con una reverencia algo exagerada acompañada de una fórmula que, a fuerza de repetírmela casi a diario, yo había llegado poco menos que a adoptar como lema personal:

—No deje que lo acobarden los granujas, don Ernesto.

Respondí con un asentimiento de cabeza y salí de nuevo a la calle. Llegué a la Gran Vía, por entonces avenida de José Antonio, y subí por ella un pequeño trecho hasta virar a mi derecha para internarme en la célebre calle de la Ballesta. En el portal de uno de los prostíbulos, tres mujeres de edad madura envueltas en gruesos abrigos de plumas reían al compartir anécdotas de lo que debía haber sido una agotadora jornada de trabajo. En otro portal conversaban, cigarrillo en mano y con el rostro aliviado, un afamado pero todavía emergente escritor de origen gallego y un coronel del Ejército del Aire de uniforme completo, a los que saludé llevándome la mano al sombrero.

El local al que me dirigía estaba situado en un sótano

de un callejón cercano. Carecía de escaparate o letrero que lo anunciara, por lo que solía pasar inadvertido al común de los transeúntes. Era un tugurio regentado por un tal don José Fernández Castro, Pepe Castro para los amigos, asturiano de ascendencia y veterano de la Guerra de Marruecos. Bar Fortuna se llamaba el antro.

Ya a tan temprana hora una docena y media de clientes ocupaba el interior. A pesar de su edad, su corpulencia y su cojera adquirida durante su paso por África, el orondo tabernero se desenvolvía tras la barra con la gracilidad de una bailarina o un artista circense, preparando y sirviendo desayunos a mayor velocidad de la que estos podían ser consumidos.

—Un café y dos porras —grité, acomodándome en un taburete.

—Marchando.

En una radio colocada sobre una repisa en uno de los ángulos del bar sonaban los acordes finales del informativo.

—¿Cómo quedó ayer el Madrid? —lancé al aire la pregunta.

—Tres a cero con el Hércules —me respondió un parroquiano bajito y orejón sentado a mi lado.

—Dos de Di Stéfano —intervino Pepe Castro, sirviéndome la achicoria y las porras—. Ese hombre es un fuera de serie.

—Ca, no sea usted primo, a ese dentro de diez años no lo recuerdan ni en su casa —profetizó el parroquiano.

—Jugaban en Chamartín, ¿no? —pregunté.

—En el Santiago Bernabéu —me corrigió Pepe Castro—. La semana pasada le cambiaron el nombre al estadio.

—Di Stéfano no le llega a Kubala a la suela de los zapatos —afirmó el parroquiano.

—¿Este no será culé, Pepe? —pregunté, señalando al tipo—. Porque lo saco del bar a patadas.

—Peor todavía, es del Atlético —respondió Pepe Castro.

—Y a mucha honra —replicó el parroquiano—. No llevo blanca ni la ropa interior, con eso se lo digo todo.

—Eso es porque sois unos cagones —dije.

—No sea usted basto, inspector, que todavía es muy de mañana —me recriminó Pepe Castro.

—¿Es usted policía? —preguntó el colchonero.

—¿A usted qué le importa? —respondí—. ¿No será usted delincuente?

—No, era por mandarlo a usted a paseo, pero siendo usted policía mejor tengamos la fiesta en paz.

—Mejor será. ¿Cómo quedó ayer su Atleti, ya que estamos?

—Empató a uno con el Atlético de Bilbao.

—A Quincoces sí que le quedan dos telediarios en el banquillo del Metropolitano.

—En eso igual lleva razón.

A la conversación se añadieron enseguida varios de los presentes, todos del Madrid menos uno que era del Betis y por supuesto Pepe Castro, forofo del Real Oviedo. Mientras, en la radio sonaba de fondo la melodía de una habanera. Ni qué decir tiene que, a falta de otras materias sobre las que poder platicar —la política era un trapo que se lavaba en casa—, el fútbol era el tema estrella en los bares. Para muchos constituía, junto con las curvas de Sofía Loren, la única válvula de escape a la gris monotonía de la época.

—Hasta la próxima —me despedí, acabado mi desayuno.

—Aguarde, inspector, tengo que hablar con usted

—gritó Pepe Castro, por encima del murmullo de la tertulia futbolística, aún candente.

Nos retiramos a un extremo de la barra.

—¿Qué ocurre? —pregunté, en voz baja.

—Mañana tenemos guateque en la finca —dijo.

Pepe Castro, además de servir de enlace entre miembros de diversos partidos y organizaciones políticas de la oposición, era, desde hacía años, un fiel y acreditado confidente de la Policía. Entre los servicios que, por un precio nada módico, procuraba a estos partidos y organizaciones, estaba la cesión de su local para la celebración de lo que él denominaba «guateques», reuniones clandestinas de cuyos asistentes y contenidos mantenía puntualmente informadas a las autoridades a cambio de que nosotros le permitiéramos continuar lucrándose con esta práctica.

—Daré el aviso para que tengan limpia la costa —indiqué—. Y por cierto, esta semana o la que viene creo que van a entrar a saco y a llevarse por delante a unos cuantos de tus socios, concretamente los que paran por el Parque del Oeste. Están afilando las bayonetas. Te lo digo para que te andes con ojo y no te dejes pringar. Hay muchos en Jefatura que te tienen ganas, ya lo sabes.

—Yo sé lo que me hago.

—Llevas mucho tiempo con el cántaro a la espalda, y más tarde o más temprano se tiene que romper.

—¿El qué? ¿El cántaro o mi espalda?

—Las dos cosas.

—Pierda cuidado, inspector. Soy de piel dura, como los lagartos. Salude al comisario de mi parte.

De las labores de represión política del régimen se ocupaba la Brigada Político-Social, la Policía Secreta —los perros de presa del superespía y superagente Conesa—, y, por tanto, estas quedaban fuera de las atribuciones de mi brigada, la Brigada de Investigación Criminal, destinada únicamente a la resolución de delitos comunes. A pesar de ello, o precisamente por ello, mejor dicho, los integrantes de mi brigada a menudo se encargaban de ejercer de vínculo entre los confidentes de delitos políticos y los agentes de la Social; por decirlo de alguna manera, muchos confidentes no se sentían cómodos en presencia de los miembros de esta última. Un sentimiento comprensible, por otro lado, ya que su negra fama estaba más que justificada.

Al salir del bar me encontré el cielo cubierto de nubes de color pardusco que auguraban un tiempo desapacible. Encendí un cigarrillo y caminé deprisa el trecho que me separaba de la Puerta del Sol, donde decenas de transeúntes ataviados con ropa oscura recorrían ya la plaza como hormiguitas perezosas de camino al trabajo. Algunos, los menos, miraban de reojo al reloj del edificio de Correos, sede del Ministerio de Gobernación y la Dirección General de Seguridad, así como del Cuerpo General de Policía, que en ese momento marcaba las ocho menos cuarto.

El ambiente en el interior del infausto edificio era el habitual antes de la hora de apertura. Los corredores estaban ocupados por ciudadanos que aguardaban para realizar trámites administrativos y por familiares de los detenidos que, en mejores o peores condiciones, iban a ser liberados a lo largo de la mañana. En la sala de inspectores dominaba todavía el silencio, aunque este pronto dejaría paso al vocerío de agentes, testigos, denunciantes y denunciados, y al irritante tecleo de decenas de máquinas de escribir aporreadas al tiempo. En hora punta, el ambiente en aquella sala no distaba mucho del que uno pudiera encontrarse en el Rastro un domingo por la mañana.

—El comisario quiere hablar contigo, Ernesto —anunció una voz a mi espalda.

Me volví y mis ojos se cruzaron con los de Mamen, la secretaria personal del comisario, una encantadora muchacha de no más de veinte años que, según decían las malas lenguas, había accedido a su puesto por intermediación de cierto familiar suyo bien posicionado en el ministerio. Fuera esto verdad o no, ella por sí misma había sabido ganarse el respeto de todos con su eficiencia y su responsabilidad, cosa que no podía decirse de otros muchos en Jefatura.

—¿Te ha dicho para qué? —pregunté, convencido de que se trataría, como siempre, de alguna cuestión relativa a la documentación del día anterior, tal vez un informe traspapelado o una discrepancia de fechas.

—No, no me ha dicho nada —respondió Mamen—, pero lo he notado bastante nervioso. Yo que tú no le haría esperar.

—El comisario siempre está nervioso —repuse—. A estas alturas ya deberías saberlo.

—Lo sé mejor que nadie, y por eso también sé que hoy está más nervioso de lo normal. Tú verás lo que haces.

—Sí, yo veré.

—Tienes mala cara, por cierto. ¿Has dormido mal?

—Me ha despertado el gallo antes de hora.

—¿El gallo o la gallina?

—Me he desvelado pensando en ti... ¿Para cuándo me dedicas una tarde?

—Primero tendrás que dejar a la pelandusca esa, ¿cómo se llamaba...?

—¿Con la que me viste el otro día?

—Sí, esa. ¿Celia me dijiste que era?

—Lo mío con ella fue flor de un día.

—Ya, muchas flores en ese jardín, me parece a mí.

—¿Esta tarde, por ejemplo, tienes algún plan?

—Sí. He quedado con mi madre para ir a probarme el vestido.

—¿La boda no era para septiembre? Quedan todavía ocho meses.

—Para septiembre, sí, pero el tiempo corre, y estas cosas mejor cuanto antes.

—¿Cuándo me lo vas a presentar a él?

—En octubre, o noviembre, o a lo mejor ya para la Navidad.

—¿Tienes miedo de lo que le pueda decir de ti?

—¿Tú, de mí? Quita, lo que tengo miedo es a lo que te pueda decir él a ti. O lo que te pueda hacer, como te vea mirarme como me miras siempre.

—Te miro con cariño, y con respeto.

—Ya. Eso te lo guardas para él. Acaban de promoverlo a alférez, ¿te lo había dicho?

—Pensé que era pastelero, ¿en qué quedamos?

—Pastelero, dice... Tira, que todavía te la ganas esta mañana.

A regañadientes, me levanté de mi asiento, subí las escaleras y llegué frente al despacho del comisario. Llamé a la puerta y aguardé pacientemente a que un grito procedente del interior me ordenara pasar.

—Adelante.

—Con su permiso —dije.

—Siéntese, Trevejo.

El comisario Gabriel Rejas era un hombre de unos sesenta años, frente despoblada y panza dilatada. Aunque carecía de la más mínima dote de liderazgo, sus subordinados y superiores lo respetaban por su carácter recio y su pragmatismo para resolver situaciones difíciles. La decoración de su despacho reflejaba en buena medida su personalidad: todo el mobiliario se reducía a un escritorio de roble, un perchero, una estantería con volúmenes de legislación, una foto suya con el caudillo, un teléfono negro, un asta con la bandera nacional y un par de sillas. El único acceso o exceso en materia ornamental de la estancia era un Cristo de aproximadamente medio metro tallado en madera negra sobre una cruz de pan de oro que colgaba de la pared a su espalda. La mirada del Cristo estaba oportunamente dirigida hacia el frente, de tal modo que el visitante podía sentirla clavada como una espina durante el tiempo que permaneciera en el despacho, lo que, unido al aspecto monacal del comisario, generaba en el neófito la sensación de haberse adentrado en un recinto sagrado, una suerte de capilla donde un oficiante se disponía a iniciar su ritual de culto detrás de su altar de roble. Por este y otros motivos más diáfanos había quienes se santiguaban antes de entrar por aquella puerta.

—Usted dirá —dije, sentándome.

El comisario aguardó unos segundos antes de interrumpir la lectura del puñado de papeles que sostenía entre sus manos.

—Verá, inspector —dijo, al cabo—, esta mañana a primera hora he recibido una llamada de alguien muy importante, alguien cuyo nombre y cargo no son de su interés, pero al cual tanto usted como yo debemos ciega obediencia...

Mucho más que la identidad de ese «alguien» o el enigmático significado de la afirmación «al cual tanto usted como yo debemos ciega obediencia», lo que verdaderamente me llamó la atención fue lo de «esta mañana a primera hora». Dado que aún no habían tocado las ocho, momento a partir del cual se realizaban todas las comunicaciones oficiales desde los distintos organismos del Estado, esto quería decir que el comisario había recibido o bien una llamada de carácter urgente o bien una llamada de carácter extraoficial. En cualquiera de los dos casos, mi presencia allí tras dicha llamada no presagiaba nada bueno.

—Esta persona —continuó el comisario— me ha encargado de que me ocupe de un asunto sumamente delicado y que ha de ser resuelto con la mayor reserva. —Su tono de voz, mucho más contenido y sereno que de costumbre, transmitía al mismo tiempo una honda preocupación.

—Usted dirá —repetí, comprendiendo ya que ese encargo, cualquiera que fuese, iba a pasar enseguida de sus manos a las mías, y que por tanto iba a ser mi cabeza la primera que rodase si algo salía mal.

Antes de exponer el asunto, el comisario abrió un cajón de su escritorio y extrajo una cajetilla de Chesterfield. Tomó un cigarrillo con los labios y me ofreció el paquete. Era la primera vez que el comisario me ofrecía tabaco, por lo que supe que se trataba de una cuestión seria. Agarré dos cigarrillos: uno me lo guardé en el bolsillo y me coloqué el otro en la boca. El comisario encendió el suyo y el mío con su encendedor de plata. Tales alardes como el tabaco de importación y el mechero de lujo no se correspondían con el sueldo asociado a su cargo institucional, el cual, sin ser del todo miserable, no debía ser gran cosa en realidad. Estos eran reflejos o más bien resquicios del trasnochado esplendor y riqueza de su familia, en su día terratenientes adinerados que hubieron de emigrar del campo a la ciudad con el advenimiento de la República.

—Supongo que recuerda usted el caso de los dos guardiaciviles muertos el mes pasado en la sierra madrileña, ¿verdad? —preguntó, exhalando humo por la nariz mientras hablaba.

—Sí, lo recuerdo.

El caso había ocupado en su momento las portadas de todos los diarios nacionales. En la madrugada del cinco de diciembre del año anterior, los cuerpos de los guardiaciviles Víctor Chaparro Lorenzo, de cuarenta y seis años, sin graduación, y de Ramón Belagua Silva, de cincuenta y uno, sargento, ambos consignados en la casa cuartel de Las Angustias, un pequeño pueblo de montaña situado al noroeste de la provincia de Madrid, habían sido hallados sin vida y con signos de tortura en una zona boscosa y de difícil acceso cercana a la localidad. Tras varios días de seguimiento en los que apenas se produjeron avances en la investigación, los medios cesaron repentinamente —y posiblemente por mandato ministerial— de publicar información sobre el asunto, lo que provocó su caída en el olvido a ojos de la opinión pública.

—El caso fue cerrado un par de semanas después de la fecha en que tuvo lugar el crimen —explicó el comisario—. La Guardia Civil detuvo poco después a un vecino de la comarca, un hombre al parecer con un amplio historial de condenas políticas en la mochila, el cual, tras su arresto, no tardó en confesar su autoría... Hasta ahí todo correcto. Se había tratado de un suceso terrible, figúrese, un rojo enajenado destripando guardiaciviles en mitad del bosque, pero un suceso que por suerte había podido liquidarse sin mayores consecuencias... Sin consecuencias más allá de la muerte de las dos víctimas, quiero decir, por supuesto.

—O eso se pensaba —dije.

—¿Perdón?

—Digo que el suceso no estaba del todo liquidado.

—¿Cómo lo sabe?

—Porque si lo estuviera no estaríamos tratándolo ahora mismo...

—Ya, sí, bueno. A veces es usted un tanto imbécil, Trevejo. ¿Se lo había dicho alguna vez?

—Sí, más de una, creo.

—Bien, le decía que el asunto se creía liquidado, pero, como usted ha dicho, no lo estaba en absoluto. En la madrugada del dos de este mes de enero tuvo lugar un incidente que obligó a reabrir la investigación: nada más y nada menos que la aparición de otros dos cuerpos, el del alcalde del municipio en cuestión y el de la esposa de este. Ambos habían sido tiroteados en una finca de su propiedad en las afueras del pueblo con una de las armas que previamente habían sido sustraídas a los dos guardiaciviles asesinados, de las cuales no se había logrado hallar ninguna hasta el momento, a pesar de todas las presiones ejercidas sobre el sospechoso.

—¿Tiroteados, dice?

—Más bien ejecutados. Los hicieron arrodillarse en el suelo antes de darles el pasaporte por la espalda.

—Pudo ser un cómplice del primer detenido, ¿no cree? Otro «rojo enajenado», como usted ha dicho antes.

—Esa fue la primera posibilidad que se planteó, pero el juez encargado del caso y la Guardia Civil ya la han descartado, y apuntan en cambio a una segunda hipótesis...

—Que el detenido, pese a su confesión, sea inocente —dije—. Que alguien se haya pasado de listo y haya metido la pata hasta el corvejón, y que el verdadero culpable ande todavía por ahí suelto, dispuesto a llevarse por delante a cualquier otro a la mínima oportunidad.

—Las pilla usted al vuelo, Trevejo.

El comisario dio una larga calada a su Chester. No era complicado imaginar por qué medios habría sido arrancada la confesión al sospechoso y la veracidad que a esta debía suponérsele. Por mi experiencia personal sabía que los procedimientos de interrogación del Instituto Armado no eran, en ese sentido, muy distintos a los empleados por los nuestros en los mismos sótanos de aquel edificio.

—Discúlpeme, señor comisario, pero lo que no alcanzo a entender es qué tiene que ver todo esto conmigo. Con nosotros, mejor dicho, con la Policía. Los crímenes han ocurrido fuera de la capital y, por tanto, quedan fuera de nuestra jurisdicción.

El comisario, un maestro del efectismo, se entretuvo lanzando la ceniza del cigarro en su cenicero, también de plata, para luego responder:

—Tiene razón, es un asunto que en principio ni nos va ni nos viene. Sin embargo, para la persona de la que le he hablado antes la resolución de este caso es prioritaria, y ha reclamado para ello nuestro apoyo a la Guardia Civil.

—¿Para que realicemos una investigación conjunta?

—No, una investigación conjunta entre ambos cuerpos conllevaría una movilización de medios humanos y un número de trámites burocráticos inasumibles si, como le he dicho antes, se quiere resolver esto con la más absoluta discreción.

—¿De qué se trata, entonces?

—De algo mucho más sencillo. Verá, esa persona que le digo y yo mismo hemos coincidido en que, dadas las circunstancias, lo más conveniente sería enviar a la zona a alguien con experiencia en este tipo de casos, alguien que pueda prestar asistencia a la Guardia Civil sin necesidad de involucrarse oficialmente en la investigación.

—Asumo que yo soy ese alguien.

—Considérelo un elogio. Un favor que se le ha concedido a usted personalmente como reconocimiento a su capacidad.

Todo un favor, ser escogido para apechugar con la responsabilidad de otros y hacerlo además bajo cuerda, de tal manera que si la cosa arribaba a buen puerto ni siquiera me ganaría una palmadita administrativa en el hombro, y si algo salía mal, quién sabe qué altas enemistades podría granjearme en el vasto aparato del Estado.

—Si usted lo dice —respondí, resignado.

El comisario introdujo entonces todos los papeles desplegados en su escritorio en una carpeta de cartón con el emblema de la Guardia Civil y me la entregó.

—Aquí tiene usted una copia de toda la documentación relativa al caso, incluyendo autopsias, fotografías y recortes de periódicos. Debe usted revisarla rápidamente para desplazarse cuanto antes al lugar de los hechos.

—¿De cuánto tiempo dispongo?

—Pues tiene usted exactamente... —El comisario consultó su reloj, también de plata— cuatro horas. A las doce tendrá un coche esperándolo en la puerta que lo llevará directo a la casa cuartel de Las Angustias. Allí se pondrá usted a las órdenes del oficial al mando. ¿Alguna duda?

Reflexioné unos instantes. Mientras, apuré el cigarro y deposité la colilla en el cenicero.

—Sí, tengo una, aunque no sé si estará en su mano solventarla.

—Adelante.

—Me preguntaba qué interés puede tener esa persona que usted ha mencionado antes en la resolución de un asunto como este, un asunto que, por trágico y truculento que sea, no deja de ser uno más de los tantos que se publican cada semana en *El Caso* para entretenimiento de los lectores... Lo que quiero decir es: ¿qué importancia puede tener para el Estado el asesinato de cuatro personas en un pueblucho perdido en las montañas, por más que se trate de dos guardiaciviles y un alcalde y su mujer, para andarse con tantas cautelas y tanta jerigonza?

—El Estado siempre tiene sus motivos, ya debería usted saberlo.

—Se cree que pueda existir un trasfondo político, ¿no es así? Por eso callaron los diarios cuando se procedió a la detención del primer sospechoso, porque se asumió que este había actuado movido por razones ideológicas. —El comisario sonrió en silencio, yo continué—: Pero el bloqueo informativo en la prensa es una cosa y el secretismo administrativo es otra distinta. Puedo comprender que se desee que el público no tenga mayor conocimiento de este asunto, pero, ¿cuál es la razón de que el Estado no ponga sobre la mesa los medios de que dispone para solucionarlo? ¿Por qué mandar a un donnadie como yo en vez de montar un operativo policial en condiciones?

—Montar un operativo policial en condiciones, como usted dice, significaría hacer partícipes de este asunto a un sinfín de personalidades e instituciones, y eso, como le he dicho, es precisamente lo que se quiere evitar. Hay determinados oídos que es mejor que no oigan según qué cosas. El Estado tiene muchos enemigos, no lo olvide. Algunos están lejos, pero otros están aquí mismo, agazapados en un rincón, esperando el momento justo para saltar al cuello de este régimen de paz y estabilidad que tantos sacrificios nos costó levantar.

—No entiendo qué interés puede tener todo esto para esos enemigos de los que usted habla, más allá de la satisfacción que pueda causarles la muerte de tres funcionarios del Estado.

—En realidad es muy sencillo. Estamos hablando, como usted dice, del asesinato de tres representantes de la autoridad estatal y de la mujer de uno de ellos... Pero no solo la ocupación de las víctimas es relevante. Aún más relevante es el escenario donde han tenido lugar los hechos.

—¿Qué puede tener de relevante ese sitio, una aldea remota en una zona de montaña?

El comisario guardó silencio. El cigarrillo se balanceó en su boca como un columpio. Súbitamente, todo adquirió sentido.

—¿El maquis? —pregunté, y el comisario sonrió de nuevo.

Desde finales de los años cuarenta las Agrupaciones Guerrilleras habían ido limitando cada vez más sus actividades hasta que, finalmente, a principios de los cincuenta, habían acabado por disgregarse definitivamente, entre otras causas, por la falta de apoyo de los comunistas, en cumplimiento de las directrices del difunto Hombre de Acero, y por el adverso panorama político internacional tras el final de la Segunda Guerra Mundial. Pese a ello, en aquel momento existían aún pequeños residuos de combatientes armados en el interior del país que, bien por principios, bien por falta de alternativas, aún continuaban en la lucha. Estos grupos o individuos, muchos de ellos envueltos en un halo de misterio o leyenda para el pueblo llano, se hallaban, eso sí, aislados o recluidos en enclaves rurales y de nulo valor estratégico, y su posición era tan débil que, fuera de los territorios donde operaban, pocos estaban ya al tanto de sus actuaciones.

—¿De verdad se contempla esa posibilidad? —insistí—. ¿El establecimiento de un nuevo grupo guerrillero en aquel lugar?

—No, inspector, no se contempla esa posibilidad —respondió el comisario—. Los guerrilleros no salen de debajo de las piedras, y si un nuevo grupo se hubiera desplazado a la zona estaríamos al corriente. Pero en el fondo esto es lo de menos. Quince o veinte guerrilleros echados al monte no supondrían un gran quebradero de cabeza para el Estado. La cuestión es más compleja. De lo que se trata es de evitar una chispa que pueda prender de nuevo el fuego de la agitación.

Con el definitivo asentamiento del régimen y su reconocimiento internacional —«Ahora sí que he ganado la guerra», había dicho el generalísimo al firmar el pacto con los americanos dos años atrás—, se había logrado no solo desbaratar el núcleo duro de la resistencia violenta en el interior del país, sino también que la idea de una nueva confrontación armada para acabar con el régimen perdiera el respaldo de los opositores más moderados, españoles de clase media —médicos, abogados, banqueros, artistas o profesores— que no recibían clases de ruso en el extranjero pero no por ello tragaban con lo que consideraban patrañas vomitadas desde los distintos organismos del Estado, prensa incluida. Para todos estos la guerra había dejado de ser una opción. Llegado el momento oportuno, el régimen caería por su propio peso, esta era la nueva postura, el nuevo planteamiento. No derribar el régimen por la fuerza, sino dejar que se consumiera por sí mismo o como mucho propiciar su caída o anticiparla minándolo muy poco a poco desde adentro, sin sacudidas ni conmociones. El tiempo y la rutina habían enfriado el ardor guerrero de quienes en su día habían combatido a ras de trinchera, y también en sus descendientes, si es que acaso ellos habían sentido alguna vez ese ardor en sus pechos. La pólvora se había humedecido, el hijo idealista se había tornado en padre respetable, el veinteañero comprometido en conformista cuarentón. La nueva generación de españoles no conocía otra realidad que la realidad en que se había criado, la realidad de los últimos dieciséis años, dieciséis años si no de bonanza ni libertad, al menos de paz y relativo progreso. ¿Por qué esta generación iba a pelear por otra realidad distinta, por una realidad desconocida, ajena, que sentían además impuesta desde la clandestinidad y el exilio? ¿Por qué iban los jóvenes a dejarse matar por una República que muchos solo habían conocido cuando niños, una República que tan poco había durado y, al parecer, según les decían, tantos problemas había generado?

Sin embargo, había que tener cuidado. Donde hubo llamas quedan ascuas, y la propagación de la noticia, siquiera falsa, siquiera exagerada, del asentamiento de un nuevo grupo de combatientes en las cercanías de Madrid bien podía suponer la chispa que traspasara la costra humedecida del barril de pólvora. Era descabellado, por supuesto, pensar en el estallido de un nuevo conflicto armado, la vuelta a los frentes y los bombardeos, pero no era tan descabellado pensar en un posible recrudecimiento de las acciones violentas contra el Estado por parte de ciertas organizaciones o ramificaciones aisladas de ciertas organizaciones azuzadas por un renovado empuje de sus militantes de base y simpatizantes, por entonces temporalmente adormecidos y a la espera de acontecimientos. La violencia, como el bostezo o la risa, es un fenómeno altamente contagioso, y puede que bastara un simple descuido para que los muertos comenzaran a acumularse en ambos bandos como había venido ocurriendo hasta hacía muy poco, durante los años en que las bombas caseras y los tiroteos callejeros estaban a la orden del día.

—Creo que me hago una idea de la situación —dije.

El comisario procedió entonces a exponerme algunas de las cuestiones puramente logísticas de mi misión. A saber: que contaría con mayor financiación de lo habitual —me entregó un sobre con quinientas pesetas—, teniendo que justificar hasta el último céntimo de gasto; que debía mantenerlo informado de los avances de la investigación mediante un despacho telefónico diario —dada la naturaleza de mi misión, se prefería este medio a la redacción de informes escritos—; y que habría de someterme a una evaluación de resultados en un plazo de siete días, evaluación de la cual dependería el cese o continuidad de mi misión.

—¿Todo claro?

—Cristalino.

—Pues no pierda más tiempo, Trevejo. Retírese.

—*Susórdenes.*

De vuelta en mi mesa, abrí la carpeta y, libreta y lápiz en mano, aislándome como buenamente pude del ruido y el trajín de la sala de inspectores, comencé a repasar la documentación. Al cabo de un par de horas, cuando ya comenzaba a planear sobre mí un terrible dolor de cabeza, un sensual carraspeo me hizo levantar la vista de los papeles. Mamen estaba de pie frente a mí. Venía de parte del comisario a traerme un par de documentos más para añadir al dosier.

—Tiene que ser algo gordo —dijo—. El comisario lleva toda la mañana con la cabeza en otra parte.

—Sí, es algo gordo —aseguré.

—Si necesitas alguna cosa, pídemela.

—Si tuvieras tiempo de subirme un café, te lo agradecería...

—¿Un café? ¿Te has pensado que soy tu criada?

—Anda, hazte cuenta de que es un favor, que no tengo tiempo de bajar yo.

—Bueno, por una vez, pero no te acostumbres.

—Con toda tu mala uva, en el fondo eres un cielo.

—Y tú un aprovechado... —La voz de Mamen se quebró en el instante en que su vista reparó en una de las fotografías que había desplegadas sobre mi mesa. En ella aparecía el cuerpo desnudo, embarrado y lacerado de una de las víctimas—. Madre del Amor Hermoso —musitó, encaminándose hacia la puerta con el rostro súbitamente desencajado.

2

Alrededor de las once interrumpí la lectura y con el permiso del comisario regresé a mi apartamento a hacer la maleta. Una vez lo tuve todo preparado, y tras explicarle a don Celestino que iba a pasar unos días fuera y pedirle que me recogiera el correo —por mi tono de voz el anciano enseguida entendió que aquella escapada poco tenía que ver con la anterior—, abandoné el edificio con el bolso de viaje al hombro y me dirigí de vuelta a Jefatura.

El día había ido oscureciéndose con el paso de las horas, y aunque por el momento la lluvia se resistía a caer, los viandantes, oliéndose la que se avecinaba, avanzaban a toda prisa con la vista puesta en el cielo.

De camino entré en una cafetería al final de la calle Montera y pedí usar el teléfono. Me indicaron que había uno de pago al fondo del local. Aunque no convenía abusar de los privilegios inherentes al oficio, un breve destello de la placa sirvió para deshacer el entuerto y que me plantaran el teléfono en la barra. Marqué el número del apartamento de Celia, el único número que me sabía de memoria. Tras cuatro tonos de llamada, cuando ya me disponía a colgar, según habíamos convenido para evitar encontronazos incómodos, la marquesita al fin respondió:

—¿Diga?

—Celia, soy yo, Ernesto.

—Ah, Ernesto, dime.

—Escucha, esta semana no nos vamos a poder ver. A lo mejor con suerte para el fin de semana, pero aún no lo sé.

—¿Y eso por qué?

—Me ha surgido un imprevisto.

—¿Qué imprevisto? —La voz de Celia denotaba más tedio que intriga o contrariedad.

—Es que resulta que he conocido a una muchacha y me voy a hacer un viajecito con ella a conocer la Costa Brava. No te importa, ¿no?

—No, no me importa nada de lo que hagas. Por mí como si te vas de vacaciones con la Lollobrígida.

—De acuerdo, me alegro de que no te lo tomes a mal.

—Oye...

—¿Qué?

—Ten cuidado.

—Vale. Pero ya sabes cómo son las jovencitas de hoy.

—Te tengo que dejar. El vejestorio está en la ducha y no tardará en salir.

—¿No me habías dicho que no llegaba hasta mañana?

—Se ha presentado de repente.

—¿Habrás limpiado todo bien?

—Descuida.

Colgué el teléfono, salí de la cafetería y recorrí a toda prisa el trecho que me separaba de la Puerta del Sol. Mi intención era repasar un poco más el grueso de papeles en los veinte minutos escasos que quedaban para las doce, pero nada más entrar en la plaza avisté un Renault Cuatro

Cuatro color negro estacionado frente al edificio de Gobernación. Recostado sobre el capó aguardaba un joven de veintipocos años, alto, desgarbado, con la cabeza pelada al rape y el cuello y las mejillas enrojecidas por un afeitado precipitado. Vestía un pantalón gris y una chaqueta de pana oscura. Al aproximarme, el chico escupió el cigarro rubio que sostenía en la boca y, cuadrándose marcialmente, preguntó:

—¿Inspector Trevejo?

—Servidor —respondí.

—Mi nombre es Aparecido Gutiérrez, señor. Me mandan a recogerle. Llevo ya un buen rato esperándolo.

—¿Pertenece usted al Ejército, Aparecido? Curioso nombre, por cierto.

—Gracias, señor. Me lo dicen continuamente. Es por haber nacido el quince de septiembre, día de la Virgen de la Bien Aparecida, patrona de Cantabria, de donde procede mi familia. Y no, señor, no pertenezco al Ejército. Pertenecí en su momento. Ahora pertenezco a la Guardia Civil española, señor.

—Aparecido, si me vuelve a llamar «señor» vamos a tener un problema. Llámeme «inspector». O «Ernesto», que para eso es mi nombre.

—Como guste, inspector.

El joven Aparecido, al contrario de la mayoría de los guardiaciviles con los que había tratado hasta el momento, tenía una mirada astuta, y transmitía confianza y seguridad con su voz y sus gestos. Esto era tal vez debido a su juventud, o tal vez, más probablemente, al hecho de que mi figura —mi cuerpo de lapicero y mi rostro imberbe, propio de estudiante o bohemio— no le inspiraba la suficiente autoridad. En más de una ocasión había tenido que tirar de pistola para convencer a algún descreído de mi condición de agente de la ley.

—Vámonos ya —dije, abriendo la puerta del copiloto y lanzando mi bolso y mi sombrero al asiento trasero—. ¿Para qué retrasarlo más?

Aparecido se puso al volante y arrancó el motor.

—¿Es tu primera visita a Madrid, Aparecido? —pregunté, empleando el tú a conciencia, ya que me resultaba incómodo tratar de usted a alguien de tan corta edad.

—La segunda —respondió Aparecido—. Pero de la primera no me acuerdo. Yo era muy pequeño.

—¿Y qué te parece la ciudad?

—No me gusta. Es muy oscura y muy ruidosa. Y además es enorme.

—Eso es al principio. Luego te das cuenta de que es como un pueblo grande.

—No lo sé, puede. Pero de momento lo que tengo es la sensación de que aquí sobra gente. Muchas personas en muy poco espacio. No sé cómo no se les acaba el aire.

—Pues la cosa va a más. A diario llegan trenes cargados de campesinos sin trabajo que se asientan en las afueras. Se están levantando edificios como si fueran castillos de naipes para acogerlos. El futuro no está en el campo, está en la ciudad.

—¿Y quién va a dar de comer a los que viven en la ciudad?

—Los que vivimos en Madrid somos como muertos vivientes en una ciudad fantasma. Ya ni comemos, o nos comemos cualquier cosa, o los unos a los otros.

Recorrimos la calle Alcalá lentamente hasta desembocar en Cibeles, y allí tomamos por la avenida del Generalísimo, hoy La Castellana, donde, a esa hora, encontramos tráfico fluido. No tardamos en recorrer completamente la avenida hasta dejar atrás los últimos edificios de la capital y enfilar la Nacional VI en dirección a Collado Villalba, abandonándola al poco de avistar la cruz de la basílica en construcción en el valle de Cuelgamuros.

El primer tramo del viaje resultó bastante agradable. Aparecido y yo charlamos relajadamente —él continuó tratándome de usted— sobre su infancia en su pueblo natal a los pies de los Picos de Europa y sobre otros temas igualmente banales, mientras ambos fumábamos y contemplábamos en el parabrisas el perfil cambiante y nevado de la Sierra del Guadarrama, amenazado desde el oeste por un formidable frente de nubes negras.

El segundo tramo del viaje, en cambio, fue otro cantar. Al poco de dejar la Nacional, nos adentramos por una pista estrecha y mal asfaltada que ascendía zigzagueante por entre las montañas. A la tercera curva yo ya me había mareado. A la cuarta tuve que sacar la cabeza por la ventanilla para tomar el aire y poder aguantar el vómito, que sentía subirme esófago arriba con cada socavón.

—Esto está totalmente abandonado —indicó Aparecido—. Pero pronto lo van a arreglar. En cuanto empiecen en serio con lo del pantano lo primero que harán es arreglar la carretera.

—¿Qué pantano? —pregunté, introduciendo momentáneamente la cabeza en el interior del vehículo.

—El que están haciendo ahí detrás, en Valrojo —respondió Aparecido, señalando con su mano una cadena montañosa de poca altitud que quedaba a nuestra izquierda.

Valrojo, según había averiguado minutos antes leyendo los informes del caso, era una pequeña pedanía integrada administrativamente al municipio de Las Angustias, la cual se mencionaba en los informes porque era precisamente en el puesto avanzado de la Guardia Civil de esta población, dependiente igualmente del cuartel de Las Angustias, donde habían residido hasta su muerte los dos guardiaciviles asesinados.

—No sabía que estuvieran construyendo un pantano en Valrojo —dije, sacando nuevamente la cabeza por la ventanilla.

—Bueno, igual es porque el proyecto todavía está en pañales, como suele decirse —explicó Aparecido—. No van a empezar en serio hasta que pasen los meses de frío. De momento, la compañía eléctrica que se encarga de gestionar la obra ha traído a unas pocas docenas de andaluces y los tiene picando piedra en el margen del río. Ahora estamos en la calma antes de la tempestad. De aquí a unas semanas, en cuanto llegue la primavera, va a cambiar radicalmente el panorama de la región. Además de arreglar las carreteras, van a hacer que llegue la luz y el agua a todos los rincones, y se va a mejorar el servicio telefónico, porque aquí la línea va y viene cuando le da la gana. El pantano va a traer riqueza y prosperidad a la zona. O eso dicen.

—¿Y para cuándo estará listo?

—Por lo que he oído, para finales de este año. Se espera que venga Franco en persona a inaugurarlo. Ya hay quienes andan ahorrando para estrenar traje o sombrero ese día y salir elegantes en el NODO.

Se me escapó una sonrisa al entonar mentalmente una tonadilla que canturreaban mis antiguos camaradas del Frente de Juventudes: *Con los nietos de la mano / inaugura los pantanos, / con la pesca del salmón / es un campeón / Paco, Paco, Paco...*

Tras veinte minutos de ascenso, la carretera se ensanchó y niveló, y, al volver un recodo, llegamos a un balcón o mirador natural, semejante al mordisco de un gigante en la ladera de la montaña. Desde allí podía divisarse todo el valle y las cumbres más altas de las sierras colindantes. En el centro de la explanada, entre la carretera y el precipicio, había unos bancos y unas mesas de piedra, y a uno de los lados un pilón de hormigón con aspecto de abrevadero sobre el que caía un chorro de agua desde una tubería de plomo clavada en la roca.

—Para el coche —ordené.

Aparecido obedeció, y yo me apeé del vehículo a toda prisa y vomité junto a una de las ruedas. El vómito, mezcla de bilis y café, emergió negro y acuoso. A continuación me limpié la comisura de los labios con el pañuelo y me encendí un cigarrillo para quitarme el mal sabor de boca. Aparecido se bajó también del vehículo, y juntos nos aproximamos a contemplar las vistas desde el borde del barranco.

—¿Cuál es aquel pueblo de allí? —pregunté, señalando con la mano a un pequeño conjunto de tejados de pizarra entre los que sobresalía un campanario de planta cuadrada, situado en la cumbre de una montaña frente a nosotros, a unos cinco o seis kilómetros de distancia, al otro lado del angosto valle a nuestros pies.

—Eso es Las Angustias —respondió Aparecido—. Para llegar hay que bajar hasta el valle y pasar de largo Valrojo, que es eso de ahí. —Señaló a un asentamiento de casas de piedra medio ocultas por los robledales al fondo del precipicio, a la orilla de un río o riachuelo que corría invisible entre la vegetación, pero cuya presencia se adivinaba por las formaciones rocosas que lo encajonaban.

—¿Este es el único camino para llegar a Las Angustias? —pregunté.

—Sí, el único.

Amortiguado por la distancia, llegó hasta nosotros el ruido de una explosión, al que siguió un largo crujido de roca resquebrajándose. Una fina columna de humo brotó desde el fondo del valle.

—Los del pantano ya han empezado a barrenar —dijo Aparecido—. No pensaba que fueran a hacerlo tan pronto.

—El ritmo de la modernidad es implacable.

Tras unos instantes observando en silencio el paisaje, volvimos al automóvil, desde cuyo interior, antes de arrancar, percibimos el rumor de otro vehículo que, en sentido similar al nuestro, se acercaba por la carretera. No tardó en aparecer tras la curva. Era un camión Pegaso cargado de maquinaria americana para la construcción de la presa. Al pasar a nuestro lado, debido a la baja velocidad que le imponía la pendiente, Aparecido y yo pudimos intercambiar un saludo con el conductor, un hombre joven, pálido y barbudo, de mirada apática, que cubría su cabeza con un gorro de lana color verde.

—¿Dónde viven los trabajadores de la presa? —pregunté, mirando cómo se balanceaba peligrosamente la carga del camión con cada bache.

—En unos barracones junto a la obra —respondió Aparecido.

—¿Se relacionan con la gente del pueblo?

—Lo justo y necesario. En días festivos algunos, los más jóvenes, suben al pueblo a dar una vuelta, pero los demás prácticamente viven aislados con sus familias y solo se relacionan entre ellos.

—No os darán muchos problemas, entonces.

—La mayoría no. Son gente de campo, gente honrada que ha venido aquí a trabajar y ahorrar lo que puedan. Igual que esos que decía usted antes, los que van a Madrid a buscarse la vida.

—Y los que no son la mayoría, ¿son conflictivos?

—Bueno, en todas partes cuecen habas, ya se sabe. Hay unos pocos que de vez en cuando se ponen gallitos, sobre todo cuando les da por emborracharse.

—¿De esos hay alguno en concreto que os haya llamado la atención? ¿Alguno que sobresalga?

—No, ninguno en especial. Ya le digo que son solo unos pocos los que dan guerra, y a esos ya los tenemos a todos fichados. Por ejemplo, a ese mismo que acaba de pasar, al conductor del camión, lo detuvimos hace un par de meses. Se llama Cosme y es un buen elemento. Una tarde entró en el bar del pueblo borracho como una cuba y lanzando proclamas contra el Gobierno, y hasta agredió a don Emiliano, el cura, cuando quiso sosegarlo. Luego, después de que le diéramos un repaso en el cuartel y se le pasara la mona, quedó fino como un guante, y se disculpó con todo el mundo. Ya le digo que en el fondo son buena gente, solo que hay algunos con los que hay que tener mucho ojo.

—¿Qué tipo de proclamas son las que gritaba?

—Propaganda comunista, de esas de la tierra para quien la trabaja y cosas así. Lo que leen en las revistas clandestinas que se pasan a escondidas unos a otros.

—¿Y cómo fue que la cosa no pasó a mayores? ¿Cómo es que este hombre sigue en libertad? Si hubiera liado una de esas en un bar de Madrid, a estas horas estaría silbando coplas en Carabanchel.

—Fue una decisión personal del capitán, después de hablar por teléfono con el presidente de la compañía eléctrica. Supongo que llegarían a la conclusión que no merecía la pena arruinarle la vida a nadie por una noche de borrachera, y que lo más conveniente era dejarlo correr.

—Lo más conveniente para el trabajador... Y también para el buen nombre de la compañía.

—Así funcionan aquí las cosas.

—Aquí y en todas partes. Anda, vámonos.

Reemprendimos la marcha, y en un par de minutos nos adentramos en Valrojo, un caserío compuesto por poco más de una treintena de edificaciones de piedra agrupadas en torno a la avenida principal, la única vía asfaltada y con alumbrado público. A nuestro paso no percibimos más movimiento que el de una anciana de negro que caminaba por la acera apoyada en un bastón, y que se detuvo curiosa a mirarnos una vez la hubimos sobrepasado con el coche.

—¿Dónde está el puesto de la Guardia Civil? —pregunté, cuando ya completábamos la avenida.

Aparecido aminoró la velocidad y apuntó con la mano a una calleja a nuestra izquierda, que un poco más allá se convertía en un sendero de tierra y se perdía serpenteando entre los árboles montaña arriba. No muy lejos, a un lado del sendero, en mitad de un pequeño claro, se adivinaba un edificio bajo de paredes encaladas y ennegrecidas por la humedad, una de tantas de las construcciones de baja calidad levantadas para ejercer las labores de vigilancia durante la guerra.

—Ahí es —dijo—. ¿Quiere que paremos?

—No. No hace falta. ¿Estás informado del motivo de mi viaje, Aparecido?

—En un cuartel es complicado guardar secretos.

—¿Y tú qué opinas sobre ello? ¿Qué te parece que me manden desde Madrid para ayudaros?

—A mí personalmente me parece bien. Pero por lo que sé, no todos mis compañeros opinan igual.

—Eso me imaginaba.

A la salida de Valrojo, tras cruzar por un estrecho puente de piedra un arroyo denominado «Arroyo de la Umbre», según rezaba un envejecido letrero de madera junto al puente, la carretera volvió a empinarse. Enseguida llegamos a un cruce del cual partía un camino embarrado que bajaba hasta la ribera del río y que tenía aspecto de haber sido abierto recientemente.

—Por ahí se llega a la presa —dijo Aparecido—. Nosotros seguimos carretera arriba hasta el pueblo.

Después de ascender unos pocos kilómetros rebasamos el cartel de entrada a Las Angustias, que estaba acompañado, cómo no, por el preceptivo emblema del Movimiento. Mi impresión al contemplar por primera vez aquel pueblo, bajo un cielo plomizo que entonces comenzaba a descargar una fina llovizna, fue la de haberme introducido de repente en otro mundo, un mundo ajeno y opuesto a la burbuja urbana madrileña a la que estaba acostumbrado. Fue como dar un paso y encontrarme de repente en el interior de una pintura de Goya o Gutiérrez Solana; tal era la sensación de angustia y hasta asfixia que transmitían sus calles oscuras, estrechas e irregulares. De haberlo conocido en su momento, el fotógrafo norteamericano Eugene Smith, quien descubrió al mundo la tenebrosa plasticidad de la España rural de la época, sin duda le habría dedicado un reportaje a aquel pueblo; y también de haberlo conocido en su momento, quién sabe si el mismo Buñuel no lo habría escogido como escenario para rodar uno de sus documentales. Las Angustias, fiel a su nombre, era una aldea deprimente y umbría, lóbrega y melancólica, donde primaban el gris de la piedra y el negro de la pizarra. Nada más alejado de la vitalidad del Villar del Río de Berlanga; nada más alejado de la luminosidad de mi pueblo natal en el sur, al que yo recordaba blanco, radiante y tórrido bajo el sol mesetario en los meses de verano.

Recorrimos unos centenares de metros hasta abandonar la carretera por un desvío a nuestra derecha e internarnos en el casco urbano. Pronto llegamos a la plaza del pueblo, de plano más o menos hexagonal, cerca de un centenar de metros de diámetro, e irregularmente pavimentada con losas de distinto tamaño. En su centro había una fuente coronada por un querubín de piedra con las alas desplegadas y la vista elevada al cielo, sentado en el borde de un cuenco de cobre. En uno de los laterales estaba la iglesia, de muros de roca y adobe y con un campanario de una veintena de metros adosado al pórtico. Frente a ella, el ayuntamiento, un palacete de piedra de tres plantas y balconada de madera, donde ondeaba al viento la bandera rojigualda con el águila de San Juan, oscurecidos sus colores por la lluvia. Sobre la bandera, un reloj marcaba la una y media.

Ya fuera por la hora o por el mal tiempo, la plaza estaba desierta. Solo se percibía movimiento en el interior de un local situado justo al lado del ayuntamiento, un caserón de piedra con un amplio ventanal en el bajo y un cartel sobre la entrada que decía «Fonda La alegría».

—¿Fonda La alegría?

—¿No le gusta, inspector?

—Me parece muy apropiado para un pueblo llamado «Las Angustias».

Aparecido soltó una carcajada.

—Nunca se me había ocurrido —dijo—. Es de estas cosas en que no te fijas hasta que no viene uno de fuera que no está acostumbrado y te las resalta.

—¿Qué tal es ahí la comida?

—Pues eso no lo sé, la verdad. Con el sueldo de un guardiacivil no puede uno permitirse el despilfarro de salir a comer fuera. Aunque el servicio tiene fama de ser mejorable.

Rodeamos la fuente y enfilamos una calle que descendía unas decenas de metros hasta salir del pueblo. Desde allí, desde las afueras, podía observarse con claridad el perfil de Las Angustias y su contorno. El núcleo urbano ocupaba la cumbre roma del monte al que habíamos ascendido al atravesar Valrojo. El campanario de la iglesia, y por tanto la plaza del pueblo, estaba situado justo en mitad de la cumbre, de tal modo que todas las calles del centro nacían de la plaza o convergían sobre ella, como ocurre en los cascos históricos de las ciudades de origen medieval. De las fachadas de algunas viviendas de los alrededores del pueblo sobresalían sillares de piedra que en su día debieron conformar una muralla defensiva exterior, ya desaparecida.

El camino bajaba por la ladera opuesta a la ladera por la que habíamos ascendido hasta otro valle más ancho y menos frondoso que el anterior, en el que no se atisbaba un solo asentamiento humano. No muy lejos del pueblo, al borde del camino, estaba ubicada la casa cuartel de la Guardia Civil. Más allá de esta, el camino desaparecía engullido por el bosque de roble y pino. De algún modo, el cuartel, un edificio de ladrillo de dos plantas, sin tapia ni patio exterior, se asemejaba a un mojón que, con su presencia, señalara el límite entre la civilización y lo desconocido.

Aparecido aparcó el coche en un terreno que había sido

talado y desbrozado para servir de aparcamiento al edificio. Al salir, mis pies se hundieron en el barro hasta los tobillos, y, maleta en mano, tardé un buen rato en recorrer los escasos diez o quince metros hasta la puerta del cuartel. Aparecido, más joven que yo y más acostumbrado a caminar por el campo, y también menos preocupado probablemente por el estado en que pudieran quedar sus zapatos —yo llevaba unos Segarra que me habían costado un riñón y que, me aseguraron, debían durarme toda la vida; él, unas botas militares—, me adelantó enseguida y me esperó paciente junto a la entrada.

—El capitán me ordenó que lo condujese directamente a su despacho —dijo.

—De acuerdo —respondí—, pero vamos adentro de una vez, que nos estamos calando. —Ya la llovizna había dejado paso a la lluvia sin paliativos, y, por cómo pintaba el cielo, íbamos a tener agua para rato.

Aparecido golpeó suavemente el cristal de una ventana enrejada junto al portón de acceso. En pocos segundos, alguien descorrió el cerrojo desde dentro. Un guardiacivil de unos cuarenta años, bigote espeso y rostro carcomido por la viruela, apareció por el hueco. Al reconocer a Aparecido, se hizo a un lado para dejarnos pasar.

El interior de la casa cuartel de Las Angustias se parecía a la guarida de una alimaña, o, más propiamente, a las entrañas mismas de la alimaña. Al carecer de patio interior, la mayoría de sus salas y corredores no contaban con luz natural, y la tenue luminosidad de las bombillas provocaba un efecto siniestro en el yeso húmedo y enverdecido de las paredes y en las baldosas del suelo, de color granate, la mayoría quebradas o levantadas. Si el ambiente de Las Angustias me había sumido previamente en un estado de funebridad y melancolía, entrar en aquel edificio fue como bajar una planta más en el agujero, como adentrarme unos metros más en la madriguera del conejo y asomar la cabeza al despiadado país de las maravillas de la España de Franco.

—Este edificio es provisional —señaló Aparecido, leyéndome el pensamiento, mientras yo intentaba despegar de mis zapatos los pegotes de barro más gruesos—. El antiguo cuartel, que era mucho más grande, quedó destrozado cuando la guerra. Tienen previsto construirnos uno nuevo en cuanto acaben con lo de la presa, pero por ahora tenemos que aguantarnos.

—¿Y cómo os las arregláis para vivir en este cuchitril? —pregunté, observando de reojo al guardiacivil que nos había abierto, el cual se había retirado a un despacho que hacía las veces de garita de vigilancia y se había sentado a hojear una revista de caza, aunque yo presentía que estaba atento a nuestra conversación.

—Bueno, aquí solo vivimos unos pocos, los últimos monos —respondió Aparecido—. Al capitán y a otros cuantos les han buscado acomodo en casas del pueblo. Pero no se crea, los que quedamos aquí nos las apañamos bien. Aunque hay poca intimidad y poco espacio para moverse, al final uno se acaba habituando.

Y más valía que se habituara uno pronto, pensé, porque yo mismo iba a alojarme allí los próximos días. Procuré desterrar esa idea de mi cabeza para no perder la compostura. No es que yo fuera una persona excesivamente escrupulosa o remilgada —después de todo, había hecho la mili, como cualquier hijo de vecino—, pero lo cierto era que con los años me había hecho a vivir a mi aire. El régimen de vida castrense no era precisamente de mi agrado.

Aparecido me precedió entonces por el interior del

cuartel. Torcimos a la derecha en un cruce de pasillos y subimos luego hasta la planta superior. Viendo el estado general en que se encontraba el edificio, preferí no imaginarme cómo serían los calabozos que hubiera en el sótano. En la segunda planta, Aparecido, adoptando un semblante súbitamente marcial, se detuvo frente a una de las puertas y la golpeó con los nudillos.

—Con su permiso, mi capitán —dijo.

—Adelante —respondió una voz desde el otro lado.

Aparecido abrió pero no se movió del pasillo. El capitán, de uniforme, aunque con la guerrera a medio abrochar, a pesar de la baja temperatura, se hallaba de pie tras su mesa.

—Siéntese, inspector —me ordenó—. Y usted, Aparecido, retírese.

Aparecido ejecutó un saludo militar y se marchó. Yo deposité el bolso de viaje a mi lado, sobre la tupida moqueta de color verde que cubría el suelo, y me descubrí la cabeza. Aunque había sido conminado a tomar asiento, permanecí en pie para poder mirar de tú a tú al capitán, no concediéndole la ventaja de dirigirse a mí desde un plano superior, como sin duda él pretendía. Los militares tenían estas cosas, pero yo no era novato en tratar con ellos. A través de la ventana a mi derecha podía ver la lluvia caer sobre el bosque circundante y las copas de los árboles agitándose al vaivén del viento. En la pared opuesta a la ventana, sobre la bandera nacional y un anticuado teléfono de pared, colgaba una reproducción de un retrato del caudillo en la que este aparecía con uniforme del Ejército de Tierra, fajín rojo, bastón de mando y manto abierto sobre los hombros.

—Soy el capitán Angulo Cruz —se presentó el capitán desde donde estaba, en un tono forzadamente distante, sin tenderme la mano—. Como ya le habrán informado, soy el máximo responsable de la investigación por la que usted ha sido convocado, y quiero hacerle partícipe, antes de nada, de mi total y absoluto desacuerdo con respecto a su presencia aquí, la cual considero, como mínimo, una flagrante intromisión en un asunto cuya resolución corresponde únicamente a la Guardia Civil.

Tardé unos segundos en descifrar completamente aquel discurso de bienvenida, el cual, era obvio, había sido previamente elaborado y ensayado con minuciosidad.

—Considero su postura más que legítima —repliqué, intentando sonar comprensivo, y sobre todo intentando adecuar mis palabras al elevado registro lingüístico del capitán—, pero le rogaría que al menos, ya que ambos hemos sido embarcados a la fuerza en el mismo buque, intentáramos sacar el mayor provecho de la situación y no la complicáramos innecesariamente con nuestra actitud.

Mi burda metáfora marinera no tuvo al parecer ningún efecto sobre el capitán.

—La situación en la que nos encontramos no puede empeorar, inspector, se lo aseguro —dijo.

—Si ese es el caso, mayor razón para llevarnos bien, ¿no le parece?

El capitán agrió aún más el gesto.

—Si quiere que le diga la verdad —respondió—, no sé para qué lo han enviado, ni me interesa saberlo. Pero lo que sí sé es que usted y yo no vamos a llevarnos bien. Para mí y para mis hombres, usted es una carga que nos han echado encima. O peor aún: una evidencia de la poca confianza que se tiene en que nuestro Cuerpo pueda resolver satisfactoriamente este problema.

El capitán tendría poco más de cuarenta años, y pertenecía por tanto a la nueva generación de oficiales que había combatido a ras de trinchera durante la guerra, una generación cuyos miembros, aunque igual de obtusos que los oficiales de la generación anterior para la mayoría de cuestiones —sobre todo las cuestiones relativas a la concepción del Estado o la expedición en la resolución de conflictos—, eran, por lo común, bastante más avispados que aquellos en su forma de relacionarse y conducirse en cualquier ambiente. Estos jóvenes oficiales, quizá por haber sufrido en carne propia las consecuencias del conflicto, eran mucho más vehementes en sus convicciones —sus odios eran más puros, por así decirlo—, pero eran al mismo tiempo más finos en su manera de expresarlas y de dejarse llevar por ellas. Había en la mirada de muchos de ellos un punto de prepotencia; era la suya una mirada retorcida y maliciosa, pero a la vez serena y contenida, una mirada que recordaba en algo a la mirada turbia, y sin embargo sagaz, desenvuelta, del general Muñoz Grandes, a quien yo había podido tratar personalmente en alguna ocasión. No llegaba a tanto la mirada del capitán, por supuesto, pero sus ojos negros eran igualmente turbadores, lo mismo que su voz, plana y sin matices. Su apariencia era un tanto zorruna: magro, corto de estatura, rasgos afilados, y pelo negro salpicado de vetas cenicientas. Tenía algo de cazador y algo de carroñero, más de lo primero que de lo segundo.

—No podría estar más de acuerdo con usted —convine, a sabiendas de que nada ganaría con el enfrentamiento directo y de que la única táctica con la que podía salir medianamente victorioso de aquel encuentro era la del asentimiento; el capitán era un toro que embestía furibundo, y yo, en lugar de oponer resistencia, debía sortear de un capotazo la embestida—. Yo también considero que mi presencia aquí supone una carga para ustedes más que un estímulo. Pero dado que ninguno de los dos somos responsables de haber tomado esta decisión, le ruego nuevamente que tratemos de llegar a un entendimiento para sobrellevar la situación de la mejor manera posible.

Mi razonamiento obligó al capitán a reflexionar unos instantes. Por su expresión, no parecía del todo convencido, así que continué:

—Si me permite serle sincero, capitán, nada me alegraría más que volverme por donde he venido. Pero no está en mi mano poder hacerlo. Ni tampoco en la suya. Lo único que está en nuestras manos es no fastidiarnos excesivamente la vida el uno al otro durante el tiempo que me obliguen a estar aquí.

El capitán Cruz relajó algo el rostro. Había logrado desmantelar su ofensiva, al menos de momento.

—Siéntese, por favor —me indicó nuevamente, y esta vez obedecí.

El capitán se volvió hacia la ventana. La lluvia seguía cayendo inclemente sobre el bosque.

—¿Está usted al corriente de los pormenores del caso? —preguntó, con voz todavía algo tirante.

—He leído los informes redactados por el juez y por sus hombres —respondí.

—¿Y qué opina del trabajo realizado hasta la fecha?

—Opino que no han podido ustedes hacer más, con los medios disponibles.

El capitán sonrió ante la alusión a los medios disponibles.

—Con estos mimbres, este cesto —dijo.

En realidad, mi opinión era que se había actuado con torpeza, cuando no con abierta negligencia, en muchos aspectos de la investigación. Aunque esto, bien mirado, no entraba necesariamente en contradicción con lo que yo acababa de afirmar, ya que entre los «medios disponibles» a los que me había referido habían de incluirse también los recursos humanos, es decir, los mismos agentes de la Guardia Civil, que en este caso constituían los mimbres defectuosos del cesto.

—Dígame, inspector, ¿qué necesita? —preguntó el capitán.

—¿Cómo que qué necesito? ¿A qué se refiere?

—¿Qué necesita para llevar a cabo su trabajo? —insistió el capitán, volviéndose hacia mí—. ¿Por dónde se dispone a empezar? ¿Qué instrucciones ha recibido de sus superiores?

—No he recibido más instrucciones que la de colaborar con los investigadores de la Guardia Civil a su cargo y la de ponerme a su servicio para lo que necesite.

—Los investigadores que nos mandaron desde la Comandancia se marcharon hace ya mucho tiempo. No queda ni uno solo.

—Entonces, ¿cuál es mi cometido exactamente?

—Usted sabrá cuáles son sus órdenes.

—Ya se lo he dicho. Mis órdenes son ponerme a sus órdenes, valga la redundancia.

—Desde la Dirección General de la Guardia Civil solo me han indicado que le busque a usted un hueco en la casa cuartel y que atienda a sus necesidades en la medida de lo posible, lo que quiera que esto signifique. Nada más. Puede llamar usted mismo a la Dirección y confirmar lo que le digo.

La Dirección General de la Guardia Civil era un organismo dependiente del Ministerio de Gobernación, el cual a su vez dirigía, a través de la Dirección General de Seguridad, al Cuerpo General de Policía. No hacía falta ser muy perspicaz para deducir que la decisión de encomendarme esta misión procedía de algún alto cargo de este ministerio. Puede que del ministro Pérez González en persona, quién sabe, o, más probablemente, de alguno de sus acólitos. Las pedradas a ciegas son propias de las dictaduras; uno nunca puede estar seguro de qué mano ha lanzado la roca que cae sobre la testa del incauto, y mucho menos puede estar seguro de la voz que ha ordenado el lanzamiento.

—No será necesario, me fío de su palabra —aseguré—. Pero como le digo no tengo más órdenes que obedecerle a usted.

El capitán me observó en silencio unos segundos. Finalmente, dijo:

—Bien, siendo así, mis órdenes son que lleve usted a cabo una investigación por su cuenta, sin incordiar demasiado a los vecinos y manteniéndome informado de cualquier descubrimiento que haga. ¿Estamos?

—Me parece sensato —dije.

—No creo que a ninguno nos convenga que remueva usted mucho las aguas. Ya me entiende.

—Le entiendo.

—Bien, ¿qué necesitará para ello?

Deliberé unos instantes.

—Lo primero —respondí—, un vehículo para moverme con libertad.

—Eso va a ser complicado, ya que solo contamos con un jeep y una camioneta para cubrir toda la región, y no puedo prescindir de ellos, y el coche en que ha venido es de mi propiedad y no estoy dispuesto a cedérselo... Pero se me ocurre que puedo ofrecerle una motocicleta vieja que tenemos en el almacén. ¿Le bastará con eso?

—Tendrá que bastar. También necesitaría a uno de sus hombres para que me sirva de guía. Será para mí mucho más ágil que ir preguntando direcciones a todo el que me encuentre, y mucho más discreto.

—Muy bien, le buscaré a alguien.

—¿Habría algún inconveniente en que me asignara a Aparecido? Me ha parecido un muchacho formal, y durante el viaje desde Madrid le he cogido confianza.

—No veo por qué no.

El capitán se sentó por fin en su silla. Solo entonces reparé en que el aire del despacho olía a tabaco, aunque el cenicero sobre el escritorio estaba vacío. Las normas de cortesía exigían que si el capitán se encendía un pitillo me ofreciera otro. Pero no lo hizo, y yo me moría por fumar.

—Bien, acabemos cuanto antes —dijo—, ¿tiene usted alguna duda relativa a los informes del caso?

—Alguna, sí —respondí.

—Adelante.

—Antes de nada —dije, sacando mi libreta del bolsillo de la chaqueta, aunque no llegué a abrirla—, quisiera saber cuál fue el motivo exacto por el que se procedió al arresto de don Abelardo Gómez Rosales.

Don Abelardo era el vecino que, tras su arresto, se había confesado responsable, al parecer sin serlo, de las muertes de los guardiaciviles Víctor Chaparro y Ramón Belagua. El dato más relevante que se proporcionaba sobre su persona en los informes era su paso por el penal de Torrijos entre el verano del 39 y la primavera del 40, bajo las acusaciones de pertenencia a las Juventudes Comunistas durante el período previo al Alzamiento y colaboración con la causa republicana durante el subsiguiente conflicto bélico, acusaciones de las que, milagrosamente, el reo había sido absuelto antes de la celebración del juicio, era de suponer que por la intercesión de algún familiar o conocido con influencias o por cooperar activamente con las autoridades. Sin embargo, nada se decía en la documentación de su condición actual, o la razón por la que este sujeto, un comunista renegado de los tantos que campaban a sus anchas por el territorio nacional, había sido vinculado con el crimen.

—Don Abelardo ha sido liberado esta misma mañana —respondió el capitán—. Por tanto, el motivo de su detención no es ya relevante.

—Puede, pero aun así me gustaría conocerlo.

—Le he dicho que no es relevante, inspector, y con eso es suficiente.

Asentí mansamente con la cabeza. No tenía sentido tensar más la cuerda.

—Pero si desea hablar con él —agregó el capitán, con desgana—, no tendrá dificultad en encontrarlo. El señor Abelardo Gómez hace vida de ermitaño en una casa en el bosque, en las afueras de Valrojo. Aparecido puede acompañarlo hasta allí en cualquier momento.

—De acuerdo, así lo haré —dije—. Por otro lado, también desearía conocer su opinión personal sobre la hipótesis que algunos vecinos del pueblo han apuntado en sus declaraciones, la de que bajo los crímenes subyazcan intereses políticos de alguna clase.

—La versión oficial de la Guardia Civil sobre este punto ya la conoce, me imagino.

—Sí, la conozco. —La versión oficial de la Guardia Civil era omitir cualquier referencia a esta hipótesis—. Por eso le pregunto por su opinión personal.

El capitán se permitió dibujar una media sonrisa en su cara.

—Mi opinión personal es que no es una hipótesis razonable —dijo—. O al menos, no de la manera en que usted piensa. No de la manera en que la plantean esos vecinos de los que habla.

—¿A qué se refiere?

—Me refiero a que la idea de que se haya instalado en la región un grupo de bandoleros es absolutamente inverosímil. Si así fuera, ya lo sabríamos. Aunque no se dejaran ver, su presencia no podría pasar inadvertida por mucho tiempo.

—¿Qué sería verosímil para usted, entonces?

—Pues verosímil sería, por ejemplo, que unos pocos de esos vecinos se hubieran organizado en la clandestinidad para cometer esas acciones. No olvide que no hace tanto que expulsamos de estas tierras a los últimos emboscados, y sobre todo, que muchos de sus cómplices, aquellos que los cobijaron y los auxiliaron desde la sombra, aún perviven escondidos entre la población. ¿Quién le dice a usted que, ahora que la situación del país parece encauzada, estos indeseables no hayan atisbado la oportunidad de vengarse por la derrota de sus camaradas, y que lo hayan hecho como les corresponde, cobardemente, matando a traición en mitad de la noche?

—¿De verdad cree que ha podido ser así?

Observé fijamente al capitán, que no tuvo necesidad de responder. La firmeza de su expresión no dejaba lugar a dudas. Para él esta era no solo una explicación entre otras muchas, sino la más probable. Puede que incluso la única posible.

—La culpa en el fondo es nuestra, como siempre —añadió—. Quiero decir de nosotros, los vencedores, a los que en su momento nos tembló la mano para haber hecho lo que hubiese sido necesario. La mala hierba, si no se arranca de raíz, enseguida rebrota.

—No le sigo.

—Digo que teníamos que haber quitado de en medio a muchos más cuando tuvimos la oportunidad de hacerlo. A todo aquel que hubiera comido del mismo plato que un socialista o un comunista, o incluso a todo aquel que hubiera cruzado una palabra con uno de ellos. De esos polvos vienen estos lodos.

El capitán no pronunció esta confidencia con pasión ni con rabia, sino con una pasmosa sobriedad, como quien no hace otra cosa que expresar una verdad incontestable.

—Y si usted realmente cree que los crímenes han podido ser cometidos por un grupo de vecinos contrarios al régimen —dije—, ¿por qué no dirigió la investigación en ese sentido?

—Lo hice, inspector. Solo que desafortunadamente dimos un paso en falso del que ahora estamos pagando las consecuencias.

—¿Se refiere a don Abelardo?

El capitán volvió de nuevo la vista a la ventana. Su silencio suponía una confirmación tácita a mi pregunta.

—¿Le queda mucho? —me apremió—. No puedo dedicarle a usted todo el día.

—Ya casi está, dígame, ¿por qué en los informes no se menciona en parte alguna la construcción del pantano en Valrojo?

—¿Por qué habría de mencionarse?

—Porque es un proyecto de envergadura, una fuente de riqueza, y por tanto de conflictos. Eso sin contar el gran número de obreros venidos de fuera para trabajar en la obra, obreros cuyos orígenes y antecedentes son del todo desconocidos a las autoridades de esta región.

—Entiendo su punto de vista, inspector, pero, como usted acaba de decir, el pantano de Valrojo es un proyecto de envergadura, donde hay implicados muchos intereses, no solo económicos. Y por ese mismo motivo hay que andarse con pies de plomo. No sé si me explico.

—Perfectamente.

La traducción era simple: a falta de pruebas o indicios de peso que apuntasen en esa dirección, era preferible evitar cualquier conflicto con los promotores del proyecto.

—Siguiente pregunta —ordenó el capitán.

—¿Qué puede decirme sobre sus dos hombres, el agente Víctor Chaparro y el sargento Ramón Belagua?

—Lo que necesita saber de ellos es lo que aparece en los informes.

—Me refiero a cómo eran en el plano personal.

—Eso es irrelevante.

—Seguramente.

—Eran dos buenos subordinados. Dos hombres de fiar. No voy a decirle que fueran queridos en el pueblo, porque no lo eran. Pero ninguno de nosotros lo somos, como se puede suponer.

—¿Eran honrados?

—Todo lo honrados que tiene que ser un guardiacivil, ni más ni menos.

—¿Sabe si estaban metidos en algo, algún negocio oscuro que no haya podido reflejarse en la documentación oficial? Ya sabe de qué le hablo...

—¿Se refiere al contrabando?

—Contrabando, extorsiones, sobornos... Qué sé yo.

—No. No consiento esas memeces en mi compañía. Antes de que yo llegara a este pueblo ocurrían cosas de esas, pero ahora ya no. No es que mis hombres sean unas hermanitas de la caridad, nada más lejos, pero les obligo a comportarse con algo de decencia, que no es poco en comparación con lo que ocurre en otras partes.

—¿Es posible que actuaran a sus espaldas?

—No, no es posible. Y no siga por ahí porque no va a llegar a ninguna parte. Mis hombres en ese sentido están limpios como un jaspe. Pongo la mano en el fuego por todos y cada uno de ellos.

—Eso le honra.

—Ellos lo merecen. ¿Hemos acabado ya?

—Creo que sí.

—Vaya entonces a instalarse y comience a trabajar. Y, como le he dicho, manténgame informado de todo lo que descubra.

—Lo haré, descuide —dije, levantándome.

Un relámpago iluminó fugazmente el cuarto. El capitán y yo habíamos conversado prácticamente en la penumbra, aunque solo entonces fui consciente de ello. El trueno sonó casi al tiempo.

—Un día de perros —afirmó el capitán, a modo de despedida.

—Sí, para no salir de la cama —respondí.

3

En el pasillo me esperaba el mismo guardiacivil bigotudo y mal encarado de la entrada.

—Acompáñeme —ordenó, con la parquedad propia de quien no está acostumbrado a repetir las cosas y mucho menos a razonarlas.

Lo seguí de vuelta hasta la entrada del cuartel, en la primera planta, desde donde nos internamos por un pasillo a nuestra izquierda que, o mucho me equivocaba, o había debido servir hasta no hacía mucho de pocilga o establo. Así se deducía del abovedado del techo, propio para delimitar el compartimento de las bestias, y de las puertas divididas en dos secciones, adecuadas para darles el alimento. Eso por no hablar del olor, aunque bien podía ser que este proviniera de otras bestias de dos patas alojadas allí más recientemente.

—Aquí dentro —señaló el guardiacivil, abriendo una de las puertas

La habitación, de unos cinco o seis metros cuadrados y paredes de ladrillo desnudo, no tenía ventanas ni más mobiliario que un colchón de paja sobre el suelo y una bombilla solitaria prendida del techo por un alambre. Resignado, lancé mi maleta al colchón.

—¿A qué hora pasa el limpia? —pregunté, y el guardia-civil me miró como quien mira crecer el pasto, ajeno a mi intentona humorística.

Antes de que la situación entre ambos se tornara incómoda, Aparecido, ya completamente uniformado —chaqueta tres cuartos, botas, tricornio, cartera de caminos, cinturón con el águila imperial en la hebilla y, sobresaliendo de su funda, el arma reglamentaria—, emergió de una de las puertas del fondo. Al contrario de lo que cabría esperarse, el uniforme acentuaba sus rasgos juveniles. Lo hacía parecer más niño. Vino hasta nosotros, y, cuadrándose, supuse que para guardar las apariencias en presencia de su compañero, ejecutó un saludo militar.

—Inspector —dijo—, el capitán Cruz ordena que me ponga a sus órdenes inmediatamente.

—Si me disculpan —gruñó el otro, retirándose.

—¿Por dónde empezamos? —preguntó Aparecido, una vez solos, visiblemente excitado por la perspectiva de escapar, al menos por unas horas, de la rutina de la vida cuartelaria.

—Por el principio —respondí—: por llenar el estómago. Son más de las dos y yo todavía no he comido.

—Yo tampoco. Si quiere, todavía queda rancho para ambos en el comedor.

—Déjate de tonterías y vete sacando la moto del almacén.

—De acuerdo. Espéreme en la puerta.

—No tardes.

Mientras aguardaba encendí por fin el pitillo que tanto había echado de menos durante la entrevista con el capitán, aunque no tuve tiempo más que para un par de caladas. Aparecido, envuelto en una capa negra y luciendo unas gafas de aviador, enseguida dobló la esquina del edificio a lomos de la motocicleta, deteniéndola ante mí con un derrape. Para mi alivio, puesto que me había figurado que habríamos de viajar el uno agarrado al otro, la motocicleta contaba con un sidecar.

—Tome, de regalo —dijo, y me arrojó unas gafas semejantes a las suyas.

Guardé la colilla en la pitillera, me coloqué las gafas y me introduje en el cubículo de hierro flexionando las rodillas hasta la barbilla. Nunca antes había montado en sidecar, y enseguida comprobé que era tan incómodo o más de lo que había imaginado.

—A la plaza del pueblo —ordené.

Aparecido apretó el acelerador y la moto rugió como un león desperezándose tras una siesta.

—Tiene años, pero todavía tira —gritó Aparecido, superponiéndose al ruido del motor.

—Lo mismo que el caudillo, que también tiene años y todavía tira, por lo menos en las monterías —dije.

—A ese le echan cojas las perdices.

Las calles del pueblo estaban vacías, no así la plaza, tomada por decenas de transeúntes. Unos la recorrían en derredor, cobijándose bajo los balcones, y otros la cruzaban con los abrigos sobre la cabeza para protegerse la boina de la lluvia.

—Es la hora de echar el café y la partida —me aclaró innecesariamente Aparecido, una vez aparcada la motocicleta, que subió a la acera para que no se mojara, pese a entorpecer así el paso de peatones—. Por eso hay tanto movimiento.

—Aparte de la fonda, ¿hay algún otro bar o restaurante en el pueblo? —pregunté, lanzando las gafas al fondo del sidecar.

—Ninguno que merezca la pena. Aquí es donde viene todo el mundo. Sobre todo los señoritos, con perdón.

—Y sin perdón.

—Hay algunos que dicen que tenían que cambiarle el nombre a la fonda y ponerle «ayuntamiento», porque aquí es donde discuten todas las cosas importantes.

Ya a través del ventanal se advertía que La alegría no era el típico bar que uno esperaría encontrarse en un pueblo como aquel; un bar pequeño, oscuro y maloliente. Al contrario: La alegría era un establecimiento luminoso y colorido, con aires de café cantante. El comedor, de planta ovalada, contaba con un escenario para espectáculos, y recordaba al decorado de una pintura de Lautrec —solo que habitada en este caso por personajes de un cuadro de costumbres decimonónico, ataviados la mayoría con boina, cayado y alpargatas—; distribuidos por las paredes había faroles, espejos, adornos florales, y hasta paisajes de inspiración vanguardista, uno de ellos una interpretación o reproducción de un lienzo de Dalí.

Eso sí, si se rascaba la superficie pronto afloraban las vergüenzas. En una de aquellas mesas, por su antigüedad, bien hubiera podido comer sus últimas sopas el general Prim. La mantelería de encaje y las servilletas dispuestas en abanico sobre los vasos estaban amarillentas del uso. El papel de las paredes, de tonos verdes y granates, se caía a pedazos por las humedades. Y de la media docena de faroles —redondos, de inspiración asiática—, solo dos estaban encendidos, bien por ahorrar en la factura de la luz, bien porque el resto ni siquiera estaba conectado a la red eléctrica. En conjunto, el sitio transmitía una sensación de miseria profunda, hábilmente maquillada para embaucar al ojo menos diestro.

Nada más entrar, dos docenas de cabezas se volvieron hacia nosotros. Debíamos conformar la pareja de clientes más extraña que había entrado allí en mucho tiempo.

—¿Qué desean? —preguntó el fondista, un hombre de mediana edad, seboso, pelado y sin cuello, desde detrás de la barra.

—Comer —respondí, levantando la voz lo suficiente para que me escucharan al menos la mitad de los presentes.

El fondista hizo un gesto a la camarera, posiblemente su esposa, una mujer de unos cincuenta años vestida con un delantal azul marino, cuyo cuerpo rollizo nos guio por entre las mesas hasta una de las más apartadas. Alrededor de las otras enseguida se reanudaron las partidas de cartas interrumpidas por nuestra llegada.

—Un recibimiento áspero —dije.

Aparecido, colorado como un pimiento, no respondió nada. Se limitó a desprenderse del tricornio y fijar la mirada en el mantel.

La camarera regresó a la barra y tardó en volver para tomarnos nota mucho más de lo que hubiese resultado medianamente admisible. Como castigo, la obligamos a recitar la carta tres veces. Aparecido me permitió seleccionar el pedido: de primero, guiso de arroz con perdiz y pisto de tomate; de segundo, unos entresijos con patatas; y para beber, un Valdepeñas.

—¿Puedo preguntarle una cosa, inspector? —dijo Aparecido en voz baja, después de que la mujer nos abandonara de nuevo ya con la comanda anotada.

—Hombre, claro.

—¿A qué hemos venido, si puede saberse?

—¿A ti qué te parece? Pues a comer, ¿a qué viene esa pregunta?

—No. Digo que a qué hemos venido en realidad. A mí no me la da. Usted no ha querido venir solo por la comida.

—¿Para qué iba a querer venir si no?

—Pues mismamente para empaparse del ambiente, ¿no es eso lo que hacen los detectives?

—Arrea, tú, mira con lo que salta este ahora.

—¿Cree usted que el asesino está en esta sala?

—Ni lo sé ni me importa. Uno no puede ir por ahí sospechando de todo el mundo. Que no estamos en una película.

—¿Cómo se hace para resolver un crimen? ¿Cuáles son los pasos a seguir?

—¿Los pasos? ¡Qué sé yo! Unas veces es de una forma y otras de otra, según.

—Debe ser muy emocionante su vida. Como una novela de espías.

—No te creas, a veces se parece más a una viñeta del *TBO*.

—¿Le puedo hacer una pregunta personal?

—Ya puestos, venga.

—¿Está usted casado?

—No. Ni ganas, por el momento. ¿Y eso a qué viene?

—A nada, a que no lo hacía a usted un hombre casado. A mí sí que me gustaría dar pronto el salto, pero todavía sigo a la espera de mi media naranja, como se suele decir. No abundan las chicas de mi edad en este pueblo. Y siendo guardiacivil no lo tiene uno fácil.

—¿Te puedo preguntar yo algo?

—Sí, ¿cómo no?

—¿Conocías personalmente al agente Chaparro y al sargento Belagua?

La pregunta le cogió desprevenido. Tardó unos segundos en contestar.

—Sí, claro. Me llevaba bien con los dos —respondió—. Trataba más con Víctor que con Ramón, por aquello de que era de mi misma graduación y porque había menos diferencia de edad. Con el sargento mantenía un poco más las distancias, pero también le tenía aprecio.

—¿Cómo eran?

—No sé qué decirle, normales, igual que el resto.

—Algunos vecinos en sus declaraciones dicen que el sargento Belagua tenía fama de ser un hueso...

—Sí, bueno, eso sí es verdad. Lo de que tuviera la fama, digo, no que lo fuera realmente, porque luego no era para tanto. El sargento era muy tosco en el trato y poco hablador, pero en el fondo tenía buen corazón. Había que verlo cómo se le caía la baba con su niña cogida en brazos.

Según los informes, el sargento Ramón Belagua dejaba viuda y una niña de tres años. La mujer ni siquiera había sido interrogada, o, si lo había sido, no había quedado constancia escrita de ello.

—¿Qué ha sido de ellas, la hija y la esposa del sargento? —pregunté—. ¿Continúan viviendo en el puesto de Valrojo?

—No. Se han vuelto a su pueblo, en Ávila o por ahí, creo.

—¿Cómo dirías que era la relación del sargento con su mujer?

Aparecido carraspeó, dando a entender que la pregunta se le antojaba impertinente. Pero de todas formas respondió:

—Se comportaba bien con ella. La relación era buena, hasta donde yo sé. Otra cosa son las cuestiones de alcoba, que ahí ya no me atrevo a meterme.

—¿Sabes si la mujer mantenía relación con otras personas? Me refiero a si recibía visitas, si salía a pasear con sus amigas, cosas así.

—No lo sé. Ellos vivían en el puesto de Valrojo y yo en la casa cuartel aquí en Las Angustias. Pero aun así, me imagino que no, no creo que ella recibiera muchas visitas ni saliera demasiado con nadie. Las mujeres de los guardiaciviles apenas se relacionan con la gente de fuera. Solo se relacionan con sus familias y con las mujeres de otros guardiaciviles. En el pueblo las miran mal, ya sabe, por aquello de ser mujeres de quienes son.

El comentario de Aparecido me recordó a una novela sobre la que había leído en los periódicos y que el año anterior había sido finalista del Planeta. Yo por entonces leía poco, pero la historia de un grupo de mujeres de guardiaciviles aguardando juntas a que les confirmaran cuál de sus maridos había muerto me había llamado lógicamente la atención. Había anotado el título de la obra para hojearla en cuanto tuviera oportunidad. *El fulgor y la sangre*, se llamaba.

—¿Es posible que la mujer del sargento Belagua le estuviese engañando con otro? —pregunté ya abiertamente.

Aparecido carraspeó de nuevo.

—Lo dudo mucho —respondió—. La mujer del sargento era una santurrona. Además, el sargento no era un hombre al que se le pudiera engañar fácilmente.

—Para según qué cosas, las santurronas son las peores...

—Le aseguro yo que esta no es de esas. De las peores, digo. La mujer del sargento solo tenía ojos para su marido.

—Lo habrá pasado mal, entonces.

—Ya lo creo que sí. La mañana en que se enteró de que lo habían matado hubo que llamar al doctor porque se desmayó y todo. Y los días siguientes no se movió de la cama. Estuvo a puntito de irse detrás de él.

—Pobre mujer.

—Sí, pobre. Porque si al sargento lo hubieran matado a tiros, pues todavía, porque como que eso es algo que nos va en el sueldo, el tener que enfrentarnos a cualquiera que le dé por agarrar una escopeta y liarse a robar o a matar. Es para eso para lo que nos pagan, para plantarle cara a esa gente, y si nos quitan el traje, pues bueno, es su vida o la nuestra, unas veces ganan ellos y otras nosotros... Pero que lo maten a uno de esa forma, con tanta humillación, no hay derecho. No, a eso no hay derecho.

Aparecido calló y yo respeté su silencio.

—¿Qué me dices de Víctor Chaparro? —pregunté, pasados unos instantes—. ¿Sabes si tenía novia, o si se entendía con alguna mujer de por aquí?

—No, que yo sepa —respondió Aparecido—. A menudo le oía hablar de lo maja que era fulanita o menganita, pero nunca le vi intimar con ninguna.

—Tú descartarías, por tanto, el móvil pasional.

—¿Qué es eso del «móvil»?

—Digo que si tú descartarías que alguien haya matado a Víctor por un lío de faldas o algo parecido.

—Sí, yo lo descartaría por completo.

—¿Sabes si alguno de los dos estaba metido en algo? Quiero decir, si se sacaban algún dinerillo bajo cuerda.

—¿Se refiere al contrabando? Pues no. Antes, con las cartillas de racionamiento, había muchos que se dedicaban al estraperlo, pero ahora ya no. El capitán Cruz es muy estricto para estos temas.

—Sí, eso me ha dicho.

—Antes sí, ya le digo, era lo habitual. Ahora los hay que todavía menudean de vez en cuando, pero muy poco, como mucho algunas cajetillas de tabaco o algún paquete de café. Pero no sale a cuenta, porque el capitán tiene un buen olfato para esas cosas. Enseguida se entera si alguno está pringado en alguna historia, y no le tiembla el pulso a la hora de imponer una sanción, se lo aseguro, aunque suele intercambiarlas por tareas manuales u horas de patrulla. En realidad no le importa que entren productos de contrabando en el pueblo ni tampoco que los consumamos, lo que no tolera es que seamos nosotros quienes trapicheemos con ellos. Está obsesionado con dar una buena imagen de cara al exterior. Viene de una familia con tradición en el Cuerpo y debe tener aspiraciones de llegar muy alto, y posiblemente no quiera que en el futuro nadie tenga nada que poder echarle en cara, ninguna mancha en su expediente, para entendernos.

—Entonces no me extraña que ande tan escamado. Si lo que quería era una carrera sin mácula, le ha caído encima un marrón importante con todo esto de los asesinatos... Pero bueno, cambiando de tema, dime, ¿hay prostíbulo en este pueblo?

—¿Perdón?

—Digo que si hay prostíbulo en este pueblo.

—Bueno, prostíbulo como tal, no... Está la Merceditas, que atiende a hombres en su casa, pero nada más. ¿Por qué lo pregunta?

—¿Sabes si el sargento Belagua y el agente Chaparro eran clientes de esta mujer?

Aparecido comprobó que no hubiera nadie escuchando alrededor. Luego respondió:

—Víctor iba a verla a menudo. Ramón, no lo sé, pero no me extrañaría que también hubiera ido alguna vez. La lista de clientes de la Merceditas es muy larga. Hay que coger cita con bastante antelación, como para ir al dentista.

—¿Cómo se coge cita?

—¿Por qué quiere saberlo?

—Interés profesional.

—Se coge cita hablando con su hermano Rafael. Siempre lleva una libretita encima donde apunta los nombres y las horas de cada cliente.

—¿Su propio hermano le hace de chulo?

—Sí. A mí al principio también me chocó. Pero luego, bien pensado, pues para que se lleve otro las ganancias, mejor que quede todo en familia.

—Pues la verdad, visto así...

—Estoy seguro de que en Madrid ha conocido usted cosas peores.

—Sí, muchísimo peores... Dime, y este Rafael, ¿qué tipo de persona es? ¿A qué se dedica?

—Pues es un sujeto bastante corriente. Tirando a bruto, como casi todos por aquí. Trabaja de mediero en dos o tres fincas, y es habitual verle borracho como una cuba un día sí y otro también. ¿Por qué lo pregunta?

—Porque un sujeto que vende a su hermana por dinero, bien puede matar por dinero.

—Ha dicho usted antes que no hay que sospechar de todo el mundo.

—Yo no sospecho que este hombre haya matado a nadie. Sospecho que haya sido capaz de hacerlo. Hay alguna diferencia. En cualquier caso, me parece que vamos a tener que hablar con él y con su hermana.

En la barra, el fondista y la camarera departían animadamente con un grupo recién llegado de hombres que portaban escopetas y atuendos de caza. La comida, al parecer, todavía iba a tardar en llegar.

—Aún estoy esperando que me haga la pregunta —dijo Aparecido, tras un breve silencio.

—¿Qué pregunta?

—La pregunta que yo esperaba que fuera a hacerme en primer lugar.

—¿La de si tienes alguna sospecha de quién ha podido matar a tus compañeros?

—Exactamente.

—Dime, si sospecharas de alguien, ¿no me lo habrías dicho ya?

—Me imagino que sí.

—Pues eso.

Íbamos para media hora larga de espera cuando la camarera tuvo a bien servirnos el vino y el pan, por lo que pudimos comenzar a picotear para calmar el hambre y la impaciencia.

En estas estábamos cuando dos hombres se aproximaron a nuestra mesa. Uno de ellos tendría unos treinta y tantos años, era alto y bien parecido, llevaba bigote y el pelo peinado hacia atrás con fijador, e iba vestido con una camisa a rayas de color blanco, corbata azul y un abrigo oscuro. El otro era panzón y narigudo, rondaría los sesenta, y vestía bonete y sotana.

—El cura es don Emiliano —me susurró Aparecido antes de que los dos hombres llegaran hasta nosotros—. El otro es don Blasín, el alcalde en funciones.

En la documentación del caso no se mencionaba a don Emiliano, pero sí se mencionaba en cambio, por motivos obvios, a don Blas Periane, ganadero de profesión, soltero y sin hijos. Don Blas, apodado «Blasín», era el primogénito de don Pascasio Periane, anterior alcalde de Las Angustias, y de doña Teresa Vegas, las víctimas del segundo crimen.

—Buenas tardes —saludó este, tendiéndome la mano—. Perdonen que les interrumpa. Soy don Blas Periane, alcalde del municipio. He querido acercarme a conocerlo a usted en persona, inspector. Espero que no le moleste.

—Las noticias vuelan —dije, correspondiendo a su saludo.

—Es un pueblo pequeño, aquí se sabe todo.

El sacerdote tosió discretamente para que le permitiéramos intervenir.

—Yo soy don Emiliano, párroco del pueblo, para servirlo a usted en lo que necesite.

—Lo agradezco —dije, y también a él le estreché la mano, en vez de besársela—. Este es Aparecido, mi ayudante.

—Mucho gusto —acertó a decir Aparecido, estrechando la mano del alcalde y besando luego la del sacerdote.

—Lo primero, don Blas —dije—, quiero que sepa que lamento mucho su pérdida, y le prometo que haré todo lo posible para atrapar al responsable de la muerte de sus padres.

—Gracias, inspector. En verdad ha sido algo terrible. Aún no lo he asimilado. Creo que ninguno lo hemos asimilado todavía. Está todo el pueblo revuelto, y las aguas van a tardar tiempo en volver a su cauce.

—Por favor, siéntense con nosotros. Podemos charlar un rato mientras esperamos a que llegue la comida.

Arrimaron dos sillas, y una vez estuvieron sentados, la

camarera apareció a todo correr, como si la hubieran avisado por un interfono.

—¿Desean los señores tomar alguna cosa? —preguntó.

—Yo nada, Josefa —respondió don Blas—. ¿Y usted, don Emiliano?

—Una copita de anís, si hace usted el favor.

—Ahora mismo.

—Espérate, Josefa —añadió el alcalde—, mejor que lo sirva la Josica, que se mueve con más gracia.

—A mi Josica déjela usted en paz, don Blasín, que está arriba, en su habitación, estudiando.

—¿Y para qué tanto estudiar? —El tono de don Blas era más desdeñoso que interrogativo.

—Tiene que acabar el Bachillerato —respondió la mujer, indiferente al tono de la pregunta—. Después del verano la mandaremos a la universidad, si dios quiere.

—Lo que tiene que hacer es echarse pronto un buen novio y dejarse de tantos humos, que parece que andase buscando llegar a ministra.

—Me suena que ya hubo alguna ministra cuando los republicanos —dije—, pero no me hagan mucho caso, yo era todavía muy pequeño por entonces y no atendía a esas cosas.

—Tiene usted razón, inspector —dijo el sacerdote—. Hubo una ministra y varias diputadas cuando la República. Pero a ministro no se llega estudiando, se llega teniendo influencias, buen olfato, y un poco de suerte. Hay que estudiar mucho más para ser ministro de dios. Por lo menos tenemos que aprender latín, que ya es algo.

—Sí, pues solo eso nos faltaba —replicó el alcalde—, una mujer en el gobierno. Aunque igual nos iba hasta mejor, sobre todo a la hora de negociar con los extranjeros, que no es lo mismo discutir a cara de perro con otro como tú, de hombre a hombre, ni que sea en otra lengua, que discutir con una mujer, que ahí a más de uno, sobre todo a esos ingleses y americanos, con lo bien educaditos que son, se las íbamos a colocar dobladas. Si tuviésemos a una mujer dedicada nada más que a ello, tal y como son la mayoría de ellas, no les extrañe que hasta acabaran por devolvernos Gibraltar.

—¿Y qué va a estudiar su hija? —pregunté a la mujer.

—Aún no lo sabemos —respondió—. Dice que quiere hacer Comercio para poder ocuparse de la fonda y sacarle más rendimiento en el futuro, pero que también le gustan la Filosofía y las Letras. Aunque todavía le queda tiempo para decidirse.

—No sé cómo le consentís esas ocurrencias... —señaló don Blas.

—A mí antes no me parecía sensato —admitió la mujer—, pero ahora hasta me hace ilusión, porque la veo que vale y que no se lo toma a guasa. Además, mejor que esté metida entre libros que no que esté por ahí como otras buscando que la saquen los muchachos de paseo, que ya sabemos cómo acaban todas esas, tomándose el cocido antes de hora.

—¿Y de quién ha partido la idea de que la niña estudiase? —pregunté.

—De su padre, mi marido —respondió la mujer—, que desde siempre ha estado empeñado en que por lo menos uno de sus vástagos había de tener estudios. Y como el otro, el mayor, se nos murió de chico, pues ha tenido que ser ella, la Josica, que es la única que nos queda.

—Yo, ciertamente, no creo que esté del todo mal que la mujer estudie y se prepare —opinó don Emiliano—, siempre y cuando que no deje de lado el cuidado del hogar y que se aplique a estudiar disciplinas afines a su condición. Para enseñar a los niños pequeños, por ejemplo, los hombres no sirven, ahí tienen que ser las mujeres, y las mujeres pueden ocuparse también de la parte administrativa de muchos negocios, que ahí ellas, que tienen buena cabeza para los detalles, se las arreglan mejor incluso que los hombres, a los que enseguida se les escapa algún pedido o alguna factura... Si se trata de otra cosa más compleja, como operar del corazón o hacer cálculos para levantar un edificio, pues ahí ya tienen que ceder el paso al varón. Otra cosa aparte son las humanidades, claro está, donde no han faltado mujeres destacadas, aunque hayan sido casos muy concretos, como lo fueron los de nuestra santa Teresa, por quien algunos hacen ahora campaña para que sea declarada doctora de nuestra Iglesia, o la hermana Juana Inés de la Cruz.

—También está Concepción Arenal —dije—. Yo no he leído nada de ella, pero he oído decir que fue una erudita y un alma desinteresada.

—A esa mejor ni mentarla —me reprendió el sacerdote.

—La mujer tiene que estar en la casa —sentenció don Blas—, y no hay más que hablar. Es lo que manda dios y es como tiene que ser.

—Dios envía al mundo a personas con capacidades muy diversas —repuso el sacerdote—. Si hay mujeres con inquietudes intelectuales y posibilidad de desarrollarlas, hay que permitirles que lo hagan, aunque, como acabo de decir, tiene que ser dentro de los límites de la racionalidad.

—Lo que hay que oír —rio don Blas—. Ahora a sus años se está usted ablandando, don Emiliano.

—No se llame a engaño —respondió este—. No hay que confundir sensatez con debilidad.

—Pues a mí personalmente me gusta que una mujer tenga algo en la cabeza, aparte de las pinzas y la laca —dije—. Más que nada para poder conversar con ella de vez en cuando de algún tema un poco más serio que el color del vestido que llevaba la vecina del octavo o el peinado de la del séptimo. No es que tenga que ser arquitecta o ingeniera, entiéndanme, que yo soy el primero que no valdría para ello, pero que por lo menos tenga unos conocimientos mínimos para poder entretenerse uno hablando con ella.

—Pues vaya un entretenimiento —dijo el alcalde.

La camarera hacía rato que se había ido, desentendiéndose de nuestras últimas intervenciones. Don Blas sacó entonces una cajetilla de Farias y ofreció. Yo agarré uno. Don Emiliano y Aparecido negaron con la cabeza. Con mi encendedor, encendí primero el mío y después el de don Blas.

—Y bien, inspector, ¿cómo lleva la investigación? —preguntó don Blas, con el purito en la boca, en tono distante, como si me preguntara por el tiempo que habíamos tenido ayer en la capital.

—Aún no hemos empezado, a decir verdad —respondí—. Todavía estamos en la línea de salida.

—Tengo plena confianza en usted —aspiró con fuerza y liberó una voluta de humo que cubrió su rostro por un instante—. He escuchado que es una celebridad en Madrid.

—No sé de dónde se ha sacado usted eso.

—Uno tiene sus fuentes.

—Pues creo que no son muy de fiar.

—¿Acaso no le concedieron el año pasado la Medalla de Plata al Mérito Policial? ¿No se la entregó el ministro de la Gobernación en persona?

—¿Quién le ha dicho a usted eso?

—¿Es verdad o no?

—Sí, es verdad.

—¿El ministro le concedió a usted una medalla, inspector? —preguntó Aparecido, boquiabierto.

—Sí, pero no tiene mucha historia —respondí—. Se la conceden a todos los que reciben un tiro en acto de servicio.

—¿Le pegaron a usted un tiro? —preguntó, todavía más boquiabierto.

—Sí, fue hace cosa de un año, en el transcurso de una redada al cuartel general de una banda que se dedicaba a asaltar almacenes de la RENFE. Pensábamos que sería coser y cantar, pero la cosa se complicó, y una bala perdida vino a alojárseme en las tripas. Afortunadamente, era una pistola de bajo calibre, una de esas Sindicalistas de antes de la guerra, y no me causó mucho destrozo. Todo se saldó con un par de meses en cama y un par más de rehabilitación. Mientras estaba ingresado en la clínica, recibí un telegrama del caudillo en el que me agradecía mi valor y mi esfuerzo, y luego me montaron en Jefatura una pequeña ceremonia para entregarme el galardón, pero nada del otro mundo, fue cosa de media hora.

—Sacaron una foto suya en los periódicos, ¿eso le parece a usted poco? —preguntó el alcalde.

—Ni poco ni mucho. Pero digamos que para mí no fue una experiencia precisamente agradable, ni tampoco me ha quedado un buen recuerdo. Para que se hagan una idea, les diré que me pasé ocho semanas orinando a través de un tubo, disculpen ustedes la imagen.

La tal Josefa trajo la copa de anís del sacerdote, y este dio un sorbo mientras el resto observábamos en silencio.

—Don Blas, desearía charlar con usted en privado cuando esté usted disponible —dije—. Esta tarde mismo, si fuese posible. Tengo algunas preguntas que hacerle sobre sus padres, que en paz estén.

—¿Es realmente necesario, inspector? —replicó el alcalde—. Ya hablé largo y tendido con sus compañeros de la Guardia Civil.

—Lo sé, he leído su declaración. Pero es indispensable.

—En ese caso, este momento es tan bueno como cualquier otro. Don Emiliano es un viejo amigo de la familia y no tengo secretos para él. Y en cuanto a su ayudante, tampoco tengo inconveniente en que esté presente durante la conversación.

—Como guste, pero he de advertirle que deberemos tratar algunas cuestiones un tanto incómodas.

—Usted cumpla con su deber.

—De acuerdo. —Con un gesto ceremonial, extraje la libreta de notas y el lápiz del bolsillo interior de la chaqueta, como para remarcar que desde ese instante la charla tomaba un cariz distinto—. Don Blas, usted en su declaración dijo desconocer qué motivo pudo haber impulsado a alguien a acabar con las vidas de sus padres, y no albergar sospecha alguna sobre ningún vecino. Ahora, después de haber tenido tiempo para reflexionar con más calma y poner en orden sus ideas, ¿sigue pensando lo mismo?

—Sí. Le he dado muchas vueltas al asunto, he repasado mentalmente a todos y cada uno de los vecinos, he intentado imaginar qué beneficio hubiera podido obtener cualquiera de ellos de la muerte de mis padres, pero ha sido inútil, nadie tenía nada en contra de ellos.

—Don Pascasio y doña Teresa eran dos personas muy queridas en el pueblo —intervino don Emiliano; estaba claro que iba a ser una entrevista a tres bandas—. Es absurdo suponer que ningún vecino haya podido atentar contra ellos de esa forma.

—¿Dónde se encontraba usted, don Blas, cuando le comunicaron la noticia? —pregunté.

—Aquí mismo, en la fonda. Como era domingo y hacía mal tiempo, pasé aquí toda la tarde jugando a las cartas. A eso de las nueve y media o las diez, cuando ya estaba a punto de marcharme a casa, vino una pareja de la Guardia Civil en mi busca para informarme de la tragedia.

Según constaba en los informes, alrededor de las ocho de la tarde del dos de enero de aquel año, hacía exactamente quince días, un individuo de nombre Braulio Fresnero, de cincuenta y un años de edad, había escuchado diversas detonaciones que creyó identificar como disparos de un arma de fuego procedentes de la casa de campo de don Pascasio y doña Teresa, situada a escasos metros de su vivienda. El testigo, que no quiso arriesgarse a entrar personalmente en la casa, recorrió a pie una distancia de varios kilómetros para dar parte en el cuartel de la Guardia Civil, desde donde partió al instante una patrulla compuesta por una docena de agentes. Esta patrulla halló los cuerpos de don Pascasio y su mujer acribillados a balazos en la parte trasera de la finca. Esa misma noche se realizó una batida por las montañas en busca del responsable, la cual se dio por concluida sin éxito a la mañana siguiente.

—Dice usted que esa tarde hacía mal tiempo, ¿era normal que sus padres se desplazaran en una tarde así a su casa de campo, fuera de su domicilio habitual en el pueblo? —pregunté.

—Sí —respondió el alcalde—. Mi padre iba todas las mañanas y todas las tardes a dar de comer al ganado y vigilar los cultivos y la casa. Mi madre lo acompañaba los fines de semana.

—¿A qué se refiere con eso de vigilar los cultivos y la casa? ¿Es que temía que le robaran?

—Un temor fundado, créame. Por esta zona hay muchos que tienen la mano muy larga.

—No debe usted juzgarlos con dureza, inspector —aseguró don Emiliano—. Existen algunas familias necesitadas en el pueblo que recurren a la delincuencia para saciar su apetito.

—Familias de vagos, granujas y sinvergüenzas —puntualizó el alcalde—, contra los que la Guardia Civil no actúa con la debida contundencia. Pero eso se ha de acabar. Conmigo en el ayuntamiento van a cambiar mucho las cosas. A mi padre le perdía la compasión, y ya ven cómo le ha ido.

—¿Creen ustedes que estas personas necesitadas puedan estar relacionadas con los crímenes? —pregunté.

—No, eso es imposible —respondió don Emiliano—. Lo que mueve a estas familias a delinquir es el hambre, no la maldad.

—El hambre me parece una razón más que justa para matar.

—Es posible, pero sobre esto yo opino como don Emiliano —convino el alcalde—. Aquí todos nos conocemos y sabemos de qué pie cojea cada uno. Aunque a mí personalmente nada me gustaría más que encerrar a esos malnacidos en una celda y tirar la llave al río, no creo que ninguno de ellos haya tenido nada que ver con lo de mis padres.

Don Blas descabezó su purito sobre el mantel, con precaución de no quemarlo. La camarera permanecía de pie junto a la barra, con la mirada fija en nuestra mesa, a la espera de una señal para servirnos finalmente la comida. Con el estómago vacío por haber vomitado antes el desayuno, yo ya comenzaba a sentir pinchazos en el vientre.

—Hay un asunto relativo a sus padres del que no se habla en los informes, don Blas —dije—, y del que me gustaría preguntarle.

—Usted dirá.

—¿Cómo era su vida en pareja?

—¿Qué quiere decir con eso de su vida en pareja?

—A cómo eran en la intimidad, cómo se trataban el uno al otro.

—Pues eran un matrimonio normal, como dios manda —explicó el alcalde—. En mi casa mi padre siempre llevó los pantalones, como no podía ser menos. Y aunque mi madre no siempre estaba de acuerdo con todo lo que él hacía, al final él siempre sabía imponerse.

—Disculpe la pregunta, pero, ¿alguna vez su padre puso la mano encima a su madre?

—No, inspector, jamás. Y créame que más de una vez tuvo motivos para ello. Ya sabe cómo son las mujeres. A menudo hay que meterlas en vereda. Pero él nunca lo hizo.

—De nuevo, disculpe la pregunta, pero, ¿sabe usted si alguno de sus padres cometió alguna vez una infidelidad?

—Inspector, no creo que sea de recibo tratar estas cuestiones en público —indicó el sacerdote.

—Lo lamento —me excusé.

—Tranquilidad, don Emiliano —rogó el alcalde—. El inspector hace lo que debe. Y respondiendo a su pregunta, le diré que no, ninguno de mis padres cometió jamás una infidelidad. Eso puedo jurarlo ante la virgen. Que me parta un rayo ahora mismo si miento. Aunque tuvieran sus desencuentros, como es lógico, en ese aspecto eran un matrimonio modélico. Don Emiliano puede dar buena fe de ello, porque él sabe mejor que nadie lo que se cuece de puertas para adentro en muchas casas de este pueblo.

El sacerdote asintió complacido por la mesura de la respuesta.

—Otra cosa —dije—, usted, don Blas, en su declaración negó que existiera ningún tipo de relación personal entre sus padres y los guardiaciviles Víctor Chaparro y Ramón Belagua, más allá de las ocasiones puntuales en que su padre, en calidad de alcalde, se hubiera visto obligado a tratar con ellos, ¿no es así?

—Sí, así es. Mis padres, como todos en el pueblo, lamentaron profundamente la muerte de estos dos hombres, pese a que para ellos, como para casi todos, eran dos perfectos desconocidos.

—¿Y usted, don Blas? ¿Los conocía personalmente?

—Alguna vez había hablado con ellos, pero lo justo y necesario. Nada más que hola y adiós.

Don Emiliano apuró su copa de anís y don Blas su purito, cuya colilla depositó en la copa vacía del sacerdote. Yo aproveché la pausa para tomar algunas notas en mi libreta. Como de costumbre, solo anoté palabras sueltas.

—Imagino que estarán al tanto —dije— de que hay algunas voces que apuntan a motivaciones políticas como posible causa de estas cuatro muertes. ¿Qué opinión les merece esta posibilidad?

—Yo no opino ni dejo de opinar nada —respondió don Blas—. Sé que todavía quedan rojos en el pueblo, pero hasta ellos tenían a mi padre en alta estima, y no sabría decirle si esto ha podido ser o no obra suya.

—¿Podría usted nombrarme a alguna de estas personas, alguno de esos rojos que usted dice?

—El principal de ellos es don Abelardo, un viejo tarado que vive por su cuenta en el bosque, alejado del pueblo. Casi le diría a usted que es el único que queda, el único rojo de verdad, digo, porque el resto se han ido muriendo o marchando del pueblo en estos años, y aparte de él solo están algunos hijos de o sobrinos de que solo son rojos de refilón, ya me entiende, por parentesco y no por convicción. Luego debe haberlos a montones que hayan sabido pasar desapercibidos todo este tiempo, pero de esos no sabría decirle nada.

—Este don Abelardo me supongo que será el mismo don Abelardo que fue detenido por la Guardia Civil tras el primer crimen.

—Sí, ese es. Fue de los que más ayudó a los guerrilleros que se echaron al monte después de la guerra. Por aquel entonces lo tuvieron preso en no sé qué cárcel y anduvieron a fusilarlo, pero luego lo dejaron marchar, dios sabrá por qué.

—Me he enterado de que lo han soltado esta misma mañana —indicó don Emiliano.

—Ya se sabía que más tarde o más temprano lo habrían de soltar —aseguró don Blas—. Ese hombre, por su edad y por cómo tiene la cabeza, no está ya en condiciones de matar a nadie.

—Tampoco es tan mayor —dije—. Sesenta y dos años, según los informes.

—Parece mucho más viejo en persona, ya lo verá usted. Esa gente envejece pronto. Los comunistas, digo. Es lo que tiene la mala vida. Son mentes enfermas. Unos están ya enfermos antes de entrar al partido, otros van enfermando con las cosas esas que les hacen leer. Así están, que ya no saben ni a quién matan ni por qué, aunque últimamente ya ni matan siquiera, están acobardados, han perdido fuerza.

—No hay peor enfermedad que abandonar la verdadera fe en pos de una falsa idolatría —afirmó don Emiliano.

—Lo mismo que los anarquistas —añadió el alcalde—. A esos sí que no hay quien los entienda. Matar por matar. Y cuando no quede nadie vivo, ¿entonces qué hacemos? Para mí que todo esto lo hace el aburrimiento. Cuando las cosas van como tienen que ir la gente se aburre y se dedica a inventarse ideologías para revolverlo todo... Ya verá usted cómo ahora que todo vuelve a marchar como es debido nos salen con alguna otra mandanga. Verá como en nada tenemos a algún otro grupo de descerebrados poniendo bombas y matando a gente por la espalda con cualquier excusa peregrina.

—Disculpen que vuelva al tema —dije—, pero, aparte de don Abelardo, ¿qué otras personas del pueblo conocen ustedes que colaboraran en su día con los del monte?

El alcalde y el sacerdote intercambiaron una mirada incómoda.

—Ha pasado mucho tiempo desde entonces, inspector —respondió don Emiliano—, y cada cual ha pagado ya sus deudas de una forma o de otra. Es mejor no reabrir viejas heridas.

—Entiendo —dije.

—Se está haciendo tarde, inspector —indicó don Blas—, y ustedes aún no han comido. ¿Tiene alguna pregunta más?

—Las tengo, sí, pero no tengo inconveniente en guardármelas para otra ocasión.

—Siendo así, queden ustedes con dios —se despidió don Blas, levantándose.

Don Emiliano se levantó a su vez, y, tras otro rápido

apretón de manos, los dos hombres se marcharon por donde habían venido, abandonando el local a toda prisa.

—Una despedida un tanto brusca, ¿no te parece? —pregunté a Aparecido, al tiempo que devolvía la libreta al bolsillo.

—Al revés —repuso Aparecido—. Yo hubiera esperado otra reacción incluso peor. En este pueblo hay temas que es mejor no tocar, ya sabe, y menos en un sitio como este, a la vista de todos.

—Ya, me acabo de dar cuenta.

No había pasado un minuto desde la marcha de don Blas y don Emiliano y ya teníamos ante nosotros el guiso de cordero, que devoramos a toda prisa. La camarera prácticamente esperó a nuestro lado hasta que rebañamos el último bocado para retirarnos el plato vacío y traernos el segundo. Al parecer, haber departido amistosamente con don Blas y don Emiliano había contribuido a una notable mejora del servicio. Al terminar el segundo plato, pedimos dos cafés solos.

—Hará por lo menos un año desde la última vez que probé café de verdad —dijo Aparecido.

—Pues aprovecha, que igual pasa otro año hasta la siguiente.

Después del café y del ineludible cigarrillo de sobremesa —Aparecido despreció mi tabaco de picadura y fumó uno de sus rubios—, nos levantamos y nos acercamos a la barra a pagar. El fondista nos informó entonces de que todo estaba en orden, aunque no especificó si había sido por cortesía de don Blas, de don Emiliano, o por cuenta de la casa, como compensación por la interminable espera que habíamos tenido que soportar. Aun así, saqué dos billetes de cinco y los puse sobre la barra.

—Uno para que le compre alguna chuchería a su hija, que por lo que he escuchado bien merecida la tiene —dije—, y el otro para usted, para que tome algo a mi salud.

—Con mucho gusto, caballero —dijo el fondista, guardándose los billetes en el bolsillo.

4

De nuevo en la calle, el cielo no pintaba tan oscuro como antes, y la lluvia había perdido intensidad. Pero era una tregua pasajera, puesto que por el oeste se advertía la llegada de un segundo frente tormentoso aún más virulento que el que acababa de pasarnos por encima.

—¿Adónde vamos ahora? —preguntó Aparecido.

—Deberíamos ir a examinar los lugares de los crímenes, pero no creo que con este tiempo sea una buena idea —respondí.

—¿Entonces qué hacemos?

Yo me estaba haciendo esa misma pregunta desde hacía rato.

—Tenemos dos opciones —dije, después de cavilar unos segundos—: podemos ir a interrogar a la persona que encontró los cuerpos de los dos guardiaciviles, el señor José Manuel Campillo Luna... —Aparecido sonrió al escuchar el nombre—. ¿Qué te hace gracia?

—Lo de «señor» —respondió—. José Manuel, *el Lolo*, es un crío de quince años.

—Se puede ser un señor con quince años, y hasta con menos —repliqué, recordando que, efectivamente, en algún rincón de la documentación se mencionaba la edad del susodicho José Manuel.

—Es posible, pero no creo que sea este el caso.

—¿Por qué no?

—¿Se acuerda de la mujer de la que hablamos antes?

—Sí, la Merceditas, la mujer de la vida.

—Pues el Lolo es hijo suyo.

—No me digas.

—Le digo.

—¿Y quién es el padre de la criatura?

—No se sabe a ciencia cierta, pero candidatos no faltan. Quienquiera que sea ha tenido la fortuna de que el chico haya salido a la madre. Así se ha librado de mantenerlo.

Aparecido rio él mismo su ocurrencia.

—Bueno, pues como te decía —continué—, podemos ir a hablar con el muchacho este, el Lolo, o podemos ir a ver al juez de paz, el señor Sebastián Sagunto, porque me supongo que este sí será señor, o señoría al menos... ¿Quién de los dos crees que será más fácil de encontrar a estas horas?

—El juez me imagino que andará por el juzgado, que queda aquí al lado —respondió Aparecido—. El Lolo vaya usted a saber por dónde para.

—Vamos a por el juez, entonces.

Decidimos que no merecía la pena mover la motocicleta, puesto que la teníamos aparcada a resguardo de la lluvia y nos arriesgábamos a tener que dejarla al raso en la puerta del juzgado. Por ello, tras cubrirse la cabeza con el tricornio, y yo hacer lo propio con mi sombrero, Aparecido me precedió tomando por una calle situada en el otro extremo de la plaza, que nos condujo a una pequeña plazoleta dominada por un ancho edificio de piedra de dos plantas en el que destacaban dos ventanas ojivales una a cada lado de la entrada principal, semejantes a dos ojos iracundos que miraran de frente a quien entrara en la plazoleta, y también la puerta en arco de medio punto que, por su extensión y el tono oscuro de su madera, se asemejaba a las fauces de un ogro del Sacro Bosco. De la fachada colgaba una placa de mármol blanco con la inscripción «Juzgado municipal».

—¿El edificio también es provisional? —pregunté, sorprendido por la extraña fisonomía del inmueble.

—Que yo sepa, no —respondió Aparecido.

Con las prisas por escapar cuanto antes de la lluvia, Aparecido y yo entramos a la carrera, y en el vestíbulo embestimos sin querer a un hombre que salía del juzgado. Aparecido tuvo que agarrarle de un brazo para evitar que cayera al suelo.

—Usted disculpe, don Fermín —se excusó Aparecido.

El hombre tenía unos cincuenta años, el pelo cano, y estaba algo entrado en carnes. Pero aparte de su extravagante indumentaria —traje color beis, camisa verde claro, corbata naranja, zapatos de ante marrones y bastón con punta de acero—, lo que más llamaba la atención del individuo era su olor. Olía a colonia femenina, un aroma dulce, como a melocotón.

—¡A ver si miran por dónde van! —nos espetó el sujeto—. ¿Y este quién es? —preguntó, posando en mí su mirada.

—Soy el inspector Ernesto Trevejo, del Cuerpo General de Policía de Madrid —respondí, e hinchándome como un pavo, añadí—: ¿Y quién es usted que se cree con derecho de hablarme de esa manera?

—Soy don Fermín Vázquez del Encina Camargo, conde de Mirasierra, y le hablo a usted como me da la real gana.

La heráldica del conde no me impresionó lo más mínimo. Aun así, decidí no entrar al trapo y dejarlo estar.

—Márchese usted en buena hora, señor conde —le dije, dándole la espalda.

El conde, satisfecho con el repliegue del enemigo, se alisó el traje y, sin añadir una palabra e indiferente a la lluvia, salió a la plazoleta.

—No haga usted caso —dijo Aparecido—. El pobre desgraciado no está bien de la cabeza. Le pasa como a don Quijote.

—¿Se ha vuelto loco por leer libros?

—No, es un hidalgo venido a menos que todavía se cree que es alguien en esta vida. En el pueblo cada vez le tienen menos respeto.

—Y menos que lo respetarán, si sigue perfumándose como una furcia.

Aparecido rio de buena gana mi salida de tono. Luego, recomponiéndose, agregó:

—A mí este hombre me da más lástima que otra cosa. Hace pocos años se le murió la mujer, y hace otros tantos se le murió el hijo. Se ha quedado solo en el mundo, y cuando se muera se va a llevar consigo todos los títulos de su familia.

—Pues a mí, qué quieres que te diga, no me inspira ninguna lástima. Lástima me dan los que, como nosotros, se pasan la vida trabajando para ganar cuatro cochinas pesetas.

—No creo que al conde le sobren precisamente las pesetas. Según he oído, está medio arruinado.

—Mucho patrimonio y poca liquidez. Eso les pasa a los aristócratas que no saben adaptarse a los nuevos tiempos. En Madrid tenemos decenas de ellos. Anda, vamos para adentro.

En el interior del juzgado, los pasillos estaban tomados por pilas de carpetas y archivadores desparramados por el suelo sin ningún orden. Aparecido me guio por entre aquel caos hasta el piso superior, sin que nadie nos saliera al paso.

—¿Cómo es posible que no haya ninguna vigilancia? —pregunté—. ¿Y si a alguien le diera por llevarse un puñado de papeles?

—He escuchado que el señor secretario lleva enfermo un par de semanas, por eso no hay nadie aquí abajo —respondió Aparecido, sin concederle mayor importancia al asunto.

El despacho del juez estaba en la segunda planta, al lado de las escaleras. Llamamos a la puerta y nos abrió un tipo barbudo, de alrededor de sesenta años, que llevaba traje oscuro y camisa blanca. Portaba sobre la nariz unos anteojos redondos que le conferían un aspecto de académico o erudito. De su corbata, también oscura, colgaba un alfiler con la bandera de la Falange Española.

—¿Sí? —preguntó, como si acabara de descolgar el teléfono.

—¿El juez Sebastián Sagunto?

—Sí, ¿qué desean?

—Su señoría, soy el inspector Trevejo. Me mandan de Madrid para ocuparme del asunto de los crímenes.

—Ah, sí. Me llamaron esta mañana para avisarme. Pase, pase, inspector.

El despacho del juez también estaba tomado por montones de documentos, pero, al contrario que en los pasillos, allí los papeles parecían organizados con cierto criterio, en columnas bien distribuidas por el espacio.

—Habrá de disculpar usted todo este desorden —se excusó el juez, como adelantándose a un posible reproche por mi parte—. Estamos cambiando el mobiliario, aunque, como puede ver, de momento solo se han llevado el viejo y estamos a la espera de que traigan el nuevo. Y además, mi secretario, que es quien normalmente se encarga de tenerlo todo más o menos organizado, se encuentra de baja indefinida, y no parece muy claro que vayan a mandarme a otro para suplirlo.

—Descuide, me hago cargo —dije—. He visto juzgados en peor estado.

—De eso no me cabe duda.

El despacho contenía los accesorios habituales: escritorio, lámpara, asientos, cuadro con motivos cinegéticos, bandera nacional, teléfono de pared y unos pocos elementos decorativos, entre ellos, una imitación de un jarrón de Sèvres y una bailarina de porcelana.

—Lo que realmente me sorprende es la cantidad de documentos que tiene usted acumulados —añadí, mientras su señoría tomaba asiento tras su mesa. A su espalda quedaba la única ventana del despacho, que, entreabierta, permitía la entrada del frío y la humedad del exterior—. No sabía que un juzgado de una localidad tan pequeña pudiera dar para tanto.

—Siempre ha dado para mucho —repuso el juez, invitándome a tomar asiento frente a él; Aparecido, fiel a su papel de acompañante, optó por quedarse de pie junto a la puerta—. Aquí no abundan los homicidios ni los atracos, como en las ciudades, pero solamente con el contrabando, los litigios por desavenencias entre lindes de fincas, las disputas por herencias, y otras bagatelas parecidas, no le queda a uno tiempo para aburrirse. Y eso por no hablar de la que me ha caído encima con la construcción de la presa. No se imagina usted la cantidad de complicaciones que me está causando.

—¿Qué tipo de complicaciones? Si me permite la pregunta.

—Pues todas las que usted se pueda imaginar. Pero lo peor con diferencia son las expropiaciones de terrenos. La empresa está pagando a diez mil pesetas la hectárea cultivable y a cinco mil la foresta, y los propietarios a los que les parece poco, que son todos, llevan semanas acudiendo a mí a quejarse, como si yo tuviera algo que ver con ello o pudiera hacer algo para ayudarlos.

—¿Quién decide a cuánto se paga la hectárea?

—Qué sé yo, la empresa, o el Estado a través de la empresa, o el amiguete que tenga el presidente de la empresa trabajando en el ministerio, vaya usted a saber. El caso es que los ánimos están bastante caldeados. Sin ir más lejos, don Fermín, el conde, que han debido cruzárselo al entrar al juzgado, me ha tenido una hora dándome la murga con el asunto. Y eso que él es de lejos el propietario que más dinero va a recibir, cerca de diez millones de pesetas.

—Siendo así, no veo motivos para la queja. Con ese dinero puede invitar a comer a media España, y a café a la otra media.

—Ya, pero a este el tinte azul de la sangre se le ha subido a la cabeza y le está volviendo majareta. Está obsesionado con el deber de preservar las fronteras del imperio, el señorío de sus ancestros y otras memeces parecidas.

—Un sentimiento muy noble, pero poco práctico.

El juez se encogió de hombros mostrando desinterés.

—Así que, como puede usted comprobar, inspector, tal y como está por aquí el panorama, lo último que me hacía falta era que encima comenzaran a llovernos muertos del cielo, perdón por la expresión.

La temperatura en aquella sala era tan baja que comenzaba a notar cómo se me hinchaban las puntas de los dedos en manos y pies. El juez Sagunto, al parecer inmune al frío, se resistía sin embargo a cerrar la ventana.

—Su señoría, ¿podría decirme cuál es el nombre de la empresa constructora de la presa? —pregunté, al tiempo que sacaba mi libreta.

—ENHECU —respondió el juez—. Escrito como suena pero con hache intercalada: «E, N, H, E, C, U», Empresa Nacional Hidro-Eléctrica de la Comarca de la Umbre. La creó hace un par de años un empresario madrileño con dinero del Instituto Nacional de Industria.

El nombre no me era familiar, pero tampoco tenía por qué serlo. En la última década se había multiplicado el número de empresas con participación estatal en áreas industriales estratégicas para el país, y, de estas empresas, solo unas pocas, las de mayor tamaño, habían acaparado titulares en la prensa, como la Seat, que en aquellos años había comenzado su producción en Barcelona. Las actividades del resto de empresas, las de tamaño reducido o mediano, solo tenían repercusión a nivel local o provincial.

—¿Sabría usted decirme el nombre del empresario? —pregunté.

—Por supuesto —respondió el juez—. Es don Marcos Sorrigueta.

Este nombre, al contrario que el de la empresa, sí que me resultaba familiar. Marcos Sorrigueta era un constructor descendiente de una acaudalada familia de las Vascongadas. Afincado en Madrid desde muy joven, había hecho fortuna, o había incrementado su fortuna, mejor dicho, de la manera en que lo hacían todos los grandes empresarios de la época: relacionándose con gente importante en cócteles y monterías y untando desde a pequeños funcionarios hasta a altos cargos del Estado para la obtención de licencias y proyectos urbanísticos de carácter público, muchos de ellos diseñados ex profeso para sus compañías. Aunque nunca había cruzado una palabra con el señor Sorrigueta, ni los dos habíamos coincidido siquiera en la misma habitación, había escuchado lo suficiente sobre él y sobre otros como él para que no me resultara complicado hacerme un retrato mental del personaje. Oportunistas, charlatanes, iletrados, engreídos y prepotentes, la mayoría de los empresarios de entonces, de dondequiera que procediesen y comoquiera que se hubiesen enriquecido, parecían todos cortados por un mismo patrón. El dinero, o más bien el ansia por poseerlo, limaba las asperezas de las personalidades de cada uno, volviéndolos seres aburridos y predecibles, y también peligrosos, que nadaban a sus anchas en las aguas estancadas y pestilentes del régimen que los engendraba y tan profusamente los nutría.

—¿Sabe si por casualidad el señor Sorrigueta vendrá pronto de visita? —pregunté.

—No tengo ni idea —respondió el juez—. La última vez que vino fue hace un par de semanas, así que no creo que tarde en volver. Pero no entiendo qué interés puede tener usted en él, inspector. ¿Es por algo relacionado con la investigación?

—Simple formalidad.

—Pues tenga usted cuidado con las formalidades. No está el horno para bollos. Hasta donde yo sé, el señor Sorrigueta está muy preocupado con este asunto. Teme que su empresa pueda verse perjudicada.

—¿Por qué iba a verse perjudicada su empresa?

—Ya sabe, cuando empieza a llover mierda, todo el mundo sale salpicado.

En ese instante llamaron a la puerta. El juez, con un gesto de su mano, ordenó a Aparecido que abriese. En el pasillo aguardaba una niña de trece años, morena, menuda, pálida y pecosa. Llevaba el pelo recogido en un moño sobre la cabeza, e iba cubierta con una capa oscura para la lluvia.

—¿Qué quieres? —preguntó el juez, en tono airado, visiblemente molesto por la interrupción—. ¿No ves que estoy reunido con unos señores?

Ante el disgusto del juez, la niña vaciló, y dio la impresión de estar a punto de darse la vuelta y marcharse por donde había venido.

—¿Qué ha pasado? —insistió el juez, desde su mesa.

—Ha habido otro accidente —susurró la niña, sus ojos negros cercanos al llanto—. Se ha matado un hombre.

En los labios del juez pude leer una blasfemia que no llegó a materializarse.

—¿Ven? Es lo que les acabo de decir. Cuando no es un problema con la expropiación de las tierras, es un trabajador que se mata o se queda cojo, manco, tuerto o vegetal. Estoy hasta el gorro de la dichosa presa.

El juez se levantó de su silla y se frotó los ojos bajo las gafas.

—Me van a tener que disculpar, pero no me queda más remedio que marcharme —añadió.

—En realidad —dije—, estaríamos encantados en acompañarlo, si no le importa.

El juez descolgó su abrigo y su sombrero de un perchero de la pared y respondió:

—No creo que sea conveniente.

—No molestaremos, se lo prometo.

—Ya lo imagino, pero insisto, no creo que sea buena idea.

—Se lo pido como favor personal. —Saqué del bolsillo mi manoseada insignia de flecha y se la planté en el morro—. De camarada a camarada.

—De acuerdo, solo si me promete que tendrá mucho cuidado con lo que diga.

—Descuide, señoría, que uno tiene ya correa suficiente para saber cuándo hay que cerrar la boca.

—Vámonos, pues.

La niña desapareció sin que supiéramos cuándo y por dónde.

—¿Quién es ella? —pregunté, mientras bajábamos las escaleras del juzgado—. ¿La hija de algún trabajador de la compañía?

—¿Esa? No, no —respondió el juez—. Esa es Justina. Es hija de una mujer del pueblo, la Justa, que trabaja en la panadería. La tienen de recadera entre unos y otros, para que se gane dos duros, que buena falta hacen en su casa.

Una vez abajo, el juez fue en busca del automóvil que empleaba para moverse por la comarca y que según dijo tenía aparcado a la vuelta del juzgado. Para que no nos mojásemos innecesariamente, nos ordenó a Aparecido y a mí que esperásemos en la puerta.

—Justina es hija de don Emiliano, el cura —soltó Aparecido, sin previo aviso—. O eso dicen las malas lenguas, aunque no se nota apenas el parecido. Él la trata de ahijada, pero aquí estas cosas se saben. Se lo digo porque igual es un dato relevante para la investigación.

No supe si lo decía en broma o en serio, lo de que eso podía ser un dato relevante para la investigación; lo de que la niña era hija del cura lo decía absolutamente en serio.

—«A los latines prefería las doncellas» —recité.

—¿De dónde es eso? —preguntó Aparecido.

—De un poema que me obligaron a aprenderme de niño. De Garcilaso creo que es, no me acuerdo.

—¿Le gusta a usted la poesía?

—No. Es solo que tengo buena memoria para estas cosas.

—El cura de mi pueblo natal también tiene varios críos, solo que él los ha reconocido y los mantiene. A ellos y a la madre. Don Emiliano, en cambio, tiene a la cría y a la madre muertas de hambre. A mí se me caería la cara de vergüenza de ver a una hija mía en esa situación, prácticamente pidiendo limosna en la calle.

—A lo mejor la procesión va por dentro. A lo mejor por las noches duerme con el cilicio en la cintura para purgar sus culpas, quién sabe.

—Don Emiliano no tiene pinta de ser de esos. Y lo de no reconocer a la niña ya le digo yo que ni siquiera es por evitar el escándalo, que al fin y al cabo nadie se iba a llevar las manos a la cabeza a estas alturas. Es por no rascarse el bolsillo para mantenerla.

—«La raíz de todos los males es el amor al dinero.»

—¿Eso qué es? ¿Otro poema?

—Es de la Biblia.

—No lo hacía a usted hombre de Iglesia.

—De pequeño fui monaguillo, pero me largaron porque una vez me pillaron con los dedos en el cepillo.

El juez Sagunto entró en la plazoleta a los mandos de un Citroën Dos Caballos color gris. El ruido del motor ahogó nuestra conversación.

—Suban —ordenó.

Aparecido ocupó uno de los asientos traseros y yo el del copiloto. Como la lluvia era ligera y había buena visibilidad, una vez que salimos a la carretera su señoría se permitió hacer una demostración de la potencia del vehículo, elevando la velocidad más allá de lo prudente para el sinuoso trazado de la carretera de bajada hasta el valle.

—¿A que no sabe cuántos muertos hubo el año pasado? —preguntó el juez, en mitad de una curva de herradura a nuestra derecha.

—¿En accidente de tráfico? —pregunté.

—No, hombre, no —rio el juez, aunque maldita la gracia que tenía—. En la construcción de la presa. Diga un número.

—¿Qué se yo? ¿Cuatro?

—Se queda muy corto, inspector. Con este de hoy van ocho. Van a más de uno por mes.

—¿Cuántos trabajadores hay exactamente? —pregunté.

—Pues creo que rondan los doscientos —respondió el juez—, y añadiendo las mujeres y los niños, en total serán más de quinientas personas las que residen ahora en la obra. Y en las próximas semanas van a venir otros cientos de trabajadores, también con sus familias. Esta comarca se va a convertir en un hormiguero. Y yo voy a ser quien salga peor parado, al tenerme que ocupar de cualquier desmadre que ocurra.

«Peor parados saldrán los obreros que dejarán el pellejo en la obra —pensé yo—. O sus familias.»

—Sí, ya me han comentado que algunos de los trabajadores son conflictivos —dije—. Me han hablado de uno en concreto, Cosme, ¿sabe quién le digo?

Enfilábamos ya las últimas curvas antes de llegar a la ribera del arroyo.

—Sí, ¿cómo no? —respondió el juez—. Cosme *el Baenero* lo llaman. Lo arrestaron por pelearse en un bar del pueblo y cagarse en la madre de Franco y cosas así. Mandé que lo enviaran derechito a prisión, pero luego el capitán Cruz y el señor Sorrigueta intercedieron por él y me hicieron apiadarme, aunque bien merecido tenía pudrirse entre rejas.

—¿Hay muchos como él? Quiero decir, ¿son muchos los que van por ahí buscando jarana, o son la minoría?

—Son la minoría, claro está, pero esos pocos arman escándalo por ellos y por los demás.

Nos desviamos por el camino de tierra que descendía hasta el río, y el juez hubo de concentrarse en esquivar los baches y depósitos de barro donde podían quedar atrapadas las ruedas. El camino se extendía unos centenares de metros por una espesa arboleda hasta llegar a un vasto llano arenoso encajado entre paredes de roca de gran altitud, por cuyo centro, oculto entre cañas y juncos, discurría el río. Al fondo del llano, el armazón de la futura presa unía ya las dos laderas del valle, en el punto en el que estas se estrechaban formando una garganta angosta y escarpada.

—Me habían dicho que la obra como tal no empezaría hasta la primavera —dije—, pero veo que esto está casi acabado.

—Sí, han ido mucho más deprisa de lo que ellos mismos imaginaban —respondió el juez—. Tienen buenos profesionales al frente del proyecto, ya lo verá usted. Pero no se crea, aún faltan muchos meses para que todo esté terminado. Justo ahora estamos en mitad de lo que será la balsa de agua. La capacidad del embalse no va a ser excesiva: he escuchado que rondará los ciento y pico hectómetros cúbicos, algo insignificante en comparación con los embalses que están planeando construir por todo el país en los próximos años. Esta presa lo que va a destacar es en altura: va a llegar casi a los noventa metros, una barbaridad. De largo rondará los doscientos.

El esqueleto de la presa quedaba oculto tras los andamios y las grúas. El terreno a los pies del muro había sido allanado y despejado de rocas y otros obstáculos, y allí habían levantado un campamento de chabolas de madera y lata donde, entre suciedad, maquinaria y materiales de construcción, habitaban los trabajadores con sus familias. Un enjambre de excavadoras, camiones y otros vehículos pesados rodeaba el campamento, y a pocos metros se encontraban los almacenes, oficinas y el resto de edificaciones de uso laboral. Sobre el arroyo, que cortaba el campamento por la mitad, y cuyas riberas en ese punto se hallaban desfiguradas por marcas de neumáticos y pisadas humanas, habían tendido un puente de madera de aspecto precario. Junto al puente, un grupo de mujeres lavaba ropa en el agua embarrada, mientras que otro grupo colgaba prendas en los tendederos dispuestos a lo largo de la orilla, aprovechando la tregua momentánea concedida por la lluvia, que no tardaría en regresar. Los niños, flacos y descalzos, correteaban como perrillos por entre las casetas, las vigas, las herramientas, los sacos y los escombros, indiferentes a la miseria que los envolvía. El juez Sagunto, necesariamente acostumbrado a aquel sombrío paisaje que parecía extraído de una novela de Zola, no aminoró la marcha al atravesar el campamento, ni dedicó una sola mirada por el retrovisor a los niños que en su juego nos siguieron a la carrera unos metros, inhalando el humo que exhalaba el automóvil.

—Allí están haciendo la sala de generadores —indicó el juez, señalando con la cabeza a un agujero en la roca situado en la ladera izquierda del valle, por encima del nivel de la presa, al que se accedía por una rudimentaria escalera de madera sin baranda—. Y aquello es la enfermería, donde tendrán metido al muerto —señaló a una pequeña caseta de madera al borde del riachuelo, alrededor de la cual se hallaban congregados un puñado de obreros, la mayoría cruzados de brazos y con el rostro serio—. Tengan cuidado de hablar más de la cuenta delante de ellos. Después de un accidente hay que ser precavidos con lo que uno dice, porque estos pobres diablos saltan a la mínima como un solo hombre. Todo se lo toman a la tremenda.

Hecha la advertencia, el juez detuvo el coche junto a la caseta. Los trabajadores nos miraron con desdén, y no fue solo una impresión. Dos o tres de ellos escupieron al suelo al ver cómo nos apeábamos del vehículo, y varios más mascullaron juramentos que resultaron perfectamente legibles en el silencio de sus labios.

—Buenas tardes —saludó el juez, aún con mayor desdén del que abiertamente manifestaban los trabajadores—. ¿Dónde está el señor Santino?

—Aquí, su señoría —respondió una voz desde el interior de la caseta, que resultó pertenecer a un hombre joven, extremadamente flaco y de piel muy oscura, con la cabeza rapada, al que le faltaban casi todos los dientes, media oreja derecha, y parte del labio inferior, como consecuencia, deduje, de algún accidente infantil. Vestía boina, camisa y tirantes, como un obrero más—. Pase adentro, haga el favor.

—El señor Santino es el capataz de la obra —lo presentó el juez, y el hombre afirmó servilmente con la cabeza—. Sin él, todo esto se vendría abajo.

—No tanto, su señoría, no tanto.

—Hágame caso, señor Santino, yo bien sé lo que me digo.

El capataz nos indicó que pasáramos adentro. A Aparecido le hice una seña para que se quedara junto al vehículo y no se aproximara a los trabajadores. Estos lo observaban con recelo a causa de su uniforme, y no valía la pena tentar a la suerte.

En el interior de la caseta, el cuerpo del trabajador accidentado yacía sobre un colchón de esparto en el suelo. A su lado, sentado en una silla con las piernas cruzadas, un doctor con la bata blanca empapada en sangre y la cara bañada en sudor rellenaba lo que parecía ser un formulario legal apoyando el papel en uno de sus muslos. El instrumental médico, desplegado en una mesilla, se reducía a un par de pinzas, bisturí, jeringa, aguja, hilo, gasas, vendas, algodón, yodo, aspirinas y alcohol. Una vela sobre la mesilla y una claraboya en el techo iluminaban la estancia, que carecía de luz eléctrica. Una palangana de metal suplía la falta de agua corriente.

—¿Qué ha pasado? —preguntó el juez, sin volverse a mirar al fallecido, que tenía la ropa desgarrada y cubierta de lodo y un agujero en el vientre del tamaño de una taza de café.

—Una caída fortuita desde un andamio —respondió con frialdad el doctor, un hombre de apariencia lánguida, edad mediana, bigote bien recortado y patillas de hacha—. Se le clavó un madero en las tripas y quedó colgado a tres metros del suelo. Cuando lo desclavaron aún estaba vivo, pero murió poco después.

—Habrá testigos que puedan verificar que realmente fue una caída fortuita, supongo.

—Por lo menos una docena. Ya le tengo apuntados algunos nombres. ¿Piensa comenzar esta misma tarde con los interrogatorios?

—No, no. Esta tarde no. Ni mañana tampoco. Prefiero esperar unos días a ver si acaso a Julio le diera por recuperarse y pudiéramos llevar el interrogatorio entre los dos, como debe hacerse, que total, al tratarse de un incidente exento de responsabilidad penal no hay prisa para rellenar las actas. Porque, ¿sabe usted lo que es interrogar a una persona a la vez que va tomando nota uno mismo de todo lo que se va diciendo? La última vez estuve más de dos horas con cada testigo, día y medio en total para una tarea que con la colaboración de mi secretario me hubiera llevado poco más de una mañana... No estoy dispuesto a volver a pasar por ese trago si puedo evitarlo.

—Hace usted muy bien.

—¿Tenía familia? —pregunté yo.

El doctor me observó de arriba abajo, como valorando con ojo clínico quién podía ser el desconocido trajeado que se interesaba por una cuestión que a él, a todas luces, le traía sin cuidado.

—Tenía mujer —respondió—. La he tenido que drogar para que se tranquilizara.

—Perdón, no les he presentado —se disculpó el juez—. Doctor Martín, este es el inspector Ernesto Trevejo, de la Policía de Madrid. Lo han mandado para investigar lo de los asesinatos. —El doctor me tendió una mano con el anverso manchado de sangre; hube de estrechársela—. Don Carlos Martín es el médico del pueblo. Fue él quien atendió en primer lugar tanto a los dos guardiaciviles como al alcalde Periane y a su mujer, así que puede que le sea de utilidad hablar con él.

—Lo de «atender» es una forma de hablar —repuso el doctor—. Yo lo único que hice fue certificar las defunciones, poco más se podía hacer. Pero estaré a su disposición para lo que guste.

—Muy amable —indiqué, repasando mentalmente los informes, en los que no se mencionaba al doctor Martín ni a ningún otro doctor a excepción de los forenses desplazados de la capital y que posteriormente firmarían las autopsias, lo que constituía una nueva negligencia, fortuita o interesada, por parte del capitán Cruz y sus hombres.

—¿Cuánto tardarán los del depósito en venir a buscar el cuerpo? —preguntó el juez.

—Por lo menos una hora —respondió el doctor—. Hay tiempo de sobra para acabar con el papeleo para el seguro. Yo ya me había puesto a ello por mi cuenta.

—Acabemos cuanto antes, pues. ¿Qué va a ser esta vez? ¿Qué ponemos como causa de la muerte?

—¿Neumonía? —repuso el doctor, en tono de burla—. ¿O mejor un cólico nefrítico?

—Lo que a usted le parezca más apropiado —respondió el juez, en el mismo tono—. Usted es el experto. ¿Cómo van las cosas con los de la aseguradora, por cierto? El otro día me comentaron que estaban que echaban chispas, y me imagino que con esto de hoy veremos si no se le crea un contratiempo de aúpa a la empresa.

—Pues no lo sé, aún tengo pendiente llamar para informarles. Pero no me sorprendería si se negaran a soltar un solo duro más.

—Espero afuera a que terminen —me excusé, no pudiendo soportar ni un minuto más la pestilencia de aquel cuarto.

En el exterior, los obreros se habían retirado unos metros y habían formado un corrillo en el que hablaban en voz baja. Tras pensármelo varias veces, me acerqué hasta ellos. Eran ocho en total. Callaron abruptamente en cuanto estuve a su lado.

—Buenas tardes —saludé—. ¿Podría hablar con ustedes un momento?

Pese a mis buenos modales, de los ocho solo un par de ellos asintieron con la cabeza.

—Me gustaría que me hablaran de lo que le ha pasado a su compañero.

—¿Quién es usted? —preguntó uno de los obreros, uno en cuya voz y cuyos gestos se adivinaban dotes de liderazgo. Tenía entre treinta y cinco y cuarenta años, ojos claros, barba de varios días, y la cabeza cubierta por una boina color carne. Era el más alto y más fuerte del grupo, y posiblemente el más joven.

—Ernesto Trevejo. Soy inspector de Policía —respondí.

—No hablamos con la Policía —replicó el obrero, que hizo un visible esfuerzo por contenerse las ganas de agregar algo más.

—¿Gustan? —pregunté, pasando por alto el comentario y sacando el paquete de tabaco. Todos negaron con la cabeza. Agarré un cigarrillo para mí y lo prendí—. Díganme, ¿son habituales los accidentes de este tipo? —insistí.

Algunos obreros respondieron moviendo afirmativamente la cabeza, no dignándose aún a dirigirme la palabra.

—¿De dónde vienen ustedes? —pregunté.

Los obreros intercambiaron miradas, extrañados por la pregunta. El obrero que había hablado antes respondió con displicencia. Es complicado que alguien se niegue a responder acerca de su lugar de procedencia, ya que para la mayoría negarse a ello supone renegar de algún modo de ese lugar, y son pocos quienes están dispuestos a renegar de la tierra en la que nacieron. Este era un truco o picardía que me había enseñado hacía años un antiguo mentor mío ya retirado para incitar a hablar a quien no quiere hacerlo sin necesidad de recurrir a la fuerza.

—Yo y estos dos de ahí venimos de Córdoba. —El obrero señaló a dos compañeros—. Esos tres, de Granada. Y esos otros dos, de Jaén.

—¿Y por qué se han venido ustedes tan lejos de su casa?

Esta nueva pregunta los acabó de descolocar. Esa era la intención, por supuesto.

—¿Qué es lo que quiere? —preguntó el obrero, con voz menos alterada que hacía un instante.

—¿Cómo se llama usted? —pregunté, dirigiéndome únicamente a él, como si no hubiera nadie más alrededor.

—Cándido —respondió.

—¿Por qué dejó usted Córdoba, Cándido?

—Pues porque con lo que ganaba no me daba para mantener a la familia.

—¿A qué se dedicaba usted?

—Al olivo, como casi todos por allí, y a cualquier otra cosa que fuera saliendo. Pero cada año íbamos a peor. Entonces nos salió la oportunidad de venirnos a probar fortuna, y nos vinimos.

—¿Y con lo que gana aquí tiene suficiente para mantener a los suyos?

—Con veinte pesetas el jornal, eche usted cuentas. Lo justo para comer y para pagar lo que nos cuesta dormir en las barracas.

—¿Les hacen pagar por dormir en las barracas?

—Aquí se paga por todo, menos por la luz, que no tenemos, o por el agua para beber y para lavarnos, que la sacamos del río.

—¿Cuántos hijos tiene usted?

—Dos niñas pequeñas.

—Y si aquí el panorama está tan mal como lo pinta, ¿por qué no deja esto y se van a otra parte, o incluso por qué no se vuelve con su familia a Córdoba?

—Lo pienso cada día, pero allí abajo no hay más que miseria. De momento no nos queda otra que aguantar hasta que acabemos aquí con la obra, porque como se dice más vale pájaro en mano que ciento volando, e igual por querer buscar algo mejor acabamos viéndonos en la calle y sin un mendrugo de pan que llevarnos a la boca. Más adelante puede ser que intentemos quedarnos por Madrid, pero eso ya lo veremos. Eso si no nos mandan a otra obra en algún otro sitio, que como le digo, por mal que estemos dedicándonos a esto, por lo menos se asegura uno poder ir sacando lo justo para ir tirando.

—¿Es capaz usted de ahorrar algo a final de mes con lo que cobra?

—Nada, cuatro perras. Si al cabo del mes me quedan cinco o seis duros en el bolsillo, ya me parece mucho. Solo con la comida y las poquitas cosas que usan las niñas para la escuela ya se me va todo lo del mes.

Asentí, comprensivo.

—Pero bueno, yo dentro de lo que cabe estoy bien, porque soy joven y tengo salud, y solo tengo otras tres bocas que alimentar —continuó el obrero—. Los hay que están mucho, mucho peor, se lo aseguro a usted.

—Su compañero, por ejemplo. El que ha sufrido el accidente. ¿Cómo se llamaba, por cierto?

—Evaristo... Tito, le decíamos. Ahí lo tiene, lo que yo le decía.

—Por lo menos no tenía niños que haya dejado huérfanos, o eso me han comentado.

—No, no tenía niños. Pero fíjese, tenía allá en Andalucía a su padre enfermo y a su madre también enferma, y a dos hermanos pequeños, uno de ellos que todavía no está en edad de trabajar, todos dependiendo de él. Eso sin contar a la mujer, que ya veremos si al final le pasan alguna pensión o no, que aunque hayan dicho que van a empezar a pagar a las viudas, al final vaya usted a saber.

—Ya.

—Pero mire usted, todavía eso es mejor que quedarte inútil, como les ha pasado a otros. Tito por lo menos ya ha dejado de sufrir, y ahora los que dependían de él pues se las tendrán que arreglar por sí mismos, pero él no les va a suponer una carga, y eso ya es mucho. Se ha quitado del medio y, aunque no contribuya, por lo menos tampoco molesta. Es duro, pero es así, mejor muerto que tullido, que a los muertos se les llora pero no hay que darles de comer.

—Sí, visto así puede que tenga razón... Otra cosa, ¿han llegado ustedes a conocer al dueño de la empresa, el señor Sorrigueta? ¿Qué me podrían decir de él?

—Yo solo lo he visto de lejos una o dos veces —respondió Cándido, que se volvió un instante a mirar a sus compañeros, los cuales negaron con la cabeza para dar a entender que ellos tampoco habían tratado con él personalmente—. Llega en su Mercedes negro, se da una vuelta por la obra, se mete un rato en la oficina del ingeniero jefe, y se va por donde ha venido. Es un hombre con cara de cuervo. Parece un cura.

Los compañeros le rieron la gracia. Yo se la reí también.

—Ese es quien saca provecho de lo que nosotros sudamos —continuó—. Nosotros vamos a dejar aquí la piel por cuatro cochinas pesetas para que después él se lleve los millones.

—Y ese ingeniero jefe, ¿qué pueden decirme de él? —pregunté—. ¿Qué tipo de persona es?

—¿El ingeniero? De ese mejor no hablemos. Ese es el diablo en persona.

—¿Por qué lo dice?

—Es un alemán que según cuentan fue pariente de Hitler.

—¿Pariente de Hitler?

—Sí, y que fue un oficial del Ejército alemán, y que se libró de los juicios esos que les hicieron a los nazis porque cuando lo iban a nombrar general se acabó la guerra.

—¿Los juicios de Núremberg?

—Sí, esos, como se digan.

—Me cuesta mucho creerlo, no se lo voy a negar.

—Bueno, eso es lo que cuentan. No sé si será todo verdad, pero lo que sí sé es que nos hubiera ido mucho mejor a todos nosotros si también a él lo hubieran colgado de un pino, como hicieron con aquellos.

Los compañeros volvieron a reír la ocurrencia. Yo esta vez guardé las formas.

—¿Tan mal se porta con ustedes? —pregunté.

—Sí, pero no es tanto cómo se porta con nosotros a la hora de trabajar —respondió Cándido—, que aquí quien más y quien menos estamos todos ya hechos a ello, y podemos soportarlo. Lo peor es cómo nos trata, cómo se dirige a nosotros, que parece que no fuéramos ni personas, que es como si se creyera que somos los presos esos de la guerra que tienen trabajando en los canales. Y aquí seremos todos pobres, pero somos honrados y libres y estamos aquí nada más que para ganarnos limpiamente la vida.

—Eso está claro.

—Pues el tipo este no parece tenerlo tan claro. Para que vea, sin ir más lejos sus hijos también viven aquí, en la obra, pero los suyos no se juntan con los nuestros. Los suyos viven con su madre y una nodriza en una barraca con luz y calefacción, y cuando viene la maestra del pueblo para las clases a ellos se las da aparte, en plan particular, una vez que ha acabado con el resto, para que ellos puedan avanzar a mayor velocidad. Los tiene aislados, como si no quisiera que se les pegara nada de nosotros ni de nuestros muchachos, como si porque unos y otros jugaran juntos de vez en cuando, los suyos se fueran a contaminar de suciedad o de ignorancia o qué sé yo.

El capataz salió entonces de la caseta y se acercó hasta nosotros, interrumpiendo la conversación.

—Inspector Trevejo —dijo, sin disculparse por la intromisión—, dice su señoría que él y el doctor ya han acabado de hacer los papeles, que se reúna usted con ellos.

De buena gana lo hubiera mandado a paseo, pero como no deseaba enemistarme con él ni con nadie a quien aquel sujeto representara, me limité a afirmar con la cabeza, dar las gracias a los obreros por la charla, tirar el cigarrillo, y marcharme.

—Los demás —gritó el capataz a mi espalda—, volvemos todos al trabajo. Ya mismo.

Una vez disperso el grupo de obreros, Aparecido se unió a mí, y los dos llegamos hasta la entrada de la enfermería. El juez y el doctor, este ya desprovisto de su bata, salieron y nos condujeron hasta otra caseta cercana, más grande y mejor acondicionada. Dentro, las paredes estaban forradas de libros y cuadros de paisajes nevados, había cinco butacas dispuestas en semicírculo en torno a una mesa de cristal, y el suelo, un entarimado de madera al que se accedía subiendo tres escalones a la entrada, estaba cubierto por una gruesa alfombra de color negro con espirales blancas. Sobre la mesa del centro había algunas copas y una botella de cristal verde en cuya etiqueta, escrita en lengua extranjera, aparecía la cabeza de un ciervo con una cruz latina sobre la cornamenta.

—Esta es la sala de reuniones —explicó el juez, desplomándose sobre un asiento, como si estuviera en su casa—. Creo que es el sitio ideal para esperar a que vengan a por el cuerpo.

El doctor, Aparecido y yo nos acomodamos cada uno en una butaca.

Nada más sentarnos, sin embargo, la lámpara que colgaba del techo se iluminó, librando la estancia de la penumbra azul que la dominaba. Al volvernos hacia la puerta, donde estaba situado el interruptor, descubrimos a un hombre de casi dos metros, con traje oscuro y corbata a rayas, inmóvil sobre los escalones de la entrada. Aparentaba unos cincuenta años, tenía los ojos de color azul pálido, el pelo rubio y rizado, la mandíbula prominente y la nariz en forma de garfio. En una de sus axilas sostenía un fajo de papeles, y del bolsillo de su chaqueta sobresalían lapiceros y rotuladores de distinto tamaño.

Aparecido y yo nos habíamos sentado en las butacas más cercanas a la puerta, y fue en nosotros dos en quienes primero reparó el personaje. Al percatarse de que éramos dos desconocidos, y sobre todo al reparar que uno de nosotros vestía el uniforme de la Guardia Civil, el recién llegado se dispuso, me pareció, a proferir un sonoro exabrupto. No llegó a hacerlo, sin embargo. Lo evitó la oportuna intervención del juez:

—Buenas tardes, Herr Guillermo —saludó.

El individuo se volvió entonces hacia el juez, y luego hacia el doctor, y su rostro se suavizó al instante.

—Disculpen, me he sobresaltado —se excusó, y lo hizo con un castellano sin pizca de acento extranjero—. No esperaba encontrar a nadie aquí dentro.

—Ha sido una visita imprevista —aseguró el juez.

—Sí, me acabo de enterar —indicó el hombre desde la entrada—. Estaba fuera, en la montaña. Había aprovechado la pausa de la lluvia para subir a hacer unas comprobaciones sobre el terreno. ¿Quién ha sido esta vez?

El doctor levantó la vista al techo de la caseta, como haciendo memoria, y respondió:

—Evaristo, Evaristo García.

—Vaya, qué lástima, Evaristo. No trabajaba mal —dijo el otro, como si acabara de dictar su epitafio, y se me ocurrió que, de ser cierto lo que habían comentado los obreros, bien podía haber dicho algo así como «el trabajo lo ha hecho libre».

—Les presento —dijo el juez—. Herr Guillermo, este es don Ernesto Trevejo, inspector de la Policía de Madrid.

Ha venido a encargarse de los crímenes del valle. Y este es su asistente, don...

—Aparecido Gutiérrez —le socorrió Aparecido, en quien me pareció intuir algo parecido a una mueca de disgusto al ser denominado «asistente».

—Tanto gusto. Mi nombre es Wilhelm Leissner. —Nos tendió la mano a los dos. Su mano era tan grande que sus dedos rodearon completamente la palma de la mía.

—El señor Leissner, «Herr Guillermo» para los amigos —apuntó el juez, en un tono tan rancio y campechano que súbitamente se me antojó uno de los hombres más palurdos que había conocido en la vida—, es el ingeniero jefe de la obra y la máxima autoridad en ausencia del señor Sorrigueta.

—El gusto es mío —aseguré, en cuanto la mano del ingeniero tuvo a bien liberar su presa—. Espero que nuestra presencia no le suponga una molestia.

—No, no, al contrario —afirmó este—. Siempre es agradable escapar de la rutina y mantener una charla amena entre caballeros.

—El trato continuo con los trabajadores lo embrutece a uno —apuntó el doctor.

—No se pueden imaginar cuánto —convino el ingeniero.

—¿De dónde es usted, señor Leissner? —pregunté, pronunciando el apellido lo mejor que pude.

—Esa es una buena pregunta, señor Trevejo —respondió el ingeniero, sin dificultades para pronunciar el mío—. Siempre contesto lo mismo: nací en lo que mi padre llamaba el Imperio austrohúngaro, me hice hombre en la República de Austria, mis hijos vinieron al mundo cuando mi país formaba parte del Imperio alemán, y ahora mi patria, o lo que queda de ella, se la tienen repartida entre los rusos y los yanquis. Por lo que sabe dios de dónde soy en estos momentos, o de dónde seré mañana por la mañana cuando me levante.

—Sí, recuerdo que vi la película —dije.

—¿Qué película?

—Esa donde sale Viena dividida en cuatro partes, la que acaba con la persecución en las alcantarillas, ¿cómo se llamaba?

—Me parece que usted se refiere a *El tercer hombre*.

—Sí, esa. En la que sale el gordo americano ese tan famoso.

—¿Orson Welles?

—Sí, ese, Welles.

—La película es una maravilla, no me lo negará. ¿Recuerda usted la charla del reloj de cuco?

—No, lo siento. Solo recuerdo algunas partes. Recuerdo lo de las alcantarillas, y que los protagonistas se suben a una noria gigante.

—La Noria de Viena. Se veía desde el balcón de mi antigua casa.

—Y dígame, ¿qué le ha traído a usted por estas tierras, señor Leissner?

—Es una larga historia. No deseo aburrirle con ella.

—Por favor. Tengo curiosidad por conocerla.

—Por resumirla muy brevemente, le diré que los negocios de mi difunto padre lo obligaron a pasar largas temporadas en España, hasta que acabó por trasladarse a este país conmigo y con mi madre cuando yo no había cumplido aún los cuatro años. Uno de sus socios era el difunto padre del señor Marcos Sorrigueta, con quien pronto entabló una profunda amistad. Don Marcos fue mi compañero de juegos durante nuestra infancia, hasta que al poco de cumplir yo los ocho años mi padre nos llevó de vuelta a Viena. La amistad entre las familias ha seguido vigente hasta hoy, y mi antiguo amigo me convenció hace un par de años para que regresara a España con mi familia a trabajar como ingeniero para una de sus empresas.

Los Sorrigueta, según tenía entendido, habían amasado el grueso de su fortuna con el despegue de la industria siderúrgica vasca que tuvo lugar durante la Gran Guerra, gracias al comercio de productos y materias primas con las naciones beligerantes, entre ellas el desaparecido Imperio austrohúngaro. Pero obviando todo el componente histórico-bélico del asunto, la narración del ingeniero Leissner podía resumirse en que había venido a España porque su amigo del alma, el señor Sorrigueta, le había buscado un hueco, sin duda excepcionalmente bien remunerado, en su conglomerado empresarial, lo que, en definitiva, no dejaba de ser un claro caso de enchufismo internacional.

Tras su respuesta, el ingeniero se dirigió a la mesa del centro, donde depositó sus papeles, y, sin consultarnos previamente, sirvió cinco copas.

—Esta es una bebida que los alemanes introdujeron en mi país —explicó, alcanzándonos las copas, en cada una de las cuales había vertido algo más de un dedo de licor pardusco—. Antes la detestaba, pero ahora la mando traer desde allí porque su sabor me recuerda a mi hogar. Espero que les guste.

Los cinco aguardamos la señal del señor Leissner y bebimos al tiempo. El juez, el doctor y yo tuvimos que aclarar la garganta después de hacerlo. El ingeniero y Aparecido tragaron sin chistar.

—No hay nada mejor para calentarse en un día desapacible como hoy —indicó el ingeniero, recogiendo las copas; luego tomó asiento en una de las butacas—. Y dígame, inspector, ¿qué es lo que le trae a usted por aquí? ¿Cuál es el motivo de su visita?

—Ningún motivo en particular —respondí—. Me encontraba con su señoría cuando lo avisaron del accidente, y decidí acompañarlo. Por simple curiosidad.

—¿Solo eso?

—¿Esperaba usted otra cosa?

—Pensé que albergaba usted sospechas sobre alguno de mis hombres, que había venido usted en busca del asesino.

—Siento desilusionarle.

—¿Es usted aficionado a las películas de detectives, inspector?

—Tanto como al resto de géneros. Yo una vez que pago la entrada me trago lo que me echen.

—Siempre me he preguntado qué pensaría un detective de verdad de cómo se los representa en el cine.

—Pues pienso que los detectives de las películas se nos parecen lo mismo que un huevo a una castaña.

El ingeniero rio mostrando una ristra de dientes blancos, perfectos.

—El cine es lo que más echo de menos aquí en España —dijo—. Se cuentan con los dedos de una mano las películas que no son desguazadas por la censura. Y hablando de eso, me recuerda usted un poco a Humphrey Bogart, solo que un poco más joven, ¿no se lo habían dicho nunca?

—No, nunca. Y la verdad, yo no me veo el parecido.

—Sí que se da un aire —convino el juez—. Pero tiene usted un gesto más ladino. Es usted más castellano, más español.

—Bogart también tiene un aire castellano —afirmó el

ingeniero—. O por lo menos europeo. ¿No les resulta calcado a Albert Camus?

—¿A quién? —pregunté, por mí y por el resto de los presentes.

—Es un escritor francés —respondió el ingeniero—. Aunque me imagino que no lo habrán publicado todavía en España. Yo lo he leído en versión original. Es un existencialista. Quiere decir que está todo el día pensando en qué hacemos en este mundo y qué habrá en el más allá.

—Lo mismo que hacemos todos a diario, sin darnos tanto bombo —dije.

—Sí, supongo que sí. Los españoles sois un pueblo muy dado a la metafísica.

—¿Qué es eso, la metafísica? ¿Algún término de su lengua materna?

—Es usted muy ocurrente, inspector. No, la metafísica es la disciplina que estudia el origen del ser, de dónde venimos, adónde vamos, qué significa morir...

—Morir significa morir, se acabó lo que se daba, finito. Tampoco hay que graduarse en la Sorbona para saber eso.

—Ernesto Hemingway, en uno de sus libros que escribió sobre España, puso que le había llamado la atención un dicho de este país: hay que tomar la muerte como si fuera una aspirina. Yo nunca he oído decirlo, y creo que igual fue invención suya, pero me parece que dio en el clavo, que ahí dejó condensado mucho de la manera que tienen ustedes de ser. El humorismo, por un lado, y por otro el desplante y la naturalidad con que asumen el paso a la otra vida.

—Lo natural es morirse, ¿por qué no habría que tomárselo con naturalidad? Las cosas que nos ocurren hay que tomarlas como vengan. Si sale con barba, san Antón, si no, pues eso... Para lo poco que vamos a estar aquí no merece la pena preocuparse tanto por estos temas.

—Estoy convencido de que a usted le gustaría este filósofo que le digo, Camus. Le abriría una nueva perspectiva en su visión del mundo.

—De la visión ando bien, de momento. Pero cuando quiera mándeme algún libro suyo y lo leeré con gusto, aunque no se crea usted que soy un hombre muy de letras.

—Se lo haré llegar, descuide, pero deberá usted leerlo en francés, me temo...

—Por eso no se preocupe, el francés lo chapurreo con cierta soltura. Otra cosa sería si estuviera en alemán.

—El alemán no es una lengua tan complicada, créame.

—Volviendo al tema de los muertos... —intervino el doctor, tras una breve pausa.

—¿Ven? Lo que yo decía —rio el ingeniero por lo bajo—. Un pueblo dado a la metafísica.

—... Yo opino que ha venido usted al lugar indicado, inspector —continuó el doctor, ajeno a la interrupción—. Para mí, no hay duda de que aquí hallará usted al culpable.

—¿Por qué piensa usted eso, doctor? —pregunté.

—No hay que ser una lumbrera para llegar a esa conclusión. Nunca antes había pasado nada similar en esta comarca, hasta que llegó esta turba de maleantes.

—¿Se refiere a los obreros de la presa?

—Exactamente. A los dos guardiaciviles se los cargaron a los pocos meses de comenzar la obra. Demasiada casualidad, ¿no le parece?

Por el rabillo del ojo percibí cómo Aparecido se removía incómodo en su butaca al oír al doctor hablar tan a la ligera de la muerte de sus compañeros.

—Me parece una hipótesis que habrá que valorar detenidamente —dije.

—Yo pienso igual que el doctor —señaló el juez—. Lo que me asombra es que la Guardia Civil no haya dirigido sus pesquisas en esa dirección desde el principio. Si mis funciones como juez de paz me hubieran permitido colocarme oficialmente al frente de la investigación, no les quepa duda de que así lo habría dispuesto.

Por un instante, las miradas se concentraron en el rostro de Aparecido, que, como único representante de la institución allí presente, se mostró impasible.

—Usted mismo pudo haber dado instrucciones en ese sentido —repuse al juez—. Aun no estando usted al frente de la investigación, no me cabe duda de que tanto el capitán Cruz como el juez titular del caso habrían tomado en cuenta su opinión, tratándose la suya de una voz más que autorizada para tomar partido.

—Pude haberlo hecho, sí, y estoy seguro de que, como dice usted, mi opinión habría sido tomada en consideración. Pero dada mi poca experiencia en estas cuestiones decidí hacerme a un lado por miedo a que mi intervención pudiera resultar más perjudicial que beneficiosa.

—En otras palabras: se desentendió usted del asunto.

—Por supuesto que no. No le consiento que diga eso. Los crímenes de sangre no abundan por estos parajes, y, cuando han ocurrido, siempre ha sido fácil identificar al culpable, que no pasaba de ser el marido cornudo o el vecino envidioso. Pero en un caso de esta complejidad, ¿quién soy yo para inmiscuirme?

Se produjo un tenso silencio, seguido de un trueno y

del terco repiqueteo de la lluvia sobre el tejado metálico de la caseta.

—Dígame, doctor, ¿ha tenido usted acceso a las autopsias de los cuerpos? —pregunté.

—Sí —respondió este—. El capitán Cruz me llamó a su despacho unos días atrás y me las mostró. Quería que le descifrara su contenido, porque no comprendía del todo el lenguaje técnico con que estaban escritas.

—Y, según su criterio, ¿qué valoración le merecen? ¿Concuerdan con aquello que usted pudo apreciar cuando atendió a las víctimas en el lugar de los hechos?

—Desde luego. Las conclusiones que se extraen están bien argumentadas, y la exposición es clara y minuciosa. Desde el punto de vista médico, se ha hecho un trabajo extraordinario.

—Discúlpenme —intervino el ingeniero—, pero, si no fuera demasiada indiscreción, me gustaría conocer cómo murieron exactamente las víctimas. Creo que soy la única persona de esta sala que no está al tanto de esa información.

El doctor nos miró primero al juez y luego a mí, en busca de nuestro consentimiento para responder. Nuestro mutismo se lo otorgó.

—Voy a salir a tomar el aire —anunció Aparecido, abandonando precipitadamente la caseta.

—Hay que entender al muchacho —indicó el juez—. Este asunto le toca muy de cerca.

—Las dos primeras víctimas fueron las que se llevaron la peor parte —comenzó el doctor, en cuanto Aparecido hubo cerrado la puerta tras de sí; el ingeniero se reclinó hacia delante para escuchar mejor—. El sargento Belagua fue el primero de los dos en morir. Al parecer, recibió un fuerte impacto en la nuca que lo dejó fuera de combate, e inmediatamente después fue inmovilizado con sus tirantes y la correa de su cartera. Luego, tras ser desnudado por completo, fue herido en brazos y piernas con un arma blanca de corta extensión, siendo imposible determinar si estaba consciente en el momento en que le infligieron estas lesiones. Finalmente, con ese mismo instrumento, le practicaron una incisión de escasa profundidad desde el bajo vientre hasta el cuello.

—Lo abrieron en canal como a un cerdo y lo dejaron morir lentamente —resumió el juez, y yo me alegré de que Aparecido se hubiera marchado.

—Al agente Chaparro lo inmovilizaron mediante el mismo procedimiento —continuó el doctor—, con la diferencia de que a él no lo hirieron previamente en la cabeza. Una vez inmovilizado y despojado también de su uniforme y su ropa interior, fue herido en brazos y piernas de manera parecida y con el mismo instrumento que a su compañero. Después le patearon salvajemente el rostro, desfigurándoselo por completo.

—Tanto, que cuando lo encontraron por la mañana, sus compañeros no pudieron reconocerlo —añadió el juez.

—Para terminar, le seccionaron el vientre con un corte transversal también de poca profundidad, y lo dejaron estar. Al contrario que el sargento Belagua, que murió con relativa rapidez, entre quince y veinte minutos después de la agresión, el agente Chaparro permaneció con vida aún varias horas. Murió poco antes de que hallaran su cuerpo.

El ingeniero Leissner no pareció turbarse lo más mínimo con la somera exposición de los hechos, quizá debido al tono distante empleado por el doctor Martín. Al contrario, me dio la impresión de que en cierta medida disfrutaba, lo que tratándose de un aficionado al cine como él, no debía resultar sorprendente.

—En cuanto a don Pascasio y doña Teresa —continuó el doctor—, fue algo distinto. Don Pascasio, según parece, se encontraba de rodillas y de espaldas al tirador cuando este abrió fuego contra él a muy corta distancia. Recibió cuatro disparos, uno en la nuca y tres en la espalda. Su mujer, en cambio, fue tiroteada desde una distancia mayor, unos cinco o seis metros. Recibió también cuatro disparos, los cuatro en la espalda.

—El asaltante sorprendió al matrimonio en su finca —aclaró el juez—, y a punta de cañón obligó a ambos a arrodillarse sobre la hierba. Sin miramientos, procedió entonces a ejecutar a don Pascasio, tras lo cual, doña Teresa se levantó y salió huyendo, siendo esta alcanzada en plena carrera.

En ese instante llamaron a la puerta. El desdentado capataz asomó la cabeza al interior de la caseta y anunció que ya había llegado la ambulancia. El juez Sagunto y el doctor Martín se pusieron en pie y salieron de la caseta. Yo me levanté también y me dispuse a acompañarlos, pero el ingeniero me detuvo agarrándome del brazo.

—¿Podría hablar con usted un momento a solas, inspector? —rogó.

—Por supuesto.

Cerré la puerta y torné a mi asiento. El ingeniero abrió un estuche de madera situado en un estante de la pared y extrajo una pipa y una tabaquera. Cargó la pipa con meticulosidad, la encendió, y, despidiendo por la boca el humo de la primera inhalación, preguntó:

—¿Cree usted que el autor de esas muertes haya podido ser uno de mis trabajadores, como opina el doctor?

—De momento no albergo sospechas sobre nadie en particular —respondí—. Esta es una posibilidad entre muchas otras, pero de momento no es más que eso, una posibilidad. Como bien ha dicho el doctor, resulta cuanto menos llamativo que estos crímenes hayan ocurrido al poco de instalarse los trabajadores en la región, pero aún no hay ninguna prueba que determine que ambos hechos estén relacionados.

—Pero si, como usted dice, se trata de una coincidencia que, como mínimo, resulta llamativa, ¿por qué no han tratado de esclarecer nada al respecto? ¿Por qué no han investigado a ninguno de mis hombres?

—Supongo que el capitán no lo habrá estimado necesario... o conveniente.

Mi tono de voz fue suficientemente elocuente para que el ingeniero comprendiera. Que la Guardia Civil relacionara la construcción de la presa con los crímenes, o que siquiera planteara la posible existencia de esta relación, podía acarrear graves perjuicios tanto para la imagen de la compañía hidroeléctrica, y por extensión para la de sus responsables, como para el futuro económico de la región, si acaso las diligencias en la investigación obligaban a ralentizar o suspender la ejecución de las obras.

El ingeniero, meditabundo, paseó por la sala con la pipa en la boca. Yo me recosté en la butaca y aproveché el breve intervalo de tranquilidad para poner en orden mis ideas. En pocos minutos, golpearon de nuevo a la puerta de la caseta.

—Nos vamos ya —informó Aparecido, asomándose al interior.

Me levanté y estreché otra vez la descomunal zarpa del ingeniero.

—Hasta la próxima, inspector —se despidió este—. Le deseo mucha suerte y espero verlo antes de su regreso a Madrid.

—Gracias. Ha sido un placer.

Aparecido y yo caminamos por el fango hasta la ambulancia aparcada frente a la enfermería. El cadáver del obrero se encontraba ya dentro del vehículo, el cual, por su color y su forma alargada, se antojaba una cucaracha de proporciones monstruosas. El conductor, un anciano arrugado y con cara de cirio, esperaba el beneplácito del juez para arrancar. A su lado, en el asiento del copiloto, una mujer joven, presumiblemente la esposa del obrero, sollozaba en silencio con la cabeza pegada al cristal de la ventanilla. Mientras tanto, el juez y el doctor debatían sobre algún pormenor del traslado en el interior de la caseta.

—¿Qué sabes de este ingeniero Leissner? —pregunté a Aparecido, estribándonos en la carrocería del vehículo, a resguardo de la lluvia bajo el tejadillo de la caseta, a la espera del juez.

—Más bien poco —respondió—. No se relaciona con la gente del pueblo, pero los que lo han tratado dicen que es una persona cordial y agradable.

—Al parecer sus subordinados no comparten esa opinión.

—A mí tampoco me cae bien. Pero igual es por todo eso que cuentan de él. Igual no son más que prejuicios.

—¿Qué has oído contar de él?

—Pues que estuvo peleando con los nazis, que fue amigo de Hitler, que trabajó para la Gestapo, y cosas así. Pero siendo alemán, o austríaco, o lo que sea, y encima con ese carácter tan estirado que tiene, ¿qué otra cosa van a contar de él?

—No crees que nada de todo eso sea verdad, entonces.

—No sé qué decirle. Siempre puede haber algo de verdad; la verdad de las cosas solo las conoce dios, y si acaso. Pero lo que digo es que tampoco hay que hacer mucho caso a estas habladurías. Aunque lo cierto es que yo, desde que me lo dijeron, lo miro como con otros ojos. Uno no es de piedra, qué le vamos a hacer.

—Ya, es normal. Y de su relación con sus empleados, ¿qué me puedes decir?

—Poco. Lo único que sé es que una tarde, hace tres o cuatro semanas, nos llamaron para sofocar una revuelta de obreros. Bueno, no sé si llegaría a tanto como una revuelta. Fue más bien un plante. Los obreros dejaron las herramientas en el suelo y se negaron a continuar trabajando.

—¿Y cuál fue el motivo del plante?

—No lo recuerdo. Pero ya ve usted las condiciones en que vive esta gente. Pudo ser por cualquier cosa.

—¿Cómo acabó todo?

—En cuanto nos vieron llegar, los obreros agarraron las herramientas y volvieron a la faena a regañadientes. No hubo más. Aun así, el ingeniero insistió en que nos lleváramos a uno de ellos para que sirviera de ejemplo al resto, y eso hicimos.

—¿A quién os llevasteis?

—A ese grandote con el que ha estado usted hablando, Cándido Aguilar.

—¿Por qué a él?

—Porque, según el ingeniero, había intentado agredir al capataz, el señor Santino, ese desgraciado al que le falta media cara. Los compañeros del obrero negaban que hubiese hecho nada, y vaya usted a saber lo que había pasado en realidad, pero ya se habrá dado usted cuenta de que este

Cándido es de esas personas echadas para adelante, de las que no puede faltar en cualquier sarao que se organice, y como ya nos había dado algún problema anteriormente a causa de su temperamento, y como además el ingeniero se mostró inflexible, el capitán no pudo oponerse a su detención.

—¿Le hicisteis algo?

—No le tocamos un pelo, se lo garantizo. Nada más pasó la noche en el calabozo.

—Eso no parece propio de vosotros. De la Guardia Civil, digo.

—Ya, bueno, no era cuestión de apagar las llamas con gasolina, como suele decirse. Para según qué cosas el capitán tiene buena mano. Sabe cómo gestionar estas situaciones. Si le hubiésemos apretado las tuercas al obrero, esto se habría convertido en un polvorín.

—Sí, de eso no hay duda.

El juez salió de la caseta y dio orden al conductor de que arrancara la ambulancia y emprendiera el camino. El doctor salió tras él.

—Pues aquí está todo el pescado vendido —señaló el juez—. ¿Quiere que lo subamos al pueblo, doctor?

—No, no hace falta, he traído la moto —respondió este—. Además tengo que pasarme a ver a un niño de aquí de la presa que lleva en cama desde ayer. A decir verdad, esta tarde había venido a verlo a él, solo que nada más llegar me topé con lo del accidente. Si no llega a ser por esa casualidad, puede que a estas horas estuvieran ustedes esperando todavía por mí.

—Algo así me había figurado, porque ya me parecía a mí raro que por una vez hubiese llegado usted antes que yo... ¿Y qué le ocurre al niño ese, si puede saberse? Si había venido usted nada más que para verlo a él, tiene que ser una cosa grave, ¿me equivoco?

—Está que si muere que si no se muere. Se hizo un corte con un hierro en el muslo hace un par de días mientras jugaba con otros muchachos, y al no habérsele tratado la herida en su momento, le ha cogido una infección grave.

—¿Me va a decir usted que por una herida infectada va a morírsele un niño? Jesús, parece que estemos en otros tiempos.

—Bueno, no es tanto la herida como la debilidad del muchacho, ya sabe usted, la gravedad de cualquier patología se agrava en un organismo débil. Con la mala alimentación que llevan, a cualquiera de los críos del campamento se los puede llevar por delante un catarro que venga con unas décimas de fiebre. Eso es precisamente lo que le ha ocurrido a este infeliz.

—¿Ha muerto algún otro niño por este motivo, o este sería el primero? —pregunté, tratando de que mi voz sonara tan natural y distante como la del doctor, pero sin lograrlo.

—No, este va a ser el primero —respondió el doctor—. Aunque ya he tenido varios casos anteriores igual de serios, la suerte quiso que aquellos se salvaran, cosa que me temo que no va a ocurrir con este.

—Yo lo llevo diciendo desde hace tiempo —indicó el juez—, que no costaba nada a la empresa traerse una camioneta o dos con comida para repartirla entre los trabajadores, sobre todo ahora en el invierno, que con eso a la larga se iban a ahorrar muchos quebraderos de cabeza, que todos ellos son en realidad como si fueran un solo cuerpo, que cuando uno está preocupado lo están todos, y si uno cae enfermo, caen enfermos todos a la vez. Con solo un par de kilos de fruta y otro par de carne que entregaran a cada familia se iba a multiplicar por diez la productividad del trabajo, eso se lo puedo asegurar yo a ustedes. Porque ahora, sin ir más lejos, con el que se ha matado antes y el niño este que se muera dentro de un rato, aquí no se va a trabajar en condiciones en lo que queda de semana, y casi en lo que queda de mes.

—Eso me temo yo también —convino el doctor—. Ayer mismo el ingeniero Leissner y yo estuvimos tratando la cuestión, y barajamos incluso la posibilidad de proponer a la empresa una subida de salarios... Solo que tanto yo como él coincidimos en que en realidad los salarios no son tan bajos como para que los niños pasen hambre, que si la pasan es porque sus padres malgastan el dinero en sus vicios o lo mandan todo allá a su tierra para mantener a otros familiares que están ociosos. Habrá de todo, por supuesto, pero con las ciento cincuenta pesetas a la semana, más de seiscientas pesetas mensuales que recibe cada trabajador con niños a su cargo no me dirá usted que no les ha de llegar para ofrecerles lo esencial, encima que viviendo aquí en el campamento no tienen apenas gastos superfluos.

Seiscientas pesetas era lo que podía cobrar un fontanero o un electricista por una jornada de trabajo, a poco que incluyera algún gasto de desplazamiento o alguna pieza de recambio, o lo que podía costar una dentadura postiza, o unas gafas de ver de las más corrientes. Ignoraba a cuánto ascendía el total que cada familia debía pagar a la empresa por habitar en aquel campamento, pero con un salario como ese una familia de tres no hubiera podido sobrevivir un solo mes en el centro de Madrid, ni siquiera estando libre de renta por el alojamiento. Tal vez con ese dinero pudiera cubrirse lo esencial, que decía el doctor, pero ello dependía de lo que cada cual considerase esencial. Unos caramelos o unas historietas de piratas o vaqueros no eran estrictamente esenciales para el correcto desarrollo físico y mental de un niño, pero garantizar a ese niño una infancia mínimamente feliz sí que debía resultar esencial para las personas encargadas de supervisar ese desarrollo.

—Nada de dinero, lo mejor es la camioneta con comida —insistió el juez—. Ya ven, con las cartillas esto no pasaba. Todo el mundo tenía asegurado el sustento, que es lo principal, y a partir de ahí lo que se sacara después podía destinarse a lo que se quisiera.

Mientras conversábamos, una mujer entrada en años, casi una anciana, se aproximó a nosotros a todo correr, remangándose la falda del vestido para no mancharse de barro. Iba toda de negro menos el pañuelo con que cubría su cabeza, que era azul oscuro con lunares blancos.

—Doctor, disculpe que le interrumpa, ¿tiene para mucho? —preguntó, después de tomar aire un par de veces obligada por el esfuerzo de la carrera; su tono fue respetuoso, pero con un deje de ansiedad—. Andresito está ya que no puede ni levantar los brazos. Su madre no ha podido hacerle tragar la medicina que le mandó usted ayer. Le ruego que vaya a verlo cuanto antes.

—Sí, ahora mismo iba para allá —respondió el doctor—, ¿o es que se pensaban que me iba a ir sin verlo? ¿No pueden ustedes entender que ha tenido lugar un suceso imprevisto y he tenido que retrasar la visita?

—Sí, claro, lo entendemos perfectamente. No se lo tome usted a mal, ya sabe que cuando están los niños de por medio es normal que estemos todos un poco más nerviosos que de costumbre.

—Vaya usted y diga que enseguida estoy allí, en lo que tarde en despedirme de estos señores y recoger mi maletín.

La mujer asintió con la cabeza y se fue tan deprisa como había venido, perdiéndose enseguida por entre los barracones del campamento.

—¿Quiere que lo acompañemos, doctor? —preguntó el juez—. No sé por qué me da que puede correr usted algún riesgo como le pase algo al niño estando usted con él, tal y como está hoy el ambiente.

—No, no creo que haya ningún riesgo —respondió el doctor, antes de entrar en la caseta, de donde salió a los pocos segundos con su maletín en la mano—. Pero bueno, si quieren ustedes acompañarme siquiera un rato se lo agradecería, que seguro que yendo en su compañía no se atreverán a robarme más tiempo del estrictamente necesario. Siempre me acaban liando con los males de unos y otros y al final me cuesta horrores que me dejen volver a casa.

El doctor se colocó el maletín sobre la cabeza para no mojarse el pelo y nos condujo por el campamento en la misma dirección que había tomado la mujer.

—¿Quién era ella? —pregunté al doctor—. ¿Una familiar del chico?

—No tengo ni idea —respondió—. Pero probablemente. Aquí son todos un poco familia de todos.

La caseta del niño no quedaba muy lejos de donde nos encontrábamos, por lo que no tuvimos necesidad de calarnos en exceso. Al igual que había ocurrido antes a la entrada de la enfermería, también allí se había concentrado un pequeño grupo de personas, solo que a diferencia de aquel, este estaba compuesto principalmente de mujeres, entre ellas algunas de muy avanzada edad. En el centro estaba la que había venido en busca del doctor, la cual mandó callar al resto al acercarnos nosotros. Todas vestían ropa vieja y remendada, y algunas ni siquiera llevaban calzado en condiciones, sino unas suelas de madera o cestería sujetas a los pies con tiras de esparto. Me llamó la atención sobre todo una chiquilla joven, de no más de trece o catorce años, que aguantaba en brazos a otra niña algo menor, quizá su hermana, que debía padecer algún tipo de enfermedad que había deformado y enflaquecido sus miembros hasta tal extremo que aparentemente su peso no suponía una gran carga para la primera. Pese al sentimiento general de angustia que recorría al grupo, ellas dos sonreían, como regocijadas la una con el contacto de la otra, solo que mientras que la sonrisa de la mayor transmitía esperanza y vitalidad, la sonrisa de la otra, la de la niña sujeta en brazos, transmitía en cambio una sensación de lejanía o ausencia, como si realmente no estuviera allí del todo, como si fuera ajena a sí misma y a todos los que la rodeaban, incluida aquella en cuyo pecho tenía apoyada tiernamente la cabeza.

El doctor entró directo a la caseta sin corresponder a los tibios saludos con que fue recibido. El juez y yo entramos tras él. Aparecido, sin que yo hubiera de advertírselo, optó por aguardar afuera, a cierta distancia del grupo.

Dentro el aire era denso y contenía un leve aroma a incienso. Dos camas con sendas literas ocupaban casi la totalidad del espacio, a excepción de un diminuto apartado junto a la puerta donde había una mesa repleta de utensilios de cocina y un hornillo de gas. El niño, que descansaba en una de las camas, parecía dormir, aunque sus ojos permanecían medio abiertos y sus labios se movían como murmurando una oración. La madre, una mujer de unos treinta años, pelo castaño claro y ojos verdes, estaba sentada en la misma cama, a su lado. De pie, con los brazos apoyados en ambas literas y la espalda apoyada en la pared, estaba el que debía de ser el padre, un hombre también joven, con el pelo moreno y muy corto y barba de varios días, vestido con ropa de trabajo. Enseguida reconocí en él a uno de los trabajadores con los que poco antes había conversado en la puerta de la enfermería, uno que el obrero Cándido había identificado como natural de Jaén.

—¿Ha pasado ya por aquí don Emiliano? —preguntó el doctor, inclinándose sobre el niño y abriendo su maletín.

—Sí, pasó esta mañana —respondió la mujer, levantándose para dejar hueco—. Ya le aplicó los ungüentos. Dijo que no había por qué hacerlo, ya que al ser tan chiquitín todavía pues no ha de llevar pecado, pero yo le insistí en que se los aplicara de todas formas.

El doctor auscultó al niño y, después de tomarle la temperatura, lo destapó, le deshizo el vendaje, y procedió a inspeccionarle el muslo. Aunque el juez y yo no pudimos observar la herida de cerca, puesto que hubimos de quedarnos de pie a la entrada por la falta de sitio, sí que pudimos observar que una gran extensión de piel alrededor del corte había adquirido una siniestra tonalidad verdosa. El doctor desinfectó entonces la herida y la envolvió con un vendaje limpio.

—Poco más se puede hacer —dijo el doctor, y ni el padre ni la madre parecieron acusar sus palabras—. Sigan dándole el suero que le prescribí ayer y manténganlo hidratado. Si había alguna posibilidad de que se salvara, se ha perdido en el día de hoy. Estaré pendiente del teléfono durante la noche por si fuera necesario, aunque es posible que la cosa se alargue todavía unas horas y consiga llegar hasta mañana.

La pareja compartió una mirada de resignación. La madre acarició uno de los pies del niño. El padre se retiró de la pared y preguntó, dirigiéndose tanto al doctor como al juez:

—¿Sabrían ustedes decirme qué debo hacer para que

manden a mi hijo de vuelta a su casa, una vez que ocurra lo que tiene que ocurrir?

—Pues es bastante sencillo —respondió el juez—: si no tienen ustedes un seguro, tendrán que pagar el traslado de su bolsillo, porque al tratarse de una cuestión particular de ustedes y no de un accidente laboral, como el de su compañero, pues no hay otra alternativa. Aunque yo personalmente no me rompería los cascos con ese tema: el dolor lo habrán de llevar dondequiera que vayan, lo de menos es dónde quede enterrado el muchacho.

—O también pueden ustedes hacer una colecta entre los obreros —propuse yo.

El padre deliberó unos segundos.

—Sí, eso haremos —dijo—. Por lo menos tenemos que intentarlo.

—Lamento mucho que deba usted verse en esta circunstancia —añadí—. No puedo imaginarme una desgracia peor para un padre.

—Saldremos adelante, no se apure. Siempre lo hemos hecho.

Abandonamos la caseta, y pese a lo que había previsto el doctor, aún nuestra presencia no fue suficiente para achantar al grupo de mujeres que aguardaba en la entrada. Una de ellas era la mujer de negro con el pañuelo azul, que deseaba el dictamen del doctor sobre un bulto sospechoso que le había aparecido en el cuello.

—Por lo menos lo hemos intentado —se burló el juez, mientras la mujer se desanudaba el pañuelo para mostrar al doctor el área inflamada—. Espero que la cosa sea leve y lo dejen a usted marcharse cuanto antes.

—Sí, eso espero yo también —respondió el doctor—. Hasta la próxima.

Regresamos los tres a la explanada y montamos en el Citroën. El juez arrancó el motor y encendió los faros, puesto que ya apenas había claridad en el horizonte, a excepción de un tímido resplandor amarillento sobre la ladera oeste de la garganta. Pese a la oscuridad, sin embargo, la actividad en la obra no se había detenido. A la luz de bombillas y linternas, los obreros se movían por los andamios como trapecistas circenses. Mientras, al pie de la presa, desde la entrada de la sala de reuniones, la funesta figura del ingeniero, a manera de jefe de pista, contemplaba en silencio la coreografía de sus gimnastas.

5

El trayecto hasta Las Angustias fue breve pero productivo. Durante el mismo, el juez Sagunto me fue confirmando, refutando o ampliando algunos de los datos recogidos en los informes de la Guardia Civil, datos casi todos de escasa relevancia, tales como la hora exacta en que ocurrió tal o cual evento, información personal sobre familiares y testigos interrogados, o el número aproximado de manos por las que había pasado cada una de las pruebas antes de ser archivada. También me refirió su versión del suceso que me había narrado Aparecido minutos antes, el del plante de los trabajadores de la presa. Según el juez, todo se debió a un malentendido ocasionado por la falta de voluntad y compromiso de los trabajadores, y calificó la mediación del ingeniero Leissner ante las autoridades de poco menos que heroica, al haber conseguido que la totalidad de los obreros, a excepción de uno, fueran eximidos de recibir el justo y correspondiente castigo a su conducta.

—Y si hubieran arrestado y condenado a una veintena de trabajadores, ¿no se hubiera ralentizado considerablemente el avance de las obras? —pregunté yo.

—Puede ser —respondió el juez.

—En ese caso, ¿en favor de quién intervino el ingeniero? —pregunté—. ¿En el de sus trabajadores o en el de la empresa?

—Me supongo que sería una mezcla de todo.

—Sí, así debió ser.

Su señoría detuvo el vehículo en la plaza. Nos despedimos con un rápido apretón de manos desde la ventanilla.

—Manténgame informado de todo, inspector —dijo.

—Por supuesto.

El Citroën colorado desapareció enseguida por una de las bocacalles, dejando tras de sí un rastro de humo donde por unos instantes se hicieron visibles las gotas de lluvia.

—¿Dónde quiere que vayamos ahora? —preguntó Aparecido.

—Había pensado que podíamos ir a interrogar a don Abelardo Gómez, aunque no sé si será ya muy tarde, ¿tú qué opinas?

—Yo opino que usted es el que manda.

—Don Abelardo vive en una casa a las afueras de Valrojo, ¿no es así? ¿Cuánto tardaríamos en llegar?

—Muy poco. Échele unos quince minutos, más o menos.

—Pues vamos ahora y así nos lo quitamos de encima.

A través del ventanal podíamos observar el interior de la fonda, donde había congregado un número nada desdeñable de clientes para tratarse de una tarde de lunes de mediados de enero. Me pregunté cuántos cafés de la capital estarían vacíos a esa hora. Probablemente la mayoría, a excepción del bar Chicote y algún que otro garito de alto *standing* del barrio de Salamanca. En invierno, a partir de la caída del sol, sobre todo en las tardes frías de entre semana, Madrid se tornaba en una verdadera ciudad fantasma.

La lluvia continuó cayendo con persistencia casi admirable, por lo que el viaje de vuelta en la motocicleta hasta el fondo del valle no fue precisamente placentero. Además de empaparnos la ropa, las partículas de agua se nos clavaban en el rostro y las manos como púas de hierro, e incluso con las gafas de aviador, la visibilidad era tan reducida que Aparecido se vio obligado a tomar algunas curvas deteniendo el vehículo casi por completo.

—Igual sería mejor que diéramos la vuelta y lo dejáramos para mañana —grité, habiendo sobrepasado ya el cruce en dirección a la presa en construcción y poco antes de atravesar el puente de piedra a la entrada de Valrojo, aunque Aparecido, concentrado en la carretera, no me escuchó.

No avistamos una sola alma en las calles de la pedanía antes de abandonar la avenida principal e internarnos por el sendero de tierra que Aparecido me había señalado horas antes, el que conducía al puesto avanzado de la Guardia Civil donde habían residido los guardiaciviles Ramón Belagua y Víctor Chaparro.

—La casa de Abelardo está un poco más allá del puesto —indicó Aparecido, sin volver la cabeza hacia mí—. Enseguida llegamos.

Visto de cerca, el puesto de la Guardia Civil, por sus paredes enmohecidas, su escasa altura y su planta oblonga, se asemejaba a un féretro. De no ser por la solitaria luz de una candela que se proyectaba por una de sus ventanas, el caserón se diría completamente abandonado.

—¿Cuánta gente vive ahí dentro? —pregunté, ahora que la reducción de velocidad permitía la comunicación entre ambos.

—Unas veinte personas, más o menos, entre los agentes y sus familias.

—¿No hay luz eléctrica?

—La habrá, en cuanto terminen lo de la presa. Y también agua corriente.

Después de dejar atrás el puesto, el sendero se fue tornando más y más impracticable.

—Hay que tener cuidado no demos con un jabalí —indicó Aparecido—. En esta época del año se mueven mucho por la sierra.

—Solo eso nos faltaba.

—Si lo matamos, nos lo llevamos al cuartel y se lo preparo en un estofado con vino de Oporto, como hacía mi madre que en paz esté.

—No me esperaba que fueras un cocinillas.

—Me tocó ser pinche cuando estuve en el Ejército.

—Yo no pasé de pelar patatas.

—¿Los detectives no cocinan?

—Yo no conozco a ninguno que lo haga, pero de todo habrá en la viña del señor.

Tal y como había dicho Aparecido, la vivienda de don Abelardo Gómez no distaba mucho del puesto de la Guardia Civil, puede que un kilómetro o kilómetro y medio. Estaba ubicada a la derecha del camino y formada por dos edificios, uno de ellos pequeño, de adobe, con una sola planta, que imaginé que se trataba del establo, y el otro mucho más grande, de piedra, y con tres alturas. Ambos inmuebles estaban comunicados por un sendero de listones de madera, y había entre ellos un jardín rodeado por una valla de madera, algunos árboles frutales y una fuente redonda revestida de azulejos blancos.

—Me esperaba otra cosa —dije, al tiempo que Aparecido detenía la motocicleta bajo las ramas de un naranjo, para resguardarla parcialmente de la lluvia—. No sé, algo más discreto, una casa propia de un campesino o un pastor. Esto parece el palacete de un almirante retirado.

—Según tengo entendido, la familia de don Abelardo fue en su momento una de las más ricas de la región —explicó Aparecido, apeándose del vehículo pero dejando encendido el motor, ya que no contábamos con más luz que la de su faro para alumbrarnos—. Pero por lo visto al padre un día se le cruzaron los cables y se dedicó a derrochar su fortuna en vicios y viajes, y se murió dejando a la familia en bancarrota. Eso fue antes de la guerra. Dicen que por eso don Abelardo se volvió comunista, por oposición a su padre, que se había vuelto loco por el dinero.

—La gente se aburre mucho y se dedica a inventar cuentos. Yo he escuchado otros mejores.

—Bueno, pero en este caso puede que haya un poso de verdad.

—Casi siempre lo hay, aunque como dijiste tú antes, la verdad solo la conoce dios, y si acaso.

Nos aproximamos hasta la entrada y, cobijándonos bajo el diminuto porche que la cubría, golpeamos la puerta con una aldaba de cabeza de león. Los golpes retumbaron por el interior del vasto edificio como los tañidos de una campana.

—Lo del león —dije—, igual es un homenaje a Trotsky.

—¿Quién es Trotsky?

—Otro comunista.

—¿Madrileño?

—Ruso.

—¿Y qué tiene que ver con los leones?

—Ahí fue adónde lo echaron a él. A los leones.

—¿Por traidor?

—Por fidelidad a la causa.

—¿Lo mataron?

—Peor. Lo excomulgaron. Y luego sí, también lo mataron.

La puerta se abrió lo justo para que un anciano de muy corta estatura asomara la cabeza. Tenía la cara arrugada como un fruto seco, el pelo cano y escaso, y los labios amoratados y despellejados del frío. Iba envuelto en una especie de capa o poncho de color oscuro.

—¿Quiénes son ustedes? —preguntó, mirándonos con ojos entreabiertos.

—Policía —respondí—. ¿Es usted don Abelardo Gómez?

—Sí. ¿Qué desean?

Del interior de la vivienda emanaba el tenue resplandor de una vela, y también un intenso olor a polvo y moho.

—Necesitamos hablar con usted —respondí—. No le robaremos mucho tiempo.

El anciano reparó en el uniforme de Aparecido, y su cuerpo y su voz se estremecieron.

—Me han soltado esta mañana. ¿Qué quieren de mí?

—Solo hablar, ya se lo he dicho.

—¿No vienen a arrestarme otra vez?

—No.

—¿Me lo promete?

—Se lo prometo.

—¿Es usted guardiacivil?

—No, soy de la Policía.

—Entonces pase usted —dijo, y señaló entonces a Aparecido—. Él se queda fuera.

Aparecido se dispuso a poner en su sitio al anciano, pero antes de que dijera nada aborté su réplica asiéndolo del brazo.

—Déjelo al menos esperar en el vestíbulo —rogué, como si se tratara de un animal abandonado—. Está diluviando aquí fuera.

El anciano asintió con desgana y se hizo a un lado. Aparecido corrió a apagar el motor de la motocicleta y regresó justo a tiempo para que el anciano no le diera con la puerta en las narices. Con un gesto, le ordené que esperara sentado en una silla junto a la entrada, y él se despojó del tricornio y tomó asiento maldiciendo en voz baja. Yo me quité el sombrero y lo colgué del pomo de la puerta, para que escurriera el agua que había ido absorbiendo por el camino.

El anciano me condujo entonces hasta una sala próxima que, por su tamaño, debía de ser el comedor. Esta, al igual que el resto de estancias que pude vislumbrar durante el breve trayecto, estaba prácticamente desprovista de mobiliario. No había más que dos sillas y una mesa sobre la que ardía un pegote de sebo en el interior de un plato de sopas. En uno de los rincones, tirado en el suelo, había un colchón de paja y, sobre él, un revoltijo de mantas.

—¿Quién es usted? —preguntó el anciano, sentándose junto a la mesa y calentándose las manos en la diminuta llama—. No me suena su cara.

—Soy el inspector Trevejo —respondí, sentándome a su lado—. Me han mandado para investigar los crímenes por los que fue usted detenido el mes pasado. ¿Fuma? —Tendí un cigarrillo que el anciano, con las manos temblorosas del frío o los nervios, agarró al segundo intento. Lo encendió arrimándolo a la vela informe. Yo tomé otro para mí y lo encendí del mismo modo. Luego saqué mi libreta de notas y mi lapicero, aunque me iba a resultar complicado escribir en aquella oscuridad.

—Me han tenido más de un mes encerrado en el calabozo. ¿Por qué ha esperado a que me soltaran para venir a hablar conmigo?

—He llegado de Madrid hoy al mediodía.

El anciano estudió detenidamente el cigarrillo, sosteniéndolo entre el corazón, el índice y el pulgar de su mano izquierda.

—Mucha casualidad, ¿no le parece? Que me suelten el mismo día de su llegada.

—No lo había pensado.

—¿Qué desea saber?

—¿Cuál fue el motivo de su arresto, don Abelardo?

—Eso debe preguntárselo usted al capitán Cruz.

—Ya le he preguntado a él, y no ha querido responderme.

—Igual es porque no tenía una respuesta que darle.

—¿Insinúa que fue detenido sin motivo?

—Tampoco es tan raro. De todas las veces que me han detenido en la vida, ya desde mi época en la FUE, antes de la guerra, nunca he sabido el motivo exacto. Primero me detenían, luego me calentaban, y ya si eso buscaban una acusación que lo justificara todo, aunque a veces ni se molestaban en hacerlo. Una vez que te tienen fichado en un sitio o te largas bien lejos o ya no hay forma de quitártelos de encima. Van a ir a por ti por cualquier pretexto, lo mismo por el robo a un banco o una pintada en la calle que por una erupción que le haya salido en el ojete al capitán o comisario de turno esa mañana. —El anciano rio, desafiante. Estaba tanteando cuáles eran mis límites. Muchos de mis compañeros le habrían cruzado la cara después de una irreverencia como aquella, pero yo consideré que no sacaría ninguna ventaja de ello, más bien lo contrario. Mientras reía, pude observar que el anciano solo conservaba los dientes de la mitad izquierda de la boca, como si de un golpe le hubieran arrancado de cuajo los de la otra mitad. Pero la lesión no era reciente.

—¿Cree entonces que fue detenido únicamente por su pasado comunista?

—O por eso o por lo de la erupción en el ojete del capitán, cosa que yo no descartaría —rio de nuevo—. Pero para su información le diré que nunca fui un comunista. No se crea todo lo que le digan.

—¿Entonces qué fue?

—Un inmaduro, y un pusilánime.

—Pero tuvo usted carné del partido.

—Lo tuve, sí.

—Entonces fue usted un comunista.

—Fui miembro del Partido Comunista, que no es exactamente lo mismo. A veces la vida lo empuja a uno a ciertas situaciones que no permiten mucho margen de maniobra.

—¿Dónde estuvo usted la noche que mataron a los guardiaciviles, la madrugada del día cinco de diciembre?

—Aquí. En mi casa. —El anciano se serenó al instante, adoptando un tono más serio que hasta entonces.

—¿Hay algún testigo?

—Uno solo.

—¿Quién?

—Un chiquillo del pueblo. Lo llaman el Lolo. Se quedó conmigo hasta tarde porque me estuvo ayudando a reparar el tejado de la cuadra, que se había venido abajo la noche antes por tanta lluvia como había caído.

—¿Hasta qué hora se quedó ese chiquillo con usted?

—Hasta las diez y media o las once. Ya a lo último apenas veíamos nada y andábamos a tientas con una linterna. Le dije a él que se marchara si quería, pero me dijo que ya puestos no era cuestión de dejarlo a medias.

—Fue este chiquillo el mismo que posteriormente encontró los cuerpos de los guardiaciviles, ¿verdad?

—El mismo, José Manuel, *el Lolo*. El chico iba por la tarde de camino al prado donde tiene las vacas, al final del sendero, y al verme subido a la escalera quiso echarme una mano. Es un joven muy atento. Pasa por delante de mi puerta a diario, y casi siempre se para a saludarme y charlar conmigo.

—Entonces me dice que esa noche el muchacho lo ayudó a usted con el tejado, se marchó, y pocas horas después dio aviso del hallazgo de los cadáveres.

—Sí, así fue.

—Eso lo sitúa a usted en su casa a primera hora de la noche, nada más.

—Nada más.

—¿Qué hizo después de acabar con el tejado?

—Me fui a dormir, ¿qué quería usted que hiciera?

—¿Por qué no comunicó este dato a la Guardia Civil, el de la visita del muchacho?

—Lo hice.

—No consta en los informes.

—¿Y qué quiere que yo le diga?

—¿Cuánto dista de aquí el lugar donde encontraron los cuerpos?

—Tres o cuatro kilómetros. Está al borde de un paso natural entre dos riscos, es un lugar de tránsito habitual de pastores y ganaderos.

El anciano dio una calada y tosió con violencia, como un fumador primerizo.

—¿Conocía usted a los dos guardiaciviles asesinados?

—Sí, bastante, como a casi todos los guardiaciviles de por aquí. Estos dos, de vez en cuando, cuando estaban de patrulla, paraban en mi casa a descansar y fumar un pitillo antes de regresar al monte.

—Perdone que le diga, pero teniendo en cuenta sus antecedentes y su filiación política, no lo imagino a usted cobijando a guardiaciviles bajo su techo.

—Yo ya pagué por mis actos hace mucho. Ahora estoy libre de pecado y solo quiero vivir con tranquilidad el tiempo que me quede. Y no tengo inconveniente en recibir a nadie en mi casa, siempre que venga con buenas intenciones. O no lo tenía, mejor dicho. —Su mirada se desvió consciente o inconscientemente en dirección a la entrada, donde Aparecido aguardaba paciente sentado en su silla—. Estas últimas semanas han sido una vuelta al pasado, y supongo que las cosas tardarán tiempo en volver a la normalidad, si es que vuelven. Hay cosas que no se olvidan así como así.

El anciano se levantó el manto y las mangas del jersey, dejando al descubierto las marcas de las correas que habían oprimido sus muñecas hasta hacía pocas horas. A continuación estiró el cuello de la prenda y me mostró un par de cicatrices redondas y rojizas sobre su clavícula derecha, cerca de la tráquea. Eran quemaduras de cigarrillo.

—Y las picaduras de mosquito son lo de menos —dijo, riendo otra vez; era la suya una risa de roedor, de superviviente—. Pero ya me imagino que a usted esto le trae sin cuidado.

Guardé silencio.

—Por fortuna, tengo que decir que el intervalo de paz parece haberlos ablandado bastante. La verdad, me hubiera esperado algo peor. Lo recordaba como algo peor. Pude aguantar casi dos días antes de firmar la confesión. No está nada mal para alguien de mi edad, ¿no le parece?

—Volvamos al tema, si hace el favor —dije—. ¿Vio usted a los dos agentes la noche en que los mataron?

—No. Esa noche no. La última vez que los vi sería la semana anterior. Esa noche al único que vi fue al Lolo. Luego me fui a acostar, y por la mañana, a eso de las ocho o las nueve, me despertó el ruido de la gente que corría sendero arriba. Yo, por respeto, preferí quedarme en casa. No quise subir a ver los cuerpos.

—¿Se le ocurre a usted quién pudo haberlo hecho? ¿O cuál pudo ser el motivo?

—Si lo supiera, no me habrían tenido un mes encerrado en un sótano, ¿no le parece?

—Lo imagino. Y a don Pascasio y doña Teresa, ¿los conocía?

—Pascasio y yo crecimos juntos. Fuimos juntos al colegio, y la amistad duró hasta mucho después. Aunque en los últimos tiempos apenas hablábamos, por aquello de la política y demás, todavía nos guardábamos cierto cariño. A su esposa, doña Teresa, la conocía menos, porque era algo más joven que nosotros dos y la traté menos cuando niños, pero siempre me pareció una mujer discreta y trabajadora. Lamento mucho que hayan acabado como lo han hecho. Pero lo que más lamento, créame, es no haber podido asistir al entierro. Hace años que no pongo un pie en un templo, pero por ellos hubiera estado dispuesto a hacerlo. Imagínese la escena: alguien como yo en el entierro de un alcalde fascista y su mujer. Hubiera sido digno de ver.

—Nunca es tarde. Ahora que lo han soltado puede usted pasarse por la iglesia a pagarles un responso.

—Lo había pensado, no crea, pero verá, resulta que desde pequeño me cogió alergia al incienso. Y también a las sotanas y los sermones. No sé si me entiende.

—Le entiendo. A mí me pasa lo mismo con el pelo de gato.

El anciano dio otra larga calada del cigarro, a la que siguió un nuevo ataque de tos.

—Me imagino que tampoco sabrá quién ha podido ser el responsable de sus muertes —dije.

—No.

—¿Sabe de alguien que hubiera mantenido con ellos alguna disputa últimamente?

—Tampoco, ya le he dicho que de un tiempo a esta parte apenas nos tratábamos.

—¿Qué puede decirme de don Blas, el hijo del matrimonio?

—¿Qué quiere saber?

—Su opinión.

—¿Por qué lo pregunta?

—Usted responda.

—Es un imbécil. En el sentido más estricto del término.

—¿Por qué piensa eso?

—Tengo mis razones.

—¿Cree que ha podido tener algo que ver en la muerte de sus padres?

—Lo dudo mucho. ¿Por qué iba a tener algo que ver con ello?

—De momento, es el único que ha salido medianamente beneficiado de todo esto, reemplazando a su padre en la alcaldía.

—Lo hubiera reemplazado de aquí a muy poco sin necesidad de haberlo matado.

—Y de don Emiliano, el cura, ¿qué puede decirme?

—En el fondo es un buen hombre. Pero solo en el fondo. ¿También sospecha de él?

—No he dicho que sospeche de ninguno.

Di una calada del cigarrillo y anoté unas palabras en mi libreta.

—Creo que usted y yo podríamos llegar a ser buenos amigos, inspector.

—No lo creo, don Abelardo, pero en cualquier caso no me quedaré por aquí mucho tiempo, así que no habrá manera de comprobarlo. ¿Por qué se hizo usted comunista?

—Ya se lo he dicho, nunca fui comunista.

—¿Se arrepiente de su pasado?

—No. Arrepentirme de mi pasado sería arrepentirme de haber vivido. Estoy orgulloso de haber vivido.

—¿Fue alguien a visitarlo durante su arresto?

—No, absolutamente nadie.

—¿Ni su familia?

—No me queda nadie. Es el pago por la vida que he vivido.

—¿Sabe de la existencia de otros comunistas en el pueblo con los que pueda hablar?

—¿Me pide que delate a mis antiguos camaradas?

—Solo si le queda alguno.

—No, ya le he dicho que no me queda nadie.

—Y si le quedara alguno, ¿lo delataría?

—Supongo, no sé. ¿Tiene para mucho? Me está entrando sueño.

—La última pregunta: ¿cómo logró salir bien parado de su paso por prisión?

—Negocié un trato y delaté a todo el que pude. Vendí hasta al último de mis antiguos camaradas.

—Creo que es hora de que me vaya.

El anciano apuró el cigarrillo mientras agitaba su mano a modo de despedida. Yo me levanté, salí del comedor y me reencontré con Aparecido en el vestíbulo. Este apuró a su vez el cigarrillo que se había encendido para entretener la espera y lo arrojó al suelo con desdén.

—¿Le ha dicho algo del tiempo que lo tuvimos en el cuartel? —preguntó.

—No. ¿Por qué?

—Por nada. ¿Ha podido averiguar algo?

—Poca cosa.

—¿Lo descartamos entonces como sospechoso?

—Yo no iría tan lejos. Pero no encaja en el perfil que buscamos.

—¿Qué perfil buscamos?

—Uno distinto.

Aparecido se calzó el tricornio, abrió la puerta y salió al exterior. Yo hice lo propio con mi sombrero y salí tras él.

6

Mientras recorríamos con la motocicleta el trecho que nos separaba del puesto de la Guardia Civil la lluvia fue ganando en intensidad. Para cuando alcanzamos la carretera de vuelta a Las Angustias, esta se había trocado en diluvio. Obligada a trepar la pendiente a contraviento, la vetusta motocicleta pronto comenzó a mostrar síntomas de fatiga, aunque justo cuando parecía que iba a dejarnos tirados, Aparecido apretó los frenos, deteniéndola en mitad de la carretera.

—¿Qué ocurre? —pregunté—. ¿No quieres forzar el motor?

Aparecido señaló al frente. En el margen derecho de la calzada, a medio centenar de metros, había estacionado un vehículo de color oscuro con las luces apagadas.

—Si es una avería, habrá que echar una mano —dije.

Me apeé de la moto y me aproximé a pie. Aparecido avanzó lentamente con la motocicleta. Aunque yo no era un experto, enseguida reconocí el modelo del vehículo: un Mercedes 170 D, conocido popularmente como el «Lola Flores» por el peculiar castañeo de su motor y motivo de debate en prensa por tratarse del primer automóvil de motor diésel de la compañía alemana de venta al gran público.

—¿Qué vecino del pueblo se puede permitir un coche como este? —pregunté, ya que se trataba de un vehículo de lujo, impropio para una carretera de tercera como aquella.

—Nuestro amigo, el ingeniero —respondió Aparecido—. Tiene una flota de cuatro o cinco coches, a cada cual más exclusivo.

La puerta trasera del lado izquierdo se abrió, y de ella surgió una mujer de alrededor de cuarenta años, talle estrecho, ojos negros y pelo moreno recogido en un moño medio deshecho. Su mirada era viva y penetrante, pero su rostro, que se diría de niña pequeña, denotaba inocencia e ingenuidad. Iba cubierta con un largo abrigo color negro, y bajo este sobresalían el cuello y la falda de un vestido a cuadros color verde hierba.

—¿Quiénes son ustedes? —preguntó la mujer, con el gesto contraído por el faro de la motocicleta.

—Guardia Civil —respondió Aparecido—. ¿Es usted, señorita Carmela?

—Sí, soy yo. ¿Quién es usted?

—Aparecido, señorita. Espere, que apago la luz para que no la deslumbre.

La oscuridad nos envolvió por completo. Saqué mi mechero y lo encendí, cubriendo la llama con la mano para protegerla del agua. La mujer se llegó hasta nosotros dando saltitos por el asfalto, con cuidado de no mojarse los calcetines de lana con que cubría sus tobillos. Cuando estuvo a nuestro lado, extrajo un estuche de cuero de un bolsillo de su abrigo, y de este a su vez unas gruesas gafas redondas de pasta negra que colocó sobre su nariz, y cuyos cristales enseguida quedaron salpicados por gotas de lluvia.

—No era cosa de la luz —explicó la mujer—. Es que sin gafas no distingo un cura en un montón de yeso.

—¿Está usted sola, señorita? —pregunté yo, retirándome el sombrero y las gafas de aviador.

—Sí, estoy sola. Veníamos de vuelta de la presa, se ha averiado el coche, y el conductor ha ido a buscar ayuda. ¿Quién lo pregunta?

—Este es el inspector Trevejo, de la Policía de Madrid —indicó Aparecido—. Ha venido para ayudarnos con unas gestiones en el cuartel.

—Tanto gusto —dijo la mujer.

—El gusto es mío —repuse.

—Inspector, esta es la señorita Carmela. Es la maestra del pueblo.

—Dice que venían ustedes de la presa, ¿me permite preguntarle qué hacía usted allí hasta estas horas, señorita?

—No, no se lo permito.

—Tiene razón, perdone mi insolencia.

—Queda usted perdonado. Y ahora, ¿serían tan amables de continuar su camino hasta el pueblo y dar aviso para que vengan a buscarme? El conductor ha salido hace unos minutos, y, por mucha prisa que se dé, no creo que tarde menos de una hora en regresar. Eso si no se pierde con la tormenta.

—Descuide, señorita, eso haremos —respondió Aparecido—. Pero, ¿por casualidad no sabrá qué tipo de avería tiene el vehículo? Igual podemos hacerle un apaño para que funcione.

—No, no tengo ni idea. Pero el conductor, que entiende un rato de mecánica, ha dicho que no tiene arreglo, que hay que cambiar una pieza. Así que no me queda otra que esperar.

—¿Quién era su conductor?

—El capataz de la obra. No me acuerdo del nombre. Es ese que tiene la cara desfigurada. Al que le falta una oreja.

—¿El señor Santino, el perrito faldero del ingeniero?

—Ese.

—No sé si entenderá de coches o no, pero desde luego hace usted bien en no fiarse de ese tipo. Le faltan unos cuantos tornillos. Pero no se inquiete, mandaremos a alguien enseguida.

—Gracias, Aparecido. Tú siempre tan atento. Ahora, si me disculpan, me vuelvo al coche, que me estoy empapando.

—Perdón, señorita —dije—, pero no me parece de recibo dejarla a usted aquí sola. Imagínese que le ocurre algo. Nunca nos lo perdonaríamos.

—No sé qué podría ocurrirme. Estamos en mitad de la nada.

—Por eso mismo.

—¿A qué se refiere?

—Los alrededores de este pueblo no son un lugar seguro, según tengo entendido.

La mujer cayó repentinamente en la cuenta. Abrió la boca para decir algo, pero no llegó a hacerlo.

—¿Por qué no sube usted en la motocicleta? —dije—. Yo no tengo ningún inconveniente en esperar en su lugar hasta que llegue la ayuda.

—Es usted muy amable, inspector —respondió ella—. Pero la moto no tiene capota, y no quiero acabar hecha una sopa.

—En tal caso, permítame acompañarla en su espera. Aparecido puede ir él solo a dar el aviso. Además, nuestra motocicleta seguro que agradece desprenderse del peso de uno de sus ocupantes.

—De nuevo, se lo agradezco, pero no me parece apropiado compartir un espacio tan reducido con un desconocido —su tono desmentía la firmeza de sus palabras—. Ni siquiera con un inspector de Policía. Las mujeres solteras a partir de cierta edad hemos de cuidarnos mucho para según qué cosas. Y tampoco tengo muy claro si el dueño del vehículo estaría de acuerdo en permitirle montar a usted.

—Por eso no se preocupe. El ingeniero Leissner y yo somos viejos conocidos. Hemos pasado la tarde juntos.

—Nunca le he oído hablar de usted.

—A mí de usted sí que me ha hablado.

—¿Y qué le ha dicho?

—Muchas cosas, y todas buenas.

—Me extraña mucho.

—Pues no le extrañe, y déjese de remilgos, que le aseguro a usted que no dejaré que nadie ponga su buen nombre en entredicho. Y si para ello hace falta tirar de pistola, no tendré inconveniente en hacerlo.

—No creo que sea necesario llegar a esos extremos.

—Yo tampoco lo creo. Pero hay que estar prevenidos.

—¿Me promete usted velar por mi honra si le dejo quedarse?

—La duda ofende: «Honrar a las mujeres es deuda a la que obligados nacen todos los hombres de bien.»

—¿Eso quién lo dijo?

—No lo recuerdo, Góngora o alguno parecido.

La mujer se atusó el pelo sobre la frente para retirar el exceso de agua.

—¿Tú qué opinas, Aparecido, lo dejo que me acompañe?

—Déjelo, señorita Carmela —respondió Aparecido—.

El inspector es un hombre de fiar. Y tiene toda la razón del mundo, no podemos dejarla aquí a usted sola.

—Muy bien. Suba al coche, inspector. Y tú, Aparecido, date prisa en volver, haz el favor.

Aparecido efectuó un saludo militar, arrancó la motocicleta y salió escopetado montaña arriba. La mujer corrió hasta el coche, abrió la puerta trasera y, antes de entrar, me señaló con la mano la puerta del conductor.

—Siéntese usted delante —ordenó—. Qué menos que eso.

Obedecí y cerré la puerta. Ella entró y cerró la suya. Quedamos los dos confinados en el interior del vehículo.

—Efectivamente, esto tiene mala pinta —dije, tras probar a girar la llave en el contacto, sin obtener otro resultado que un gorgoteo ahogado del motor.

—Creo que en la vida me he visto en una situación más extraña —aseguró ella—. Atrapada en un coche en plena tormenta en compañía de un inspector de Policía. Parece cosa de película.

—¿Una película de qué tipo? —pregunté, intentando cruzar mi mirada con la suya a través del espejo retrovisor, pero la oscuridad era impenetrable—. ¿De suspense, de risa, de amor...?

—De cualquier cosa. Mientras no sea de miedo a mí me da igual. ¿Tiene usted hora?

Consulté el reloj con un chispazo del mechero.

—Casi las nueve —respondí.

—Es muy tarde.

—No tanto. Todavía llegará a tiempo para acostarse a una hora decente. ¿Es usted fumadora?

—No sé qué será para usted una hora decente, pero yo a estas horas estoy ya siempre en la cama. Y hablando de decencia, ¿le parece decente ofrecer tabaco a una mujer?

—No se lo he ofrecido. Le he preguntado si era fumadora.

—Pues para su información, sí, lo soy.

—¿Quiere un cigarrillo?

—Deme.

Le pasé uno por encima del asiento, y ella lo encendió con su propio encendedor. Yo me encendí uno para mí.

—¿No va a decirme nada? —dijo.

—¿Nada de qué?

—Sobre lo de fumar. Cuando ven fumar a una mujer, los hombres de por aquí suelen decir algo. O por lo menos ponen mala cara. Son todos muy cerrados.

—¿Y quién le dice a usted que yo no estoy poniendo mala cara, si no puede vérmela?

—Sé que no lo está haciendo. Usted es distinto. Se nota a la legua que es de ciudad. La gente de ciudad es distinta.

—No estoy muy seguro de eso.

—O por lo menos, el ambiente en la ciudad es distinto. Aquí sientes que te ahogas, enclaustrada entre las cuatro casuchas del pueblo. Siempre las mismas caras, las mismas voces, todo es siempre igual. Nada cambia. Es como si el tiempo se hubiera detenido.

—¿Nació usted aquí?

—Sí, nací aquí. Solo salí del pueblo durante los pocos años que estuve estudiando en la Escuela Normal, en Madrid.

—Conoce usted la ciudad, entonces.

—A medias. Mis años de estudio fueron justamente los de después de la guerra, cuando allí estaba todo como enrarecido. Entre eso, y que vivía con un familiar de mi madre que apenas me dejaba salir, puede usted hacerse una idea de cómo fue mi paso por la capital. Aun así, aquellos fueron mis años más felices.

—¿Quién la obligó a volverse?

—La vida, que es así de caprichosa. Mi madre cayó enferma y no tenía a nadie más que cuidara de ella. Perdón, miento, tenía otros dos hijos más aparte de mí, pero eran varones, y ya sabe usted que estas obligaciones siempre recaen en las hijas. Sobre todo si están solteras. La estuve cuidando durante más de quince años, hasta que por fin una mañana, hace ahora casi un año exacto, se me murió.

—Lo lamento. ¿Y su padre? ¿No pudo ayudarlas?

—A mi padre lo mataron en la guerra.

—¿Murió en el frente?

—No. Fue aquí, en el pueblo. Una tarde, mientras estaba trabajando en el campo, desapareció, y su cuerpo, junto con los de otros cuatro campesinos, apareció a la mañana siguiente a la orilla del río. Fueron los únicos muertos de la guerra que hubo en la zona, porque a los jóvenes que se llevaron a combatir por la democracia y la revolución, como decían entonces, los mataron lejos de aquí, en Madrid y en otras partes.

—¿Estaba su padre metido en política?

—En absoluto. Vaya pregunta.

—Entonces, ¿por qué lo mataron?

—Quién sabe.

—¿Qué bando fue?

—Tampoco eso está claro. Pudo ser cualquiera de los dos. Los que mandaban entonces o los que mandan ahora. O ninguno.

—Cinco muertos son muchos para que nadie sepa nada.

—El que sabe algo se lo calla.

—¿Por miedo?

—Por miedo, o también por indolencia, por no buscarse complicaciones innecesarias.

—Y ahora que no tiene usted a nadie a su cargo, ¿por qué no se marcha del pueblo de una vez?

—Ahora ya es tarde. ¿Dónde voy yo sola con la edad que tengo? Además, los ahorros me los gasté en liquidar las deudas de mi familia cuando mi madre murió, así que dependo de mi trabajo para salir adelante, no puedo dejarlo para irme por ahí a la aventura.

—No creo que le costara encontrar trabajo en la ciudad.

—Puede. Pero también es que no me veo con fuerzas para dar el paso. Este pueblo es como una trampa para moscas de esas que se hacen volviendo hacia dentro el cuello de una botella. Una vez que la mosca entra por la boca en busca del cebo, ya no puede escapar. Queda para siempre encerrada en el vidrio. Eso me pasa a mí. Si fuera hombre, igual todo sería distinto. Los hombres tienen más libertad para moverse y hacer lo que les venga en gana.

—Ahí le doy la razón.

Consumido mi cigarrillo, giré la manivela de la puerta para bajar el cristal de la ventanilla y lanzar la colilla al exterior. Cerré enseguida para que no entrara la lluvia. Por el espejo retrovisor podía observar el destello del cigarrillo de la mujer moverse arriba y abajo en la oscuridad, como una luciérnaga rebotando en la tapicería del asiento trasero del vehículo.

—Y usted, ¿para qué ha venido a este pueblo, inspector? ¿Para qué lo han arrastrado hasta aquí?

—No debería decírselo, pero de todas formas debe ser

usted la única persona del mundo que aún no se ha enterado, así que no veo por qué ocultárselo. He venido a investigar el asunto de los asesinatos.

—Pero usted es policía, ¿verdad? Hasta donde yo sé, de los crímenes que ocurren en el campo se ocupa la Guardia Civil. ¿Me equivoco?

—Es una cuestión complicada.

—Lo imagino. Y, ¿ha podido averiguar algo por el momento?

—Nada que merezca la pena.

—¿No detuvieron a uno de los culpables hace ya tiempo?

—Lo han soltado esta mañana. No tuvo nada que ver. Precisamente veníamos de hablar con él.

—¿Qué tal está don Abelardo?

—Bastante mejor de lo que yo esperaba. ¿Lo conoce?

—Era amigo de mi padre, que en paz descanse. A mí me trató de niña, y le tengo cierto aprecio, pero nada más. Me puse muy triste al enterarme de que lo habían detenido. Pero yo sabía que él no había podido hacerlo. Con todas sus cosas, es un buen hombre.

—Ya que hemos sacado el tema, ¿cuál es su opinión respecto a todo esto?

—¿Respecto a qué?

—A los crímenes. ¿Sospecha usted de alguien?

—¿Ahora pretende interrogarme?

—No, claro que no. Mejor para usted que nunca tenga que experimentar un interrogatorio en sus carnes. Solo quiero saber qué opina de este tema.

—¿Qué importancia puede tener mi opinión?

—Más importancia que muchas otras, seguramente.

—Mi opinión es que lo mejor que podría hacer usted es dar media vuelta, marcharse a Madrid, y olvidarse de este lugar y de todos nosotros. Si no, usted también va a quedarse atrapado en la trampa para moscas.

—De buena gana me marcharía, se lo aseguro. Aunque a usted no la olvidaría, por supuesto.

—Su galantería está de más. A mí me olvidaría igual que al resto. Y volviendo a su pregunta de antes, siento decirle que sobre este asunto no tengo una opinión formada. No sé más que lo que se comenta por el pueblo.

—¿Y qué se comenta por el pueblo?

—De todo. Pero la verdad es que nadie se explica lo ocurrido. Nadie sabe a qué agarrarse, y todos tienen miedo. O fingen tenerlo.

—¿Conocía usted a las víctimas?

—Al alcalde y a su mujer, sí. Eran dos personas corrientes, trabajadoras. A los dos guardiaciviles solo los conocía de vista, aunque a mí todos ellos me parecen iguales.

—Con Aparecido, sin embargo, he creído percibirle cierto entendimiento, casi diría que cierta intimidad.

—Aparecido es diferente. Ya se habrá dado usted cuenta. El chico podría haber aspirado a algo más que pasarse la vida pateando los campos vestido de verde. Pero un garbanzo solo no hace puchero.

—¿Qué tiene en contra de la Guardia Civil?

—Nada. Prejuicios, supongo. De pequeña mi padre me leía a Lorca. ¿Ha leído usted a Lorca?

—No. La poesía y yo somos amantes liberales.

—Tengo una copia del *Romancero* en casa. Si me promete no denunciarme, se la puedo prestar.

—¿Cree que la Guardia Civil tuvo algo que ver con lo de su padre?

—Aunque no tuvieran nada que ver, no fueron capaces de descubrir al culpable. ¿Le parece poco con eso?

La mujer, siguiendo mi ejemplo, abrió la ventanilla de su lado y arrojó la colilla al exterior. Fuera continuaba diluviando, aunque el viento soplaba con menos intensidad que hacía unos instantes. Cercados por la penumbra y por un silencio imperfecto, quebrado por el tintineo constante de la lluvia golpeando la carrocería del vehículo, el asfalto y la tierra a nuestro alrededor, tuve la sensación de hallarnos en el interior de un vientre materno o de un nicho mortuorio, en una cápsula insensible al devenir del tiempo y las dictaduras.

—¿Ha oído usted eso? —pregunté.

Por la abertura de la ventanilla habían penetrado el ruido de unos pasos furtivos sobre la calzada y el siseo de una respiración entrecortada.

—Yo no he oído nada —respondió la mujer.

Yo sí lo había oído. Y no había sido mi imaginación. De eso estaba seguro. Hasta que hubiera evidencias que probaran su ineficacia, mis cinco sentidos habrían de ser merecedores de mi total confianza.

—En cuanto yo esté fuera, cierre la ventanilla y eche el cierre —ordené a la mujer, a la vez que abría la puerta de mi lado y desenfundaba mi pistola.

—¿Qué es lo que ocurre?

—Hay alguien ahí fuera.

—¿Qué dice usted?

—Lo que oye. —Salí, cerré la puerta a mi espalda de una patada, encendí el mechero con mi mano libre, y grité—: ¿Quién anda ahí?

La débil llama del encendedor, acosada por la lluvia, apenas alcanzaba para iluminar la manga del brazo que la sostenía. Aun así, su resplandor fue suficiente para vislumbrar el estremecimiento de una sombra frente a mí, en el borde opuesto de la carretera, a pocos metros del vehículo.

—¿Quién anda ahí? —repetí, volviendo el cañón de mi arma hacia allí y deseando con todas mis fuerzas que se tratara de uno de esos jabalíes que antes había mencionado Aparecido. Aunque, bien pensado, quizás en aquellas circunstancias un jabalí pudiera resultar más peligroso que un asesino en serie.

Haciendo acopio de valentía intestinal, avancé unos pasos sobre el asfalto.

—¿Quién anda ahí? —repetí por tercera vez.

En esta ocasión obtuve por respuesta un quejido y una conmoción de ramas o arbustos. La sombra acababa de internarse en el bosque y huía a toda velocidad.

Dudé unos instantes entre obedecer las leyes de la cordura y regresar al vehículo o abandonarme a los brazos de la insensatez y emprender la persecución de la sombra. La decisión la tomaron mis piernas, que se arrojaron hacia delante impulsadas por el instinto primitivo del cazador ante la presa que huye. La solidez del asfalto enseguida dio paso a la inconsistencia de la tierra, y de pronto me hallé corriendo frenéticamente por entre los árboles.

No tardé mucho en tropezar con una roca o una rama y dar con mi cuerpo en el suelo, pero el dolor de la caída, en lugar de amilanarme, acabó por nublarme el pensamiento, y me hizo retomar la persecución con renovado ímpetu. Mi presa no me sacaba mucha ventaja, y también a ella la escuché caer poco después de que yo lo hiciera, acompañando su caída de un grito sordo, de los que uno suelta cuando se hace verdadero daño. De no haberlo impedido un inoportuno encontronazo de mi frente con la corteza de un roble, tan potente que a punto estuvo de quebrarme la simetría del rostro, sin duda habría podido abalanzarme sobre el fugitivo cuando aún estaba en tierra y anestesiarlo con un par de culatazos en la cabeza. Pero mi percance le permitió tomar de nuevo ventaja, y esta ventaja pronto fue ampliándose, ya que mis músculos, indispuestos para aquel ejercicio imprevisto, no tardaron en alcanzar su límite. Al llegar a lo que, según presentí, era un pequeño claro en la vegetación, mis pies desobedeciendo mi voluntad, se quedaron clavados en el suelo, lo mismo que si hubiera entrado corriendo en el mar. No podía dar un paso más. Sentía cómo me ardían el esófago y los pulmones. Estaba totalmente agotado, exhausto, vacío. Más que los años, me pesaban los años de vida acomodada, las comilonas, el alcohol, las siestas, y, sobre todo, el letal acartonamiento provocado por las miles de horas de calentar silla en mi cubículo de Jefatura.

—¡Quieto ahí, mamón! —grité, con tremendo esfuerzo, y acompañé mi grito de un disparo en dirección opuesta al crujir de los pasos.

Había esperado que la detonación me concediera al menos un instante de incertidumbre por parte de mi adversario, que me permitiera acortar la distancia que nos separaba. O incluso, ¿por qué no?, que este cesara en su huida y se entregara lo que se dice con el rabo entre las piernas. Desafortunadamente, no ocurrió ni lo uno ni lo otro, y me vi obligado a tomar una determinación: podía optar entre darme por vencido y dejarlo para más adelante, o probar a detenerlo con el único medio que tenía a mi alcance. De haberme hallado en un callejón madrileño persiguiendo a un carterista o un ratero, sin duda lo habría dejado correr, nunca mejor dicho, a sabiendas de que tarde o temprano se me presentaría la oportunidad de tomarme la revancha, y también a sabiendas de que si esta no se presentaba tampoco supondría una gran pérdida para nadie, quizás únicamente para la ya tristemente diezmada dignidad de la Policía capitalina. Pero la idea de que la sombra a la que perseguía por aquella montaña fuera responsable de nada menos que cuatro muertes, y la posibilidad, más que firme, de que si dejaba pasar la ocasión no habría de disfrutar de otra, me hizo decidirme por la segunda de las opciones. Viré entonces mi arma hasta el lugar del que provenía el ruido cada vez más lejano de pasos y jadeos y abrí fuego. Apreté el gatillo hasta vaciar el cargador, y luego aguardé a que se extinguiera el eco de las detonaciones, que retumbó largo rato en la soledad de aquel paraje. Agucé el oído, intentando captar bien el silencio de mi presa agarrotada por el pánico, bien un gemido lastimero de esta en el caso de que una bala la hubiera alcanzado. O también, por supuesto, el golpeteo desesperado de sus pies sobre la tierra alejándose definitivamente monte adentro, liberada ya de su perseguidor.

Lo que escuché a continuación, sin embargo, no fue nada de esto, y lo inesperado de la respuesta hizo que tardara en tomar conciencia de lo que sucedía. Pero el segundo estallido y, sobre todo, el segundo fogonazo del invisible cañón del arma de mi adversario, que había abierto fuego a ciegas sobre mí del mismo modo que yo acababa de hacerlo sobre él, me hizo reaccionar. Me lancé cuerpo a tierra como me habían enseñado a hacer en la mili, y, bocabajo sobre el lodo, recargué mi pistola —una Llama III Special que hasta esa noche no había disparado en acto de servicio— con el único cargador de reserva que llevaba y me dispuse a contrarrestar el ataque. Después de una alocada carrera bajo la lluvia, nada mejor para calmar los nervios que un tiroteo en la oscuridad con un tirador desconocido. Tal y como había dicho la señorita Carmela minutos antes, aquello cada vez se parecía más al guion de una película. Lo malo era que aquel andurrial no era precisamente Hollywood, y que la munición que empleábamos tampoco era de fogueo.

Fueron ocho tiros exactamente los que volaron sobre mi cabeza. Tras el octavo vino la pausa. Ocho balas eran las que contenía cada uno de los cargadores de las dos STAR Super S sustraídas al sargento Belagua y al agente Chaparro. El cargador de una de esas pistolas ya había sido previamente descargado sobre los cuerpos de don Pascasio y su esposa, por lo que con estos ocho tiros el cargador de la segunda pistola debía quedar también descargado, y con ello desarmado mi adversario. Pero esto suponía admitir, primero, que el tirador era efectivamente el asesino al que buscaba, y segundo, que el tirador no portaba consigo ninguno de los dos mosquetones que también fueron sustraídos a los dos agentes en el primer crimen.

—¡Te has quedado sin balas, maricón! —grité—. ¡Yo todavía tengo unas cuantas para meterte en el cuerpo!

Mi bravuconada no era gratuita. Con ella pretendía obtener una réplica por parte de mi contrincante, ya fuera una nueva ráfaga de tiros o, con suerte, una respuesta verbal. De esta última habría podido extraer muchas más conclusiones que de la primera. Entre ellas, por ejemplo, su sexo, edad aproximada, o incluso, quién sabe, tal vez su identidad. Pero solo obtuve un mutismo estratégico que evidenciaba su astucia.

—¡Más te vale que corras! —insistí—. ¡Como te eche el guante no te voy a dejar un hueso en su sitio!

Nada. Silencio. Un silencio ni siquiera incierto. Un silencio pleno, verdadero. Se había marchado. No me cupo ninguna duda. Se había marchado justo después de pegar el último tiro, aprovechando la cobertura auditiva ofrecida por la resonancia de las detonaciones. Se había alejado unos metros a toda prisa y luego había reptado como una culebra hasta apartarse de mí lo suficiente para reemprender la carrera. Es lo que cualquiera con dos dedos de frente habría hecho. Es lo que yo mismo habría hecho. Se había marchado, y me había dejado a mí solo pegando gritos al aire como un gilipollas.

7

La solitaria vuelta hasta la carretera fue mucho más penosa que la heroica persecución y el posterior tiroteo. Helado, dolorido y embarrado, ignoro cuánto tiempo caminé sin rumbo por la montaña. Cuando logré emerger de nuevo a la carretera, a un centenar de metros del Mercedes averiado, me sentí desfallecer, como las damiselas de los cuentos. Por fortuna, las luces de otro vehículo iluminaban el lugar, y, al pedir socorro desde el suelo, dos pares de botas acudieron en mi auxilio. Uno de los pares pertenecía a Aparecido, quien me obligó a incorporarme y me cubrió el torso con su capa.

—¿Qué ha ocurrido, inspector? —preguntó—. ¿Lo han herido? ¿Está usted bien?

—Estoy de una pieza, que no es poco —respondí.

Entre Aparecido y el otro agente me arrastraron hasta el jeep de la Guardia Civil y me tendieron sobre el asiento trasero. Desde allí, a través de una de las ventanillas, observé el rostro compungido de la señorita Carmela, acompañado de otro que me resultó vagamente familiar: pertenecía al conductor del camión con el que Aparecido y yo nos habíamos cruzado al mediodía, de camino al pueblo.

—¿Qué hace ese aquí? —pregunté a Aparecido, que se había hecho un hueco a mi lado en el asiento.

—¿El obrero, Cosme? Lo ha mandado el ingeniero a recoger a la señorita Carmela. Estaba con ella cuando hemos llegado nosotros. A la pobre le había cogido un ataque de nervios. Dice que de repente saltó usted del coche y echó a correr por el monte como un loco, y que después ha escuchado gritos y disparos. ¿Qué es lo que ha pasado?

Puse a Aparecido al corriente de lo sucedido, y este, sin perder un segundo, tomó el radioteléfono militar del vehículo e informó a su vez al capitán Cruz, que ordenó que nadie se moviera de allí hasta que él llegara.

—Pásame un cigarrillo de los tuyos, Aparecido, que los míos se me han echado a perder con tanta agua.

—¿De los míos? ¿Está usted seguro?

—Mejor eso que nada.

Pese a la calidez del humo, enseguida me cogió una tiritona por la mojadura y también por la lenta descarga de la tensión acumulada. Por fortuna, Aparecido no me vio tiritar, ya que se retiró a charlar con su compañero al abrigo de las ramas de un pino al borde de la carretera. Mientras tanto, el obrero que el ingeniero había mandado a recoger a la mujer se había resguardado en el interior del vehículo con que se había trasladado al lugar, sin duda propiedad también del ingeniero, un Fiat 500 color blanco de los conocidos como «rubias», de gama bastante inferior al Mercedes, en cuyo asiento trasero habían acomodado a la señorita Carmela para que se recuperara del sobresalto.

El intervalo de tranquilidad no se alargó mucho. Apenas me había terminado el cigarrillo cuando dos luces paralelas aparecieron al fondo de la carretera y descendieron dando botes hasta nosotros. La camioneta, una Ford K de uso militar, se detuvo en mitad de la calzada, y de la caja se apearon una decena de capas oscuras acompañadas de sus correspondientes tricornios, mostachos y mosquetones. El capitán Cruz se apeó a su vez de la cabina y mandó cuadrarse a la compañía, que obedeció a la voz del amo como una fiera amaestrada. La silueta del grupo de guardiaciviles alineados en silenciosa espera bajo la lluvia, al contraluz de los faros de la camioneta, cual pelotón de fusilamiento, era al tiempo siniestra y conmovedora. Tenía un no sé qué de fuerza telúrica que hacía que a uno se le erizara la piel de todo el cuerpo.

—Explíqueme con pelos y señales lo que ha ocurrido, inspector —ordenó el capitán.

Cumplí y le expliqué absolutamente todo, sin omitir ningún detalle, ni tan siquiera la selección exacta de palabras que había intercambiado con mi enemigo, o el hecho de que habían sido justamente ocho los disparos que este había efectuado.

—¿De dónde venían Aparecido y usted cuando se detuvieron a asistir a la señorita Carmela? —preguntó el capitán al final de mi explicación.

—De casa de don Abelardo —respondí—. Me dio usted su permiso para ir a verlo.

El capitán se llevó la mano a la cara en actitud reflexiva.

—Disculpe, capitán —dije—, pero creo que no podemos desaprovechar la oportunidad. Despliegue a sus hombres por el monte y puede estar seguro de que el pájaro será suyo.

—¿Qué pájaro? ¿De qué habla?

—Del tirador. Se ha escapado por el canto de un duro,

pero no puede haber ido muy lejos. No en una noche como esta.

—¿Está seguro de que era un solo individuo?

—Sí, estoy seguro. Lo perseguí durante un buen trecho.

—¿Pudo verle la cara?

—No pude ver nada, estaba demasiado oscuro.

—Y dice que tampoco lo escuchó pronunciar una sola palabra.

—No, ni una sola.

—Durante el tiroteo, ¿los disparos provinieron de un solo punto, y fueron efectuados todos con la misma arma?

—Sí. Ya se lo he dicho.

—¿Está absolutamente convencido de que era uno solo el tirador?

—¿Cuántas veces quiere que se lo repita?

El capitán dio unos pasos sobre el asfalto e intercambió unas miradas conmigo y con el conjunto escultórico en que parecía haberse tornado su compañía.

—Todo es demasiado difuso —afirmó.

—¿A qué se refiere? —pregunté—. ¿Acaso duda de mi palabra?

—No, por supuesto que no, inspector. Confío en que usted dice la verdad.

—Entonces, ¿qué ocurre?

—Sé que para usted esta es una situación nueva, pero, aunque le resulte extraño, no lo es para nosotros.

Con el rabillo del ojo me pareció apreciar un bamboleo afirmativo en el cuello de algunos agentes, validando la postura de su capitán.

—¿Cómo es eso? —pregunté.

—Dice usted que era uno el tirador, ¿no es así?

—Sí, así es.

—Y dice usted que ese tirador lo condujo directo a lo más profundo del bosque, donde mantuvieron un tiroteo en el que, por pura casualidad, ninguno de los dos resultó herido.

—Exacto.

—Y ahora quiere usted que mande a mis hombres a inspeccionar el lugar, en plena noche, con esta tormenta.

—¿Adónde quiere llegar, capitán?

—Párese a pensar un segundo, inspector, y dígame usted cuál es la postura más sensata ante esta situación.

—¿Acaso cree que puede tratarse de una trampa? ¿Cree usted que puede haber más tiradores en el monte aguardando a sus hombres?

—Esa es una posibilidad. Otra es que el tirador, aun suponiendo que sea uno solo, como usted dice, esté agazapado en algún agujero fusil en mano a la espera de una voz o la luz de una linterna para abrir fuego. En cualquiera de los casos, ¿quién considera usted que juega con desventaja? ¿Quién tendrá en su mano dar el primer golpe? ¿Qué sangre será la primera en ser derramada?

—Es cierto, sus hombres correrían un grave riesgo. Pero no veo otra alternativa.

—La alternativa es muy sencilla. Esperar hasta la mañana y realizar la batida con las primeras luces del día.

—Para entonces el sospechoso habrá desaparecido, lo mismo que cualquier rastro que haya podido dejar tras de sí.

—Es posible. Pero la decisión está tomada. No estoy dispuesto a poner en juego innecesariamente la vida de uno solo de mis hombres. Llevamos muchos años peleando en el monte para saber que en este medio es indispensable ir siempre un paso por delante del enemigo, nunca uno por detrás.

—Con todos los respetos, capitán, pero creo que esa es una decisión propia de un cobarde.

En otra situación jamás se me habría ocurrido proferir una provocación semejante, pero aún tenía la sangre caliente por el tiroteo, y, aunque comprendía perfectamente la postura del capitán, no estaba dispuesto a aceptarla sin más.

—No sabe lo que dice, inspector —replicó el capitán, con mucha mayor serenidad de la que yo hubiera esperado—. ¿A cuántos compañeros ha tenido que enterrar usted? ¿Cuántas viudas le han vuelto la cara? ¿Cuántas noches ha pasado en vela lamentándose porque un error suyo ha costado la vida a un hombre que dependía de usted? No se equivoque, para nosotros la guerra terminó antes de ayer. Nosotros somos aquellos en los que nadie piensa. Nosotros no tenemos apodos ingeniosos como ellos, ni tenemos al pueblo de nuestra parte. Nosotros somos los malos, los torturadores... No hace ni dos meses que perdí a dos hombres, ¿a cuántos más estaría usted dispuesto a sacrificar para atrapar a ese pájaro del que habla? Ya no estamos en guerra, pero para nosotros no hay paz verdadera, solo períodos de menor virulencia. Dios sabe contra quién nos tocará enfrentarnos el día de mañana, quién pondrá bombas en nuestros cuarteles o nos volará la cabeza por la espalda cuando paseemos distraídos por la calle. Una decisión de cobarde, dice usted... Cobardía es no asumir la responsabilidad de los propios actos. Y yo asumo la responsabilidad de los míos. La asumo plenamente. Cuando he tenido que mandar a un hombre a la muerte, lo he hecho sin vacilar. Y estoy dispuesto a volver a hacerlo las veces que haga falta: mandar a la muerte hasta el último de mis hombres, morir yo también si es preciso. Pero a lo que no estoy dispuesto es a entregar una vida a la ligera. No estoy dispuesto a cargar con más muertes inútiles en la conciencia. Ya tengo suficientes fantasmas que me atormenten por las noches. Créame, no necesito ni uno más.

El capitán ordenó a dos de sus hombres que tomaran el jeep y escoltaran a la señorita Carmela a Las Angustias, y envió al obrero de vuelta a la presa. A continuación ordenó al resto, incluyéndonos a mí y a Aparecido, que montáramos en la camioneta. La oscuridad en el interior de la caja me evitó la molestia de cruzar mi mirada con las de mis compañeros de viaje, a quienes imaginaba tan resentidos hacia mí como satisfechos de la decisión del capitán.

La camioneta llegó enseguida al pueblo y lo atravesó de punta a punta hasta detenerse sobre la ciénaga en que se había convertido el rudimentario aparcamiento de la casa cuartel. Los guardiaciviles, sin aguardar siquiera a que el capitán ordenara el desembarco, con la mente puesta en una muda seca, una cena frugal y el resguardo de las ásperas sábanas del catre, saltaron al barro y vadearon la marisma con marcial determinación. Aparecido y yo nos dispusimos a hacer lo propio, pero el capitán nos llamó a través de la ventanilla enrejada que conectaba la caja con la cabina del vehículo, o me llamó a mí, mejor dicho.

—Usted, Aparecido, retírese —ordenó—. Quiero hablar a solas con el inspector.

Aparecido abandonó la camioneta al grito de «sí, señor».

—No necesito que me dé más explicaciones, capitán, si es eso lo que pensaba hacer —dije, en un tono que en parte sonó a disculpa por mi comentario anterior—. Usted es el oficial al mando y a usted corresponde tomar las decisiones.

—No pensaba darle más explicaciones —afirmó el capitán, también en un tono muy distinto al de antes, mucho más espontáneo, lo cual era lógico, puesto que ahora sus hombres no estaban escuchando y podía hablar, si no con completa sinceridad, al menos con cierta soltura, con cierto desahogo—. Lo que quería era advertirle de que igual sería más conveniente para todos que no pasara usted esta noche en el cuartel.

—¿Por qué piensa eso? ¿Teme que pueda ocurrirme algo, que sus hombres puedan causarme algún daño?

—No, en absoluto. Doy la cara por ellos: ninguno sería capaz de ponerle un dedo encima, por más ganas que tuvieran de hacerlo.

—En ese caso, ¿cuál es el problema?

—No hay ningún problema, es solo que esta tarde los ánimos por aquí han estado bastante caldeados.

—¿Qué ha ocurrido?

—Nada, en realidad. Nada que sea digno de recordar. Pero el ambiente está enrarecido, los nervios están a flor de piel... No deja de ser natural, por otro lado: las muertes de Chaparro y Belagua han despertado en muchos de mis hombres viejos sentimientos que estaban ya casi olvidados. No se trata solo del duelo por los fallecidos, sino la sensación de haber vuelto al pasado, un pasado todavía muy cercano y doloroso para la mayoría.

—Y el incidente de esta noche imagino que no habrá contribuido precisamente a aliviar la tensión...

—No, no precisamente. Por eso, le ruego que se marche usted a otra parte, aunque sea solo esta noche... Eso sí, si quiere quedarse, no podré impedírselo, ya que tengo órdenes de acogerlo en el cuartel. Pero por el bien de la convivencia entre todos, le pido que no se quede.

—¿Dónde puedo hospedarme?

—Hay una fonda en la plaza, ¿sabe dónde es?

—Sí, estuve allí esta tarde, pero no me pareció un lugar lo que se dice muy discreto.

—Quédese allí esta noche y mañana intentaré buscarle otro sitio, ¿le parece?

—De acuerdo.

El capitán abandonó el vehículo y caminó por el fango hasta la entrada del cuartel. Yo lo seguí a cierta distancia, dando ya por perdidos mis zapatos.

—Ahora mismo le traen su equipaje, inspector —anunció el capitán, al reunirnos de nuevo en el interior del edificio—. Puede llevarse otra vez la motocicleta. Está guardada en el almacén.

El capitán se retiró al interior del cuartel, y, al poco, el mismo guardiacivil bigotudo y pustuloso que esa tarde me había guiado a la que iba a ser mi habitación apareció con mi bolso en brazos. Lo depositó sobre el suelo con un gruñido y regresó al despacho que había junto a la entrada, de donde posiblemente no se habría movido en todo ese tiempo. Por miedo a recibir de este una mala contestación que a su vez derivara en una mala respuesta por mi parte, opté por no preguntarle dónde quedaba el almacén para recoger la motocicleta. Y como, dadas las circunstancias, la perspectiva de merodear sin rumbo por los corredores del cuartel en su busca no se me antojó sensata, me decanté por olvidarme de la motocicleta y volver a pie hasta el pueblo. A esas alturas de la noche, poco o nada podían suponerme quince minutos más de caminata bajo la lluvia. A fin de cuentas, llovía sobre mojado.

Mi entrada a la solitaria plaza de Las Angustias fue anunciada por once campanadas y el destello de un relámpago lejano. En el interior de la fonda La alegría una veintena de noctámbulos, cartas en mano y puro en boca, no se resignaba a dar la noche por vencida. Mientras estos se jugaban la honra y los cuartos, la mujer del fondista barría el piso con indolencia volteando a su paso las sillas desocupadas. Su marido, que a su vez se hallaba trajinando objetos en la cocina, tardó un buen rato en salir a atenderme. Cuando por fin lo hizo y le informé de que deseaba una habitación, me arrojó una pesada llave de hierro encadenada a una lámina de madera marcada con el número once.

—¿Desea usted cenar algo, inspector? —preguntó—. Ya había cerrado la cocina, pero si es menester le puedo preparar algo ligero.

—No, gracias. No tengo hambre —respondí, y mi respuesta me cogió desprevenido a mí mismo, pero lo cierto era que, a causa de tanta carrera y tanta agitación, tenía un malestar en la garganta y el estómago que me habría impedido tragar y digerir un solo bocado.

—Parece que suda usted mucho —se burló el fondista, por cómo me chorreaba el agua de lluvia por la cara.

—Sí, eso parece —dije—. ¿Puedo usar el teléfono?

—Está allí, en el pasillo, junto a las escaleras. Por cierto, dígame, ¿ha logrado usted averiguar algo?

—¿Algo de qué?

—De lo suyo. De lo de los muertos.

—Alguna cosa que otra, sí.

—Mire lo que le digo, si es usted capaz de aclararlo todo en veinticuatro horas, le regalo la estancia.

—No esperaba menos.

Sin más, agarré el bolso y enfilé el pasillo hacia mi habitación.

—Manténgame al corriente de todo, inspector.

—No faltaba más —repuse, aun cuando quise haber dicho algo así como «solo eso faltaría».

Había quedado en llamar al comisario a primera hora de la mañana, pero consideré que el suceso que acababa de ocurrirme era lo suficientemente serio como para adelantar la llamada. En la última página de mi cuaderno tenía apuntado el número de teléfono de su domicilio particular.

—¿Diga? —La voz del comisario no era distinta de la de cualquier otro ciudadano al que se lo saca de la cama de improviso; en Jefatura era por todos sabido que el comisario Rejas era de los que se acostaba con la caída del sol.

—¿Señor comisario? Soy yo, Trevejo.

—¿Trevejo? ¿Para qué me llama a estas horas? ¿Ha podido solucionar el caso?

—No, todavía no.

—Entonces, ¿qué quiere?

—Acabo de mantener un tiroteo.

—¿Cómo dice?

—Lo que oye.

—Explíquese.

Procedí a narrar de nuevo la historia tal y como se la había narrado al capitán hacía unos minutos.

—¿Me está tomando usted el pelo, Trevejo? —preguntó el comisario, cuando hube concluido.

—No se me ocurriría.

—¿Qué medida ha tomado el capitán?

—Piensa organizar una batida para mañana por la mañana.

—¿Mañana por la mañana?

—Sí, mañana por la mañana.

El comisario soltó un gemido de protesta.

—¿Por qué no esta noche? —preguntó.

—Dice que es muy arriesgado.

—Lo que me faltaba por oír.

—¿Manda usted alguna cosa?

—De momento, nada. Tengo que transmitir esta información. Llámeme mañana antes del mediodía y le daré nuevas instrucciones. ¿Entendido?

—*Susórdenes.*

Colgué el auricular y subí hasta el primer piso, donde reinaba el más absoluto silencio. No se filtraba luz por debajo de ninguna de las puertas, por lo que imaginé que era el único huésped de la casa. A una persona como yo, acostumbrada a conciliar el sueño arrullado por el rechinar de pasos y voces de los apartamentos contiguos y el incesante trasiego de automóviles y viandantes de la populosa calle Fuencarral, aquel derroche de tranquilidad no podía pasarle inadvertido.

Una vez en mi cuarto, un aposento no muy espacioso pero decentemente aseado, ventilado y amueblado, me desvestí completamente y me sumergí entre las mantas que cubrían el colchón de lana y el somier de madera de la cama. Cerré los ojos y traté de olvidarme por completo de todo cuanto había vivido en aquella nefasta jornada de lunes que finalmente, por fortuna, llegaba a su fin.

8

Unos golpes en la puerta me salvaron de morir ahogado en un sueño. Por el cristal de la ventana se colaba una luz grisácea que revelaba la persistencia de la nubosidad y la lluvia. Al menos en lo que al tiempo se refería, el nuevo día no se presumía mucho mejor que el anterior.

—¿Quién es? —grité, sin salir de entre las sábanas.

—Soy yo, Aparecido. ¿Está usted visible, inspector?

Las nueve menos veinte en mi reloj. Había dormido más de diez horas seguidas, todo un récord para un insomne crónico como yo.

—Ahora salgo.

Hubiera querido pegarme una ducha, pero la habitación carecía de agua corriente. Únicamente contaba con un aguamanil, una jofaina de barro y un par de toallas, utensilios de los que hice uso antes de vestirme con la única muda que había traído: un traje oscuro idéntico al del día anterior y una camisa granate a rayas. Los zapatos habrían de ser los mismos —y, visto cómo pintaba el cielo, decidí que no valía la pena limpiarlos—. Una vez vestido, y tras afeitarme apresuradamente a navaja, sin espuma, frente a un pequeño espejo de pared, puse a secar mi ropa del día anterior desplegándola sobre los anticuados muebles del cuarto. Tenía la esperanza de que, en cuanto estuvieran secas, las manchas de barro se desprenderían con facilidad de los tejidos, sin necesidad de dejarme una pasta en tintorería.

—Buenos días —saludé a Aparecido, que no se había movido del pasillo en los diez minutos escasos que había tardado en arreglarme.

—Buenos días, inspector. ¿Por dónde empezamos hoy?

—Primero tengo que ir al baño. Después a desayunar. Y entonces ya veremos.

Tras mi visita al lavabo, que hallé, como puede suponerse, en la última puerta a la derecha, Aparecido y yo bajamos al salón, donde no había más clientes que un pequeño grupo de campesinos charlando animadamente delante de unas tazas de café humeantes y unos chupitos de aguardiente.

—Ya ha pasado la hora del desayuno —explicó Aparecido, acodándose en la barra—. Solo quedan los rezagados.

—Yo entre ellos.

El fondista me sirvió un café recalentado en cafetera de cinc casi al tiempo en que se lo pedía, y lo acompañó de un par de mojicones por iniciativa propia.

—¿Ha dormido usted bien, inspector? —me preguntó.

—Divinamente, gracias. ¿Tiene tabaco?

—Tome. —Me largó una cajetilla de tritones por la que no me quiso cobrar nada, y después se retiró a la cocina sin preguntar a Aparecido si deseaba alguna cosa. Para compensarle, ofrecí al muchacho uno de los dulces, que tragó casi sin masticar.

—El destino ha querido que fume usted rubio —se burló Aparecido con la boca llena, y después preguntó—: ¿No piensa usted unirse a la batida de búsqueda?

—No —respondí—. Ayer excedí mi cupo de caminar por el bosque bajo la lluvia.

—No piensa que vayan a encontrar nada, ¿verdad?

—Menos que nada.

—¿Adónde vamos, entonces?

—A hablar con el muchacho que encontró los cuerpos de las dos primeras víctimas. El hijo de la hetaira.

—¿De quién?

—El hijo de la puta.

—Ah, bien.

—Luego, según la hora que sea y el tiempo que haga, nos acercaremos a examinar los lugares de los crímenes, aunque en una investigación en frío como esta, este paso va a ser casi testimonial, ya que todas las pistas habrán desaparecido, pero bueno, solo sea por decir que hemos estado.

Terminé sin prisas el café mientras Aparecido, a mi lado, se relamía recordando el pastelillo. Ya casi nos íbamos cuando apareció por la puerta de la cocina una joven de unos diecisiete o dieciocho años, morena, bajita y muy flaca, de mirada distraída y andar sosegado, con un vestido negro que le caía grande sujeto a la cintura por un cinturón blanco y unos zapatos también blancos, pero muy gastados y sin lustre. En sus manos sostenía un manojo de trapos chorreantes de grasa.

—¿Ya habéis acabado? —preguntó el fondista a la muchacha desde detrás de la barra.

—Sí. Voy a tirar esto fuera, porque dice madre que apesta y que si lo dejamos en la cocina se va a pasar el olor al comedor.

—Cuidado no vayas a manchar a nadie.

La joven cruzó a nuestro lado en dirección a la calle dedicándonos una sonrisa forzada, de compromiso. Aparecido corrió a abrirle la puerta.

—¿Es esa su hija? —pregunté al fondista.

—Esa es, mi Josica. ¿Verdad que es maja?

—Y también inteligente, tengo entendido.

—Sí, mucho. La tengo ahora preparándose para terminar el Bachillerato y luego se irá a Madrid a la universidad.

—Debe de estar orgulloso. No debe de haber en este pueblo muchas muchachas de su edad que sigan estudiando.

—Ni tampoco muchos muchachos, no se crea... Sí, claro, estoy muy orgulloso de ella. Aunque hay algunos, ya lo sabe usted, a los que no les parece bien que las mujeres estudien. Pero yo creo que el que vale, vale, y la que vale, pues también. Hace unos años no pensaba de esta manera, pero la vida a veces te lleva a tener que cambiar la manera en la que piensas. Uno tiene unos planes para el futuro y de golpe se te vienen abajo y hay que saber rehacerse como sea.

—Ahí demuestra usted sabiduría. Ayer me refirió su mujer lo de su difunto hijo que en paz esté. No todos saben recomponerse después de algo así.

—Bueno, el mundo sigue dando vueltas después de todo. Unos se van antes y otros después, y en lo que estemos aquí hay que tirar para adelante. No queda otra.

—Ayer escuché algo muy parecido de otro padre como usted que está a punto de afrontar una pérdida semejante. En verdad que hay que tenerles mucho respeto a las personas como ustedes.

—¿Qué personas?

—Las que saben sobreponerse al sufrimiento. No es tan sencillo.

—No, no lo es, pero la cosa es no darle muchas vueltas. Sale el sol, te levantas a trabajar y al cabo de un rato pues ya estás centrado en lo que toque, y así un día tras otro, y cuando te quieres dar cuenta han pasado los años y ya lo sientes todo de otra manera.

Aparecido volvió enseguida a mi lado, pero no antes de entretenerse unos segundos en la puerta, observando a la muchacha atravesar la plaza hasta el contenedor de basuras.

—¿No decías que no había mozas de tu edad en el pueblo? —le pregunté a su regreso, y el chico, ruborizándose, volvió la cabeza al fondista, que a su vez se sonreía—. Mire usted —dije, dirigiéndome a este último—, aquí tiene a un joven formal y además con estabilidad económica para mantener a su hija, ¿qué más se puede pedir? ¿Dónde encontraría usted un yerno más apropiado?

—¿Responde usted por él?

—Faltaría más.

—En ese caso, consideraré seriamente su propuesta, pero siendo sinceros, preferiría que mi hija pescara mejor en otras aguas. Dicho sea con todo el respeto, ser mujer de un guardiacivil no me parece que sea lo más apropiado para una universitaria.

—¿Y qué sería apropiado para una universitaria, según usted?

—Pues qué sé yo, otro que hubiera ido también a la universidad: un médico, un abogado, un banquero... Alguien con más futuro, dicho sea otra vez con todo el respeto.

Aparecido dio la impresión de querer replicar algo a tanta muestra de respeto, pero la vuelta de la muchacha lo obligó a callar.

—Hija, ven aquí —la llamó su padre—. Quiero que conozcas a este señor. Es un inspector de Policía de Madrid.

—Tanto gusto —dijo la muchacha, con una leve reverencia de cuello.

—Anda, hija, pregúntale lo que quieras, que decías que tenías muchas dudas sobre la vida en la capital. Aprovéchate.

—No me ponga en este compromiso, padre. Ahora no se me ocurre nada que preguntar.

—No seas sosa, que él siendo policía te podrá decir mejor que nadie lo que te conviene.

—No lo sé, de verdad, me ha cogido usted de sopetón.

—Aconséjele usted algo, inspector, que esta es muy tímida y no va a querer preguntarle nada.

—Pues son muchos los consejos que le podría dar —dije, mirando a la muchacha de reojo y percibiendo su incomodidad—, pero creo que el principal de todos es que tuviera cuidado de con quién se junta, que allí se va a encontrar lo mejor de cada casa, pero también lo peor, y que no siempre va a ser fácil hacer distingos. Que no se deje engatusar por nadie, que yo conozco muchas jovencitas de pueblo que se pierden a los dos días de poner un pie en la capital.

—Ala, ya has oído al inspector, lo que yo siempre te digo, que mires con quién te andas.

—Si yo nunca me ando con nadie, padre.

—Más razón para que tengas cuidado, porque tienes poco mundo, poca picardía, y te vas a la corte, que es un nido de víboras.

—¿Conoce usted Madrid? —pregunté al fondista.

—Solo he estado allí una vez, de excursión con mi padre, mucho antes de la guerra, pero aun siendo yo niño ya me di cuenta de que aquel era un sitio muy peligroso y desagradable, todo lleno de vagabundos y de críos sin oficio ni beneficio haciendo la busca por las calles y los descampados. Aunque me supongo que habrá cambiado algo desde entonces.

—Eso seguro, aunque no sé yo si para mejor.

—Ya sé bien adónde voy y cómo tendré que comportarme —dijo la muchacha en tono grave, y se despidió secamente con una reverencia idéntica a la anterior para regresar de nuevo a la cocina.

—Ahí donde la tiene —dijo el fondista—, con todo lo menuda que es, tiene un genio para andarse con ojo.

—Ya lo he notado.

Aparecido y yo nos despedimos también y salimos de la fonda.

—¿Qué te ha dicho el capitán esta mañana? —pregunté, ya en la calle.

—¿A mí? Nada —respondió Aparecido, y advertí su voz algo tirante. Seguramente estaría aún molesto por las palabras del fondista—. ¿Por qué lo pregunta?

—Me he enterado de que ayer hubo jaleo en el cuartel, ¿te has enterado de algo?

—No he tenido tiempo de hablar con nadie. Pero el ambiente por allí viene siendo irrespirable desde hace bastante. Como no se solucione pronto la cosa, no sé cómo vamos a acabar. Igual a alguien le da por hacer una tontería.

—No me extrañaría nada. A los militares a la mínima se os va la mano al cinto.

Aparecido había aparcado la motocicleta frente a la fonda, y dos niños de corta edad se habían montado sobre ella, uno en el sillín y otro en el sidecar. Mientras el primero fingía conducir a toda velocidad por las calles de alguna ciudad americana que hubiera visto en el cine —con las manos sobre el depósito, puesto que no alcanzaba el manillar—, el otro encañonaba y tiroteaba con su índice a todo aquel que osaba arrimárseles.

—Fuera de aquí, cagajones —les ordenó Aparecido.

Los niños saltaron del vehículo, se alejaron a la carrera y se encaramaron al borde de la fuente, colgándose de las alas del querubín de piedra a la espera del espectáculo que para ellos supondría el arranque y puesta en movimiento de la motocicleta. Pero no tuvieron oportunidad de ver colmadas sus ilusiones. Una voz de muchacha los llamó a gritos desde un extremo de la plaza.

—La maestra está esperando —gritaba la niña, la misma que ayer había avisado al juez Sagunto de la muerte del obrero, Justina, la ahijada de don Emiliano—. Le pienso decir que andáis haciendo el cabra en la fuente.

Los niños ahuecaron el ala por una de las calles con la precipitación de un moroso ante sus acreedores. La niña, pese a que no debía ser mucho mayor que los truhanes, corrió tras ellos como una madre tras sus polluelos.

—Se la ve una joven responsable —dije.

—No se fíe usted de las apariencias —indicó Aparecido.

—Nunca lo hago.

—A saber lo que hace esa cuando no la miran, y con quien. Seguro que es de las que las mata callando. La están criando para monja y la van a acabar maleando con tanto catecismo y tanta misa. Las reprimen tanto que al final estallan. Siempre es igual.

—Bueno, tampoco siempre, habrá de todo. Vámonos, anda.

Aunque la casa de Merceditas quedaba muy cerca de la plaza, Aparecido se empeñó en llevar la motocicleta, para evitar, dijo, que fuera tomada de nuevo por los infantes y acabaran rompiéndole alguna pieza y le hicieran pagarla a él. La vivienda, situada en una calle arbolada con plátanos desnudos por el invierno, era estrecha y de dos plantas, y tenía la fachada encalada y sin pintar. Llamamos al picaporte y desde el interior una voz femenina nos mandó aguardar un momento. Me pareció escuchar entonces un rumor de cortinas y contraventanas en los edificios colindantes.

—Es normal —susurró Aparecido, sonriendo y señalando alrededor con la cabeza—. No son horas para ir de visita a casa de una fulana.

Al descorrerse la portezuela que obturaba la mirilla del portón aparecieron primero unos ojos azules, y luego unos labios blancuzcos, casi transparentes, que preguntaron:

—¿Qué quieren?

—Policía —respondí—. ¿Es usted la señorita Mercedes?

—Sí.

—Queremos hablar con su hijo, José Manuel.

La propietaria de los ojos y los labios soltó un quejido y nos abrió la puerta de inmediato.

—¿De qué quieren hablar con él? —preguntó la mujer, con voz agitada.

Yo me había prefigurado a la Merceditas como a una de las tantas prostitutas con las que me había visto obligado a tratar en Madrid: mujeres de edad mediana pero prematuramente envejecidas que cubrían los desperfectos de los años, las enfermedades y las pesadumbres con litros de tintes y potingues aplicados a brochazos sobre sus cabellos y rostros, y que vestían atuendos coloridos y apretados que realzaban, o eso creían ellas, los ya decadentes atributos de sus carnes. Nada más lejos, sin embargo, de la anodina aldeana de apariencia reservada y rostro amable que teníamos delante. Rondaría los cuarenta años, tenía el pelo cobre tirando a pelirrojo, y llevaba una chaqueta oscura de algodón a cuadros, falda tobillera de color gris y zapatillas marrones de tela.

—Tranquilícese —dije—. Solo queremos charlar un rato con él.

—Ahora no está, pero no creo que tarde en llegar. Si quieren pueden esperarlo dentro.

—Gracias.

La mujer se apartó a un lado y Aparecido y yo pasamos a un zaguán amplio y húmedo, iluminado por un pequeño ventanuco cuadrado a la altura de nuestra cabeza. Del mismo zaguán partían a la vez unas escaleras hasta la planta superior y un pasillo hasta las habitaciones de la planta baja.

—¿Hay alguien más en la casa? —pregunté.

—No, no hay nadie —respondió ella, captando enseguida el sentido de mi pregunta y bajando la mirada al suelo, en un ademán de timidez o vergüenza impensable en una de sus compañeras de oficio madrileñas.

—Siendo así, nos gustaría charlar también con usted unos minutos, si fuera posible.

—¿Conmigo? ¿Por qué?

—Vamos adentro, por favor.

La mujer nos precedió hasta un salón comedor en la planta baja, pequeño pero acogedor. En el centro había una mesa camilla con brasero de picón. Junto a él, un sofá de cretona tapizado en rojo con formas vegetales. De una de las paredes, al lado de una estantería repleta de libros escolares y novelas baratas, colgaba un candil de carburo. Bajo la ventana, que daba a una callejuela lateral, había una silla de madera, y sobre esta, medio caída en el suelo, una labor de costura.

—Estaba arreglándole el bajo a unos pantalones —se excusó la mujer, recogiendo precipitadamente la labor y guardándola en el cajón de un armarito, sobre el que había una radio Phillips último modelo que yo, con mi sueldo de funcionario, difícilmente me hubiera podido permitir.

—¿Estaba escuchando usted la radio, señora? —pregunté, malintencionado.

—No. Es la radio de mi hermano —respondió la mujer—. Yo no sé ni cómo se enciende. ¿De qué querían ustedes hablar conmigo?

—Deje que me presente. Me llamo Ernesto Trevejo y trabajo para la Policía de Madrid. Este es...

—Aparecido —indicó ella—. Sí, lo conozco. Aquí nos conocemos todos. Siéntense, por favor.

Me senté en el sofá, arrimando los pies al brasero para calentarlos. Aparecido, fiel a su estilo, se quedó de pie con un hombro apoyado en el marco de la puerta. La mujer se sentó en la silla, a mi lado.

—Verá, señora —comencé—, antes de que llegue su hijo me gustaría que usted nos aclarara algunas cosas relativas al asunto que nos ocupa.

—¿Qué asunto es ese?

—Los cuerpos de los dos guardiaciviles que encontró su hijo el mes pasado.

Saqué mi cajetilla de tabaco y la puse sobre el mantel.

—Puede fumar si quiere —sancionó la mujer, arrimándome un cenicero—. No me gusta que mi hijo y mi hermano fumen aquí dentro porque el humo se queda pegado a los muebles, pero usted puede fumar libremente.

—Gracias —dije, poniendo un pitillo entre mis labios, pero sin encenderlo.

—Yo no sé nada sobre todo eso, sobre lo de los cuerpos —afirmó la mujer—. Solo sé lo que mi hijo me ha contado, que es lo mismo que le ha contado a la Guardia Civil. No sé en qué puedo serles de utilidad.

—Dígame, señora, y necesito que me sea sincera, ¿alguna vez mantuvo relaciones íntimas con los agentes Víctor Chaparro y Ramón Belagua? —pregunté, saltándome cualquier preámbulo.

La mujer se revolvió en su silla y se tapó la boca con la mano, como si acabara de escuchar un juramento o blasfemia.

—¿Por qué quiere saber eso?

—Responda, haga el favor.

—Nunca hablo de estas cosas.

—Tendrá que hacer el esfuerzo. Se lo está pidiendo la autoridad.

—No me parece apropiado. ¿Qué pasa con el buen nombre de esos caballeros?

—Esos caballeros han muerto. ¿Mantuvo o no relaciones con ellos? Le ruego que responda.

—Sí.

—¿Con los dos?

—Sí, con los dos. Quiero decir, no con los dos a la vez... Disculpe, qué vergüenza.

—Descuide. Comencemos por el agente Víctor Chaparro, ¿cómo fueron esas relaciones? ¿La visitaba habitualmente?

—Víctor venía cada dos o tres semanas, siempre a última hora de la noche. Muchas veces se presentaba sin avisar antes y no podía atenderle.

—Descríbamelo. ¿Cómo era Víctor? ¿Cómo se comportaba con usted?

—Conmigo era muy amable, aunque a veces venía borracho como una cuba y había que tener cuidado con él. En el fondo era muy bueno, pero tenía mucho genio.

—¿Recuerda si hizo o dijo algo fuera de lo normal en las semanas anteriores a su muerte, si estaba más nervioso que de costumbre, si mantuvo una discusión con alguien, alguna cosa así?

—No, nada. Estuvo igual que siempre.

—¿Sabe de alguien que pudiera tener algo en su contra? ¿Alguien que quisiera hacerle daño?

—No, nadie.

—Alguna vez de esas que dice usted que llegó borracho, ¿tuvo algún rifirrafe con su hermano Rafael o con alguno de sus clientes?

—No los llame así, por favor.

—Discúlpeme, retiro la palabra.

—No, no recuerdo que tuviera ninguna discusión con nadie.

—¿Se llevaba bien con su hermano?

—¿Por qué lo pregunta?

—Su hermano se ocupa de tratar con los caballeros, ¿no es así?

—Sí.

—¿Le comentó él alguna vez algo sobre Víctor, si alguna vez habían discutido o había pasado algo entre ellos?

—No, que yo recuerde.

—Y Víctor, ¿le comentó algo de su hermano alguna vez?

—Tampoco. Hasta donde yo sé, no eran amigos, pero se llevaban bien.

—¿Sabe si Víctor mantenía relaciones con alguna otra mujer del pueblo, aunque fuese a escondidas? Ya me entiende.

—No. Si las mantenía nunca me lo dijo, y tampoco creo que me lo hubiera dicho.

—¿Qué puede decirme del sargento Belagua? ¿Cómo era él?

—Con él todo era muy distinto. Era muy tierno. Me hablaba de su niña y de sus problemas, como si fuésemos amigos de toda la vida. Él decía que conmigo se quitaba la gorra de sargento, y luego se la volvía a poner al salir.

—¿Cada cuándo la visitaba?

—Una vez al mes como mucho, o menos. A veces no le veía el pelo durante meses.

—¿Y eso por qué? ¿Por qué cree que la visitaba tan poco?

—Creo que en el fondo tenía mala conciencia.

—¿Y por qué cree que tenía mala conciencia? ¿Por engañar a su mujer?

—Creo que más bien por su hija. Le preocupaba que en el futuro ella hubiera de enterarse de las costumbres de su padre. Todavía hay hombres así.

—¿Le habló alguna vez de su mujer?

—Muy poco. Decía que era muy buena, que lo trataba muy bien, pero yo sé que en realidad no la soportaba. Ella tenía un carácter muy nervioso, y lo estaba volviendo loco. Pero él la quería. A su manera la quería.

—¿Y ella a él?

—También, supongo. Era un hombre que se hacía querer fácilmente. Por lo menos en privado. Cuando estaba de servicio era otra persona distinta.

—¿Sabía su mujer que él la engañaba?

—Él era un hombre muy discreto en ese sentido, pero me imagino que ella debía de saberlo, o intuirlo por lo menos. Estas cosas se saben. Y más en un pueblo tan pequeño como este.

—¿Sabe si el sargento tenía algún enemigo, alguien que no lo tragara?

—Nadie en particular. Pero era sargento de la Guardia Civil, ya sabe... No creo que haya faltado quien haya dado saltos de alegría la mañana en que lo encontraron muerto.

—Lo imagino.

Extraje el pitillo todavía intacto de mi boca, lo agarré entre mis dedos como un bolígrafo y tomé notas imaginarias sobre la mesa.

—¿Qué puede decirme de don Pascasio, el anterior alcalde, que en paz esté? ¿También él la visitaba?

—Sí. Pero muy de vez en cuando. Solo en fechas señaladas: en el día de la patrona del pueblo, Navidades y cosas así.

—¿Cuándo vino por última vez?

—En Nochevieja. Justo dos días antes de que lo mataran, por eso no he olvidado la fecha.

—¿Notó algo raro aquella vez? ¿Se comportó de manera distinta?

—Bueno, era Nochevieja y se le había ido la mano con el champaña y el Cointreau, pero aun así no le noté nada raro. En general estuvo como siempre, más bien apagado, aburrido. Lo corriente en alguien de su edad.

—¿Le dijo algo sobre los asesinatos, o sobre la detención de don Abelardo Gómez?

—No, nada. Debía de creer que con el arresto de don Abelardo ya se había resuelto el problema. Lo mismo creíamos todos.

—¿Cómo describiría usted a don Pascasio en el terreno personal?

—Era un hombre entero, de los pocos que quedaban en el pueblo. Sabía ganarse a cualquiera, pero no era precisamente alguien muy echado para adelante, más bien al revés. Hablaba poco, solo decía lo que tenía que decir, pero todos lo escuchaban siempre y hacían caso a lo que decía. Es como si estuviera tan acostumbrado a mandar y a que lo obedecieran que ya ni tenía que andar elevando la voz para imponerse.

—¿Conoce a alguien que hubiera podido tener algo contra él?

—Debe haber muchos, porque siendo alcalde no le deben faltar a uno enemigos, pero yo no conozco a ninguno.

—¿Se llevaba bien con su hermano Rafael?

—Sí. Hablaban mucho y se tenían mucho respeto el uno al otro.

—¿Qué puede decirme de doña Teresa, la mujer de don Pascasio?

—Poca cosa. Apenas traté nunca con ella.

—¿Sabía ella lo de su marido y usted?

—¿Quién sabe? Pero como le dije antes, aquí es muy difícil mantener algo así en secreto.

—¿Conoce usted a don Abelardo Gómez?

—De vista solamente.

—¿Sabía que es muy amigo de su hijo?

—No creo que sean tanto como amigos. Me han dicho que alguna vez los han visto charlando juntos, pero lo mismo que lo habrán visto charlando con cualquier otro. La gente siempre quiere ver cosas donde no las hay.

El ruido de la puerta interrumpió la conversación. Unos pasos avanzaron lentamente por el zaguán hasta detenerse justo antes de ingresar al salón. El hombre, alto y flaco como un pino, tenía una barba densa y oscura que le caía sobre el pecho como un babero. Su mirada era fija y penetrante, rayana a la de un desequilibrado.

—¿Qué pasa aquí? —preguntó, con una mueca retorcida, como el granjero que descubre a dos zorros en el corral de las gallinas. La mujer se encogió hasta prácticamente desaparecer.

—¿Es usted Rafael? —pregunté.

—¿Quiénes son ustedes?

—Policía. Pase, por favor.

—¿A qué han venido?

—A hablar con usted y con su sobrino.

—¿Hablar de qué?

—De las muertes ocurridas en el pueblo en el último mes y medio.

—¿A estas alturas todavía están con esas?

Me levanté y tendí la mano al hombre, que me la estrechó con desinterés.

—Inspector Ernesto Trevejo, tanto gusto.

—Rafael Campillo.

El sujeto se desprendió de la boina y el abrigo y se sacudió el barro de las botas sobre el suelo, en el umbral del salón. Tenía la camisa cubierta de sudor o de lluvia.

—Disculpen que no esté más presentable —se excusó, en tono displicente, y tomó asiento en el sofá, en el extremo opuesto al mío.

—¿Viene usted de trabajar? —pregunté.

—Sí, y tengo que volver enseguida —respondió—. Llevo yo solo muchas hectáreas de terreno y siempre hay mil cosas que hacer.

—¿A usted no le han afectado las expropiaciones?

—¿Cómo dice?

—Las expropiaciones para la construcción del pantano. ¿No le han quitado parte de sus tierras?

—Yo no tengo tierras en propiedad. Llevo las tierras de otros. Pero lo de la presa ha afectado a mis patrones, que han perdido muchas hectáreas, así que un poco de rebote también me ha afectado a mí, pero tampoco es que haya notado mucha diferencia.

—He oído que los expropiados no están muy satisfechos con las retribuciones que les han dado.

—No lo sé. En esas cosas no me meto.

—¿Conoce a don Fermín, el conde?

—Sí, le conozco.

—¿Trabaja usted para él?

—No. Trabajé para él hace mucho tiempo. Pero ya no.

—¿Y eso por qué? ¿Por qué dejó de trabajar para él?

—¿A usted qué le importa?

—Le recuerdo que está hablando con la autoridad.

El hombre sonrió altivo.

—Desde que se le murió la mujer y se volvió majareta no quise saber nada de él —respondió.

—¿Se volvió majareta?

—Eso dicen. A mí nunca me cayó bien. Tampoco antes. Así que aproveché que todos le dieron de lado para dejarle yo también.

—¿No ha hablado con él últimamente?

—No. No hemos cruzado una sola palabra desde hace años.

—¿Fuma usted? —pregunté, tendiéndole el cigarrillo que hacía rato que sostenía entre los dedos.

—Solo fumo de los míos —respondió el hombre, sacando de un bolsillo un cigarro de liar grueso casi como un pulgar—. ¿Quiere usted uno de estos?

—Sí, deme que pruebe.

El cigarro voló desde sus manos a las mías. El hombre sacó otro idéntico y encendió ambos con un aparatoso chisquero a base de cuerda y pedernal. Los dos aspiramos a la vez, como si compartiéramos una cachimba, mientras nos mirábamos a los ojos. Él quizás esperaba que la intensidad de su tabaco —de contrabando, claro está, imposible determinar la marca, pero muy probablemente de origen cubano— fuera a doblegar mis pulmones, pero hubo de quedarse con un palmo de narices. Mis pulmones eran los de un fumador veterano residente en el centro de Madrid. Eso era tanto como decir que estaban forrados de alquitrán.

—¿Por qué está interesado en el conde? —preguntó el hombre, tras soltar una bocanada de humo negro.

—No estoy interesado en el conde —respondí—. Estoy interesado en usted.

—¿En mí? ¿Por qué motivo?

—¿Dónde estaba usted la madrugada del cinco de diciembre?

—¿A qué viene esa pregunta?

—Usted responda.

—¿Cómo quiere que me acuerde de dónde estaba en una noche hace ya tanto tiempo?

—Fue la noche que mataron a los dos guardiaciviles.

Pese a que se esforzó por ocultarlo, su rostro se turbó de manera visible. Tardó unos segundos en responder. Mientras, me escrutó sumariamente con la mirada.

—¿Me está acusando de algo? —preguntó.

—¿Dónde estuvo esa noche?

—¿A qué viene esto? —preguntó la hermana, indignada.

—Esa noche estuve aquí, en casa, con mi hermana —respondió el hombre—. Ella puede jurarlo ante un juez, ante dios o ante la virgen.

—Sí, lo juro —indicó la hermana—. Estuvo aquí. Se lo juro a usted, inspector. Estuvo aquí conmigo toda la noche. No puso un pie fuera de la casa.

—¿Conocía usted a Víctor Chaparro y Ramón Belagua? —pregunté al hombre, sin prestar atención a la intervención de la mujer.

—Sí —respondió él—, los conocía, pero los trataba poco.

—Que los trataba poco quiere decir que los trataba lo justo para concertarles las citas con su hermana, ¿no es así?

—Sí, para eso era para lo único que hablaba con ellos. Pero aparte de esto, no tenía con ellos más relación que la que puedo tener con cualquier otro vecino del pueblo, ya sabe, saludarlos si me los cruzaba en algún lado o cosas así.

—¿Mantuvo alguna vez una discusión con cualquiera de ellos?

—No, jamás. ¿Por qué iba a discutir con ellos? Si alguien le ha dicho eso, sepa usted que es una falsedad como un templo. Nunca discutí con ellos. No he reñido de verdad con nadie desde hace muchos años, se lo aseguro.

—¿Sabe si alguno de ellos dos estaba metido en algún negocio, digamos, turbio?

—¿Cómo quiere que lo sepa? ¿A qué tipo de negocios se refiere?

—Pues, pongamos por caso, a traficar con tabaco de este que usted fuma, sin ir más lejos.

—No, este tabaco me lo trae un amigo mío que es viajante de colonias y anda siempre de arriba abajo por toda

España, y nunca le he preguntado de dónde lo saca, aunque puedo suponérmelo. Por aquí por esta zona no abunda el contrabando, precisamente porque a los guardiaciviles los tienen atados muy en corto. Por eso mismo dudo mucho de que estos dos estuvieran metidos en nada, pero yo por si acaso no pondría la mano en el fuego por nadie.

—¿Notó usted si alguno de ellos manejaba más dinero del habitual para su profesión?

—No. Hasta donde yo sé, estaban siempre pelados, como todos los guardiaciviles.

—¿Le dejaron de pagar alguna vez los servicios de su hermana por estar pelados, como usted dice?

—No, eso nunca. En esta casa todo el mundo paga a tocateja. De eso me ocupo yo personalmente.

La mujer se levantó y abandonó la habitación sin decir una palabra, tal vez molesta o abochornada por el sentido que había tomado la conversación. El hermano, para mi sorpresa, en vez de compadecerse de ella, dejó escapar una carcajada.

—Discúlpenla —dijo, en tono socarrón—, cuando quiere es una maleducada.

—Ahora que se ha ido, dígame, se tiene que sacar usted un buen pico con esto del putiferio, ¿verdad?

De nuevo, contra todo pronóstico, el hombre, en lugar de lanzarme un improperio o al menos una advertencia, pareció complacido con mi comentario.

—Bastante, sí —admitió—. No le voy a engañar. Oiga, ¿de verdad me considera un sospechoso?

—Lo decidiré más adelante. Deje que le haga otra pregunta: ¿su hermana lo hace a pelo o con condón?

—Las dos cosas, según quien sea y lo que pague —respondió el hombre, sin inmutarse.

—¿Y quién se ocupa de lavar la goma para reutilizarla?

—Ella, ¿quién si no?

—No lo sé. Su sobrino, a lo mejor.

El hombre mudó de pronto el gesto lo mismo que si le hubieran dado un navajazo en el vientre. Me encañonó con la brasa del cigarro.

—Ahí se ha pasado usted de la raya —dijo—. No le consiento que me hable así en mi casa. Hasta aquí podíamos llegar.

—¿Dónde me he pasado de la raya?

—¿Cómo que dónde? Al hablar así de mi sobrino.

—¿Qué piensa él de que a su madre se la joda todo el pueblo delante de sus narices? ¿O es que también él se lleva una parte del pastel?

Los ojos del hombre se encendieron como la punta misma del cigarro. Discretamente, desabroché el botón de mi chaqueta por si había que echar mano de la pistola.

—Usted no sabe el hambre que hemos pasado en esta casa —dijo, levantando la voz—. Las penalidades que hemos tenido que soportar desde que éramos niños. Y luego, cuando ya no éramos tan niños, la de sacrificios que tuvieron que hacer mis padres. Y los que tuve que hacer yo mismo por culpa de ella, de mi hermana, por su necedad y su desvergüenza. No se engañe, no hay que tenerle ninguna pena. En esta vida cada uno tiene lo que se merece. Ella era una puta antes de meterse a puta, solo que ahora cobra y antes no lo hacía. Pero mi sobrino no tiene culpa de nada. Él es distinto. Él no es responsable de lo que su madre haya hecho con su vida.

El hombre enseguida recobró la calma. Sin duda esperaba que le preguntara por el pasado de su hermana, pero como a mí esta era una cuestión que me traía absolutamente sin cuidado, guardé silencio.

—Yo no he matado a nadie —concluyó.

—Le creo —repuse.

El hombre arrojó el cigarro en el cenicero, se levantó y paseó por el salón rascándose la cabeza nerviosamente. Guiñé un ojo a Aparecido, que se sonreía por lo bajo.

—A mí no me van a meter ustedes en la cárcel —musitó el hombre para sí—. No, señor, a mí no. Antes hago una locura.

El ruido de la puerta de la casa anunció la llegada del sobrino. El muchacho, sobrecogido por la presencia en la casa de los dos extraños, se detuvo en el pasillo, sin decidirse a entrar en el salón. Era alto, como su tío, pero mucho más corpulento. Los rasgos de su rostro, sin embargo, por herencia materna, eran suaves y proporcionados, incluso un tanto afeminados, para según qué gustos. Vestía un abrigo negro agujereado y cubierto de lodo, unas alpargatas abiertas, sin calcetines, fabricadas con tiras de neumáticos usados, y una boina gris bajo la que sobresalía una mata de pelo sucia y enmarañada de color oscuro.

—Buenos días —saludó, nervioso.

—Buenos días, ¿José Manuel? —pregunté.

—Sí, soy yo.

—Adelante, pasa. Solo queremos hablar contigo un momento.

El chico asintió servicial y entró al salón. Con un gesto le indiqué que se sentara en la silla en la que poco antes había estado sentada su madre.

—¿Necesitan que me quede? —preguntó su tío—. Tengo que volver al campo, a trabajar.

—No, puede marcharse —respondí, indiferente.

El hombre se colocó el abrigo y la boina con honrada parsimonia y salió de la casa dando un portazo.

—¿Qué quieren de mí? —preguntó el muchacho, descubriéndose la cabeza.

—Queremos que nos respondas a unas preguntas. —Empleé el tuteo a conciencia—. Mi nombre es Ernesto y trabajo para la Policía de Madrid. Él es Aparecido, mi ayudante.

—Si vienen por lo de los cuerpos, de eso ya dije a la Guardia Civil todo lo que sabía.

—Sí, lo sé. Pero necesitamos que nos confirmes algunos detalles. Estas cosas son más complicadas de lo que parece, son muchos trámites los que hay que cumplir. Lo que encontraste aquella mañana en el monte no fueron los cadáveres de dos perros o dos caballos, sino los de dos hombres, y dos guardiaciviles ni más ni menos... Y después de que acabe la investigación como tal y detengamos al culpable, quedará todavía el juicio, donde no te quedará más remedio que declarar otra vez. Así que mejor hazte a la idea de que esto va para largo.

—Lo que usted diga. Yo no entiendo de estas cosas. ¿Qué es lo que quiere saber?

Sin prisas, saqué de mi chaqueta la libreta de notas y la hojeé con fingida atención.

—Dime, José Manuel, ¿qué hacías en el monte a aquella hora? ¿De dónde venías?

—De vigilar las vacas. Son de un señor del pueblo que me paga para que me quede con ellas en la pradera toda la noche. Tiene miedo de que le roben, y como está ya muy mayor y le sienta mal el frío, no puede quedarse con ellas ahora en el invierno.

—¿Roban mucho ganado por esta zona?

—No, no mucho, pero ocurre de vez en cuando, sobre todo en esta época, que hace mal tiempo y hay menos vigilancia en los caminos.

—¿Y pasas allí solo toda la noche, durmiendo al raso con los animales?

—No duermo al raso. Me quedo en una cabaña de piedra junto a la pradera. Casi siempre hay algún pastor o cazador para hacerme compañía. Algunas noches nos juntamos hasta diez o doce personas y eso es como una fiesta.

—¿Hubo alguien más contigo la noche previa a que encontraras los cuerpos?

—No, esa noche no. Estaba lloviendo, y las noches de lluvia suele haber poca gente por allí.

—¿Qué distancia hay desde la cabaña hasta el lugar donde los encontraste?

—No lo sé, no lo he calculado, pero yo diría que dos o tres kilómetros, más o menos. Andando a paso rápido se puede hacer en una media hora.

—¿No viste o escuchaste nada raro aquella noche? ¿El motor de algún vehículo, algún grito lejano...?

—No. Cuando llegué me metí en la cabaña y no volví a salir hasta por la mañana. Ya le digo que estuvo lloviendo, y además hacía mucho viento, era lo único que se escuchaba.

—¿A qué hora dejaste la cabaña?

—Serían las siete o siete menos cuarto.

—¿Llevabas reloj?

—No, pero sé calcular la hora por la salida del sol. Nunca me equivoco por mucho.

—Descríbeme exactamente cómo fue el hallazgo.

—Pues iba andando por el bosque, de vuelta al pueblo, y cuando llevaba un buen rato andando vi que había un bulto justo delante, en medio del camino. No se veía bien porque todavía estaba oscuro, así que al principio pensé que podía ser un animal muerto, a lo mejor un ciervo o un jabalí. Pero en cuanto me acerqué un poco más enseguida me di cuenta de que era el cuerpo de un hombre. Tenía las manos atadas a la espalda y estaba desnudo, y todo cubierto de barro y de sangre. Había sangre por todas partes, toda la tierra y todas las plantas de alrededor estaban salpicadas de sangre.

—¿Pudiste reconocerlo? ¿Supiste de quién era el cuerpo?

—No, no había forma de saberlo. Tenía la cara vuelta hacia abajo. Luego más tarde me dijeron que era el cuerpo del sargento Belagua.

—¿Qué hiciste entonces?

—Me acerqué a comprobar si estaba vivo, aunque ya por el olor supe que no podía estarlo. Le di unos golpecitos en la espalda con el pie y noté que estaba tieso, medio congelado por el frío de la mañana. Me dio no sé qué tocarlo con la mano. Tenía las tripas desparramadas por el suelo. De repente me cogió miedo, y al mirar para comprobar si había alguien cerca, fue cuando vi el otro cuerpo. Estaba escondido entre unas hierbas y solo se le veían las piernas. A este ya no llegué a acercarme. Eché a correr monte abajo y no paré hasta llegar al puesto de la Guardia Civil.

—¿Eso fue todo?

—Sí.

—¿No hubo nada más que te llamara la atención en aquel momento? ¿Algún movimiento extraño, un ruido, algo?

—No, nada en absoluto.

—¿Cuánto tardaste en llegar al puesto?

—No lo sé. Yo corrí todo lo que pude. No creo que tardara más de quince o veinte minutos.

—De camino al puesto, ¿paraste en algún sitio?

—No, claro que no.

—¿Ni siquiera en casa de tu amigo Abelardo?

El muchacho vaciló un instante, pero enseguida se rehízo.

—Don Abelardo no es mi amigo. Es un viejo chiflado. Hablo con él de vez en cuando porque me da un poco de lástima, pero nada más.

—Estuviste con él esa misma noche, ¿no es verdad?

—Sí. Le estuve ayudando a arreglar el tejado de su casa. Pero eso fue temprano, a las diez o las once, antes de subir al monte a vigilar las vacas.

—¿Informaste de esto a la Guardia Civil?

—No lo recuerdo, esa mañana estaba muy nervioso, pero me imagino que sí.

—¿De qué hablasteis Abelardo y tú esa noche mientras arreglabais el tejado?

—No hablamos mucho. Estuvimos trabajando en silencio y luego nos despedimos. Por la mañana, con todo el jaleo, ya no pude hablar con él.

—¿Pudiste hablar con él en los días siguientes?

—Sí, un par de veces.

—¿De qué hablasteis esas veces?

—Pues un poco de todo, del tiempo o del campo, no lo sé, no lo recuerdo. Pero ya le digo que no nos tratamos de amigos, solo paro un rato a saludarlo cuando paso por delante de su casa si resulta que lo encuentro en la puerta.

—¿Conocías personalmente a los agentes Chaparro y Belagua?

—Los conocía de verlos pasar arriba y abajo. Creo que nunca crucé una palabra con ellos.

—Y a don Pascasio y su mujer, ¿los conocías?

—Sí, los conocía bastante más. De pequeño alguna vez les tuve que hacer algún recado, y además siendo él el alcalde pues no podía no conocerlos, pero tampoco es que los tratara mucho a ninguno de los dos.

El muchacho parecía un alumno aplicado repitiendo la lección de gramática. No era habitual que alguien de su edad, ni de ninguna otra, respondiera con tanta rapidez y seguridad a las preguntas de la Policía.

—¿Tú también eres comunista? —pregunté, después de unos instantes de silencio en los que de un par de caladas reduje la extensión del cigarro a menos de la mitad.

—¿Cómo dice?

—Digo que si también eres un comunista, un rojo, como tu compadre Abelardo.

—No, señor. Yo soy español y católico.

—¿Sabes lo que es el comunismo?

—Sí, más o menos.

—¿Te ha explicado él lo que es el comunismo?

—No. Me lo han explicado en el colegio.

—En el colegio no se explican esas cosas.

—Nos lo explicó la señorita Carmela, y también nos lo explicó una vez don Emiliano en catequesis, para que anduviéramos con cuidado.

—¿Sabes quién fue Marx?

—Me suena.

—¿Quién fue?

—Pues ahora mismo no sabría decirle, pero ya le digo que me suena.

—Es un actor de cine. Seguro que has visto alguna de sus películas.

—Puede ser. En verano don Emiliano siempre montaba un cine en el corral de su casa y cuando éramos niños nos obligaba a ir a verlas. Aunque eran todas bastante aburridas, la verdad.

—Ya. A ver, si te pagara veinte mil pesetas, ¿estarías dispuesto a matar a alguien?

—No entiendo la pregunta, ¿cómo que si estaría dispuesto a matar a alguien?

—Es fácil: imagínate que saco un fajo de billetes y lo pongo encima de la mesa, ¿a quién te llevarías por delante para quedártelo?

—A nadie. A un enemigo de la patria. No lo sé.

—¿Crees que tu amigo el soviético pudo haber matado a los dos guardiaciviles?

—No lo creo. Don Abelardo es muy pacífico.

—¿Estarías dispuesto a empeñar tu palabra por él?

—No, ni por él ni por nadie.

—¿Ni siquiera por ti mismo?

—Sí, por mí mismo sí.

—¿Mataste tú a los dos guardiaciviles?

—¿Yo? ¿Por qué iba yo a matarlos?

—Aparte de los dos guardiaciviles, no había en aquella montaña nadie más que tú y tu amigo Abelardo. Uno de los dos tuvo que hacerlo. O igual lo hicisteis juntos.

—Yo no he matado a nadie en mi vida.

Sus ojos se humedecieron, pero me pareció que en ellos había más rabia que miedo. El muchacho, sin embargo, no hizo un solo aspaviento.

—¿Sabes quién los mató?

—No.

—¿Te ha dicho alguna vez Abelardo si hay otros comunistas en el pueblo?

—No, nunca.

—Según tú, ¿quién pudo haberlo hecho?

—No lo sé.

—¿Fumas?

—A veces.

—Los hombres fuman. No tengas vergüenza. Tú eres ya un hombre, ¿o no?

Saqué la cajetilla y le pasé dos cigarrillos. El muchacho puso uno en su boca y se lo encendí. El otro se lo guardó en un bolsillo.

—¿Sabes a qué se dedica tu madre?

—Sí —aspiró el humo con ansia.

—¿Y qué opinas sobre ello?

—No hay nada que opinar —lo espiró con soltura.

—¿Cuáles son tus planes para el futuro?

—No tengo ninguno. Trabajar, casarme, tener hijos. Lo normal.

—Eso está muy bien.

Dejé la colilla del cigarro en el cenicero y me levanté del sofá. Era hora de marcharse. El muchacho, por deferencia, se levantó también y, con el cigarrillo en la boca, estrechó con firmeza la mano que le tendí a modo de despedida. En ese instante llamaron a la puerta de la casa. Ya que estaba de pie, me acerqué yo mismo a abrir.

—¿Quién es? —pregunté, al tiempo que desatrancaba la cerradura.

—¿Es usted el inspector Trevejo? —Era la misma niña que habíamos visto minutos antes persiguiendo a los dos prófugos escolares, la ahijada de don Emiliano. Llevaba puesta la caperuza de su capa para cubrirse de la lluvia, que arreciaba de nuevo, y su cara solo era visible de nariz para abajo.

—¿Quién me busca?

—Su señoría el juez Sagunto. Me ha preguntado por usted y le he dicho que lo había visto en la puerta de la fonda con un guardiacivil. Entonces me ha mandado que lo buscara por todo el pueblo y le dijera que fuera usted a verlo enseguida.

—¿Cómo sabías que estaba aquí?

—Porque he visto la moto en la puerta.

—¿Te ha dicho el juez para qué quiere verme?

—No, pero yo sé para qué.

—¿Para qué?

—Ha habido otro muerto en la presa.

—¿Otro más?

—Eso le he oído decir.

—¿Otro accidente?

—No, este no ha sido un accidente.

—¿Qué ha sido, entonces?

—He oído decir que lo habían matado.

Aparecido y yo intercambiamos una mirada de incredulidad.

—¿Dónde está el juez? —pregunté.

—Iba ya de camino a la presa —respondió la niña—, dijo que lo esperaba allí, que se diera usted prisa.

9

Aparecido y yo saltamos sobre la motocicleta sin reparar en que los asientos estuvieran empapados. José Manuel, mientras tanto, siguiendo mi consejo, invitó a la niña a pasar a la casa para que entrara en calor, ya que a la pobre le tiritaban los labios y las manos de caminar bajo la lluvia en mi busca.

—Arrímale candela al motor, que tenemos prisa —ordené a Aparecido, ajustándome la goma de las gafas con un chasquido que me costó un mechón de pelo de la coronilla.

La motocicleta, ya plenamente recuperada del conato de colapso de la noche anterior, y a pesar de las malas condiciones del firme, recorrió las calles del pueblo y la carretera de descenso al valle como una exhalación. En pocos minutos ya nos habíamos internado en el camino de tierra que bajaba desde el cruce de Valrojo hasta la ribera del arroyo. Al poco de adentrarnos en este, sin embargo, las ruedas quedaron obstruidas en el fango.

—Bájese usted —indicó Aparecido—, a ver si así, acelerando a tope...

Pero por más que Aparecido apretó el acelerador, no

hubo manera. No nos quedó otra que abandonar la motocicleta y avanzar brincando por entre los charcos durante el trecho que restaba hasta llegar a la presa.

—Esta misión no me va a salir a cuenta —dije—. Como no se vayan las manchas de barro, además de los zapatos, voy a tener que tirar también los pantalones y los calcetines.

—¿Por cuánto sale uno de los trajes esos que usted lleva, inspector? —preguntó Aparecido.

—Este me valió cerca de quinientas pesetas, y ni siquiera está hecho a medida, así que echa cuentas.

—Con quinientas pesetas tengo yo casi para pasar el año. Pero no se preocupe, el barro se quita bien usando Norit.

—¿Qué es Norit?

—*Es Norit algo inaudito, / para dejar bien lavada, / la prenda más delicada, / es Norit, el borreguito.*

—Menos guasa, mamonazo.

El campamento se encontraba inesperadamente desierto, lo mismo que el puente y los dos márgenes del río. Ni siquiera había niños correteando por la explanada donde se amontonaban la maquinaria y los materiales de construcción. Era como si los cientos de trabajadores y sus familias se hubieran evaporado misteriosamente.

—¿Dónde está todo el mundo? —pregunté.

—Allí, mire, inspector —respondió Aparecido, señalando al frente con la cabeza.

Los habitantes del campamento se hallaban agrupados junto a la base de la presa, formando una suerte de media luna en torno al andamiaje y las grúas, de pie bajo la lluvia y cercados por un puñado de guardiaciviles esparcidos a cierta distancia por el perímetro. La mayoría de los trabajadores y sus mujeres guardaban silencio o hablaban en susurros con quien tuvieran al lado, mientras los niños saltaban en corrillos o hacían castillos en el barro. Había algunos brazos levantados al cielo, no en actitud de saludo fascista, sino apuntando hacia la cumbre del inacabado muro de hormigón.

—¿Qué ha pasado? —pregunté a un obrero que se había retirado unos metros de la multitud y maniobraba para encenderse un cigarrillo, mientras que uno de los agentes lo vigilaba atentamente con la mirada.

—Lo que tenía que pasar, ni más ni menos —respondió.

—¿Qué es lo que tenía que pasar?

—Que a alguno se le han cruzado los cables y le ha dado por echarle una soga al cuello al capataz. Ahí lo tiene, colgado como un embutido.

Aparecido y yo elevamos la vista hasta el punto que el obrero nos indicó con el cigarrillo medio deshecho ya por el agua que sostenía en la mano.

—La virgen —musitó Aparecido.

A casi medio centenar de metros del suelo, el cuerpo de un hombre prendido del cuello por un cable metálico era zarandeado violentamente por el viento como un títere en un teatro callejero. Desde donde nos encontrábamos no podíamos reconocer su rostro hinchado y ennegrecido, pero aún desde la distancia, la figura enjuta y alargada del hombre revelaba inequívocamente su identidad.

—Ha sido esta mañana cuando lo hemos descubierto —explicó el obrero—, pero no sabemos cuánto tiempo lleva ahí colgado. Está más morado que el hábito de un nazareno.

—¿A qué hora lo habéis descubierto? —pregunté.

—Alrededor de las nueve. Desde las siete llevábamos

trabajando y no había quien diera con su paradero, hasta que se puso a llover y nos dio por mirar para arriba.

—Son casi las diez y media, ¿por qué no lo habéis bajado todavía?

—Porque el ingeniero ha dicho que era mejor no tocar nada.

—¿Dónde está el ingeniero?

—Allí arriba, en la sala de generadores, con todos los mandamases.

El uniforme de Aparecido nos facilitó el paso entre la muchedumbre. El pie de la precaria escalera que ascendía por la ladera de la montaña hasta la futura sala de generadores, de donde a su vez partía una pasarela al centro del andamiaje y al lugar donde se hallaba el cuerpo, estaba custodiado por el mismo guardiacivil de rostro erupcionado que la tarde anterior me había conducido hasta mi fallido aposento en la casa cuartel. El agente nos franqueó el paso con un indolente saludo militar.

En una terraza de piedra frente a la entrada de la sala de generadores, bajo un improvisado cobertizo de chapa, había reunido un grupo de unos quince mandamases, como los había denominado el obrero. Entre ellos, además de algunos oficiales de obra y guardiaciviles, estaban el capitán Cruz, el doctor Martín, el ingeniero Leissner y el juez Sagunto. A nuestra llegada, el capitán ordenó a todos, a excepción de estos cuatro últimos, que desalojaran la terraza.

—¿Dónde estaba, inspector? —preguntó el capitán.

—Interrogando a unos vecinos —respondí—. ¿Qué ha ocurrido?

—Ya lo ve —respondió el juez—. Ahora les ha dado por colgar a la gente del cuello. No sé qué más puede pasar en este pueblo.

—¿Se sabe quién ha sido? —pregunté.

—Estamos haciendo averiguaciones —respondió el capitán—, pero es posible que todo se resuelva en cuestión de minutos.

—¿Cómo es eso?

—Explíquele usted, Herr Guillermo —rogó el capitán.

—Faltaría más, inspector. —El ingeniero lucía sobre su cabeza un anticuado sombrero negro de copa que le daba un cierto aire sombrío, como de enterrador de otros tiempos—. Verá, inspector, ayer por la noche, después de que la maestra que viene a dar clase a los chiquillos terminara su jornada, ordené al señor Santino que llevara a esta señorita de vuelta al pueblo en uno de mis coches...

—Y el coche les dejó tirados a medio camino —interrumpí—, y su subalterno regresó a pie a la presa a buscar ayuda. Estoy al tanto de eso. ¿Qué pasó luego?

—Pues pasó que, después de esperar más de una hora a que regresara el señor Santino, no me quedó más remedio que mandar a otro obrero en su busca, sospechando que hubiera podido ocurrirles algún imprevisto, como así había sido.

—El ingeniero mandó a Cosme *el Baenero* —apuntó el juez—, el obrero ese por el que me preguntó usted ayer, inspector.

—Sí, ya lo sabía —dije—. Por favor, siga, señor Leissner.

—Bien, pasada más de una hora sin que regresaran ni el uno ni el otro, cuando ya estaba a punto de tomar otro coche y subir personalmente hasta el pueblo para averiguar qué estaba ocurriendo, apareció este obrero, Cosme, y me explicó lo sucedido: lo de la avería del Mercedes, la llegada de la Guardia Civil y la peripecia de usted, inspector, en el bosque.

—«Peripecia» es una forma de llamarlo...

—Me pareció un asunto muy extraño, pero como en el fondo poco o nada tenía que ver conmigo, mandé al obrero a su caseta y me fui a la cama sin darle más vueltas, con el convencimiento de que ya por la mañana aclararíamos todo lo que hubiera que aclarar.

—¿No envió a nadie en busca del señor Santino?

—No, ¿por qué lo dice?

—Según usted, hacía más de una hora que había dejado a la señorita Carmela en su coche para ir a por ayuda, y, habiendo tenido tiempo de sobra para regresar a pie hasta la presa, aún no lo había hecho. ¿De verdad no pensó que podía haberle pasado algo grave?

—No, no lo pensé. Uno nunca se pone en lo peor. Me supuse que en lugar de embarrarse hasta las rodillas bajando por el camino hasta la presa, el señor Santino habría decidido seguir la carretera en línea recta hasta Valrojo y buscar allí un teléfono o un vehículo con el que volver. Yo en su lugar es lo que hubiera hecho. Por eso no me preocupé demasiado. Pensé que igual a causa de su apariencia tan peculiar, tan desagradable, por decirlo así, no habría encontrado quien lo socorriera, pero que acabaría regresando, más tarde o más temprano.

—¿Y no le importó que su capataz pudiera estar dando tumbos bajo la lluvia en mitad de la noche por haber salido a cumplir un encargo para usted?

El ingeniero me observó con cara de no comprender plenamente mi pregunta.

—Se está desviando usted de la cuestión —me reprendió el capitán.

—Es cierto, disculpen —me excusé.

—Como le decía, inspector —continuó el ingeniero—,

me fui a la cama sin preocuparme demasiado por todo aquello. A eso de las siete me levanté y, como cada mañana, acudí a la caseta del señor Santino para decidir conjuntamente la organización del trabajo para hoy. Pero, claro está, no lo encontré. Su caseta estaba vacía. Ordené entonces a varios obreros que lo buscaran y me dispuse a organizar yo solo la jornada, siendo ya consciente de que algo grave debía de haber pasado, puesto que el señor Santino, a pesar de sus muchos defectos, es... Era, perdón, un trabajador responsable y comprometido, y resultaba impensable que no hubiera encontrado la manera de avisar de su ausencia.

—¿Llamó entonces a la Guardia Civil para informar de la desaparición?

—No, porque entonces aún tenía ciertas esperanzas, aunque no muchas, en verdad, de que todo acabara por resolverse satisfactoriamente. Esperaba y deseaba que el señor Santino apareciera en cualquier momento y diera las explicaciones pertinentes.

—Y, efectivamente, el señor Santino no tardó en aparecer —indicó el juez—. Solo que no estaba en condiciones de dar explicaciones.

—A primera hora de esta mañana todavía estaba muy oscuro —explicó el ingeniero—, por eso nadie reparó en el cuerpo hasta mucho más tarde. Serían las nueve y cuarto aproximadamente cuando los gritos de los obreros me hicieron salir de la oficina...

—Y se encontró a su capataz convertido en un péndulo de carrillón, me hago cargo —interrumpí—. Disculpe mi impaciencia, pero, ¿cómo es eso que dice el capitán de que todo quedará resuelto en cuestión de minutos?

—Sí, a ello voy. Una vez hallado el cuerpo, como le decía, y habiendo dado el aviso a la Guardia Civil, ordené, siguiendo las indicaciones del capitán Cruz, aquí presente, que todos y cada uno de los obreros, junto con sus familias, se reunieran en un solo lugar, para proceder a realizar un recuento de los presentes y comprobar si faltaba alguien.

—Y faltaba alguien, por supuesto.

—Exactamente —indicó el capitán—. Faltaba alguien; *falta* alguien. Uno de los obreros. Uno con un dilatado historial de desencuentros con los responsables de la compañía, y uno que además había mantenido numerosas disputas con la víctima en las últimas semanas.

—¿De quién se trata? —pregunté, aunque conocía de sobra la respuesta que iba a escuchar.

—Cándido Aguilar Moreno —respondió el capitán, citando de memoria—. Treinta y nueve años. Oriundo de la provincia de Córdoba, nido de comunistas y anarquistas donde los haya, para más inri. Casado y con dos hijas pequeñas.

—Y poseedor de un físico extraordinario —añadió el juez—: casi un metro noventa de altura y cerca de cien kilos de peso, según nos han informado. Un individuo, por tanto, que bien podría haber izado por sí mismo el cuerpo del señor Santino hasta el lugar donde se encuentra.

—¿Su familia también ha desaparecido? —pregunté.

—No, la mujer y las dos niñas están retenidas en una de las casetas —respondió el capitán—. Según la mujer, ayer no vio a su marido en toda la tarde, y esta noche pasada tampoco, pero no le concedió importancia porque al parecer el señor Aguilar se ausenta con cierta frecuencia para gastarse los cuartos en bares y prostíbulos de los municipios de alrededor. Los compañeros con los que suele juntarse en sus andanzas nocturnas están todos ahí abajo, con el resto de obreros, así que tenemos la certeza de que está solo y, por tanto, no es probable que haya podido ir muy lejos, salvo que cuente con algún otro cómplice que lo haya ayudado a huir o se haya agenciado un medio de transporte. Pero aunque así fuera, en estos momentos se está cursando la orden de busca y captura a nivel nacional, por lo que en cualquier caso todo esto no va a alargarse demasiado. Yo confío en que todo acabe hoy mismo: he ampliado el radio de la batida programada para esta mañana a la totalidad de la sierra, y he asignado a ello a todo el personal disponible, con excepción de los que se encuentran aquí en la presa montando guardia.

—Una verdadera caza al hombre —señaló el ingeniero, con emoción, como si se sintiera espectador en primerísima fila de una película de suspense.

—La intención es capturarlo con vida —añadió el capitán—, pero he dado la indicación a mis hombres de que abran fuego al mínimo signo de hostilidad por parte del sospechoso.

—Y es muy probable que lo haya, el signo de hostilidad, digo —aseguró el juez—. Un hombre con cinco muertes a sus espaldas sabe bien a la pena que se enfrenta, y no creo que vaya a dejarse atrapar así como así. Aunque nunca se sabe. Yo mismo, si fuera responsable de tales delitos, me entregaría ipso facto nada más que por no cargar más tiempo con el remordimiento. O haría un agujero en la tierra y me arrojaría adentro para no volver a salir nunca, por hacerle un favor al mundo.

—Eso es lo que usted haría y lo que haría cualquier ser humano con conciencia —dijo el capitán—, pero es mucho presuponer que estemos ante un sujeto con el menor atisbo de moralidad.

—Creo que estamos yendo muy lejos —afirmé—. ¿Acaso hay alguna prueba fehaciente que permita incriminar a este hombre por algún delito?

—Prueba todavía ninguna —respondió el capitán—, pero pronto las habrá. Para empezar, su mujer dice no recordar dónde estuvo su marido las noches del cinco de diciembre y el dos de enero, si estuvo con ella o fueron dos noches en las que su marido estuvo por ahí de bureo. En otras palabras, el sospechoso carece de coartada firme para las fechas en que ocurrieron los crímenes. Y además, para colmo, durante el registro de la caseta hemos encontrado bajo su colchón numerosos ejemplares del *Mundo Obrero* y otras publicaciones clandestinas, lo que viene a reforzar la idea de que sus encontronazos con las autoridades no eran reacciones espontáneas de un trabajador de carácter recio, tal y como afirmaban sus compañeros, sino auténticas acciones subversivas por parte de un individuo comprometido con el ideario del bolchevismo.

—No contar con una coartada no es en sí una prueba —añadió el juez—, pero no me negará, inspector, que se trata de un indicio contundente, lo mismo que las revistas.

—No se lo niego, señoría —dije—. Pero prefiero pecar de prudente antes que precipitarme en las conclusiones. Las revistas, por ejemplo, por sí solas no implican nada en absoluto. Ni siquiera una afección del sospechoso por la ideología comunista, ya que hay muchos obreros de este país que hojean este tipo de materiales solo por el gusto o la curiosidad de hacerlo. No es lo mismo que si le hubieran encontrado una carta manuscrita de Carrillo o la Pasionaria, pongamos por caso.

—Esa actitud le honra, inspector —aseguró el ingeniero—, es lo menos que puede esperarse de un profesional como usted, que no se deje llevar por la euforia.

—Por lo pronto —continué—, ¿quién nos asegura que Cándido Aguilar sea un fugitivo de la justicia? ¿Cómo sabemos que no se encuentra durmiendo la borrachera de anoche en alguna cuneta? O incluso, ¿quién nos asegura que no esté muerto él también? Y sobre todo, aun suponiendo que fuese él efectivamente el responsable de la muerte del señor Santino y responsable también de los cuatro crímenes anteriores, ¿por qué huir ahora, haciendo evidente su culpabilidad, si había logrado burlar a la justicia todo este tiempo?

—Puede que porque ayer no saliera todo según lo previsto —respondió el capitán—. Tal vez sentía que había cometido algún error que podía delatarlo. Sin ir más lejos, no creo que entrara en sus planes mantener un tiroteo en el bosque con un inspector de la Policía, ¿no cree usted?

—Lamento insistir, pero, ¿cómo sabemos que fue él la persona con la que mantuve ayer el tiroteo? ¿Hay alguna prueba que lo demuestre? Repito: creo que estamos yendo muy lejos con las especulaciones.

—Las pruebas llegarán cuando tengan que llegar, no le quepa la menor duda, inspector —aseguró el capitán, y su tono no admitía réplica.

—Sea como fuere, vamos a dejar esta cuestión y a centrarnos en lo ocurrido aquí esta noche. Lo primero: ¿es posible descartar que el señor Santino se haya colgado él mismo?

—Sí, el suicidio queda totalmente descartado. Primero de todo, porque la personalidad de la víctima, según quienes lo conocían, no encajaba en el perfil de un suicida, y segundo, porque el cuerpo está atado de manos y pies. Él solo no pudo amarrarse de ese modo y luego ponerse la soga al cuello.

—Pudo contar con la ayuda de alguien que actuara siguiendo sus instrucciones —conjeturé, sin mucha convicción.

—Eso no tiene ningún sentido —repuso el capitán con rotundidad—. ¿Cómo iba a estar nadie dispuesto a ayudar a otro a morir de esa manera? Además, no es solo que el cuerpo esté atado de pies y manos, sino que, para cuando lo colgaron, ya le habían abierto la cabeza de un golpe. Estamos ante un asesinato, sobre eso no cabe discusión.

—¿Dice que estaba muerto antes de que lo colgaran?

—Lo verá enseguida, en cuanto tenga oportunidad de inspeccionar el cuerpo. Tiene el cráneo deshecho por la parte de atrás.

—¿Cuándo piensan descolgarlo?

—Según el protocolo, debemos esperar al juez encargado de la investigación. Por desgracia, por lo que he podido averiguar, su señoría está ocupado con otro levantamiento, y puede que tarde todavía unas horas en llegar.

—No me parece adecuado dejar el cuerpo a la vista de todos durante tanto tiempo.

—A mí tampoco, pero es la ley. Como mucho me atrevería a mandar que lo descolgaran si su señoría el juez Sagunto diera su consentimiento para que lo hiciéramos, y posteriormente él justificara esta decisión ante el juez titular del caso.

—Por mi parte, estoy de acuerdo con que lo descuelguen —afirmó el juez—. En una situación de este tipo se puede alegar que se ha actuado atendiendo a las más elementales normas del decoro. No olvidemos que ahí abajo no hay solo obreros, sino también mujeres y niños pequeños.

—Pues si estamos todos de acuerdo, no lo demoremos más —dije.

El capitán dio las órdenes precisas y la operación se llevó a cabo en pocos segundos. Un obrero enganchó el cable con una vara rematada en un garfio y lo arrimó hasta el andamiaje, y otro lo cortó con una cizalla al tiempo que dos guardiaciviles sujetaban el cuerpo por las extremidades para que no cayera al vacío. La maniobra fue objeto de una discreta ovación y también algunos pitidos por parte de los obreros congregados en la explanada. El cuerpo fue luego colocado sobre una camilla y trasladado al interior de la sala de generadores, el lugar más cercano donde podía conservarse a resguardo de la lluvia.

Una vez allí, el capitán dispuso que salieran todos excepto los que habíamos estado deliberando anteriormente, entre los que se incluía a Aparecido, a quien no se le notaba excesivamente cómodo formando parte de aquel grupo de elegidos.

—Pasarán varios días hasta que lleguen los resultados de la autopsia —dijo el capitán—, por lo que cualquier dato que pueda facilitarnos usted, doctor Martín, en este momento será de suma utilidad. Se lo ruego, proceda a examinar el cuerpo.

—De acuerdo, pero como se podrán imaginar, mis apreciaciones pueden no ser del todo exactas, dado que no dispongo de los instrumentos apropiados para llevar a cabo un examen en profundidad.

—Lo comprendemos. Adelante, por favor.

El doctor liberó al cadáver de sus ataduras, cortó sus

ropas y, volviéndolo hacia un lado con la ayuda de Aparecido, le tomó la temperatura por vía rectal.

—Por la temperatura y el rigor mortis —indicó—, yo diría que la víctima murió hará unas cinco o seis horas. Más adelante, los forenses podrán establecer la hora con mayor exactitud, pero no creo que su dictamen varíe demasiado en este aspecto.

A continuación, el doctor revisó el cuerpo superficialmente ayudándose de unas pinzas y una lupa. Mientras tanto, yo me recreé observando el espacio casi irreal que me rodeaba, que parecía sacado de una película futurista. Nos hallábamos en una enorme estancia abovedada semejante en tamaño al interior de una catedral, con gruesas paredes de hormigón desnudo y cuyo techo se elevaba casi diez metros sobre nuestras cabezas. En el centro de la sala, distribuidas en hilera, había cuatro turbinas cilíndricas de unos dos metros de altura por tres de diámetro.

—Aquí dentro es donde Franco pulsará el botón de encendido el día de la inauguración de la central —me susurró el ingeniero—. Aunque lo del «botón de encendido» no es más que una farsa para el NODO: le daremos una cajita con un interruptor y unas bombillitas y con eso irá listo. También pondremos unas cortinas, unas butacas, un atril y toda la parafernalia habitual para que quede vistoso para las cámaras.

—No se les vaya a olvidar colocar banderitas por todas partes —dije—, aunque en la pantalla, en blanco y negro, no lucen nada.

El capitán nos mandó callar llevándose un dedo a la boca.

—El traumatismo en la región occipital del cráneo debió acabar con su vida de forma casi instantánea —afirmó el doctor, irguiéndose—. El hematoma de la soga en el cuello tiene pinta de haberse producido post mórtem.

—Y si lo habían matado limpiamente, ¿por qué molestarse después en colgarlo? —pregunté.

—Por el mismo motivo del ensañamiento con los agentes Chaparro y Belagua —indicó el capitán—, y por el mismo motivo de la escenificación de la ejecución del señor Pascasio y su señora. Por montar el numerito, dar el espectáculo. Es el gusto por la morbosidad, ni más ni menos.

—Esto es obra de un psicópata, un enajenado —añadió el juez.

—¿Qué más puede decirnos, doctor? —pregunté.

—Poco más, en realidad —respondió este—. La columna vertebral está quebrada justo en la base del cráneo, es de suponer que por el impacto al tensarse la cuerda después de que el cuerpo fuera arrojado al vacío.

—No fue izado desde abajo, entonces —dije.

—No, yo diría que no. Fue lanzado desde lo alto.

—¿Cuánto tiempo cree usted que pudo mediar desde el golpe en la nuca hasta que colgaron el cuerpo?

—No podría asegurarlo sin realizar una autopsia como es debido. Pero es probable que no mucho tiempo. Tal vez unos minutos.

—¿Con qué lo golpearon?

—Un objeto contundente: una barra de madera o de hierro, una piedra, una herramienta, quién sabe. Cuando los forenses analicen la herida tal vez puedan hallar alguna partícula y determinarlo con exactitud.

—Pondré a mis hombres a buscar objetos susceptibles de ser usados como arma por la obra y alrededores —afirmó el capitán—, pero no se hagan muchas ilusiones. El culpable puede haber arrojado o enterrado el arma en cualquier rincón del bosque.

Me arrodillé junto al cuerpo para examinarlo de cerca.

—Los zapatos están manchados de barro —observé—. Lógico, si tenemos en cuenta que la víctima caminó anoche bajo la lluvia. Pero también hay restos de barro en los pantalones y la chaqueta.

—El asesino debió derribarlo sobre el barro con el golpe en la cabeza, sorprendiéndolo a traición cuando caminaba por el bosque o a la entrada de la obra —infirió el juez—. Luego lo subió hasta el andamio y lo colgó.

—No sabemos si la víctima fue inmovilizada antes o después del golpe —continué—. Personalmente, me inclino por lo primero. Ya que, ¿qué sentido tendría maniatar a la víctima una vez muerta para después colgarla? Además, no es tan sencillo sorprender a alguien por la espalda, y mucho menos asestar un golpe mortal a un objetivo en movimiento.

—¿Qué cree usted que ocurrió, inspector? —preguntó el ingeniero.

—Aunque no puedo afirmar nada con seguridad —respondí—, mi opinión es que este hombre fue reducido e inmovilizado a la fuerza o mediante coacción, tras lo cual fue asesinado brutalmente con un golpe en la nuca descargado a placer desde una posición ventajosa, puede que encontrándose la víctima tumbada, sentada o arrodillada en el suelo. Luego, el responsable o los responsables, por algún motivo que se nos escapa, en lugar de esconder el cuerpo, decidieron colocarlo ahí arriba.

—Me parece una hipótesis razonable —convino el doctor.

Llamaron entonces a la puerta de la sala, y el capitán, malhumorado, fue a abrir con la intención de despedir con viento fresco al entrometido. Pero hubo de quedarse con las ganas, puesto que se trataba de don Blas, el alcalde, quien, acompañado de su sombra perenne, don Emiliano, que caminaba apoyándose en un paraguas negro y cubría su sotana con una capa castellana muy parecida a la de su ahijada, entró al recinto con paso firme, sin impresionarse lo más mínimo por el cuerpo desnudo tendido en el suelo.

—¿Qué narices pasa en este pueblo? —preguntó, a gritos—. Ayer por la noche me despiertan para decirme que ha habido un tiroteo en la montaña, y hoy me informan de que ha aparecido un hombre colgado del cuello a no sé cuántos metros del suelo. ¿Nos estamos volviendo todos locos? ¿Cómo se come esto? ¿Hay alguien aquí que me lo pueda explicar?

—Tranquilidad, don Blasín —rogó el juez—. Al parecer todo se va a solucionar dentro de muy poco. Creemos haber identificado al culpable. No tardaremos en dar con él.

Entre todos, resumimos a don Blas lo sucedido y las conclusiones que habíamos alcanzado.

—¿Entonces este Cándido es el perro que ha matado a mi padre? —preguntó—. ¿Qué le había hecho mi padre a ese malnacido?

—Nada —respondió el juez—. Ha tenido que ser una cuestión de política. La obra de un fanático comunista, un judeo-masón-anarco-sindicalista de esos, ya sabe. Vaya usted a saber a qué organización pertenece.

—Eso es lo verdaderamente importante: saber a las órdenes de quién operaba el sospechoso —señaló el capitán—. Acuérdense de Los Solidarios de Barcelona, el grupo de Durruti, y de otras agrupaciones por el estilo. Yo no descartaría que se tratara de algo así: una rama violenta que se haya desvinculado de una organización mayor y esté actuando de forma independiente, sin orden y sin un plan establecido, matando a discreción a todo el que se cruza con ellos. Ahora que el país avanza es cuando los radicales asoman la cabeza para fastidiarlo todo. No soportan no ser el centro de atención.

—Estamos yendo muy lejos con las conjeturas —afirmé—. Todavía no sabemos dónde está el obrero y ya se nos ha aparecido el fantasma de Durruti. De ahí a resucitar a Stalin no hay más que un paso.

—Lleva razón el inspector —me apoyó el ingeniero—. No debemos apresurarnos.

—De momento —intervino el sacerdote, situándose junto al cuerpo—, acompáñenme en un rezo por el alma del difunto, que nos ha abandonado sin oportunidad de confesión.

—Me disculparán —dije—, pero he de hacer un par de llamadas urgentes. ¿Tiene usted teléfono, señor Leissner?

—Abajo, en mi oficina.

El sacerdote se enfrascó en una letanía en voz baja mientras el resto de los presentes agacharon sumisos la cerviz. Agarré a Aparecido del brazo para que me acompañara, aunque desafortunadamente no pude evitar que se le escapara medio padrenuestro antes de marchar.

10

Abandonamos la sala de turbinas y nos detuvimos bajo el tejado de aluminio sobre la terraza de piedra. Saqué el Chesterfield que le había birlado al comisario la mañana anterior y que había puesto a secar durante la noche, me lo puse en los labios, y lo encendí. Estaba todavía algo húmedo y no tiraba del todo bien, pero no era cuestión de desperdiciarlo.

—¿No dijo usted que tenía que hacer un par de llamadas urgentes? —preguntó Aparecido, sacando uno de los suyos para sí.

—Y tengo que hacerlas, pero antes necesito pensar.

Mientras yo me dedicaba a pensar, Aparecido se reclinó sobre la barandilla a observar a la multitud apelotonada frente a la presa en construcción. Imaginaba que el capitán Cruz no permitiría que los obreros y sus familias regresaran a sus barracones hasta que sus hombres dieran con el paradero de Cándido Aguilar. Teniéndolos a todos reunidos en un solo punto, se aseguraba de que nadie ofreciera auxilio o cobijo al fugitivo. Si es que en verdad era un fugitivo, cosa que todavía estaba por ver.

—Ha estado usted muy profesional, como ha dicho el

ingeniero —indicó Aparecido—. Se nota que tiene usted correa en este negocio.

—No tanta. Se aprende rápido, ya te darás cuenta.

Finiquitados los cigarrillos, nos dispusimos a bajar a la explanada, pero una figura envuelta en una gabardina marrón y protegida de la lluvia por un paraguas verde a cuadros subía a su vez por la escalera, bloqueándonos el paso. El aroma afrutado que despedía el sujeto nos permitió identificarlo antes de que, ya en la cima, apartara el paraguas de su cara.

—Me alegro de cruzármelo de nuevo, inspector —indicó el conde, en el mismo tono desdeñoso del día anterior—. Ya me he informado de quién es usted y a qué ha venido a este pueblo, y le aconsejo que se muestre usted un poco más considerado conmigo de lo que se mostró ayer, o aténgase a las consecuencias.

—Primero se dan los buenos días, ¿no le parece? —respondí, en un tono similar al suyo—. Y ahora, dígame, ¿qué le trae a usted por aquí? Este lugar es la escena de un crimen.

—Veo que no está dispuesto a mejorar sus modales conmigo. Peor para usted.

—¿A qué ha venido? —insistí.

—A asegurarme de que tiran abajo todo esto. No se puede consentir que sigan adelante con un proyecto como este. Desde que comenzó, no ha traído más que desgracias al pueblo.

—Pues a usted no le ha ido tan mal, según he podido saber.

—Si lo dice por el dinero de las expropiaciones, sepa usted que no pienso cobrar una sola peseta. Para mí, la tierra de mis muertos no tiene precio. Voy a pelear con todas las fuerzas que me queden para detener esta locura.

—Pase adelante, entonces. Allí dentro encontrará usted al núcleo duro de las fuerzas vivas del pueblo. Con suerte igual le hacen caso.

—Puede que usted no se lo tome en serio, inspector, pero he hablado con ciertas personalidades de la capital, y están de acuerdo conmigo. Esta obra tiene los días contados, se lo aseguro.

—Por mí, pueden irse a la porra usted, esta obra y todo este pueblo del demonio —afirmé, y me lancé escaleras abajo dejando al conde con la palabra en la boca. Aparecido bajó detrás de mí doblado de risa, mientras que el conde, en la terraza, maldecía en arameo.

La oficina del ingeniero Leissner ocupaba la caseta contigua a la sala de reuniones. Tenía un tamaño similar a aquella y estaba igualmente acondicionada con entarimado de madera y luz eléctrica. Este, sin embargo, era un espacio de trabajo, y por tanto carente de cualquier elemento de esparcimiento u ornamental; nada más lejos en la cuadriculada mentalidad de un austríaco, supuse, que mezclar el deber con la diversión. Desparramados por el escritorio, el suelo y las paredes, había centenares de planos de obra, herramientas de dibujo técnico y algunos libros de arquitectura e ingeniería en castellano y alemán. Pero lo que atrajo inmediatamente nuestra atención fue una maqueta de la presa hecha en madera de balsa, de casi un metro de largo por dos de ancho. Pintada a mano, no le faltaban detalles tales como la vegetación en las laderas de la garganta o la ondulación del agua del embalse.

—Mi abuelo, que en paz descanse, tenía en casa la maqueta del *Victoria*, el buque del almirante Nelson en Trafalgar —comentó Aparecido, observando de cerca la futura edificación—. Era su tesoro más preciado. Y eso que él no había visto nunca el mar.

—¿Cómo puede ser que no hubiera visto nunca el mar? —pregunté, mientras aprovechaba para inspeccionar, por simple deformación profesional, algunos legajos de papeles desperdigados por el cuarto—. ¿Tu familia no era de Cantabria?

—Este es mi otro abuelo, el de Logroño. Tengo una familia muy dispersa.

—¿Qué opinas tú de lo de esta mañana, Aparecido?

—Yo ya no sé ni qué opinar. Este pueblo se ha vuelto loco, como dice el alcalde. Lo único es que el día aquel que arrestamos a Cándido Aguilar no me pareció un mal tipo. Era bronco y echaba pestes de la empresa y la Guardia Civil, pero no me pareció que fuera realmente peligroso. A mí me pareció que todo era de boquilla, no sé si me entiende. Se lo hizo encima cuando lo metimos en el calabozo, no le digo más. Y eso que no llegamos a interrogarlo siquiera.

Desenterré el teléfono de debajo de una pila de carpetas sobre el escritorio y extraje del dobladillo interior de mi sombrero un papel donde tenía anotados algunos números de teléfono de naturaleza delicada que no me convenía llevar en la libreta. Marqué uno precedido de las iniciales P. C.

—¿Diga? ¿Quién es?

—¿Pepe? ¿Pepe Castro?

—Sí, ¿quién es?

—Soy el inspector Trevejo.

—¿Inspector Trevejo? ¿Y cómo es que me llama por teléfono?

—Escucha, tienes que hacerme un favor.

—¿Un favor? ¿Qué clase de favor?

—Uno muy sencillo. Necesito que preguntes a tus contactos si saben algo de una organización obrera que pueda estar operando en la sierra al norte de Madrid, concretamente una en la que puedan estar integrados trabajadores de la empresa ENHECU. Con hache intercalada: E. N. H. E. C. U. Es una empresa hidroeléctrica propiedad de un pez gordo de la construcción, Marcos Sorrigueta.

—Sí, me suena el nombre del pollo. El nombre de la empresa no lo había escuchado en la vida.

—Pregunta a tus compinches del PCE y a todos los que conozcas de la CNT, de la UGT y del OSO que estén metidos en la Organización Sindical. Averigua todo lo que puedas. Cualquier detalle puede ser importante.

—Ya me imagino que tiene que ser algo grave, para que no haya podido esperar a hablarlo en persona.

—Es urgente. Te llamo a la tarde y me cuentas lo que sepas.

—¿A la tarde? Necesito más tiempo. Un día o dos por lo menos.

—Si cumples quedaré en deuda contigo.

—¿A cuánto paga usted las deudas?

—Entre diez y veinte duros. Según de lo que te enteres. Sabes que soy buen pagador.

—Por diez duros no me levanto del taburete.

—Igual prefieres diez días de calabozo. O diez hostias bien dadas así con el canto de la mano.

—No se sulfure, inspector, que era cachondeo. Con diez duros me da para arreglarme el piso. Llámeme a eso de las seis o las siete y le diré algo.

Colgué el teléfono, guardé el papel en el sombrero, y tomé la libreta para marcar el siguiente número. Mamen descolgó al primer tono y me pasó directamente con el comisario sin que hubiera de darle explicaciones.

—¿Comisario? Soy yo, Trevejo.

—¿Trevejo? No esperaba que fuera a llamar tan temprano.

—Ha habido novedades en el caso.

—Cuénteme.

—No creo que tarde en llegarle la información por otras vías, pero he preferido ser yo el primero en transmitírsela: ha ocurrido otro asesinato.

—¿Qué me dice, otro más? ¿Quién es la víctima?

—El capataz de una empresa hidroeléctrica que está construyendo una presa en las inmediaciones del pueblo. Durante la noche, lo maniataron y le golpearon en la cabeza hasta matarlo. Luego subieron el cuerpo hasta un andamio y lo colgaron del cuello a la vista de todos.

—¿Lo colgaron después de muerto?

—Como una chaqueta en un perchero.

—¿Se puede saber qué es lo que pasa en ese pueblo?

—Eso me gustaría saber a mí.

—Dígame el nombre de la empresa, para que haga averiguaciones.

—ENHECU. Con hache intercalada. E. N. H. E. C. U. Es propiedad de don Marcos Sorrigueta, me imagino que el nombre le resultará conocido.

—¿Don Marcos? Sí, lo conozco. Buscaré el teléfono de su oficina y hablaré con él personalmente. Y dígame, ¿cree usted que este crimen puede estar relacionado con los anteriores?

—Tal parece. La Guardia Civil ha identificado a un sospechoso cuyo perfil encaja también con el del responsable de las otras cuatro muertes.

—¿De quién se trata?

—Un obrero de la presa, Cándido Aguilar Moreno, emigrado desde Córdoba. Se especula con que pueda formar parte de alguna organización clandestina, aunque yo no estoy del todo convencido de que esto sea cierto.

—¿Lo tienen bajo arresto?

—Se desconoce su paradero, pero ya se ha dictado la orden de búsqueda. Es probable que no tarden mucho en dar con él.

—Habrá que esperar, entonces. Y sobre su escaramuza de anoche en el bosque, ¿ha averiguado algo?

—Todavía nada.

—¿Cree usted que el tirador pudo ser también este obrero?

—Lo ignoro, pero es posible. Hasta que lo encuentren no sabremos a qué atenernos.

—Todo esto se nos está yendo de las manos.

—¿Qué dispone usted que haga?

—Por ahora, continúe adelante con la investigación. No veo qué otra cosa podemos hacer. Llámeme en cuanto tenga nueva información.

—*Susórdenes*, señor comisario.

Colgué y dudé en si realizar una tercera llamada. Finalmente, marqué el número de memoria. No tenía nada que perder.

—¿Sí?

—Buenos días. ¿La señorita Celia?

—¿Quién es usted? ¿Para qué la quiere?

—Le llamo de parte de un pariente suyo que ha sufrido un percance, ¿sería posible hablar con ella?

—¿Un pariente? ¿Qué pariente?

—Su tía Francisca. Se ha caído por las escaleras y la tienen ingresada.

—Sí, ahora la aviso.

Tras casi cinco minutos de espera, la marquesita se puso al aparato.

—¿Sí? ¿Quién es? ¿Qué ha pasado?

—Celia, soy yo, Ernesto. ¿Está el decrépito escuchando?

—¿Ernesto? ¿Estás mal de la cabeza? ¿Por qué no has colgado el teléfono?

—¿Puedes hablar o no?

—Sí, estoy sola en la habitación. ¿Sabes el susto que me has dado?

—Es lo primero que se me ha ocurrido. Necesito que me hagas un favor. Es urgente.

—Dime qué quieres. Date prisa, que el otro puede entrar en cualquier momento.

—Bien, escucha, necesito que le sonsaques información al señorito sobre otro miembro de la nobleza al que quizá conozca, un tal don Fermín, conde de Mirasierra. Vive retirado en Las Angustias, un pueblecito de la sierra madrileña.

—¿Y para eso me llamas? ¿Cómo se te ocurre?

—Estoy fuera de Madrid y no tengo acceso a mis confidentes. No tengo a nadie más a quien recurrir. ¿Te acordarás del nombre?

—Sí, el conde de Mirasierra, de Las Angustias, don Fermín.

—Eso es.

—Haré lo que pueda, pero no te prometo nada. El marqués no es tan imbécil como tú te piensas. ¿Dónde te localizo?

Tapé el auricular, pedí a Aparecido que me anotara en

un papel el número de teléfono de la casa cuartel, y se lo dicté a Celia.

—Llámame ahí y si no estoy, que no estaré, pide que me busquen y te llamaré a tu apartamento en cuanto pueda.

—De acuerdo. ¿Algo más?

—Sí. ¿Adónde vais a ir hoy?

—No lo sé. Por aquí está lloviendo a mares. Supongo que iremos al teatro otra vez. Aunque yo por mí me quedaba en casa. ¿Cuándo me dijiste que volvías?

—Todavía no lo sé. Te tengo que dejar.

—Cuídate... Ah, y que sepas que mi tía es Fernanda, no Francisca. Nunca me escuchas cuando hablo.

—He acertado por lo menos la inicial, ya es algo. Adiós.

Colgué y me entretuve un instante viendo llover a través de un tragaluz de la caseta. Tal y como había dicho el comisario, el asunto se nos estaba yendo de las manos. Tenía la sensación de haber caído en una charca de arenas movedizas donde me iba hundiendo más y más con cada uno de mis movimientos, o puede que fuera más bien una trampa para moscas como la que había mencionado la señorita Carmela. Aquella no era la manera en que normalmente se desarrollaba una investigación. Las investigaciones por lo general son aburridas: esperas, interrogatorios, análisis de datos, redacción de informes; el proceso en sí es un suplicio tanto para el delincuente como para el investigador. Nada tiene que ver con lo que se muestra en los libros o las películas, o al menos en los libros y las películas a los que yo estaba habituado. Aquello no era una investigación al uso. Era una espiral sin sentido, una tragedia bufa conmigo como personaje invitado.

—¿Quién era la mujer? —preguntó Aparecido, sacándome de mi reflexión.

—¿Tanto te importa?

—Tenía una voz bonita.

—Era mi madre.

—¿Su madre?

—Si te pasas algún día por Madrid le digo que te prepare algo. Le salen unas judías con tomate que quitan el sentido.

—Ya, seguro que sí. Diga, ¿qué hacemos ahora? ¿Esperamos a que llegue la caballería a llevarse el cuerpo, tomar las huellas y demás?

—No. Ya nos enteraremos si encuentran algo de valor. Vamos a volver al principio de todo. El lugar donde aparecieron los primeros cuerpos. Es lo que teníamos que haber hecho desde un primer momento.

Dejamos la oficina del ingeniero y regresamos a la sala de generadores, donde el conde de Mirasierra se batía verbalmente con el ingeniero, el alcalde y el juez acerca de la necesidad de la construcción de la presa y los perjuicios que esta acarrearía. Entre estos perjuicios, afirmaba el conde, se encontraba la pérdida de terrenos para la siembra y el ganado, con su inevitable impacto en la economía de la comarca. «Sin agricultura y ganadería —argüía el conde—, ¿de qué vamos a comer?»

Como la disputa no era de mi interés, me fui directamente hasta el capitán Cruz, que se hallaba intercambiando con el doctor Martín y don Emiliano sobre las consecuencias a nivel anímico que esta nueva muerte podía causar entre la población. Interrumpí la conversación para rogar al capitán que pusiera a nuestra disposición otro vehículo, ya que la motocicleta había causado baja en el frente. Al principio, el capitán se mostró reacio a transigir, pero la euforia por el inminente cierre del caso le llevó finalmente a ceder.

—Llévense el jeep —dijo—, pero como lo dejen también por ahí tirado lo van a pagar ustedes dos de su bolsillo.

—La cosa es que no nos deje tirados él a nosotros, que no es lo mismo —dije.

El automóvil estaba aparcado a la orilla del riachuelo. Aparecido no pudo ocultar su emoción al ponerse tras el volante. Después de tanto dar vueltas en aquella motocicleta roñosa, viajar cómodamente a resguardo de la lluvia era como volar sobre la tierra.

Enseguida rebasamos el cruce con la carretera de ascenso hasta Las Angustias y el puente de entrada a Valrojo, desde donde nos internamos de nuevo por el camino hacia el puesto avanzado de la Guardia Civil, que no tardamos en dejar atrás. Pronto sobrepasamos también la residencia de don Abelardo Gómez, a partir de la cual el camino como tal se difuminaba hasta convertirse en poco más que una senda para el ganado, impracticable, por la fuerte pendiente, los giros y los socavones, para el tránsito de vehículos utilitarios; pero no para el jeep, que, manejado con pericia por Aparecido, no tuvo dificultad en sortear cada uno de los obstáculos.

—Aquí fue —anunció Aparecido al llegar a un punto donde el camino se ensanchaba creando una especie de cavidad o plazoleta en la espesura del bosque—. Aquí los encontraron.

Detuvimos el vehículo y los dos nos apeamos. Las gotas de lluvia llegaban hasta nosotros filtradas por las copas de los árboles, que apenas dejaban un resquicio libre por el que atisbar el cielo. Delante, a un centenar de metros, vislumbrábamos ya el final de la arboleda y el inicio de la cima rocosa y despejada del monte.

No fue necesario que Aparecido me señalara el lugar

exacto donde había yacido el cuerpo sin vida del sargento Belagua. Apenas unos pasos frente al vehículo, en mitad del sendero, los restos de sangre aún eran perceptibles en forma de terrones enrojecidos. Miré en derredor y mi vista reparó al instante en un arbusto cercano cuyas ramas tenían aspecto de haber sido removidas y deshojadas bruscamente, como si un animal salvaje hubiera pasado allí la noche. Aparecido asintió en silencio con la cabeza para confirmar que era justo bajo las ramas de aquel arbusto donde había yacido a su vez el cuerpo del agente Chaparro.

—Reconstruyamos los hechos —dije—. Sabemos que el sargento Belagua fue herido de gravedad en la cabeza, probablemente antes de ser inmovilizado. Y sabemos que el agente Chaparro fue inmovilizado sin ser herido previamente. ¿Qué conclusión podemos extraer de ello?

—Se me ocurre —respondió Aparecido— que el sargento pudo ser herido con la intención de ser desarmado, y que luego el agente Chaparro pudo ser encañonado con el arma del sargento.

—Si aceptamos esa posibilidad, ello implicaría la existencia de un atacante desarmado, el cual querría evitar a toda costa un enfrentamiento directo con los agentes.

—Un enfrentamiento que al parecer no se produjo.

—El atacante se aprovecha de la oscuridad para acechar a sus presas, que tan solo cuentan con una linterna de mano para alumbrarse y que, en una noche lluviosa como aquella, se hallarían probablemente más preocupadas de finalizar cuanto antes su ronda que de ser el blanco de un ataque sorpresa.

Caminé describiendo un círculo en torno al lugar donde había sido encontrado el cuerpo del sargento hasta dar con una roca plana y alargada que sobresalía bajo la raíz de un pino.

—Imaginemos que las víctimas están apoyadas en esta roca —dije—, cobijadas de la lluvia bajo las ramas del árbol, fumando y charlando distraídas. Alguien se acerca por detrás sigilosamente y golpea al sargento en la cabeza. Ponte en la piel del agente Chaparro, ¿tú qué harías?

—Desenfundo mi arma y abro fuego —respondió Aparecido, esgrimiendo en las manos una pistola imaginaria.

—Eso mismo piensa el atacante, que decide esperar a que una de las dos víctimas se halle en una posición comprometida para iniciar su ofensiva.

Me retiré unos metros de la roca, me bajé la bragueta y comencé a orinar.

—Pongamos que el agente Chaparro se encuentra haciendo sus necesidades cuando el sargento es atacado —dije—, por tanto, no tiene oportunidad de repeler el ataque y, a punta de pistola, es inmovilizado mientras que el sargento se retuerce en el suelo por el golpe recibido.

—No sabemos si ocurrió así —repuso Aparecido.

—No, no lo sabemos —convine, cerrándome la bragueta—. Tal vez ocurriera de otra forma. Pero esto es lo de menos. —Regresé a la roca y me apoyé sobre ella—. Ocurriera como ocurriera, el resultado fue que las dos víctimas terminaron maniatadas y a merced de su atacante.

—Entonces es cuando viene lo peor.

—Lo peor, sin duda.

—La tortura a manos de un demente.

—En eso no estoy de acuerdo.

—¿En qué no está de acuerdo?

—En lo de que fuera un demente. La demencia es la solución fácil, y por eso mismo hemos de descartarla. Asumir que la tortura fue la obra de un enfermo mental es tanto como asumir la imposibilidad de comprender el crimen. Una mente sana no puede comprender los motivos de una mente enferma; una mente enferma puede actuar por motivos que a una mente sana resultarían irracionales, y una investigación criminal se basa precisamente en trasladar a términos racionales algo que, en definitiva, no deja de ser un atentado contra la razón, como lo es un asesinato. Se trata de buscar el orden en el caos, no asumir el caos como orden.

—Me va a disculpar usted, inspector, pero me parece que no le sigo.

—¿Alguna vez has asistido a una autopsia?

—No, jamás.

—Yo he asistido a varias, y es algo bastante desagradable, como puedes imaginar. El forense abre el cuerpo por la mitad y al abrirlo se ven todos los órganos como una masa informe. No hay manera de distinguir cuál es cada uno de ellos: todos parecen iguales, no son más que pegotes de carne sanguinolenta. Pero eso es solo al principio: en cuanto el forense comienza a toquetear aquí y allá con sus herramientas, a tirar de este pellejo o menear aquella víscera, te das cuenta de que todo lo que antes te había parecido una amalgama de bultos sin sentido está en realidad conformado por diversas partes que ocupan cada una el lugar que le corresponde, cada una destinada a una función precisa y única dentro del conjunto. En una investigación criminal ocurre lo mismo. Para poder comprender un crimen en su totalidad hay que identificar y observar cómo se relacionan entre sí cada una de las piezas que lo componen, y para poder hacer eso no queda otra que agarrar las pinzas para menear las piezas. Solo así podremos descubrir el funcionamiento de ese organismo y tal vez hallar la pieza que falta, que suele ser el responsable último del acto criminal. Si desde un comienzo asumimos que las piezas, los órganos del cuerpo abierto sobre la mesa, están desordenadas y aisladas entre sí, es decir, si asumimos que no están vinculadas unas con otras siguiendo un orden racional, entonces no habrá manera de resolver nunca el crimen.

—Vaya pico tiene usted cuando quiere, inspector.

—Es muy fácil: si un tipo mata a su suegra porque le huele a naftalina y el tipo detesta la naftalina, bastará con descubrir la conexión entre la naftalina, la señora y el tipo para resolver el crimen, ya que esta es una conexión perfectamente racional, aunque ridícula. Sin embargo, si ese mismo tipo, en un brote psicótico, se cuela en un edificio de la otra punta de la ciudad y en mitad de la noche apuñala al señor que vive en el primero, no habrá forma de establecer ninguna conexión racional entre la víctima y el criminal, y por tanto no habrá forma de resolver el crimen salvo que alguien hubiera visto al tipo entrando o saliendo del edificio y lo hubiera reconocido.

—Lo que quiere usted decir es que este crimen no fue producto de un brote psicótico, ¿no es eso?

—O sí, no lo sé, pero lo que sí sé es que no podemos asumir que lo fuera, porque si no estaríamos apañados. Además, la persona con la que me enfrenté a tiros anoche no actuó como un demente. De eso estoy seguro. Pero volvamos a la noche del cinco de diciembre. Nos habíamos quedado en que las víctimas están inmovilizadas. El sargento se encuentra fuera de combate, por lo que el atacante decide comenzar por el agente Chaparro...

—Víctor... El agente Chaparro, perdón, es desnudado y herido en los brazos, el pecho, las piernas y la ingle con una navaja —recordó Aparecido, con los ojos cerrados—. Una veintena de cortes en total, unos más profundos y otros menos. Ninguno mortal.

—Supongamos que durante la tortura el agente Chaparro no ha perdido el conocimiento, y que grita salvajemente, aunque nadie pueda oírlo.

—El atacante, por tanto, puede recrearse en los gritos de su víctima.

—No, al contrario. No se recrea en ellos, sino que no puede soportarlos. Por eso le patea el rostro. Quiere hacerlo callar.

—Tiene sentido.

—La víctima termina por perder la consciencia por las patadas, y entonces el atacante le rebana el vientre a la altura del ombligo. Un solo corte, de izquierda a derecha. Pudo haberle cortado el cuello o haberle clavado la hoja en el corazón, pero no lo hizo.

—Quería que sufriera hasta el momento de la muerte. Que muriera lentamente.

—Pasa entonces a ocuparse del sargento. Lo hiere de la misma forma en la que había herido al agente Chaparro, pero no le patea el rostro porque no tiene necesidad de hacerlo. El sargento no grita. No se ha recuperado todavía del golpe en la cabeza. O no se ha recuperado lo suficiente, al menos, para lamentarse de su sufrimiento. Aunque puede que sí fuera consciente de lo que le estaban haciendo, no lo sabemos.

Desde hacía rato, el agua caía por el borde del ala de mi sombrero emborronándome la visión.

—Es una barbarie controlada —dije—. Según las autopsias, las puñaladas no van acompañadas de un golpe. No son asestadas con fuerza. El asesino solo introduce la punta de la hoja y la arrastra cortando la piel y el músculo. No se ensaña con los cuerpos. No los mutila. No hay rabia. No hay pasión.

—Se me ocurre —dijo Aparecido—, que igual él mismo está asqueado con lo que hace.

Con un gesto ordené a Aparecido que regresáramos al coche.

—Le repugnaba lo que hacía —insistió, abriendo la puerta de su lado—. Por eso no fue más allá.

—Si no disfrutó con la tortura, ¿por qué crees que la llevó a cabo? —pregunté.

—Se sintió obligado. Por algún motivo, se sintió obligado a hacerlo.

—No lo hizo por placer —dije, montando en el vehículo—. No sintió placer al hacerlo. No se sobrepasó. Pudo haberlo hecho, pero no lo hizo. Fue más bien un ritual, una representación. Como si siguiera un guion establecido de antemano.

—Un guion impuesto por otra persona. —Aparecido arrancó el motor—. Pero, ¿quién obligaría a alguien a hacer algo así? ¿Y por qué?

—Puede que nadie le obligara. Puede que él mismo se obligara a hacerlo. Que fuera un compromiso adquirido consigo mismo.

—Pero resulta más lógico que fuera un encargo de un tercero.

—Pudo ser un encargo... O un favor, o una muestra de lealtad, o de fidelidad.

—O de amor.

—Es cierto, nunca se puede descartar el amor.

Aparecido hizo girar el vehículo en redondo y pisó a fondo el acelerador, como queriendo alejarse cuanto antes de aquel lugar.

—¿Qué sabes de los cinco muertos que hubo en el pueblo cuando la guerra? —pregunté, y la pregunta rescató a Aparecido de algún pensamiento funesto.

—¿Qué cinco muertos?

—La señorita Carmela, la maestra, me contó que al poco de estallar la guerra mataron a su padre y a otros cuatro vecinos. Según ella, les dieron el paseo una tarde y encontraron los cuerpos a la mañana siguiente en la orilla del río.

—Cuando estalló la guerra mis padres todavía me daban el biberón y me paseaban en un carrito por las calles de mi pueblecito de piedra, muy lejos de aquí. Así que yo poco más puedo decirle. Lo que usted ha contado es lo mismo que yo he oído, que mataron a cinco hombres y que nadie sabe, o nadie dice saber, ni tampoco nadie quiere averiguar, quién lo hizo ni por qué. Pero esta historia es muy antigua, ¿por qué le interesa?

—Por nada. Nos acercamos a la casa de don Abelardo y me he acordado de él, y una cosa ha llevado a la otra. Ya sabes, los comunistas, la guerra, los muertos...

—¿Quiere que hagamos otra parada en casa del viejo?

—No. Nos vamos directos a la escena del siguiente crimen, la finca de don Pascasio y su esposa. ¿Queda muy lejos?

—No, no mucho.

Tuvimos que remontar de nuevo la cuesta hasta Las Angustias y atravesar el pueblo hasta salir por un camino de tierra en bastante buen estado que bajaba por la ladera opuesta hacia un valle más amplio, fértil y lampiño que el anterior, donde, en lugar de bosques, prevalecían campos para el cultivo y el ganado. No fue necesario, sin embargo, que nos adentráramos de lleno en este valle, puesto que la finca del difunto matrimonio se encontraba a poca distancia del pueblo, al borde del camino, junto a un abrevadero natural para animales. Era un edificio pequeño y de una sola planta, con paredes de piedra, sin ventanas, poco más que un almacén de aperos para la labranza de la escasa docena de hectáreas que rodeaban al edificio y que esperaban la mejora del tiempo para ser aradas y cultivadas. Al otro lado del camino, a muy poca distancia, había otro edificio de aspecto parecido, en cuya puerta, sentado en una banqueta bajo una tinada de madera, estaba un hombre de unos setenta años, vestido con boina, faja, camisa y alpargatas.

—Ese de ahí es don Braulio Fresnero —indicó Aparecido, señalando al hombre, que se hallaba ocupado en reparar la rueda de un carro de bueyes—, el vecino que dio el aviso de los disparos en la finca de don Pascasio la noche del crimen.

Bajamos del coche y caminamos hasta el cobertizo. Al vernos, el hombre, con el rostro repentinamente demudado por el miedo, apenas si logró articular un saludo. En contra de lo que se suele pensar, en presencia de la autoridad los que más tiemblan son a menudo los que menos tienen que esconder. Precisamente, imagino, porque temen que vengan a por ellos en busca de lo que no pueden ofrecer.

—Buenos días —saludé—. ¿Es usted el señor Braulio Fresnero?

—Sí, soy yo. ¿Qué quieren de mí?

—Robarle unos minutos de su tiempo, si es posible. Nada más.

—Por supuesto, ¿qué desean?

—Me han dicho que fue usted quien avisó a la Guardia Civil la noche en que mataron a don Pascasio y doña Teresa, ¿no es cierto?

—Sí, fui yo.

—¿Le importaría explicarnos cómo fue?

—¿Otra vez? Ya le dije todo lo que sabía a la Guardia Civil.

—¿Le importaría mucho repetirlo?

—No, claro que no. Aunque hay poco que explicar, la verdad. Aquella noche mi señora y yo ya estábamos a punto de irnos a la cama cuando escuchamos cuatro estallidos que venían de allí, de la finca de don Pascasio y doña Teresa. Los cuatro sonaron uno justo después del otro, como en una tira de petardos. Al principio no supimos lo que eran, pero luego escuchamos otros cuatro, también seguidos, y mi mujer, que estaba junto a la ventana, me dijo que había visto unas luces, como unos fogonazos, en la parte de atrás de la finca. Entonces ya caímos en la cuenta de que eran disparos, y con las mismas me fui a buscar a la Guardia Civil, porque ya nos olimos que ahí se había tenido que liar algo gordo.

Los cuatro primeros disparos fueron los que acabaron con la vida de don Pascasio Periane, que se hallaba en ese momento arrodillado de espaldas a su verdugo. Los cuatro siguientes fueron los que acabaron con la vida de doña Teresa mientras trataba de huir después de que su esposo fuera tiroteado.

—¿No tuvo miedo usted de salir de casa, habiendo oído disparos en la finca de enfrente? —pregunté.

—¿Miedo? Pues sí, claro, mucho. Pero no había más remedio que dar el aviso.

—¿Y qué hizo mientras tanto su mujer? ¿Se fue con usted o la dejó aquí a ella sola?

—Ella salió conmigo por detrás y la mandé que se escondiera en un rincón del prado. Después yo corrí a campo traviesa hasta el cuartel. En línea recta, sabiendo por dónde hay que ir, no se tarda mucho en llegar. Aunque lo de correr es un decir, porque no tengo yo las piernas ya para esas cosas, pero bueno, usted ya me entiende.

—Aparte de las detonaciones y los destellos, ¿vieron u oyeron ustedes algo más? ¿Las luces o el motor de algún vehículo, algún grito, alguien que entrara o saliera de la finca...?

—No, nada. Solo los disparos, y después silencio y oscuridad.

—¿Recuerda haber visto aquella tarde a alguien sospechoso por los alrededores?

—Por este camino pasa mucha gente, y yo tampoco me fijo mucho. Pero no creo que pasara nadie desconocido, porque de eso sí me acordaría.

—Dice usted que enseguida se imaginaron que había tenido que ocurrir algo grave, ¿qué creyeron ustedes que había podido ocurrir? ¿Cuál fue su primer pensamiento?

—Pues no tuvimos mucho tiempo para pensar, la verdad, pero lo primero que me imaginé fue que se habrían pegado de tiros entre ellos, como estas cosas que cuentan en la radio del marido que mata a la mujer o la mujer al marido por algún tema de celos o de dinero. Aunque estos dos se me hacían un poco mayores para llegar a esos extremos, uno nunca sabe, cualquiera puede perder los estribos llegado el momento. Más tarde, mientras corría a dar el aviso al cuartel, recordé lo de los dos guardiaciviles que habían matado en el bosque, y ya me supuse que podía tener algo que ver con eso.

El hombre estaba ya más calmado. Le ofrecí uno de mis tritones para acabar de serenarlo, y yo me encendí otro para mí. Por alguna razón, me pareció —junto con Aparecido— uno de los pocos hombres realmente sinceros con los que había hablado en las últimas veinticuatro horas.

—¿Quieren pasar adentro y tomar algo? —nos ofreció—. Café no tengo, pero si les apetece una infusión de menta o un vasito de aguardiente...

—Mejor para la próxima —dije.

—Si lo desean, pueden hablar con mi mujer. Les podrá confirmar que todo lo que digo es cierto.

—No hace falta que la moleste. Nos fiamos de su palabra. Dígame otra cosa, ¿conocía usted a don Pascasio?

—¿Cómo no? Lo conocía de toda la vida. Nuestros padres habían sido inseparables.

—¿Y ustedes dos?

—Bueno, algo menos. Fuimos muy amigos de pequeños, solo que luego nos distanciamos y ya cada uno hizo la vida por su lado.

—¿Por qué se distanciaron?

—Por nada en particular. Nos mandaron a hacer la mili cada uno a un sitio, luego a la vuelta él se enredó con la política, yo estuve fuera unos años, a él lo hicieron alcalde, entonces vino la guerra y, bueno, ya sabe, uno termina por dejar de preocuparse por los otros y se fija solo en uno mismo y su familia. Nunca dejamos de llevarnos, pero ya no era como antes. Además, él era un tanto raro, si me permiten decirlo. Lo fue siempre.

—¿Raro? ¿En qué sentido?

—No quiero que me entiendan mal, era un buen hombre, uno de esos que están dispuestos a concederte un favor sin pestañear. Pero era como si siempre estuviera guardándose algo para sí, como que no lo decía todo, como si tuviera una cara para unos y otra para otros, no sé cómo explicarlo.

Aparecido asintió en silencio, corroborando las palabras del anciano.

—Ya digo, no es que fuera malo, ni mucho menos —continuó el hombre—. No voy a decir que fuera malo, y menos ahora que ya no está. Pero tampoco era tan bueno como se dice por ahí. Sobre todo ahora, que lo van poniendo de santo por todas partes. Era un hombre corriente, como todos, con sus cosas buenas y sus cosas malas. Eso sí, como alcalde no creo que hubiera podido haber uno mejor, porque siempre estaba al tanto de todo lo que pasaba y tenía como un instinto para saber lo que había que hacer en cada momento.

—¿Por qué cree usted que lo mataron?

—¡Qué sé yo! Era alcalde desde antes de la guerra, y después de tanto tiempo mandando es normal que hubiera muchos que no lo tragaran. Pero no tanto como para matarlo. Y mucho menos para matar también a su mujer, a la que nunca se la había oído decir esta boca es mía. Para mí que tuvo que ser un desquiciado, un loco que igual que los mató a ellos podía habernos matado a mí y a mi mujer, o a cualquiera que se hubiera puesto a tiro aquella noche.

—¿No tendrá usted un paraguas para dejarnos?

—¿Cómo dice?

—Un paraguas.

—No, lo siento. No tengo ninguno.

Nos despedimos y el hombre volvió a su quehacer. Aparecido y yo cruzamos el camino hasta la finca de enfrente. La puerta principal estaba cerrada, así que dimos la vuelta por el exterior del edificio hasta el patio trasero, donde había un corral con una mula de carga y una docena de gallinas, además de un pequeño huerto con un par de limoneros.

Tampoco en esta ocasión fue necesario que Aparecido

me señalara el lugar donde habían tenido lugar los hechos. Un tejadillo de piedra adosado al edificio había servido de protección para que la lluvia no enjuagara del todo los restos de sangre esparcidos por la tierra, unos restos que nadie, ni don Blas ni ningún otro familiar del matrimonio, se había encargado todavía de retirar. Los restos ocupaban un cerco de una gran amplitud, por lo que supuse que la sangre emanada de ambos cuerpos debía haber conformado un solo charco a causa de la caprichosa configuración del terreno. Dentro de este cerco había dos puntos donde la intensidad de la coloración era sensiblemente mayor. Uno de ellos estaba a poca distancia del edificio, en el límite del espacio cubierto por el tejadillo de piedra. El otro unos metros más allá, bajo uno de los árboles.

—¿Cuál es cuál? —pregunté.

—Esta mancha de aquí, la que está más cerca de la casa, es donde estuvo don Pascasio —respondió Aparecido—. La otra es la de doña Teresa.

Me coloqué en el sitio exacto donde don Pascasio había sido ejecutado, desenfundé mi pistola y apunté al frente, a la altura aproximada en que debió estar su cabeza.

—Pum —dije, y dirigí entonces la punta del cañón hasta el suelo—. Pum, pum, pum. Don Pascasio queda muerto y bien muerto. —Levanté el arma y apunté otra vez al frente—. Mientras tanto, doña Teresa, que está arrodillada al lado de su marido, se levanta y arranca a correr. El tirador vacila. Es de noche, prácticamente no ve nada. Apunta al vacío, hacia el ruido de los pasos que se alejan, pum, y acierta. Doña Teresa cae. —Caminé hasta el limonero y bajé de nuevo el arma—. Pum, pum, pum. El cargador completo. Ocho tiros. Cuatro para cada uno.

—¿Cómo sabemos que doña Teresa estuvo también arrodillada junto a su marido? —preguntó Aparecido, que se había resguardado de la lluvia bajo el tejadillo.

—Por las marcas en sus rodillas —respondí, enfundando la pistola—. Al parecer estuvo arrodillada un buen rato, lo mismo que don Pascasio.

—¿Cuánto es un buen rato?

—No lo sé, en las autopsias no se precisa, pero tuvo que ser bastante, teniendo en cuenta que el terreno en que hincaron las rodillas no es especialmente duro, y que aun así, para cuando los forenses examinaron los cuerpos horas después, los hematomas todavía eran claramente visibles.

Aparecido se acercó al corral a observar los animales.

—¿Por qué a ellos no los torturó? —preguntó—. ¿Y por qué los mantuvo de rodillas todo ese tiempo?

—Ponte en situación —dije, lanzando el cigarrillo ya apagado al interior del corral, donde una gallina lo tomó en su pico y lo exhibió como un trofeo al resto de aves—. Si tú estuvieras de rodillas, a punto de ser ejecutado, ¿cómo reaccionarías?

—Suplicaría por mi vida, supongo.

—El matrimonio, de rodillas, suplica por su vida. El asesino duda. Conversan, negocian, ganan tiempo.

—Pero no sirvió de nada.

—No, no sirvió de nada.

—Pero sigo sin entender por qué no los torturó. Por qué a los otros sí y a estos no.

—Puede que tuviera mala conciencia, por la vez anterior. No se sentiría satisfecho con lo que les hizo a los dos agentes.

—Matar a guardiaciviles tiene un pase. Estamos armados. Nos podemos defender. Pero matar a dos ancianos, dos personas inocentes... No, no me cabe en la cabeza. No logro concebirlo.

—Mejor nos vamos ya. Aquí no hay nada más que ver.

11

Las doce menos diez por mi reloj cuando nos apeamos del jeep en el aparcamiento de la casa cuartel. El capitán Cruz se hallaba en la entrada dando instrucciones a un puñado de agentes. O eso nos pareció. Al aproximarnos, sin embargo, descubrimos que no daba instrucciones, sino que celebraba con sus subalternos la captura del obrero.

—Ha sido más fácil de lo que esperábamos —explicó el capitán, con moderado triunfalismo—. Mis hombres lo encontraron y me lo trajeron nada más irse ustedes dos. Se había escondido en una covachuela muy cerca de la presa. Me cuentan que ni siquiera opuso resistencia al ser arrestado.

—¿Lo han interrogado ya?

—No ha sido necesario. Lo ha cantado todo él solito. Ha reconocido no solo la autoría de todas las muertes, las cinco, sino también ser el líder de un grupo clandestino de opositores al régimen compuesto por una veintena de trabajadores de la presa, a los que está dispuesto a identificar.

—¿Qué grupo es ese? ¿A qué organización pertenece?

—A ninguna. Según él, es un grupo obrero de carácter marginal, sin conexiones con ningún partido ni ningún sindicato, creado después de la guerra en varios pueblos de la provincia de Córdoba y alrededores. Acción Obrera Revolucionaria ha dicho que se llama. Parece ser que el grupo llegó a contar en su momento con varios centenares de miembros, pero hoy se encuentra prácticamente desintegrado, excepto por estos pocos trabajadores de la compañía hidroeléctrica, herederos de los fundadores del grupo.

—Creo que es la primera vez que escucho ese nombre, Acción Obrera Revolucionaria.

—Son tantos nombres y tan parecidos los de estos grupúsculos que al final a uno acaban por sonarle todos igual. Pero eso es lo de menos. Lo que importa es que ya estamos tramitando los permisos para proceder con las detenciones, que se realizarán esta misma tarde. Después solo quedará dirimir las responsabilidades oportunas, ya que, aunque Cándido Aguilar se haya confesado autor material de los crímenes, queda por saber si contó con algún cómplice, saber exactamente quiénes de su grupo estaban al tanto de los hechos, y saber si se trató de acciones aisladas o formaban parte de un plan más complejo.

—¿No se le ha ocurrido que toda esta historia del grupo obrero puede ser una invención del sospechoso para desviar la atención e intentar salvarse el cuello? La verdad, me cuesta creer que un grupo tan pequeño y tan aislado como ese que usted ha descrito se arriesgue a actuar de esta manera, con tanta violencia, o, peor todavía, que permita que su líder actúe así, en solitario, colocando a todos sus miembros en el disparadero.

—Está usted sobrevalorando la capacidad de estos hombres. Tanto usted como yo estamos acostumbrados a jugarnos los cuartos con gente mucho más organizada y peligrosa, pero los que ahora nos ocupan no dejan de ser campesinos reconvertidos en terroristas que apenas saben leer ni tienen idea alguna de política ni de lucha armada. Puede que en Andalucía tuvieran un líder y una estructura en condiciones, no lo sé, pero los que tenemos aquí al parecer no son más que un atajo de picapedreros con ínfulas de guerrilleros.

—¿Se sabe por qué lo hizo, por qué motivo Cándido Aguilar decidió matar a esas cinco personas?

—Todavía no, pero ni siquiera creo que haya un motivo como tal, más allá de quitar del medio a unos cuantos fascistas, como dicen ellos, o, en el caso del señor Santino, por librarse de alguien con quien él personalmente había mantenido numerosas desavenencias.

—No le voy a engañar: todo esto me resulta muy confuso y retorcido. ¿Sería posible pasar unos minutos con el sospechoso? Quisiera poder hablar con él directamente antes de que todo quede plasmado por escrito.

—Lo siento, inspector, pero ahora que ya está todo aclarado o en vías de aclararse, se acabaron las cortesías. Le toca desentenderse del asunto y volverse a Madrid. Estoy dispuesto a redactar una nota para sus superiores agradeciendo el empeño demostrado por su parte durante el poco tiempo que ha estado con nosotros, y sobre todo elogiando el valor que demostró usted ayer batiéndose a tiros con el sospechoso, un suceso que ha precipitado los acontecimientos y ha conducido finalmente a la resolución del caso. Con eso puede usted sentirse más que satisfecho.

—Sería todo un gesto por su parte, pero insisto: me gustaría hablar con el detenido antes de irme.

—La respuesta es no. No hay más que hablar.

—¿Dónde está el juez Sagunto?

—Se ha quedado en la presa aguardando a su compañero para el levantamiento del cadáver. Pero aunque estuviera aquí, su intercesión no le valdría para hacerme cambiar de opinión.

—Entonces me gustaría hablar con mi comisario, si fuera posible.

—Ahí dentro tiene un teléfono.

Aparecido me condujo hasta una sala en la primera planta, en la que había dos hileras de estanterías con archivadores de cuero y una larga mesa de madera con cuatro Erikas color castaño. Sentado bajo la exigua luz que se colaba por la única ventana de la sala, de espaldas a la puerta, un guardiacivil tecleaba cerrilmente una de las máquinas, pulsando con los índices de ambas manos. Acompañaba cada pulsación con la pronunciación de la letra, como un escolar aprendiendo el abecedario. Al oír la puerta, el escribiente volteó medio cuerpo, y, para mi asombro, pues yo lo habría dicho analfabeto irredento, este resultó ser el mismo agente hosco y picado de viruela que minutos antes, en la presa, nos había facilitado el acceso hasta la sala de generadores, el mismo que el día anterior nos había recibido a Aparecido y a mí a nuestra llegada al cuartel.

—Vengo a usar el teléfono —dije, y el agente, sin responder, se volvió y continuó escribiendo.

El teléfono colgaba de la pared opuesta del cuarto. Comprobé de nuevo el número del despacho del comisario, marqué y esperé contestación.

—¿Diga?

—Comisario, soy Trevejo.

—¿Trevejo? ¿Usted otra vez? Dígame, ¿han encontrado ya al sospechoso?

—Sí, lo han encontrado. Está detenido y ha confesado la autoría de todos los crímenes.

—Magnífico. Ha hecho usted un trabajo excelente, y en un tiempo récord.

—Yo no he hecho nada. Y, si he de serle sincero, no las tengo todas conmigo con respecto al sospechoso.

—¿Por qué lo dice?

—No lo sé. Es demasiado bonito para ser cierto, como suele decirse.

—Estas cosas pasan.

—Sería la primera vez.

—No sea usted cenizo, Trevejo.

—Aún hay más.

—Diga.

—El obrero no actuó en solitario. Parece ser que, como algunos por aquí ya habían anticipado, el sospechoso actuó a instancias de un grupo obrero clandestino compuesto por trabajadores de la compañía hidroeléctrica, un grupo del que este sujeto afirma ser el líder.

—¿Lo dice en serio?

—Totalmente.

—Esto ya es la leche. ¿Y de dónde puñetas sale ese grupo obrero? ¿De qué organización forma parte?

—De ninguna. Según el detenido, el grupo opera como una célula independiente.

—¿Y cómo se llama ese grupo, si puede saberse?

—Acción Obrera Revolucionaria.

—No me suena.

—A mí tampoco. Al parecer el grupo fue creado hace algunos años en Andalucía, de donde provienen la mayoría de los trabajadores de la presa.

—¿En Andalucía, dice usted?

—En la provincia de Córdoba, concretamente.

—Vaya, Córdoba, ¿dónde si no? Muy bien, intentaré averiguar lo que pueda por mi cuenta.

—¿Ha podido hablar usted con don Marcos Sorrigueta?

—Sí, he hablado con él esta misma mañana, poco después de hablar con usted. Ignoro por qué fuente, pero ya estaba al tanto de lo sucedido, incluido su enfrentamiento a tiros en el bosque y la muerte de su empleado. Me ha transmitido el deseo de que su nombre y el de su empresa sean desvinculados de todo el proceso. No podíamos esperar otra cosa, por supuesto. Tendré que volver a hablar con él para informarle esto que usted me cuenta ahora.

—Es muy probable que don Marcos ya haya recibido esta información por esa fuente, que me imagino que no será otra que el ingeniero jefe de la obra, quien por cierto se valió de su influencia unas semanas atrás para que la Guardia Civil mantuviera en arresto una noche ni más ni menos que a Cándido Aguilar, por instigar un plante a sus compañeros y encararse con el capataz de la presa, el mismo capataz que esta mañana ha aparecido colgado del andamio.

—¿Quién es este ingeniero del que me habla?

—Es un austríaco de nombre Wilhelm Leissner, tendrá que mirar usted cómo se escribe porque yo no lo sé. Es amigo de la infancia de don Marcos Sorrigueta.

—¿Y dice usted que este ingeniero hizo que la Guardia Civil arrestara a Cándido Aguilar hace unas semanas?

—Sí, entre las fechas del primer y el segundo crimen.

—¿No se detuvo a nadie más?

—No, a nadie más. Aunque los motivos de esa detención son más bien difusos; hay diversidad de opiniones sobre el particular. En cualquier caso, yo diría que a este hombre hay que presuponerle ciertas dotes adivinatorias: señaló con el dedo al presunto asesino del agente Chaparro y el sargento Belagua e hizo que lo detuvieran solo unos días antes de que, ya liberado, volviera a matar de nuevo.

—Para que vea usted, cuantísimos problemas nos habríamos ahorrado si lo hubieran hecho confesar aquella vez. Ya que estamos, veré qué puedo averiguar sobre este ingeniero. Nunca está de más poner un ojo sobre los amigos de los poderosos, bien lo sabe usted.

—Me parece buena idea.

—¿Es todo?

—Por mi parte creo que sí. Solo me gustaría remarcar de nuevo mis dudas sobre cómo se está desarrollando este asunto.

—Usted siempre tan suspicaz. No se preocupe tanto y relájese un poco. Por lo que usted dice, el caso está casi solucionado.

—¿Cuándo podré volver a Madrid?

—Mandaré a alguien a buscarlo lo antes posible. Pero no creo que sea antes de la noche. Ya sabe que andamos escasos de recursos.

—Sí, bueno, y me supongo que mi vuelta no es precisamente una de las prioridades de la Brigada. Eso sí, le agradecería que se dieran toda la prisa que puedan... Ah, lo olvidaba, una última cosa: el capitán Cruz no me permite acceder al sospechoso, y quisiera poder interrogarlo personalmente antes de marcharme. ¿Sería posible que usted le hiciera entrar en razón?

—No veo qué interés puede tener usted en hablar con el sospechoso. Ahora que ya ha sido detenido y ha confesado, el caso queda en manos de la Guardia Civil.

—Es solo que me gustaría escuchar de su boca su versión de lo ocurrido.

—Déjese de versiones y hágase a un lado. Ya ha hecho usted suficiente.

—*Susórdenes.*

Colgué el teléfono y suspiré en parte aliviado ante la negativa del comisario, ya que, bien pensado, no tenía necesidad alguna de continuar hundiéndome más en el fango, metafórica y literalmente. Lo más conveniente era largarse cuanto antes y dedicarse a otra cosa. Por ejemplo, a sacar el máximo provecho al ocaso de mi relación con Celia presentándome de madrugada en su apartamento para consolarla tras su cita de esa noche con el marqués.

Con ese pensamiento en la cabeza, me dirigí a la puerta, pero en aquel instante el agente dejó de teclear y se levantó corriendo ruidosamente las patas de la silla sobre los azulejos del suelo.

—Aparecido, espera fuera, y si viene alguien pegas a la puerta —ordenó, igual que si se dirigiera a un chiquillo de seis años—. Quiero hablar con el inspector.

Aparecido, dado que su compañero tenía una graduación similar a la suya y por tanto no tenía autoridad alguna sobre él, más allá que la edad, la experiencia o la mala uva, aguardó mi beneplácito para obedecer.

—Espera fuera, Aparecido, haz el favor —le pedí, y este salió y cerró la puerta a su espalda.

—Al obrero no lo han detenido esta mañana —dijo el agente—. Lo han tenido en el calabozo toda la noche y hace un rato lo han sacado y lo han llevado en el camión hasta la presa para representar la pantomima de que lo han encontrado en el bosque.

Me costó interpretar el significado completo de la revelación del agente, no solo por su contenido, sino también porque, por su tono, más que una confidencia parecía que estuviera profiriendo una amenaza o un ultimátum.

—¿Cómo sé que eso es verdad? —pregunté, al cabo—. Y aunque fuera verdad, ¿por qué iba usted a contarme esto? ¿Por qué iba usted a traicionar la confianza de su capitán?

—Se lo cuento porque es la verdad. Y punto. Ahora, sabiendo la verdad, haga usted lo que le parezca mejor.

El agente regresó a su asiento y reanudó su escritura como si nada. Tras reflexionar unos instantes, me acerqué hasta él y pregunté:

—¿Por qué su capitán querría organizar una cosa así?

—No ha sido idea suya.

—Si no ha sido idea suya, entonces, ¿de quién?

—No lo sé.

—¿No lo sabe o no me lo quiere decir?

—Ya le he dicho suficiente.

—¿Sabe si han obligado al sospechoso a declararse culpable, como hicieron con don Abelardo?

—No lo sé.

—¿Sabe quién mató al capataz de la obra?

—No. Y no me haga más preguntas. No voy a responderle.

El agente calló, y unos segundos después Aparecido golpeó a la puerta para alertar de la llegada de alguien.

—¿Ha hablado ya con su comisario, inspector? —preguntó el capitán, asomándose a la sala, en su cara una sonrisa de oreja a oreja.

—Sí. Me marcho esta noche.

—¿Tan pronto? Vaya, lo lamento. Ya casi me había acostumbrado a verlo a usted por aquí.

—Sí, es una pena. Yo también voy a echarlo a usted de menos.

12

Tras una parca comida en la fonda a base de sopa de pan y huevos duros, seguida de un intento por parte del fondista de sonsacarme información sobre el caso que desbaraté con un escueto «todo solucionado: la cama y la comida corren de su cuenta», me metí en mi habitación y me tumbé en el colchón a esperar que vinieran a buscarme. Me había despedido de Aparecido al abandonar el cuartel y no contaba con volver a verlo en la vida: sorprendentemente, de todos los pensamientos que planearon sobre mí en aquella larga y aburrida tarde de martes, este fue el que más tristeza me produjo, mucho más que el de la posible inocencia del obrero Cándido Aguilar. Esta última posibilidad, más que una tristeza aguda, una tristeza perceptible, me producía una suerte de hastío o abatimiento generalizado, más profundo pero a la vez más lánguido, como un ruido en sordina que no dejara de sonar en mi cabeza. No estaba en mi mano hacer nada por cambiar la situación de Cándido Aguilar, y, aunque lo estuviera, antes de mover un dedo para tratar de ayudarlo debía estar absolutamente seguro de su inocencia. Y no lo estaba. Solo cabía esperar que, si en verdad era inocente, se pudiera demostrar su inocencia antes de que lo ataran al poste y le echaran el grillete al cuello.

Dieron las ocho y las nueve, y a eso de las nueve y media, cuando ya comenzaba a inquietarme porque no viniera nadie a por mí, el fondista llamó a la puerta y me habló desde el otro lado.

—Abajo preguntan por usted, inspector —dijo.

—Ya era hora —murmuré, echándome al hombro el equipaje y saliendo rápidamente al pasillo.

—¿Se marcha usted ya? —preguntó el fondista, señalando el macuto.

—Más tarde o más temprano tenía que ocurrir.

—¿No se queda siquiera a cenar? Mire usted que ya es tarde para irse con el estómago vacío.

—Por mí cenaría antes de irme, pero prefiero no hacer esperar mucho a mi compañero.

—¿Qué compañero?

—El que está abajo esperándome.

—Abajo yo no he visto a ningún forastero.

—¿No dice usted que preguntan por mí?

—Ah, no, perdone que lo haya confundido. Preguntan por usted en el teléfono.

—Vaya, hombre.

Dejé el bolso sobre la cama y bajé las escaleras detrás de mi patrón, quien aprovechó el corto trayecto para rogarme que a mi vuelta difundiera por la capital las bondades de su establecimiento, y, sobre todo, que como favor personal intentara enviarle de la capital algún huésped de renombre del mundo del espectáculo o la política.

—Una foto con uno de esos tiene que subir el caché del local una barbaridad —dijo—. Un hermano mío tiene un bar cerca de Toledo, y una tarde pasó por allí doña Carmen

Polo con todo su séquito y pudo fotografiarse con ella. Desde que tiene la instantánea colgada en el bar, dice que ha doblado la clientela. Y dice también que doña Carmen gana mucho al natural, que en las revistas sale mucho peor de como es en realidad.

—Doña Carmen no tiene nada que envidiar a las chicas esas que sacan medio en pelotas en los almanaques —dije—. Está en su punto justo de madurez.

—Usted se lo toma a cachondeo, pero mi hermano me lo dijo muy en serio.

—Tengo un amigo que trabaja en una óptica, dígale a su hermano que cuando quiera hago que le den cita para una revisión. —Agarré el auricular del teléfono; el fondista continuó su camino hasta la cocina, pregonando aún las supuestas bondades de nuestra primera dama—. Diga, ¿quién es?

—Ernesto, soy yo, Mamen. He llamado al cuartel de la Guardia Civil y me han dado este teléfono.

—Ah, Mamen, dime: ¿te ha dicho el comisario cuánto van a tardar en venir a buscarme?

—Por eso te llamaba. Al final esta noche no va a poder ser. Hasta mañana por la mañana no puede ir nadie a por ti. ¿Tienes dónde quedarte?

Al carajo mi visita sorpresa al piso de Celia, pensé.

—Sí, no te preocupes, tengo una habitación en una fonda.

—Lo siento. Hoy esto ha sido una casa de locos. Más que de costumbre, quiero decir.

—Ya, por aquí la cosa también ha estado revuelta.

—¿Has podido resolver el asunto de ayer, el de las fotografías esas tan horrorosas?

—Sí, ya está resuelto.

—Cuánto me alegro. Hasta mañana entonces.

—Hasta mañana.

Ya que estaba en el teléfono, se me ocurrió que podía hacer la llamada que tenía pendiente a Pepe Castro, aunque a esas alturas careciera de sentido.

—¿Pepe?

—¿Es usted, inspector?

—Sí, soy yo. Te llamo un poco más tarde de lo que acordamos porque me han surgido unos imprevistos. ¿Qué has podido averiguar?

—Le cuento: sobre la empresa esa que me dijo, la ENE-CU o como se diga, nadie sabe nada. Y sobre lo de si hay alguna organización que esté operando en la sierra madrileña, pues lo de siempre: hay algunos anarquistas y comunistas por ahí dispersos en los pueblos, pero nada importante, nada estable. Todo lo gordo está aquí, en Madrid. No sé si con eso le vale.

—Me vale, siempre y cuando me estés diciendo la verdad.

—Yo nunca miento cuando digo la verdad, y ahora le estoy diciendo la verdad. Otra cosa es que me hayan mentido a mí, que de eso no respondo.

—Muy bien, pues mañana o pasado me paso por el bar y te doy lo tuyo. ¿O prefieres que te lo ingrese directamente en el banco, en la cuenta esa donde te guardas las pelas que te sueltan los rojos?

—En esa cuenta no hay un solo duro que no me haya ganado yo con mi trabajo, bien lo sabe usted. Si quiere hágame mejor un cheque al portador y en el hueco del pagador ponga usted «los de la porra». Verá cómo nos reímos.

—Te dejo. Y acuérdate de lo que te dije: esta semana ándate con cuidado, que pintan bastos.

—Sí, ya lo sé. Ayer mismo sus compinches hicieron una redada en una de las casas de Lavapiés y se llevaron a ocho. A la mitad ya los han soltado, pero al que menos le han puesto la cara como un Picasso.

—Pues eso, tú vigila bien con quién te andas estos días. Adiós.

Colgué, y nada más hacerlo sonó el teléfono. En un acto reflejo, levanté el auricular.

—¿Diga?

—¿Ernesto? ¿Eres tú? Soy Celia. He llamado al teléfono que me dijiste y allí y me han dado este número. Has descolgado muy rápido, ¿estabas esperando mi llamada?

—Pues claro. ¿Cumpliste lo que te pedí?

—Creo que sí. Me he inventado que el conde ese por el que me preguntabas era conocido de una amiga mía que quería dar con él para pedirle dinero, y así le he sonsacado al marqués lo que he podido.

—¿Qué te ha dicho?

—No mucho. Lo conocía solo de vista, de habérselo cruzado en alguna fiesta de esas de postín a las que van ellos. Dice que es un tipo muy extraño, que antes venía mucho por Madrid pero que no le consta que haya vuelto a poner un pie en la capital desde que se le muriera la familia hace ya bastantes años, y que por lo visto vive recluido en el pueblo ese que me dijiste...

—Las Angustias.

—Sí, ahí. Y por eso le ha resultado raro lo de mi amiga y he tenido que salir del paso como he podido. Me has hecho pasar un mal rato.

—Ya te compensaré. ¿Te ha dicho algo de sus amistades, de los ambientes en que se movía?

—No, porque ya te digo que no lo conocía apenas. Sí

que me ha dicho que antes, mucho antes, antes de la guerra y la República y todo eso, debía tener cierta influencia con gente importante, pero que ya en los últimos años que iba por Madrid todos le tomaban un poco el pelo, lo invitaban a las cenas y las fiestas para reírse de él, que era un poco como el bufón de todos ellos. Luego, cuando se le murieron la mujer y el hijo, desapareció por completo, y después de todo este tiempo casi nadie lo recuerda ya.

Resumiendo: el tipo estaba más que acabado. Esto era de lo que necesitaba asegurarme, de que tal y como yo había supuesto no se trataba sino de un viejo pavo real olvidado de todos, más inofensivo que una cuchara de palo.

—¿Ya está con esto? —preguntó Celia—. ¿O tengo que seguir preguntando?

—No, no hace falta. Dime, ¿adónde vais al final esta noche?

—A ningún sitio. Al viejo le ha entrado la ciática y está tumbado en la cama, esperando a que venga el doctor.

—Dale recuerdos de mi parte y que se recupere pronto.

—Igual lo hago. Y olvídate de mí hasta que vuelvas a Madrid, haz el favor.

Un deje insólito en la voz de Celia me hizo pensar que el final de nuestra aventura podía estar más cerca de lo que yo creía. Puede que solo fuera mi imaginación, pero me parecía haberla notado algo distante, aunque no sabría explicarlo con exactitud. Me pregunté si no se estaría planteando abandonarme para retomar su relación con el escritor ese con el que había estado engañando al marqués antes de engañarlo conmigo, una amenaza que me venía soltando desde hacía algún tiempo. Por supuesto, yo ya me había ocupado de saber de él: se trataba de un autor de novelas de misterio de a duro en los quioscos que, a pesar de ser un muerto de hambre y un pusilánime, tenía pinta de ser un hombre honesto; más honesto que yo, sin duda. Un hombre que sabría hacerla feliz al menos durante algún tiempo, hasta que ella volviera a aburrirse de él y lo mandara otra vez a paseo.

De cena pedí caldereta de cordero con fondo de pimiento, vino, ajo blanco, y lo que me trajeron fue una caldereta aguada con despojos de guiso de cordero estofado del día anterior, cuyo sabor no pasaba de correcto y en la que, además, los tajos de carne hube de rebuscarlos a conciencia entre la salsa. Pero por fortuna, ni en lo que duró la caldereta, que fue poco, ni durante el posterior copazo de Fundador con que maté el tiempo hasta la hora de acostarme, hube de interactuar con ninguno de los ejemplares de la fauna local reunidos en torno a las mesas para sus sempiternas partidas de mus, por lo que la velada en general pudo calificarse como un éxito. Lo más que hicieron la mayoría de clientes, algunos de los cuales iban ataviados todavía con ropa de campo, fue echarme alguna mirada de soslayo entre jugada y jugada por encima o por entre sus racimos de cartas.

A eso de las once y media o las doce, cuando ya en el comedor solo quedaban los rescoldos de las últimas partidas y la parienta del fondista se afanaba en adecentar la sala antes de echar el cierre, una mujer entró al establecimiento, atrayendo irremediablemente la atención de todos los presentes. Llevaba el mismo abrigo largo y oscuro que la otra vez, pero se había deshecho el moño y su pelo negro y rizado caía en cascada sobre sus hombros. También sus gafas habían desaparecido. Ignorando o desentendiéndose de la expectación que generaba, la mujer se acercó derecha hasta mi mesa y yo me levanté para recibirla.

—Buenas noches, inspector.

—Buenas noches, señorita Carmela.

—Solo he venido a despedirme y a darle las gracias por lo de ayer, por el detalle que tuvo de quedarse conmigo en el coche. De no ser por usted, quién sabe lo que ese hombre hubiera podido hacerme.

—Matarla, eso seguro. Y vaya usted a saber lo que le hubiera hecho antes. Pero no hablemos de eso. Ya es agua pasada.

—Sí, agua pasada gracias a usted, que lo ha podido atrapar.

—Yo he hecho más bien poco, se lo aseguro.

—No se quite mérito.

—No lo hago.

—Lo lamentable es que no haya podido evitar que se cobrara su última víctima.

Apuré las últimas gotas del brandy.

—¿Quiere tomar algo? —ofrecí, sentándome—. Aunque creo que están a punto de cerrar.

—No, gracias. Es muy tarde para mí. Nunca salgo de casa a estas horas.

—Hace usted bien. ¿Un pitillo?

—No sea usted malo. Sabe que estamos en público.

—Sí, lo olvidaba. Siéntese, al menos. ¿Tanta prisa tiene?

—Tengo clase mañana a primera hora. Pero por una noche no pasará nada, ¿verdad?

—No, seguro que no.

La mujer se sentó con las piernas cruzadas hacia fuera de la mesa. Había en su actitud una estudiada mezcla de descaro y sumisión que me descolocaba un tanto, pero que a la vez me excitaba. No había que ser un experto en mujeres para darse cuenta de lo que estaba ocurriendo. Las señales eran tan obvias que aquello excedía por mucho el mero coqueteo y entraba de lleno en el terreno de la provocación. La maestra, por lo visto, había venido con una idea muy clara en la cabeza.

—¿Está usted casado, inspector?

—¿Qué importa eso? —respondí, soltando una carcajada.

—Es por dejar las cosas claras. No quisiera crearle complicaciones. Ya sabe... Que alguien lo vea sentado a solas con una mujer soltera...

—Por mí no se preocupe. Siempre dejo la alianza bajo el felpudo al salir de casa.

—¿Lo dice en serio?

—No. Pero tengo un compañero que lo hace. Además, aunque estuviera casado, solo la he invitado a sentarse. No hay nada pernicioso en ello.

—No, no hay nada pernicioso, pero ya sabe que los ojos miran, las mentes imaginan y las bocas hablan. Pero no es solo por los demás. Tampoco quiero que piense usted mal de mí.

—Para eso igual es tarde.

—Lo que quiero decir es que no suelo actuar así.

—¿Así cómo?

—Digo que soy una mujer decente.

—¿Quién ha dicho lo contrario?

—En este pueblo son todos unos reprimidos.

—Eso ya lo dijo usted ayer, o algo muy parecido.

—Yo siempre he ido un poco por libre, sin atender a lo que dicen unos y otros, pero me cuido mucho de guardar las formas. Si no se hace eso aquí en los pueblos te arriesgas a que te hagan la vida imposible.

—En las ciudades pasa lo mismo.

—¿Siempre ha vivido usted en Madrid?

—Me trasladé allí con trece años. Nací y me crie en un pueblecito de la provincia de Cáceres, pero no he vuelto desde que me marché.

—¿Y eso por qué? ¿Por qué no ha vuelto a su tierra?

—Pues porque no he tenido ni tengo motivos para hacerlo.

—¿No le queda allí ningún familiar?

—Ni allí ni en parte alguna.

—¿No me diga que es usted huérfano?

—Para el caso, sí, lo soy.

—Mejor dejamos el tema, no quisiera incomodarlo.

—De acuerdo.

—Entonces, es usted un urbanita pleno. ¿Nunca se ha planteado dejar la ciudad? No digo para volver a su pueblo, sino para irse a cualquier otro lugar más tranquilo.

—Alguna vez, pero cuando uno se ha cavado una madriguera es difícil abandonarla. Es lo mismo que decía usted anoche, lo de que este sitio es una trampa para moscas. Madrid también es una gran trampa. De allí es sencillo salir, pero siempre acaba uno volviendo, como si te tuvieran atado con una goma. —Describí con mis manos el movimiento de retracción de una goma imaginaria.

—¿Cuántos años tiene usted, inspector?

—¿A qué viene esa pregunta?

—Tengo curiosidad.

—Treinta y cuatro, según mi carné de identidad.

—¿Treinta y cuatro? Yo no le hubiera echado más de treinta. Tiene usted cara de niño.

—¿De niño bueno?

—De niño, en general. Y ahora dígame, ¿cuántos años me pone usted a mí?

—Treinta y cuatro también, ni uno más.

—No se quiera pasar usted de listo, diga un número de verdad.

—Qué sé yo, ¿treinta y ocho?

—El mes que viene hago los cuarenta y cinco.

—Pues también aparenta ser usted más joven. Y no lo digo como un cumplido.

—Mejor, porque no llevo bien los cumplidos.

—¿Seguro que no quiere tomar nada?

La charla se alargó todavía un rato, pero mucho menos de lo que yo había previsto. No habían dado aún las once cuando, para admiración del respetable, la maestra y yo nos levantamos de la mesa y nos dirigimos juntos a mi habitación. No hizo falta que ninguno de los dos articulara explícitamente la propuesta.

—Ayer dijo usted que iba a velar por mi honra, inspector —me recordó ella, subiendo las escaleras tras de mí.

La arrojé dentro de la habitación.

—Más tarde lo arreglaremos.

La noche estaba ya vencida, o eso pensaba yo, cuando, al cabo de unas horas, unos golpes en la puerta me sustrajeron de los brazos de la mujer con la que soñaba y también de los brazos de la mujer que tenía a mi lado.

—¿Quién es? —pregunté, desde la cama.

—Don Emiliano. —En la pecaminosa humedad de la habitación, la voz del sacerdote tronó como la de un demonio—. Perdone que le despierte, inspector, pero se trata de una emergencia.

Me levanté con cuidado de no despertar a la señorita, quien, pese a su insistencia inicial en regresar a casa a dormir, había acabado por quedarse traspuesta entre las sábanas. Al abrir la puerta, cubrí el hueco con mi cuerpo para que el sacerdote no atisbara el interior.

—¿Qué lo trae por aquí a estas horas, padre?

—Mi ahijada quiere confesarle algo... —Su ahijada, Justina, la niña que había venido la mañana anterior en mi busca, estaba escondida entre las dobleces de la sotana de su padrino; al ser nombrada, asomó vergonzosa la cabeza—. Pero antes vístase usted, por favor.

—Sí, disculpe, no me había dado cuenta. —Ya había empaquetado el pijama en la maleta, por lo que me había echado a dormir en calzoncillos, y, aunque recibir en ropa interior y de madrugada a un sacerdote y una niña pequeña no debía ser un pecado mortal, tampoco debía estar muy bien visto por el altísimo.

Cerré la puerta y me puse rápidamente los pantalones, la camisa y los zapatos. El ruido despertó a la señorita Carmela, pero, antes de que dijera nada, la mandé callar con un siseo y, al oído, le expliqué la situación.

—¿Quieres que me esconda debajo de la cama? —me susurró—. Igual si se entera el cura nos excomulga a los dos.

Algo me decía que ella hubiese deseado que el sacerdote entrara en la habitación y la descubriera desnuda bajo las mantas, pero yo, por respeto al religioso y a su religión, preferí evitar el encontronazo. Una vez vestido, salí al pasillo y, con un rápido movimiento, cerré discretamente la puerta tras de mí.

—Hablemos mejor abajo —dije—. Tengo el cuarto muy desordenado.

El comedor estaba vacío y en penumbra, aunque no tuvimos necesidad de encender ninguna lámpara, puesto que varios tramos de la sala quedaban iluminados por la luz del alumbrado público que se colaba por los ventanales; en parte me extrañó, puesto que lo habitual era que en los pueblos cortaran el suministro a medianoche, pero supuse que tendría algo que ver con la construcción de la presa, tal vez el ramal fuera el mismo y no fuera conveniente dejar sin electricidad la obra durante la noche. Desde la cocina se oían unos pasos inquietos, que cabía atribuir a la persona, bien el fondista o bien su mujer, que se hubiera visto obligada a abrir la puerta del establecimiento al sacerdote y su ahijada a aquella hora intempestiva.

—Usted dirá —dije, tomando asiento en un taburete junto a la barra y echando un rápido vistazo al reloj: las cuatro y cuarto.

—Cuéntale —incitó el sacerdote a la menor, que me miró con desconfianza.

—A ver, ¿qué ocurre? —pregunté a la niña, que no se decidía a abrir la boca.

—Cuéntale, anda —insistió el sacerdote—. Tanto miedo y tan poca vergüenza. Parece mentira, con la educación que te hemos dado.

—¿Por qué no me lo explica usted, padre? —dije—. Igual acabamos antes.

El sacerdote se zafó de su bonete, tomó asiento, y resopló con resignación.

—Pues resulta —comenzó— que aquí la niña se ha dejado embaucar por un muchacho del pueblo... Qué digo un muchacho, casi un hombre ya. —El sacerdote hizo una pausa para recriminar a su ahijada con la mirada. Esta bajó la cabeza y soltó un sollozo—. Ese muchacho que le digo se llama José Manuel y es hijo de una mujer con una cierta reputación en el pueblo, una reputación, digamos, no precisamente ejemplar.

—Conozco al chico y a su madre —dije—, hablé con ellos ayer por la mañana por una cuestión relativa a la investigación.

—Bien, si los conoce poco más hay que añadir, ya sabrá usted de sobra el origen de esta reputación. Pues este muchacho, José Manuel, y mi ahijada, no sé cómo decirlo...

—Han mantenido relaciones íntimas —dije, y la niña se agitó como recorrida por un escalofrío.

—Exactamente, relaciones íntimas, eso es —convino el sacerdote, complacido por la expresión—. Unas relaciones íntimas sin consentimiento de las familias, a espaldas de todo el mundo.

La niña rompió a llorar, y el sacerdote la reprendió con un coscorrón en el pescuezo.

—Son cosas de la edad, don Emiliano —tercié, conciliador—. Pero dígame, ¿cuál es la emergencia? ¿No me habrá sacado de la cama solo para contarme esto?

—No, por supuesto que no. La emergencia es que este muchacho ha desaparecido. Ha huido, mejor dicho.

—¿Cómo que ha huido?

—Se ha fugado. Se ha marchado del pueblo. Acabo de estar en su casa y su madre y su tío no saben dónde está. No ha pasado por allí en toda la tarde.

—¿Y por qué iba a marcharse? ¿No le habrá amenazado usted?

—¿Yo, amenazarlo? ¿Cómo se le ocurre? Si ni siquiera he podido verlo aún. No, verá, deje que le cuente: esta tarde, al ir de visita a casa de mi ahijada, su madre me dijo que la niña había llegado y se había encerrado en su habitación, y que la oía llorar desde fuera y no atendía a sus ruegos para que la dejara pasar. Al llegar yo, no le ha quedado más remedio que abrir la puerta, porque a mí no se atrevería nunca a negarme el paso, y entonces la niña me ha explicado la situación: lo suyo con este muchacho, cómo él le había propuesto que se marcharan juntos esa misma mañana, y cómo ante la negativa de ella a acompañarlo, él se había marchado solo igualmente.

—La desaparición de un menor es un asunto grave, pero esto debe usted comunicarlo a la Guardia Civil. ¿Qué quiere que haga yo, que salga a buscarlo por mi cuenta?

—No, no es eso, espere, deje que siga. Esta mañana, como le decía, el muchacho ha discutido con mi ahijada. Él quería que se fueran a vivir juntos al extranjero, como dos amantes de novela barata, pero la niña, que por lo menos en ese momento, ya que no antes, pareció demostrar algo de juicio, lo puso en su sitio y le dijo que no. Fue entonces cuando él se derrumbó y se lo contó todo.

—¿Qué fue lo que le contó?

El sacerdote, al parecer tendiente también al efectismo, como mi comisario, hizo una larga pausa que sobrellevé como buenamente pude.

—Que había sido él quien los había matado a todos —respondió el sacerdote al fin—. Que él era el asesino que usted buscaba.

No pude reprimir una sonrisa. Todo aquello sí que era digno de quedar plasmado en una novela barata. O en un serial radiofónico: próximamente en la SER *Aquí todos mueren*, versión dramatizada y sin cortes publicitarios.

—Dijo que no sabía lo que estaba haciendo —añadió la niña, ya más serena después del coscorrón—. Que los mató en un arrebato de locura. Y que estaba seguro de que lo iban a detener muy pronto, que por eso tenía que irse. Quería que me fuera con él, pero yo no quise.

—¿Por qué estaba seguro de que lo iban a detener? —pregunté a la niña.

—Porque acababa de hablar con usted. Dijo que usted sabía que él era el culpable. Que a usted no había podido engañarlo.

—¿Cómo pudo usted saberlo? —preguntó el sacerdote—. ¿Cómo supo que aquel muchacho era el responsable de las muertes? ¿Y por qué no mandó detenerlo esta misma mañana?

—Yo no sabía nada —respondí—, únicamente le apreté un poco las clavijas a ver si le sacaba algo. Pero no era más que un tiro en el vacío.

—Pues el tiro dio en el blanco, según parece.

—Esperemos a ver si no nos sale al final por la culata. Y dime, niña, ¿a quiénes dijo exactamente José Manuel que había matado?

—A los cuatro —respondió la niña—. A los dos guardiaciviles y don Pascasio y su mujer.

—¿No mencionó al capataz de la presa?

—No. Solo habló de esos cuatro. Yo misma le pregunté por el muerto de la presa, pero dijo que de eso no sabía nada.

—¿Que no sabía nada? ¿Eso te dijo?

—Sí.

—¿Se te ocurre adónde puede haber ido?

—No. Cuando le dije que no iba a irme con él y que no quería verlo nunca más, se hizo un hatillo con ropa y comida y se marchó. Yo intenté agarrarlo para que no se fuera, pero no tuve fuerzas para sujetarlo. Su madre, Merceditas, bajó enseguida al escuchar el forcejeo, pero José Manuel ya se había ido.

—¿Qué hacemos ahora? —preguntó el sacerdote—.

Mañana todo esto se va a saber. ¿Qué hacemos? ¿Qué podemos hacer?

Me levanté del taburete y caminé por el comedor para que el movimiento de las piernas bombeara sangre a mi cabeza. Lo único que me apetecía realmente era volverme a la cama, pero esto quedaba descartado. No habría más descanso en lo que quedaba de noche.

—Llamar a la Guardia Civil —respondí, al cabo—. No podemos hacer otra cosa. Todo esto es un enredo de mil demonios, con perdón, y no veo que esté en mi mano hacer nada para resolverlo.

—Me temía que dijera usted eso —repuso el sacerdote—. Pensé que a lo mejor a usted se le ocurría una solución más discreta. Por eso he venido a verle.

—Pues siento decepcionarle, don Emiliano, pero no creo que haya alternativa. Es más, debería haber puesto todo esto en conocimiento del capitán Cruz en cuanto su ahijada se lo reveló. Hemos perdido ya un tiempo precioso.

—Sí, lo sé. Pero habrá de entender usted que haya tardado tanto en tomar una decisión al respecto. Al final, la mayor perjudicada puede ser ella, Justina, y me encontraba dividido entre el deber de velar por el bienestar de mi ahijada y el deber de colaborar con las autoridades. Supuse que tal vez usted sabría darme una salida intermedia.

—Ya debería saber que en la vida no suele haber salidas intermedias.

—Sí, tiene usted toda la razón. Demos el aviso, pues.

Salimos al pasillo, descolgué el teléfono, y el sacerdote me dictó de memoria el número de la casa cuartel mientras que yo fui girando el disco con el auricular en la oreja. En los pocos segundos que tardaron en responder, se acumularon en mi frente muchos interrogantes.

—¿Sí?

—Soy el inspector Trevejo. Necesito hablar con el capitán Cruz inmediatamente.

—Está durmiendo.

—Despiértelo.

—Está en su casa. No duerme en el cuartel.

—Pues deme el teléfono de su casa.

—No tiene teléfono en su casa.

—Pues mande a buscarlo. Es urgente. Dígale que don Emiliano y yo lo esperamos en la fonda.

Colgué.

—La casa del capitán está aquí mismo —indicó el sacerdote—. Ahorraremos tiempo si vamos nosotros mismos a buscarlo.

—Muy bien, vamos.

Subí a la habitación a recoger mi abrigo y mi sombrero. La señorita Carmela, ante lo prolongado de mi ausencia, se había levantado y había comenzado a vestirse. Atropelladamente, le expliqué qué ocurría y me disculpé de antemano por la espantada.

—¿Tú crees realmente que el Lolo mató a esos hombres? —preguntó, mientras se arreglaba el pelo en el espejo.

—Sinceramente, no lo sé. Tú seguramente conoces al muchacho mejor que yo, de verlo por aquí por el pueblo, ¿a ti qué te parece? ¿Crees que puede haberlo hecho?

—Lo conozco desde que era un niño de teta, y le he dado clase hasta hace muy poco tiempo. A mí siempre me pareció un buen chico. Un poco bruto, pero sin un pelo de tonto.

—¿Crees que no lo hizo, entonces?

—No he dicho eso. A una persona nunca se la termina de conocer. No se puede saber lo que nos pasa a cada momento por la cabeza. Si de verdad lo hizo, habrá que averiguar por qué.

—Sí, pero para eso primero habrá que encontrarlo.

—¿Qué va a pasar con el obrero que arrestaron esta mañana?

—No tengo ni idea.

—¿Pero ha matado a alguien o no?

—Vete tú a saber.

Me despedí de la mujer con un tibio beso en la mejilla mientras ella se calzaba las botas sentada al borde de la cama.

—¿Podré verte antes de que te vayas? —preguntó.

—Aún no sé cuándo podré irme, pero sí, nos veremos.

Regresé al comedor. La niña se había quedado dormida en una silla. Su padrino la contemplaba en silencio desde la barra.

—¿Quién iba a decirlo? —preguntó don Emiliano en voz baja, recolocándose el bonete sobre su calva imprecisa—. Parece que fue ayer cuando podía levantarla con una sola mano, cuando todavía le cambiábamos el pañal a diario, y ahora, mírela usted... ¿Cuándo sucedió todo? ¿Cuándo dejó de ser una niña?

—No creo que haya dejado de serlo —respondí.

—Ha dejado de serlo. Ante dios y ante mí por lo menos.

—No veo por qué.

—Me ha engañado. Nos ha engañado a todos.

—No me parece tan grave.

—Igualmente, va a ir de cabeza a un internado de monjas. Aunque me temo que ya sea tarde para enmendarla...

El sacerdote despertó a la niña que para él no era niña y juntos abandonamos la fonda. Estaba lloviendo a mares, pero por suerte don Emiliano había traído su paraguas. Apiñados los tres bajo la tela negra, tomamos por una callejuela estrecha y empinada que partía desde un lado de la iglesia. En la primera bocacalle, el sacerdote ordenó a su ahijada que volviera a casa, y la niña echó a correr bajo la lluvia, esfumándose casi al instante. El sacerdote y yo continuamos hasta llegar a una vivienda de ladrillo de dos plantas, pintada de blanco y con un pequeño jardín de flores en la entrada.

—Aquí es —dijo el sacerdote, llegándose a la puerta y golpeándola con el puño.

—¿El capitán está casado? —pregunté.

—Lo estuvo. Se le murió la mujer hace ya tiempo. ¿Por qué lo pregunta?

—Llamar a casa de un matrimonio en mitad de la noche puede acarrear algunos inconvenientes.

—¿A qué se refiere?

—Una vez la mujer de un superior nos arrojó desde la ventana un orinal y dos botas de montar cuando nos presentamos en su casa de madrugada para una urgencia. Decía que no eran horas de andar molestando ni aunque se fuese a acabar el mundo.

—Jesús, lo que hay que oír.

El capitán, en camiseta de tirantes, se asomó por una ventana del piso superior.

—¿Quién anda ahí? —gritó—. ¿Quién es?

—Capitán, soy yo, don Emiliano —respondió el sacerdote—. El inspector y yo tenemos que hablar con usted.

—¿Ahora? ¿Saben qué hora es?

—Lo sabemos. Baje, por favor.

—Esperen.

Casi al tiempo que el capitán abría la puerta desde el interior, los faros de un vehículo aparecían por el fondo de la calle. El jeep se detuvo frente a la casa y de él se apearon dos guardiaciviles. Uno de ellos era Aparecido. El otro era un agente al que no recordaba haber visto hasta entonces: tendría alrededor de cuarenta años, era moreno y de piel muy pálida, y llevaba un bigote recortado muy fino que le caía por los bordes de la boca hasta terminar en dos puntas afiladas en torno a la barbilla.

—¿Qué está pasando? —preguntó el capitán al ver el patio de su casa ocupado por los cuatro hombres. No se había puesto nada sobre la camiseta, y bajo las perneras de su pijama azul marino le asomaban los pies descalzos.

Don Emiliano y yo expusimos al capitán lo sucedido. Al finalizar, este guardó silencio unos segundos, para luego preguntar:

—¿Qué pruebas hay de que este crío, José Manuel, haya dicho la verdad?

—Hasta que no demos con él no podremos saberlo con seguridad —respondí.

—Si no he entendido mal, me están pidiendo ustedes que mande a mis hombres al monte en busca de un chiquillo de quince años que se ha largado de casa tras discutir con su novia, ¿es eso?

—No del todo. Sus hombres irían en busca de un muchacho que ha confesado ser responsable de la muerte de cuatro hombres para luego darse a la fuga.

—Corrijo, entonces: quieren ustedes que mande a mis hombres en busca de un chiquillo de quince años que, en un calentón, después de que su novia de trece lo mandara a tomar por saco, con perdón, cuando él le propuso que escaparan juntos, le soltó a la niña que había matado a cuatro hombres, quién sabe si porque verdaderamente lo había hecho, o bien porque quería coaccionarla, asustarla, amenazarla o simplemente burlarse de ella después de que ella lo rechazara. ¿Así mejor?

—A mí también se me había ocurrido que podía tratarse de una trastada —admitió el sacerdote—. Una invención del muchacho para llamar la atención...

—Naturalmente que es una trastada —afirmó el capitán—. Pero lo que me parece del todo inconcebible es que ustedes dos hayan sido capaces de tragarse esa patraña y montar todo este alboroto. Ya son ustedes mayorcitos para tener un poco de sentido común. El responsable de los crímenes fue arrestado ayer por la mañana.

—Eso no es cierto —afirmé, sin levantar mucho la voz, para no provocar en exceso al capitán—, y usted sabe que no lo es. Ese hombre es inocente.

—¿Qué está usted diciendo? Ese hombre, a quien además apuntaban todos los indicios, huyó anoche al bosque, más tarde fue arrestado, y finalmente se ha declarado culpable de haber matado a cinco personas y de haber encabezado a un grupo clandestino de opositores, ¿ya se le ha olvidado todo eso? ¿Cómo puede decir que es inocente?

—También don Abelardo se declaró culpable en su momento, y luego hubo que soltarlo.

—Está usted fuera de sus cabales.

—Es muy posible. Pero eso no cambia nada.

—¿Acaso tiene usted pruebas que demuestren la inocencia de Cándido Aguilar?

—No, no las tengo, pero usted tampoco tiene ninguna que demuestre su culpabilidad.

—Tengo su confesión, y con eso basta.

No valía la pena alargar el enfrentamiento.

—Sea como sea, habría que aclarar todo esto —dije—.

Hay que encontrar a José Manuel e interrogarlo. Y si es verdad que todo es ocurrencia suya, ya se buscará la manera de darle su merecido.

—Lo encontraremos, inspector, lo encontraremos, no lo dude —aseguró el capitán—. Pero tendrá que ser por la mañana. Mis hombres no van a mover un dedo hasta la salida del sol, y para eso todavía queda mucho.

El capitán se despidió de nosotros, ordenó a sus dos hombres que regresaran al cuartel, y cerró la puerta tras de sí.

—No le falta razón al capitán —afirmó don Emiliano—. Quizá sea mejor esperar. Las cosas se ven de otro modo con la luz del día.

—Eso es precisamente lo que me asusta —dije—. Lo que podamos encontrarnos con la luz del día.

Aparecido se acercó a nosotros dos y habló en voz baja, para que no lo oyera el capitán, si acaso se había quedado escuchando al otro lado de la puerta:

—En cuanto dejemos el coche —dijo—, a nosotros dos nos toca salir a patrullar por los caminos de la montaña. Igual quiere usted acompañarnos, inspector. Podríamos aprovechar para darnos una vuelta por algunos lugares donde puede haberse escondido el muchacho.

—No puedo consentir que contravengáis una orden de vuestro capitán —dije.

—No vamos a contravenir nada. Nosotros vamos a patrullar, que es lo que nos toca. Solamente le estoy ofreciendo a usted la posibilidad de acompañarnos.

—¿Qué opina tu compañero?

—Estamos aquí para servir —afirmó el otro guardiacivil, encogiéndose de hombros.

Don Emiliano bendijo, figuradamente, nuestra búsqueda, pero alegó estar ya muy mayor para acompañarnos en nuestro deambular nocturno por el bosque. El descubrimiento de la muerte del señor Santino y la confesión de su ahijada, explicó, eran emociones suficientes en un solo día para alguien de su edad.

—Tengan mucho cuidado —nos rogó, al despedirse—. Las alimañas son más peligrosas cuando se ven acorraladas. —En los labios del sacerdote, la palabra «alimaña» adquirió una consistencia insólita, como un grito surgido del fondo de una caverna. No supe si este apelativo respondía a las supuestas acciones criminales cometidas por el muchacho o al hecho de que el joven hubiera puesto en juego la pureza de su ahijada. Imaginé que tenía que ver más bien con lo segundo, es decir, con las no tan desfasadas nociones de honra y virtud insertas desde hace siglos en el tuétano de la idiosincrasia castellana.

Don Emiliano se marchó con su paraguas calle abajo y nosotros tres montamos en el vehículo, que el compañero de Aparecido, de nombre Gonzalo, condujo hasta el fondo del valle.

13

Dejamos el jeep aparcado junto al puesto de la Guardia Civil en Valrojo, y desde ahí emprendimos la marcha a pie por el monte. Ellos dos, cubiertos con sus capas y sus tricornios, se asemejaban a dos embozados de una comedia de capa y espada, o, vistos desde atrás, a dos torres de ajedrez negras que avanzaran tambaleantes por un tablero inexistente, los cañones de sus mosquetones oscilando de lado a lado con cada uno de sus pasos.

—Vamos primero a la pradera donde el Lolo vigila el ganado por las noches —propuso Aparecido, que, linterna en mano, iba marcando el camino al frente del grupo—. Creo que es un buen sitio para empezar a buscar.

—Me parece bien —dije.

No tardamos en alcanzar la casa de don Abelardo, donde no había una sola luz encendida; don Abelardo se hallaría durmiendo el sueño de la Liga de los Justos.

Dejamos atrás la finca, y poco después llegamos al lugar donde fueron encontrados los cuerpos del agente Chaparro y el sargento Belagua. Nadie comentó nada, no aminoramos el paso.

Más allá de ese punto, la pendiente se volvió más empinada, y tuvimos que ayudarnos de las manos para remontarla. La cubierta vegetal que nos protegía de la lluvia y sobre todo del viento fue despejándose según nos aproximamos a la cima, y una vez allí arriba quedamos totalmente a la intemperie, desprovistos de cualquier cobijo. Caminamos así un buen trecho, por el afilado ángulo formado por las dos caras de la montaña, hasta dar con el sendero que descendía por la ladera opuesta. El sendero bajaba en picado por entre la maleza y las rocas, ya que el bosque era menos denso de aquel lado, y la lluvia caía perpendicular sobre nuestros rostros, por lo que a cada instante corríamos el riesgo de dar un traspié y rodar hasta el fondo del barranco. Al frente brillaban las luces de Las Angustias. El pueblo, posado elegantemente en su loma, distante varios kilómetros, nos sirvió de guía en la maniobra de descenso. Como un faro, nos fue indicando la dirección que tomábamos con cada recodo del camino. Pronto el desnivel fue menos pronunciado, y nos internamos de nuevo en la arboleda. Por fin, llegamos al borde de lo que parecía un extenso llano para el pasto rodeado de una verja de madera de poca altura.

—Esta es la pradera —anunció Aparecido.

—¿Dónde está la cabaña de pastores de la que habló José Manuel? —pregunté.

—Está allá abajo, siguiendo la valla.

—Estad preparados.

Los agentes descolgaron los mosquetones de sus hombros y yo desenfundé mi pistola. Los tres caminamos lentamente siguiendo el cercado hasta llegar a un desvío del sendero en dirección opuesta. Allí, saltamos la verja y nos desplegamos en abanico por la pradera, a escasa distancia uno de otro. Avanzamos hasta avistar la cabaña, una pequeña construcción circular de piedra con tejado de madera y paja.

—Quietos —susurré.

Aparecido apagó la luz y los tres permanecimos inmóviles y en silencio. Escudriñamos la oscuridad en busca de algún movimiento o algún brillo, e intentamos discernir en el crepitar del viento y la lluvia algún sonido sospechoso. Pero no vimos ni oímos nada. Continuamos a tientas hasta la entrada de la cabaña.

—La puerta está cerrada desde fuera —indiqué, retirando la traba de hierro que la bloqueaba.

Aparecido encendió la linterna y echamos un vistazo al interior. Tirados por tierra había hasta seis lechos de paja y algunas mantas y sábanas cubiertas de mugre. En mitad del recinto, bajo una pequeña claraboya en el techo protegida de la lluvia por un panel de madera, había algunas sartenes y ollas, junto a los restos de una hoguera que, a juzgar por la temperatura de las cenizas, había dejado de arder hacía no demasiado rato. Al lado de las cenizas había una lata vacía de queso chédar americano; *donated by the people of the United States of America. Not to be sold or exchanged*, decía el envase.

—Alguien ha estado aquí esta tarde —dije, volteando la lata con la punta del zapato. En su interior, decenas de hormigas y otros insectos saciaban su apetito con las pizcas de queso que no habían sido convenientemente rebañadas.

—A estas horas puede que esté ya muy lejos —indicó Aparecido.

—O puede que no.

En ese instante, Gonzalo, que se había quedado fuera mientras Aparecido y yo realizábamos la inspección, nos llamó a gritos. Los dos nos precipitamos fuera de la cabaña.

—He escuchado algo —dijo el agente, dirigiendo su carabina a las tinieblas—. Ahí delante, no sé lo que era, pero estoy seguro de que lo he escuchado.

Aparecido me lanzó la linterna para echarse él también al hombro su mosquetón. Dirigí la luz en la dirección que apuntaban los cañones de los agentes, pero no alumbré nada, solo hierba y barro.

A muy poca distancia, sin embargo, sonó entonces un rumor casi imperceptible, semejante al roce de una hebilla metálica con el botón de un abrigo, un ruido tan suave que necesariamente lo habríamos pasado por alto de no haber estado pendientes en aquel momento de todo cuanto captaban nuestros oídos.

—¿Qué ha sido eso? —pregunté, virando rápidamente la linterna hacia el lugar del que provenía el sonido.

El haz de luz solo logró captar la sombra de una alpargata de goma estriada elevándose de la tierra, y a continuación oímos el batir furibundo de unos pies sobre la tierra mojada.

—¡Quieto ahí, José Manuel! —grité, precipitándome tras los pasos, sin poder creerme que la historia volviera a repetirse, que de nuevo hubiera de emprender una carrera nocturna por el bosque; sin embargo, esta vez, a diferencia de la anterior, al menos conocía la identidad de la sombra a la que perseguía, y, lo que era todavía más importante, esta vez no corría yo solo tras de ella.

Esto último resultó determinante, puesto que el fugitivo decidió correr cuesta arriba, probablemente con el convencimiento de que sus piernas jóvenes y robustas sacarían de ese modo pronta ventaja a las de sus perseguidores.

Y así habría ocurrido sin duda, de no ser porque Aparecido estaba allí para aguantar cómodamente el envite, al contrario que Gonzalo y yo, que no pudimos seguir el ritmo y enseguida nos quedamos muy rezagados de los otros dos.

Desconozco cuánto tiempo corrimos por el bosque, como también desconozco cómo pude aguantar todo ese tiempo sin que mi cuerpo se colapsara y cayera inerte sobre la tierra. Si al principio pensaba que se trataría de una persecución relativamente corta, igual que la de la noche anterior, no tardé en comprobar que no podía estar más equivocado. Esta segunda persecución fue más bien una prueba de maratón, una competición de resistencia física que se prolongó tanto que por momentos llegué incluso a perder la noción de la realidad, a no saber dónde me encontraba, a sopesar si aquella oscuridad en la que corría no sería sino un período de transición del sueño a la vigilia más largo de lo habitual, si en verdad no me hallaría en ese momento tumbado en la soledad de mi apartamento, a la espera del pleno despertar.

Afortunadamente, los continuos golpes y caídas me traían de vuelta cada vez que mi cabeza vagaba por esos pensamientos. En una de esas caídas perdí la uña del dedo meñique, pero mucho más me dolió perder el sombrero al darme de frente contra la rama de un pino. Aunque pude darme por satisfecho, pues me fue de un centímetro no perder también un ojo.

Cuando ya comenzaba a creer que aquel suplicio no acabaría nunca, un grito de Aparecido nos señaló el fin de la persecución. El fugitivo y él nos habían sacado a Gonzalo y a mí una ventaja más que considerable, y para cuando nosotros dos llegamos hasta la posición de Aparecido —Gonzalo llegó algo más retrasado que yo, he de decirlo—, este se hallaba arrodillado sobre la hierba.

—Nos ha traído de vuelta a la pradera —dijo—. Se ha atrincherado en la cabaña.

Dirigí la linterna al frente y en efecto ahí estaba otra vez la cabaña, con la puerta abierta de par en par. Ignoraba cómo el fugitivo se las había arreglado para orientarse de ese modo en la oscuridad; si es que acaso lo había hecho, y el regreso a la pradera y a la cabaña no había sido meramente fortuito.

—¡José Manuel, no hay escapatoria, entrégate! —grité, y casi no había acabado la frase cuando un estallido acompañado de una fugaz llamarada nos obligó a echarnos a tierra. El fugitivo, sin previo aviso, había abierto fuego sobre nosotros.

En total fueron cuatro los disparos que efectuó, todos muy desviados, aunque cada uno en una dirección distinta y a muy corta altura, lo que indicaba que no habían sido precisamente de advertencia, sino que había tirado con la intención de alcanzarnos.

—¡José Manuel! —grité desde el suelo, enfocando la linterna a la puerta—. ¡Detente antes de que ocurra una desgracia!

—¿Qué más da ya? —respondió el muchacho con voz firme, una voz de hombre, muy distinta a la que le habíamos escuchado el día anterior—. ¡Al que se acerque lo mato! ¡Ya he matado a dos de los vuestros y si hace falta me cargo a otros cuarenta!

Aparecido y Gonzalo respondieron al comentario con una salva de tiros. Las balas rebotaron en la pared de la cabaña, a pocos centímetros del hueco de la puerta.

—¡Quietos, coño! —ordené.

Tuve que aguardar unos segundos a que se disipara el zumbido de los disparos. Los dos agentes aprovecharon para recargar.

—¡José Manuel, no tienes escapatoria! —dije—. ¡Sé razonable! ¡No tiene por qué morir nadie más!

—¡A mí no me lleváis al garrote, cabrones, hijos de puta!

Aunque las maneras eran un tanto toscas, su argumento resultaba inapelable. Si estaba dispuesto a morir, tanto daba hacerlo allí aquella noche que semanas después en un frío sótano de alguna prisión provinciana.

—Vamos a intentar buscar una solución —dije de todas maneras, puesto que era el papel que me tocaba jugar en aquella función—. Para todo hay solución en esta vida.

—Menos para la muerte —respondió el muchacho.

—Menos para la muerte, tienes razón. Pero tú no estás muerto todavía. Vamos a dialogar.

—¿Qué diálogo ni qué ocho cuartos? ¡De aquí me sacan con los pies por delante!

Hubo un largo silencio. El aire a nuestro alrededor se había vuelto casi irrespirable por el humo de los disparos.

—Los tiene bien puestos, el hijoputa —murmuró Aparecido.

—Gonzalo —susurré al agente—, necesito que vaya a buscar ayuda.

—Preferiría quedarme —dijo, con una frialdad inusitada para alguien que acaba de descerrajar una ráfaga de tiros.

—De eso estoy seguro, pero necesitamos refuerzos, esto puede alargarse. Confío en usted, dese prisa.

—Bien, me marcho.

El agente se alejó gateando unos metros y luego echó a correr de vuelta al sendero. Apagué la linterna para no agotar la batería.

—José Manuel —grité—. ¿Puedo hablar contigo?

—Si se acerca, lo mato, inspector —respondió—. Hable desde ahí si quiere.

—¿Por qué lo hiciste? ¿Por qué mataste a esos hombres?

—Eso es lo de menos.

—No, no es lo de menos. Dime por qué lo hiciste y luego veremos cómo lo arreglamos.

—Ya es tarde para arreglarlo.

—Nunca es tarde. Dime, ¿por qué los mataste?

—Porque estoy loco. ¿No se ha dado cuenta todavía? Estoy loco de remate.

—Eso no es cierto.

—¿Qué más da? Lo hecho, hecho está. ¿Qué más da el porqué?

—¿Qué te habían hecho esos hombres?

—A mí, nada.

—Entonces, ¿cuál fue el motivo?

Con cada una de sus palabras, la voz del muchacho se había ido tornando más y más quebrosa.

—¿Tiene un pitillo de esos suyos? —preguntó—. Ya me he fumado los dos que me dio.

—Tengo, pero para dártelo necesito acercarme.

—Acérquese, pero con cuidado.

Encendí la linterna y alumbré la entrada de la cabaña. El muchacho asomó la cabeza.

—Mira, dejo aquí la pistola. —Arrojé el arma al suelo y caminé muy despacio hasta llegar a pocos metros de la puerta.

—Ahí, deténgase. Tíreme el pitillo desde ahí.

Obedecí. El muchacho lo agarró al vuelo y se lo puso en la boca.

—Páseme el mechero.

Se lo pasé, y lo agarró también al vuelo. A continuación se encendió el pitillo con una sola mano; la otra la tenía aferrada al mango de su escopeta, una de las dos Mauser de fabricación gallega arrebatadas al sargento Belagua y al agente Chaparro.

—¿Dónde tienes la otra? —pregunté, señalando el arma.

—Está enterrada.

—¿Y las pistolas?

—Anoche las eché al río. Me había quedado sin munición para ellas. Ayer gasté con usted la que me quedaba.

—Sí, cerca anduviste de volarme la cabeza.

—Fue culpa suya. Usted tiró primero.

—Eso es verdad.

—Si usted no hubiera disparado, yo tampoco lo habría hecho. No quería hacerle daño. No tenía nada contra usted. Tome.

Me lanzó de vuelta el encendedor. Cayó a mis pies, pero no me agaché a recogerlo. El muchacho aspiró profusamente y la punta del cigarrillo chispeó en la penumbra.

—¿Qué te habían hecho ellos, tus cuatro víctimas? —pregunté.

—Nada, ya se lo he dicho.

—Uno no mata a cuatro personas por nada. Y menos de la forma en que tú lo hiciste.

—Usted seguro que ya sabe por qué lo hice.

—No, no lo sé.

—Pero se lo imagina, ¿a que sí?

—Puedo imaginar muchas cosas.

—Diga una.

—¿Fue por tu madre?

—Ya sabía yo que usted lo sabía. Es usted un tipo inteligente.

—¿Qué le habían hecho ellos a tu madre?

—Jodérsela, como todos en el pueblo. Solo que al resto no he podido echarles mano todavía, y me parece que ya no podré hacerlo.

—Tu madre se acuesta con hombres por voluntad propia. Nadie la obliga a hacerlo. Esos hombres pagaron dinero por estar con ella.

—¿Cómo puede decir eso? ¿Cómo va a querer una mujer acostarse con diez hombres cada noche por voluntad propia?

—Sea por voluntad o por necesidad, eso es lo de menos. Esos hombres no forzaron a tu madre. Por más que pueda resultar desagradable, fue un acuerdo entre dos partes, algo legítimo. Ellos solo aceptaron lo que ella les ofrecía. No eran culpables de las circunstancias que hayan llevado a tu madre a dedicarse a esa ocupación.

—Nunca nadie es culpable de nada. Eso me lo dijo Justina una vez hace ya tiempo. Le pedí que fuéramos novios, novios de verdad, formales, y me dijo que no, que nadie podía saber lo nuestro. Le pregunté por qué, y me dijo que porque mi madre era puta. Así, puta, con todas las letras. Le dije que yo no tenía la culpa, y, ¿sabe qué me dijo? Que ella tampoco. Que nadie es culpable de nada, pero que la vida es así.

Al escucharlo, tuve la misma sensación del día anterior: la sensación de que me estaba soltando una lección aprendida. Podía ser que me estuviera mintiendo descaradamente o bien que simplemente estuviera reservándose algo para sí. Pero tampoco es que importara mucho: lo importante era mantenerlo entretenido hasta que llegara el capitán con la tropa.

—José Manuel, me estoy calando aquí fuera, déjame entrar en la cabaña contigo y así podemos hablar más tranquilos.

—¿Está usted desarmado?

—He tirado la pistola, ya lo has visto.

—Bueno, pues entre.

El muchacho se retiró al fondo de la cabaña, desde donde podía mantenerme controlado a punta de escopeta.

—Cierre la puerta —ordenó, una vez estuve dentro.

Cerré la puerta, aunque dejé una pequeña rendija por la que Aparecido pudiera vislumbrar, o al menos escuchar, lo que ocurría dentro.

—¿Cómo va a acabar esto, José Manuel? —pregunté, frotándome las manos para recuperar la sensibilidad en los dedos. Fue entonces cuando reparé en la gravedad del golpe que me había llevado en el meñique: en el lugar donde debía estar la uña, no había sino una oquedad sangrante.

—No sé cómo va a acabar esto —respondió el muchacho, sorbiendo el humo del cigarrillo y recostándose sobre uno de los lechos, dando muestras, por la pesadez de sus movimientos, de estar agotado por la carrera, aunque sin duda no debía estarlo ni la mitad que yo.

Durante la maniobra, la boca del cañón de su arma no se apartó de mi pecho. Cuando estuvo recostado, apoyó la escopeta horizontalmente en su regazo, y, con un gesto, me invitó a ponerme cómodo yo también. Me senté en un lecho frente a él. A la luz de la linterna, aquel espacio cerrado y reducido transmitía una cierta impresión de calidez, aunque lo cierto era que allí dentro, aun liberados del viento y la lluvia, la temperatura era tan baja como en el exterior. O puede que más.

—¿A ti cómo te gustaría que terminara? —pregunté.

—A mí ya me da todo igual.

—Eres muy joven para que te dé todo igual. Deberías intentar salvarte. Si consigues que te declaren una enfermedad mental, por ejemplo, igual te libras de que te ejecuten. Ni siquiera irías a la cárcel. Te mandarían a un manicomio y quién sabe si de aquí a unos años no te soltarían a la calle. Imagina que si en el peor de los casos te tuvieran internado pongamos que veinte años, aun así saldrías con treinta y seis. Seguirías teniendo la vida entera por delante.

—Usted no cree que yo esté enfermo.

—Lo que yo crea es lo de menos.

—¿Piensa que lo harían, que podrían tragarse que estoy mal de la cabeza?

—Puede ser, si hubiera algunos informes que lo avalaran.

—¿Haría usted un informe de esos para mí?

—Sí, por supuesto que lo haría. —En realidad, si había una cosa cierta en aquel caso era que no iba a haber ningún informe por mi parte, al tratarse de una misión de carácter extraordinario, como me había dejado bien claro el comisario la mañana anterior en su despacho—. Pero igualmente tendrás que entregarte y pasar por el especialista para que te evalúe.

—Si me entrego, sus amigos de la Guardia Civil me harán de todo. No creo que llegara vivo al loquero.

—Tú también torturaste a dos de ellos.

—Pero no tengo miedo de lo que vayan a hacerme, no se vaya a pensar que lo tengo. No, me da igual lo que me hagan.

—¿Por qué no te entregas, entonces? Es tu única oportunidad.

—Un hombre tiene que serlo hasta el final. No pienso entregarme.

Me cubrí las piernas con una de las mantas que había tiradas por el suelo, para regocijo de la legión de chinches acuartelada en ella.

—¿Has pensado en cómo se lo va a tomar tu madre, en lo que la vas a hacer sufrir? —pregunté.

—Mi madre está acostumbrada a sufrir.

—Como todas las madres. Pero el sufrimiento de perder a un hijo no es comparable a ningún otro.

—¿Y usted qué sabe? ¿Ha perdido usted un hijo?

—No. Pero mi madre perdió a tres, así que sé de qué hablo.

—Seguro que su madre está muy orgullosa de usted.

—Mi madre murió hace ya mucho.

—Pero si viviera, estaría orgullosa de usted, ¿a que sí?

—Posiblemente.

—¿Y está orgulloso usted de ella?

—Mucho.

—¿Ve? ¿Cómo va a entender nada de lo que le digo?

Ciertamente, no entendía nada de lo que me decía. Aunque era posible que sus palabras pudieran ser materia de reflexión, yo no tenía interés alguno en pararme a reflexionar sobre ellas. Mi único interés era que corriera el reloj.

—Entonces, ¿mataste a esos tres hombres solo porque se habían acostado con tu madre?

—Solo por eso.

—Y a doña Teresa, ¿por qué la mataste?

—Una vez la oí hablar mal de mi madre.

—¿Solo por eso la mataste también?

—La vieja nunca me había caído bien.

—¿Por qué torturaste a los dos guardiaciviles?

—Quería que sintieran en sus carnes las consecuencias de sus actos, que se arrepintieran de verdad de lo que habían hecho. Pero nada más que por ser guardiaciviles ya se merecían todo lo que les hice. Habría que hacerle lo mismo a cada uno de ellos.

—¿Por qué no torturaste a don Pascasio?

—Porque la finca de don Pascasio no era un buen lugar para hacerlo. Con el primero de sus gritos nos hubieran oído los vecinos o cualquiera que pasara por el camino frente a la casa, y también porque había que darse prisa, porque me imaginaba que don Blasín se presentaría allí en cuanto echara a faltar a sus padres.

—Lo tenías todo calculado. ¿Cuánto tiempo tardaste en preparar cada uno de los ataques?

—No mucho. Unos días el primero y una mañana el segundo.

Una a una, iba sacándome con los dedos las chinches que se me introducían bajo la ropa.

—¿Ha matado usted a alguien alguna vez, inspector?

—¿Yo? No, nunca.

—No me mienta. Es usted policía. Ha tenido que matar a muchos.

—Jamás.

—¿Por qué se metió usted a policía?

—Porque no valía para ladrón. Ni para cantante. Ni para político.

El muchacho sonrió y apagó la colilla en la suela de neumático de sus sandalias. No parecía acusar el frío, pese a la desnudez de sus pies y la humedad de su ropa. A mí, en cambio, la tiritera de dedos y labios se me había extendido ya por todo el cuerpo, como el baile de San Vito.

—¿Cómo supo que había sido yo? —preguntó.

—Alguien tenía que haber sido. Tú estabas entre los candidatos.

—Por cierto, no me ha preguntado por el hombre al que encontraron muerto esta mañana.

—¿Fuiste tú?

—No, no fui yo.

—Eso pensaba.

—¿Se sabe ya quién fue?

—Todavía no. Pero lo averiguaremos.

—Yo no me he acercado a ese hombre en la vida. Créame. No sé ni cómo se llamaba.

—No hace falta que insistas.

—¿No tendrá otro cigarro?

—Sí, pero me he dejado el mechero fuera, en el suelo.

La luz de la linterna comenzó a flaquear. La apagué para ahorrar la poca batería que quedara. No hablamos más. La oscuridad nos sumió en un silencio solo interrumpido por toses, estornudos y carraspeos. Los dos teníamos bastante en qué pensar.

Ya iba para una hora larga de espera silenciosa cuando desde afuera nos llegó un difuso murmullo de voces y botas.

—Han venido a por ti —dije—. ¿Y ahora qué?

—Ahora nada. No voy a entregarme.

La voz del capitán Cruz se distinguió enseguida del resto. Le escuchamos pedir explicaciones a Aparecido. No pudimos escuchar la respuesta de este, pero tuvo que ser breve, porque el capitán, dirigiéndose al interior de la cabaña, enseguida gritó:

—Aquí el capitán Angulo Cruz. José Manuel, te exijo que liberes a tu rehén y salgas con las manos en alto.

—No es usted mi rehén, inspector —me aseguró el muchacho—. Salga cuando quiera.

Me levanté a duras penas, puesto que tenía la espalda

agarrotada del frío, y, sin decir una palabra, salí de la cabaña, que se hallaba rodeada por una veintena de agentes armados con carabinas y subfusiles Z-45. Frente a la entrada, a medio centenar de metros, asomando la cabeza desde el interior de una trinchera recién cavada, aguardaba el capitán, acompañado de Aparecido y otros hombres. Caminé hasta ellos. Había dejado de llover, pero las primeras luces del alba, que despuntaban ya por el este, revelaban un cielo cubierto de nubes para el nuevo día.

—¿Por qué entró usted en la cabaña? —me preguntó el capitán, cuando estuve a su lado.

—Pensé que podía convencerle de que se entregara —respondí.

—Si le llega a pasar a usted algo, ¿sabe el embolado en el que nos hubiera metido a todos?

—Lo imagino.

—¿Ha podido convencerlo?

—No. Está decidido a no entregarse.

—Entonces habrá que sacarlo por la fuerza.

El capitán ordenó a sus hombres que prepararan el asalto, un asalto que realmente no sería tal, ya que, teniendo en cuenta las condiciones de la plaza donde se había hecho fuerte el muchacho, la única opción válida para salvaguardar la integridad de los agentes sería bombardear la cabaña y reducirla a escombros con él en el interior. También, por supuesto, estaba la opción de sitiar el lugar y aguardar a que el muchacho, al cabo de unas horas, claudicara vencido por la sed, el hambre, el cansancio o la desesperación. Pero los morteros que varios hombres acarreaban en la retaguardia revelaban que el capitán era partidario de acabar con aquello por la vía rápida.

No hubo tiempo, ni necesidad, sin embargo, de lanzar

el primer obús. Una detonación en el interior de la cabaña nos anunció que José Manuel había optado por concluir él mismo con su encierro. Corrí de vuelta para comprobar si era posible salvarle la vida. Continuaba sentado en el lecho. Los perdigones le habían atravesado limpiamente la cabeza desde la base de la mandíbula hasta la parte superior del cráneo y habían abierto luego un boquete en el techo de paja de la cabaña. La escopeta reposaba humeante a sus pies. El capitán y Aparecido entraron tras de mí.

—Bien, eso que nos ahorramos —se burló el capitán.

Con cuidado de no mancharme, tumbé el cuerpo del muchacho en el lecho e inspeccioné sus bolsillos. Además de unos pocos céntimos y una fotografía autografiada de la ahijada de don Emiliano, encontré una pequeña navaja plegable con virola y rebajo de metal.

—Ahí tiene —dije, entregándosela al capitán—. La hoja coincide con las dimensiones de las marcas en los cuerpos de Belagua y Chaparro. Estoy convencido de que los forenses podrán confirmar que fue el arma que se usó para torturarlos. A falta de confesión, con eso bastará para acusar al muchacho del primer crimen, junto con el mosquetón con el que se ha volado los sesos, perteneciente a uno de ellos. También con estos indicios se le podrá acusar del segundo crimen. Pero de todas formas sería conveniente encontrar la pistola con que mató a don Pascasio y doña Teresa, que según me dijo está en el fondo del río.

—La encontraremos, no se preocupe, la encontraremos —aseguró el capitán, que abandonó la cabaña para comunicar a sus hombres la buena nueva de la muerte del muchacho.

14

Las horas siguientes fueron un caos. La noticia de la muerte de José Manuel se propagó con rapidez, y al lugar de los hechos no tardaron en desplazarse varias docenas de vecinos, la mayoría a pie, pero también algunos en mula, a caballo o en carro, puesto que no había forma de que los vehículos de motor accedieran hasta aquel enclave. Los curiosos, según llegaban, iban amontonándose en corrillos por la pradera y alrededores, y, lo mismo que en una romería, no tardó en elevarse entre los presentes un sentimiento generalizado de alborozo, de jornada festiva. Nadie en el pueblo parecía tener nada mejor que hacer en aquella gris mañana de miércoles. Bien es sabido que no hay misas más concurridas que las de difuntos; algo debe de haber en nuestro carácter que nos impulsa hacia la muerte como moscas a la mierda, una sustancia que, dicho sea de paso, también está instalada en una posición preeminente de nuestro imaginario popular. Por un lado la muerte, la religión y la congoja; por el otro, la danza, lo escatológico y la alegría. Ya con Quevedo quedó todo dicho en su momento.

El capitán Cruz se movía como pez en el agua por la pista de aquel circo improvisado. Zumbaba de un grupo a otro como el protagonista de una fiesta de cumpleaños. Aquel era su triunfo, aquellos que llegaban venían a ser testigos de su gloria. Yo, en cambio, rehuía el contacto de todos, puesto que no tragaba el acoso al que era sometido por parte de aquellos paletos ávidos de satisfacer sus morbosas fantasías. Ni siquiera me quedó el consuelo de la compañía de Aparecido, ya que el capitán Cruz lo envió de vuelta al cuartel a ocuparse de algunas de las infinitas tareas burocráticas a las que la Guardia Civil habría de hacer frente a lo largo de aquella jornada de celebración imprevista.

Serían aún las ocho u ocho recién pasadas cuando un incremento en el volumen de los murmullos entre el gentío precedió a la llegada de la madre y el tío del fallecido. Merceditas, que iba toda de verde y portaba un paraguas gris bajo el brazo, se detuvo a intercambiar unas palabras con el capitán Cruz y con don Emiliano, otro de los personajes allí congregados, antes de arrimarse a la entrada de la cabaña, donde aguardó inmóvil unos minutos, sin llegar a entrar. Le bastó con observar el cuerpo de su hijo desde la distancia, a través de la puerta. Tal vez no quiso entrar al interior para no guardar memoria futura de aquel espacio, donde posiblemente, imaginaba, una parte de ella habría de permanecer para siempre. La mujer y su hermano hubieron de soportar entonces el desfile de conocidos que, con la excusa del pésame, trataron de sonsacarles información sobre lo sucedido. Yo aguardé paciente a que pasaran todos y a que la mujer estuviera sola para abordarla.

—Señorita Mercedes, la acompaño en el sentimiento —dije, y la mujer me miró, me reconoció y se dirigió a mí como lo hubiera hecho a un viejo amigo. Yo no era un amigo suyo, ni viejo ni reciente, pero tampoco lo eran, estaba seguro, ninguno de los que acababan de desfilar ante ella.

—Inspector, ¿es cierto que estuvo usted con él hasta el último momento?

La encantadora y atractiva mujer del día anterior se había tornado en una anciana mustia y precoz. Imaginé que eran las consecuencias lógicas de una noche en blanco en espera de noticias, y se me ocurrió que yo mismo no debía de haber envejecido menos en aquel intervalo.

—Sí, estuve con él hasta el final —respondí.

—¿Por qué lo hizo? Dígame, ¿por qué lo hizo?

—Estaba acorralado. Sabía que sería condenado a muerte y quiso ahorrarse todo el proceso.

—Eso lo entiendo... Pero lo que quiero saber es por qué mató a esos hombres.

—Si no le importa, eso preferiría guardármelo por ahora. No es este el momento ni el lugar. Más adelante hablaremos sobre ello largo y tendido.

—De acuerdo, pero dígame solo una cosa: ¿fue por mí? ¿Lo hizo por mí? ¿Fui yo la causante?

—Sí, fue por usted.

La mujer cerró los ojos y asintió en silencio.

—¿Imaginó alguna vez que su hijo fuera capaz de hacer algo así? —pregunté.

—No, nunca. Era un niño fuerte. Sabía hacerse respetar, pero nunca había sido violento. No estaba en su naturaleza. Él no era así.

—¿Cree que pudo tener algo que ver el hecho de que hubiera comenzado a mantener relaciones con la ahijada de don Emiliano, que eso pudo alterar de algún modo su conducta y llevarlo a actuar de este modo?

—No, claro que no. Lo de mi hijo y la Justina es algo que venía de largo. No sé qué le habrán dicho el cura y la niña, pero ella y mi hijo mantenían relaciones desde hacía mucho tiempo. Hay cosas que a una madre no se le escapan. No eran novios ni pretendían serlo. Sé que mi hijo no la tomaba en serio, y ella a él tampoco. Entre ellos no había amor. Eran solo dos jóvenes con ganas de meterse en un jardín vedado.

—Como todos a esa edad.

—He oído decir que él intentó fugarse ayer con ella: le aseguro a usted que eso es imposible. Mi hijo sabía muy bien cuál era su lugar y, sobre todo, sé muy bien que lo suyo con esa niña era para él un juego.

—¿Insinúa entonces que la niña miente?

—No sé qué pasaría entre ellos ayer por la mañana, solo sé que mi hijo no la quería, y que jamás se habría derrumbado por que ella lo rechazara. Si le contó a la niña lo que había hecho fue porque quiso hacerlo, no porque se hubiera venido abajo por su rechazo, si es que fue ella quien lo rechazó a él y no al revés.

—¿Cree que se lo contó a la niña porque quería que lo descubrieran?

—O puede que no pudiera guardárselo para sí mismo más tiempo, que el peso de haber hecho semejantes atrocidades lo estuviera consumiendo por dentro. No lo sé. Pero no hubo amor de por medio. No había amor entre ellos. Eso es lo que quieren que parezca, pero no es así.

—¿Por qué iban don Emiliano o su ahijada a inventarse algo así, la historia del enamoramiento y la fuga frustrada?

—Vaya usted a saber. Puede que nada más por guardar la cara. Es lo único que les importa, después de todo. Guardar la cara. Mantener las apariencias.

La inoportuna llegada de unas ancianas puso fin a nuestra conversación. Pasados unos minutos, cuando las ancianas se marcharon y nos disponíamos a reanudarla, quien nos lo impidió fue el hermano de la mujer, Rafael, que vino hasta nosotros tras pasar largo rato en el interior de la cabaña llorando el cadáver de su sobrino. El hombre se encontraba en un estado de total abatimiento. De sus ojos, que el día anterior había tomado por los de un desequilibrado, se había evaporado cualquier matiz de locura, y también de altivez o de prepotencia; la tristeza los habían vuelto unos ojos vulgares, pertenecientes a un individuo vulgar, lo que era aquel hombre a fin de cuentas.

—Ayer mi sobrino era el chico más honrado, más trabajador y más recto de todo el pueblo —masculló, entre sollozos—, y hoy me entero de que en realidad era un disoluto y un asesino, y además un suicida, al que no voy a poder siquiera enterrar junto a sus abuelos. ¿Cómo puede ser esto? ¿Qué es esta pesadilla? —Había en su voz un deje de declamación teatral barroca, como un actor que recitara un soliloquio en una comedia lopesca. No es que sus lamentos sonaran fingidos o exagerados; antes al contrario, parecían surgir del fondo mismo de su alma pueblerina.

—Don Rafael, su sobrino en el fondo tenía buen corazón —repuse—. Estoy convencido de ello.

Inesperadamente, el hombre me abrazó, y mantuvo el abrazo durante tanto tiempo que llegué a sentirme incómodo. Merceditas observó impasible el abrazo, y cuando estuvo deshecho, la pareja de hermanos se retiró a un extremo de la pradera en busca de intimidad para su duelo.

Cerca ya de las diez de la mañana, apareció por la pradera la tríada compuesta por el juez Sagunto, el doctor Martín y del alcalde don Blas. Los tres se reunieron inmediatamente con el capitán Cruz, y a mí no me quedó más remedio que unirme a la camarilla. A ella pronto se incorporó también, cómo no, el bueno de don Emiliano, quien, por descontado, había puesto mucho cuidado en que su ahijada no se dejara ver por el lugar aquella mañana.

—¿Qué tenía este crío en contra de mis padres? —preguntó don Blas, señalando con la cabeza en dirección a la cabaña, a cuyo interior no se había dignado asomarse.

—Aún está por determinar —respondió el capitán, a quien yo había advertido previamente que era conveniente no airear por el momento el supuesto motivo por el que José Manuel había cometido los crímenes: las relaciones sexuales de tres de las víctimas con la madre del muchacho, advertencia esta que el capitán había considerado justa a sabiendas de la polvareda que un descubrimiento así podía provocar entre algunos vecinos, sin ir más lejos, en el mismo don Blas—. Pero lo importante es que esta vez no hay duda de que todo ha acabado. Tenemos pruebas para afirmar categóricamente que el muchacho fue el responsable de las cuatro muertes.

—¿Y qué ocurre con el capataz de la obra? ¿A ese quién lo mató?

—Por el momento, no hay nada que nos haga pensar que el asesino sea otro que el sospechoso que detuvimos ayer, el obrero Cándido Aguilar.

—O sea, a ver si me entero: me está diciendo que teníamos en el pueblo a dos asesinos actuando cada uno por su lado.

—Eso parece, aunque aún está por ver eso de que cada uno actuara por su lado. Yo estoy convencido de que el muchacho actuó instigado por Cándido Aguilar y por el grupo de izquierdistas radicales al que este lideraba, con independencia de las razones personales subyacentes que pudiera tener el propio José Manuel para atentar contra las víctimas.

El capitán era un hombre de verbo denso, y don Blas necesitó unos segundos para absorber el significado de cada palabra.

—Me va a perdonar usted, pero sigo sin entenderlo —desistió don Blas finalmente.

—Es muy simple —respondió el capitán—: imagine usted que Cándido Aguilar y sus seguidores, al poco de llegar al pueblo, conocieran de la existencia de un joven como José Manuel, un joven que por una causa u otra albergara un fuerte sentimiento de antipatía hacia ciertos individuos de la zona que, por su cargo o condición, resultaran igualmente execrables para este obrero y su grupo. Nada más fácil para estos que captar a ese joven en su órbita y exhortarlo a que dé rienda suelta a sus pasiones, con las consecuencias que conocemos.

—Todo eso está muy bien —replicó el alcalde, aún visiblemente abrumado por el despliegue dialéctico del capitán—, pero sigo sin comprender qué podía tener ese chico contra mis padres.

—Ya le he dicho que ese es un aspecto que todavía está por aclarar. Lo mismo que el de la conexión entre el obrero y el muchacho.

—¿Qué conexión?

—La conexión primigenia entre Cándido Aguilar y su grupo con el muchacho, la manera en que estos sujetos entraron en contacto con José Manuel para poder embaucarlo, y, más aún, la manera en que pudieron saber del resentimiento del muchacho hacia sus futuras víctimas. Llevo toda la mañana dándole vueltas a esta cuestión, pero, por fortuna, creo haberla resuelto.

—Diga, ¿cuál es esa conexión? —intervino el juez—. No nos deje usted con la miel en los labios.

—La conexión es don Abelardo Gómez —respondió el capitán, después de un intencionado lapso de silencio para acrecentar la expectación—. Es la pieza que falta en el rompecabezas. Sabemos a ciencia cierta que el viejo comunista y el muchacho eran uña y carne, que habían compartido largas horas de confesiones en la residencia del anciano. Imaginen de nuevo: un grupo obrero clandestino con intenciones violentas se instala en la región, ¿qué es lo primero que hacen sus miembros? Lógicamente, buscar elementos afines entre los autóctonos, buscar contactos que conozcan el terreno y les ayuden a llevar a cabo sus planes. ¿A quién encuentran? Al único elemento que hay, el único que se deja encontrar, que no se esconde: don Abelardo Gómez. Pero don Abelardo está ya demasiado mayor para unirse a su causa, demasiado mayor para colaborar con ellos en las horrendas salvajadas que pretenden llevar a cabo, amparados en el desconocimiento que las autoridades locales tienen de su existencia. Don Abelardo está demasiado mayor, pero no lo está, en cambio, su joven camarada, José Manuel, el muchacho con el que tanto ha departido en los últimos meses, su protegido, como si dijéramos, a quien oportunamente lleva meses lavando la cabeza con sus peroratas comunistas.

—Es una hipótesis golosa —admitió el juez—, pero también podría ser que los primeros cuatro asesinatos no tuvieran nada que ver con el del señor Santino, que la coincidencia en el tiempo y el espacio de este último con los anteriores no fuera sino fruto del azar.

—Podría ser, sí, pero los que nos dedicamos a esto de la investigación criminal no creemos en el azar, ¿verdad, inspector?

Asentí con total convicción, puesto que estaba totalmente convencido de que de ningún modo podría alguien elucubrar azarosamente semejante sarta de sandeces como la que había hilvanado el capitán: eran necesarias además altas dosis de astucia, malicia y desvergüenza. ¿Acaso el capitán había olvidado que yo sabía que Cándido Aguilar no era responsable de nada, que su arresto e inculpación habían sido urdidas quién sabía por quién y con qué propósito? No, no podía haberlo olvidado, era solo que le traía sin cuidado lo que yo supiera o dejara de saber. El capitán era consciente de que tenía la sartén por el mango, de que podía conducir el proceso en la dirección que creyera conveniente para que este se ajustara a sus intereses. Y ninguno de los allí presentes, incluido yo, yo menos que nadie, estábamos en condiciones de impedírselo. Pero lo peor de todo era que yo, después de lo vivido en el último día y medio, estaba dispuesto a permitir que el capitán se saliera con la suya. ¿Qué me importaba a mí que un obrero inocente fuera a ser condenado, o que un puñado de obreros inocentes fuera a ser condenado, o que don Abelardo fuera a ser condenado, o que un capitán de la Guardia Civil hubiera orquestado una conspiración para el desmantelamiento de un inexistente grupo obrero, o que el capataz de aquella presa de los cojones hubiera aparecido colgado del cuello a no sé cuántos metros del suelo, y que su asesino o sus asesinos continuaran en libertad, o que ese asesino o asesinos vistieran tal vez capa y tricornio? ¿Qué me importaba a mí todo eso? O, mejor dicho, ¿a quién le importaba lo que todo eso me importara o me dejara de importar? ¿Acaso había alguna diferencia?

El capitán Cruz trazó entonces un plan de actuación para las próximas horas y días, un plan en el cual yo, por razones obvias, no jugaba ningún papel. El plan, que el capitán aderezó con marcial gesticulación, se resumía en los siguientes puntos: primero, inspeccionar el bosque y la ribera del río en busca de las dos pistolas y la carabina que aún no habían aparecido; segundo, interrogar a fondo —a fondo— al obrero Cándido Aguilar para que ampliara o modificara su confesión del día anterior a la luz de los nuevos descubrimientos, determinando exactamente el grado de participación de José Manuel Campillo en los hechos y obteniendo los nombres de sus camaradas en el grupo obrero; tercero, interrogar a fondo —a fondo— a los familiares de José Manuel Campillo; cuarto, interrogar a fondo —a fondo— a don Abelardo Gómez; quinto, proceder al arresto de todos los componentes de Acción Obrera Revolucionaria; sexto, interrogar a fondo —a fondo— a todos los componentes de este grupo; séptimo, interrogar —no tan a fondo— a María Justa de los Ángeles Castaño, ahijada de don Emiliano; octavo, aguardar los resultados de las autopsias de los cuerpos del señor Santino y de José Manuel Campillo y contrastar estos datos con los obtenidos en los interrogatorios a testigos y sospechosos; noveno, dilucidar los puntos oscuros y redactar los informes finales con los resultados obtenidos de todas las diligencias anteriores; décimo, sacar pecho a ver si con algo de suerte se dejara caer alguna condecoración oficial.

Una vez expuesto el plan de actuación, que el capitán, obviamente, expuso de un modo muy distinto a como yo lo acabo de sintetizar, con mucha mayor profusión y valiéndose de innumerables eufemismos y rodeos, la conversación derivó a otros derroteros, y poco después, cerca ya de las doce, la inminencia de la lluvia dispersó nuestro corrillo y provocó una espantada general del público. Para cuando cayeron las primeras gotas, no quedaba en la pradera más que una veintena de personas, entre ellas, por supuesto, la madre y el tío de José Manuel, además del juez y el capitán, quienes esperarían la llegada del juez titular y el equipo forense para efectuar el levantamiento del cuerpo. El grueso de los vecinos, entre ellos el doctor Martín y don Emiliano, se había marchado ya, conformando una especie de procesión laica por el sendero de vuelta al pueblo, el regreso al hogar después de una mañana de romería deslucida por la lluvia.

Yo, por mi parte, aguanté lo justo para mantener una nueva conversación con el capitán Cruz, de la que no saqué en claro otra cosa que lo que ya se ha dicho: para él, Cándido Aguilar era el responsable material de al menos una muerte, la del señor Santino, y muy probablemente cómplice en el resto de crímenes; Cándido Aguilar era el cabecilla de un grupo obrero clandestino, cuyos miembros muy probablemente tuvieron una participación activa en estos actos criminales; José Manuel Campillo era culpable de al menos cuatro muertes; José Manuel Campillo había actuado muy probablemente instigado por el grupo obrero encabezado por Cándido Aguilar; don Abelardo Gómez conocía la existencia de este grupo y muy probablemente había colaborado con el cabecilla del mismo o sus miembros para la planificación, o incluso, quién sabe, quizá para la ejecución de sus actos criminales.

—Mis hombres me comunican que hay un coche esperándolo en la puerta del cuartel —me anunció el capitán, minutos después de nuestra conversación, tras responder a una llamada por uno de los radioteléfonos.

—En tal caso, yo también me voy —dije—. Aquí ya no pinto nada.

El capitán Cruz me despidió con un saludo castrense algo cínico y regresó al cobijo de la carpa —no hay circo sin carpa— que sus hombres acababan de levantar junto a la cabaña.

15

Mi vuelta en solitario hasta el pueblo fue menos dramática de lo que había imaginado. Cierto es que hube de remontar la cuesta hasta la cima del monte, que la lluvia no amainó un solo instante durante el trayecto, que acabé cubierto de barro hasta las cejas, y que los golpes y heridas producto de la carrera de la noche anterior, especialmente la uña del meñique de mi mano derecha, una vez fríos, me provocaron un indecible sufrimiento. Pero a aquellas alturas de la película todo esto no eran sino futesas. A aquellas alturas ya había hecho callo contra el agua, el fango y los dolores. No me sentía tanto un ser humano como la sombra de un ser humano, una sombra de mí mismo. En varias ocasiones fantaseé con la posibilidad de matarme o extraviarme en aquellas soledades, en aquel paraje perdido de la sierra madrileña en aquel mediodía de aquel mes de enero hoy ya tan lejano. ¿Quién habría llorado mi pérdida si algo me hubiera ocurrido? Nadie, menos que nadie. Pero esas fantasías mortecinas fueron pasajeras. La mayor parte del tiempo la ocupé pensando en la precipitada resolución del caso; en la destartalada resolución del caso, mejor dicho. En eso, y en las piernas de la señorita Carmela, de quien esperaba poder despedirme antes de mi regreso a Madrid.

Tardé unos cuarenta minutos en alcanzar el puesto de la Guardia Civil en Valrojo. Al pasar por delante de la vivienda de don Abelardo tuve la tentación de prevenirlo de su próxima detención, pero logré resistirla.

Ya en el puesto, pude descansar un rato mientras aguardaba la llegada del jeep enviado en mi busca desde la casa cuartel de Las Angustias. En cuanto estuvimos en el pueblo, pedí al conductor del jeep, uno de los agentes que había tomado parte en el malogrado asalto a la cabaña de pastores, que me dejara en la fonda y que avisara a quien hubieran mandado a por mí desde la capital que fuera allí a recogerme.

El fondista, nada más verme, saltó de la barra para estrecharme la mano. Era la una y media de la tarde, la fonda estaba hasta los topes, y el gesto del fondista no pasó inadvertido a los comensales, quienes, admirados por tamaña demostración de efusividad, preguntaron por ella al responsable. El fondista, ni corto ni perezoso, se arrancó entonces con un discurso laudatorio hacia mi persona, donde llegó a calificarme como el más sagaz y más discreto detective del país —dijo «discreto», como podía haber dicho «flor y nata de la andante criminología»—. Yo insistí en que mi intervención en el desarrollo de los acontecimientos había sido más bien exigua, pero el fondista no aprobó mis argumentos e instó a sus huéspedes a iniciar una salva de vítores en mi honor que, afortunadamente, por pereza de los asistentes, no se llegó a materializar.

—Prométame —me rogó el fondista— que volverá usted en primavera. Entonces podrá apreciar la belleza de la comarca en todo su esplendor.

—Lo intentaré. ¿Le importa que use de nuevo el teléfono?

—Faltaría más.

Llamé al despacho del comisario, pero no obtuve respuesta. Era la hora de comer. Subí entonces a mi habitación y, tras acicalarme rápidamente y cambiarme de ropa —la del día anterior aún estaba húmeda, pero mejor húmeda que empapada—, volví a bajar, ya con el bolso del hombro, y marqué de nuevo. Esta vez el comisario respondió enseguida.

—¿Diga?

—¿Comisario? Aquí Trevejo.

—¿Trevejo? Me cago en todo, Trevejo. ¿Sabe usted la mañana que me ha hecho pasar? Este despacho parecía una centralita de teléfonos.

—Lo imagino. ¿Está al corriente de todo, entonces?

—Lo estoy. Ha hecho usted un trabajo bárbaro.

Estaba convencido de que los labios del comisario nunca antes habían pronunciado la palabra «bárbaro» en aquel sentido. En ellos, la palabra sonó impostada, carente de contenido.

—Gracias —repuse.

—¿Ha llegado ya el coche?

—Sí, debe de estar esperándome en la puerta.

—No le noto muy satisfecho. ¿Qué le ocurre?

—Ha sido una noche larga.

—Ya me lo supongo. ¿Es verdad que se metió usted en la cueva con el sospechoso?

—No era una cueva. Era una cabaña de pastores.

—Lo que sea. ¿Es verdad que lo hizo?

—Sí.

—¿Y entró usted desarmado?

—Desarmado.

—Los tiene usted bien puestos, desde luego. Si fueran otras las circunstancias, le propondría para que le concedieran otra medalla. Pero no va a ser posible, ya sabe, por la especial naturaleza de esta investigación.

—Me hago cargo. Dígame, ¿ha podido obtener información sobre el grupo del que le hablé, Acción Obrera Revolucionaria?

—No, no he averiguado nada. Y eso que he vareado duro a mis contactos en el sur. Debe tratarse de un grupo muy reducido.

—Es posible.

—¿Usted qué piensa?

—Tanto da.

—¿No cree que este grupo sea el responsable de los crímenes?

—Ya veremos.

—¿Y Cándido Aguilar? ¿Lo cree usted responsable del último crimen, el del capataz de la obra?

—Tengo mis dudas.

—Pues ya sabe qué hacer con ellas.

—Lo sé.

—Usted ya ha cumplido con su parte. Ahora deje que la Guardia Civil y la Justicia se encarguen de todo.

—¿Ha vuelto a hablar con don Marcos Sorrigueta?

—No. Llamé otra vez a su despacho, pero no estaba. Y no he querido insistir, porque me ha dicho un pajarito que don Marcos está muy disgustado con este tema y que es mejor dejarlo para más adelante, cuando el polvo esté más asentado. No quiere que todo esto acabe dañando a su compañía o a alguno de sus socios. Y yo lo que no quiero es que nos acabe dañando a nosotros.

—Me parece bien.

—Por cierto, aunque ya carece de cualquier relevancia, sepa que he logrado averiguar alguna cosilla sobre ese ingeniero del que me habló la última vez, ese Leissner o como se diga.

—¿Qué ha averiguado?

—Según parece, es un personaje bien conocido en Madrid, aunque bastante esquivo. Quiero decir que está bien relacionado, pero que no es precisamente lo que se dice muy sociable. Cuando está por la capital se queda en una vivienda en Aravaca propiedad de su amigo don Marcos, de quien dicen es inseparable, si bien tiene su residencia habitual en Barcelona.

—¿Barcelona?

—Sí, Barcelona, aunque solo pasa allí algunas temporadas al año. También me he enterado de algunos de los rumores que corren sobre su pasado, aunque no sabría decirle si pueden tener algún fundamento. Me han comentado que hay quienes piensan que no es en realidad austríaco, sino alemán, y que se vino a España tras la caída del Tercer Reich al amparo de don Marcos. Otros piensan que sí que es austríaco, pero que aun así colaboró con los alemanes durante la ocupación de su país y que por ese motivo tuvo que exiliarse.

—Sí, algo así he oído yo también.

—Ya le digo que no sé hasta qué punto todo esto puede ser cierto. Para corroborar algo así debería consultar con la Embajada alemana e iniciar una investigación mucho más seria, pero como no hay necesidad alguna de hacerlo, deberemos quedarnos con la intriga.

—Eso parece.

—Bueno, vuelva cuanto antes, que le estaré aquí esperando para felicitarle en persona.

—A la orden.

Devolví el auricular a su clavija, y al girarme hallé los ojos negros de la señorita Carmela a escasos centímetros de mi cara.

—¿Me estaba usted espiando? —pregunté.

—Más o menos. ¿Se iba usted ya?

—Dentro de poco, sí.

—¿Se iba a marchar sin despedirse?

—Confiaba en encontrarla de camino al coche.

—¿Dónde está su coche?

—En la puerta.

—Es usted muy confiado, entonces.

—Ya ve. Pero puedo sacar tiempo para invitarla a una copa, si quiere.

—Qué menos que eso.

Los clientes del salón se volvieron hacia nosotros como girasoles al sol de junio. Entre ellos, de pie junto a la barra, había uno cuya apariencia resultaba tan disonante en aquel lugar o más que la mía propia. Tenía alrededor de treinta años, pelo oscuro, ojos verdes, fino bigote recortado a tijera, y vestía un traje marrón, una camisa granate y una corbata verde. De su axila izquierda sobresalía el bulto de un arma de fuego.

—¿A ti te ha tocado la china, Bustos? —pregunté, llegándome a su lado.

—¿Es que lo dudabas?

Mi sorpresa fue burdamente fingida. Carlos Bustos, además de ser el polluelo de la Brigada —más joven que yo por solo tres años—, era también sobrino carnal del comisario, y por estos dos motivos, sobre todo por el segundo, siempre recaían sobre él tareas de apoyo o asistencia como aquella, más apropiadas para funcionarios de rango inferior que para un inspector de primera como él. Su tío se preocupaba mucho por mantenerlo alejado del peligro, y sobre todo del fracaso. Llegada la ocasión, sin embargo, el comisario sabría cómo arreglárselas para encumbrarlo, y tal vez, quién sabe, incluso para cederle su puesto, tan codiciado por muchos en Jefatura.

—¿Traes mucha prisa? —pregunté.

Bustos observó de arriba abajo a mi bella acompañante.

—Ninguna —respondió, encendiéndose uno de sus cigarrillos americanos. Bustos, originario de una familia acomodada de la capital, siempre tuvo cierta tendencia al dandismo. Jamás se le había visto fumar tabaco de liar como al resto.

—Entonces voy a despedirme de la señorita.

—Haz lo que te parezca. Pero tampoco me tengas aquí todo el día, que este sitio me huele raro, como a estiércol.

—Te hace mal salir de la ciudad, no estás hecho al aire puro del campo.

—Será eso.

Pedí al fondista una infusión para la mujer y una cerveza para mí y nos acomodamos en una de las mesas libres, en un rincón del comedor.

—Ya me he enterado de lo ocurrido anoche —dijo ella, vertiendo azúcar en su menta poleo—. Fue usted muy valiente.

—No fue para tanto.

—No sabe cuantísimo lamento que todo haya acabado así. Quería mucho a ese muchacho, al Lolo. Como ayer le dije, fue alumno mío hasta hace no muchos años, y no fue uno de los peores. Hubiera podido llegar a ser algo en la vida de haber tenido tesón y un poquito de suerte. Pero con todo lo que dicen que ha hecho... Mejor así, ¿verdad? Ha ahorrado mucho sufrimiento a su familia y a él mismo, ¿no le parece?

—Sí, eso seguro. Aunque a mí personalmente el suicidio se me antoja la salida fácil.

—¿Qué hubiera hecho usted en su lugar?

—No lo sé, pero si le soy sincero hasta cierto punto me habría gustado que el muchacho aguantara un poco más, no sé, que hubiera vendido más cara su vida. Que se hubiese marchado por la puerta grande, no sé si me entiende.

—¿Incluso a costa de haber quitado la vida a más personas?

—No, por supuesto que no. Es solo que, bueno, cuando hay un conflicto a muchos nos gusta ponernos de parte del más débil.

—¿Aunque esa parte débil sea la que haya provocado el conflicto?

—Incluso así, sí.

—¿Aunque una de las partes haya quebrantado la ley?

—También, ¿por qué no? Los malos también tienen derecho a defender su postura, y a matar y que los maten por defenderla.

—Esa es una visión muy romántica de la vida, romántica en el sentido literario del término, ya sabe.

—Algo de eso hay, supongo. Pero a la hora de la verdad, siempre estaré del lado que me corresponda, no vaya usted a pensar. Quiero decir que yo mismo habría dado muerte a José Manuel de haber tenido oportunidad, para evitar que pudiera causar más daño.

—O sea, que está usted a favor de los indios pero se pone al frente de la caballería, ¿no es eso?

—Es una forma de verlo.

—¿Es usted creyente?

—A veces me da por rezar. Solo a veces.

—¿A él le dio por rezar? ¿Llegó a arrepentirse? ¿Buscó la salvación de su alma y todas esas majaderías?

—No. Lamentablemente murió en pecado.

—Como los auténticos donjuanes, como los de Tirso y Espronceda.

—Ahí se nota que es usted maestra. Yo solo conozco al otro, al del Tenorio. Lo leí de chico, pero ya casi no me acuerdo.

—Dígame, ¿el Lolo le dijo a usted por qué lo hizo? ¿Por qué mató a esos hombres?

—No. Se llevó sus razones consigo.

La mujer sacudió la cabeza como si aprobara la actitud del muchacho. Yo me hinqué de un solo trago más de la mitad de la cerveza. Cayó en mi estómago vacío como si me cayera un cubito de hielo por el interior de la camiseta.

—Ese crío siempre fue un poco así —dijo ella—. Reservado para sus cosas. Alguna vez, cuando lo tenía en la escuela, llegué a plantearme si no tendría algún retraso mental. No es que no fuera inteligente, ya le he dicho que lo era, y mucho, pero le costaba relacionarse con los demás, abrirse... Era distinto al resto.

—Sí, distinto era, de eso no hay duda.

—Pero no hablemos más de este tema.

—¿De qué quiere que hablemos, entonces?

—De nosotros.

La mujer colocó discretamente su mano sobre la mía.

—No es un tema muy allá —dije.

—¿Piensa usted volver?

—¿Adónde?

—A este pueblo, ¿dónde va a ser?

—El dueño de la fonda me ha invitado a hacerlo en primavera.

—En primavera todo esto se ve muy diferente.

—Sí, la primavera lo cambia siempre todo.

—¿Piensa volver, entonces?

—Aún no lo sé.

—Me gustaría volver a verlo.

—Señorita Carmela, no sé si debo decírselo, pero no estoy seguro de haberme portado como un caballero con usted.

—Mejor, porque no me gustan los caballeros.

—¿Por qué no viene usted a Madrid en alguna ocasión?

—¿Yo, a Madrid? ¿A verlo a usted?

—¿Por qué no? Puedo llevarla a un par de sitios interesantes.

—Me lo pensaré.

—Pero no quisiera que lo tomara como lo que no es.

—Lo tomaré como usted quiera que lo tome.

—¿Le gusta a usted el cine?

—Prefiero el teatro, ya sabe, con los donjuanes y todo eso.

—La llevaré al cine. El teatro me da sueño.

—Como guste.

La cháchara continuó mientras duró la paciencia de mi compañero de Brigada, algo así como una media hora. Al cabo de ese tiempo, Bustos se acercó hasta la mesa y con un carraspeo me indicó que había llegado la hora de marcharnos. Me despedí de la señorita Carmela con un apretón de manos. Ella quedó en su asiento, con la infusión intacta sobre la mesa y una sonrisa ladina en el rostro.

—¿Quién era la hembra? —me preguntó Bustos, ya fuera del local.

—Nadie —respondí—. Una testigo.

—Pues está como para darle un buen tiento.

—Desnuda gana mucho.

—Tú siempre con tus guasas. ¿Dónde te has dejado el sombrero?

—Lo he perdido.

—Pues mejor, porque era más feo que un gorgojo. Y te quedaba grande. Te hacía pinta de seta.

—Ya, pero yo le tenía cariño.

El vehículo que el comisario había puesto a disposición de su sobrino era el suyo propio, un Nash americano de 1948 color verde esmeralda. Guardé el equipaje en el maletero, montamos y abandonamos el pueblo.

Mientras bajábamos la cuesta hasta el fondo del valle, Bustos se ocupó de ponerme al día de los últimos chismes de Jefatura. Cuando ya nos disponíamos a cruzar el puente sobre el arroyo de la Umbre hasta Valrojo, le pedí que redujera.

—¿Por qué? ¿Qué pasa? —preguntó.

—¿Te importa que hagamos una parada corta?

—¿Para qué?

—Quiero despedirme de alguien.

—Bueno, pero que sea rápido, que a este paso llegamos a las tantas.

—Gira aquí a la izquierda.

El trasiego de vehículos del día anterior y la persistencia de la lluvia habían tornado el camino de acceso a la presa en un auténtico cenagal.

—¿Por dónde nos has metido? —preguntó Bustos—. Como le pase algo al coche, mi tío nos mata.

—Es aquí mismo.

La visión del colosal muro de hormigón encajado entre las dos laderas de la garganta fue lo suficientemente impresionante para que Bustos cesara en su protesta. Atravesamos el campamento de barracas acompañados, al igual que la otra vez, de una cohorte infantil que no se disgregó hasta que Bustos detuvo el vehículo frente a la oficina del ingeniero jefe. Alertado por el alboroto del motor y los niños, este salió inmediatamente a nuestro encuentro.

—Buenas tardes, inspector —saludó el ingeniero, quien nada más poner un pie fuera de su caseta se calzó su consabido sombrero negro de copa—. No me esperaba verlo otra vez por aquí. ¿Quién es su amigo?

—Un compañero de Madrid —respondí—. Íbamos ya de vuelta para la capital, pero no me ha parecido correcto marcharme sin decirle adiós.

—Es usted muy amable, pero no tenía que haberse molestado.

—No es ninguna molestia. Solo espero no haberle interrumpido en su trabajo.

—Por eso no se preocupe, no creo que su visita vaya a suponer una gran pérdida de tiempo por mi parte. En general, entre el trajín de los últimos días y la desorganización por la ausencia del señor Santino, no estamos siendo lo que se dice muy productivos, y yo he de admitir que soy el primero que tiene la cabeza en otra parte. Con todo lo que nos queda todavía por pasar, ya sabe usted que la burocracia es una máquina que avanza muy lenta, será una suerte si podemos acabar la obra para finales de este año, como habíamos previsto.

—Imagino entonces que el señor Sorrigueta estará bastante disgustado.

—He hablado con él hace unos minutos, y no está precisamente satisfecho. Solo quiere que todo esto acabe cuanto antes.

—No es para menos. ¿Sabe ya cuántos de sus hombres están implicados? ¿Cuántos van a llevarse detenidos?

—Según el capitán, entre diez y quince. Puede que más. Aunque ya estamos buscándoles reemplazo.

—¿Más andaluces?

—No, gallegos. Son gente más taimada y más formal. ¿Usted qué tal se encuentra, por cierto? Me han comentado que sufrió otro percance esta mañana.

—No ha sido nada grave.

—Pues por lo que yo he oído, la cosa ha tenido que ser bastante espectacular. Está usted en todas. Como siga así no va a llegar a viejo.

—¿Conocía usted al muchacho, a José Manuel?

—He oído hablar mucho de su madre. A él nada más lo había visto por el pueblo alguna vez. ¿Por qué lo pregunta?

—El capitán piensa que pudo estar conchabado con ellos, ya sabe, que actuara como un miembro más del grupo obrero, siguiendo las órdenes de Cándido Aguilar.

—Sí, también a mí me ha llegado esa información. Pero, si le soy sincero, he de decir que jamás vi al muchacho con los trabajadores. Además, aunque lo hubiera visto, ¿quién habría imaginado lo que podían traerse entre manos?

—Y sin embargo usted lo imaginaba, ¿verdad? No digo lo de José Manuel, sino lo de que entre sus trabajadores se escondiera gente de esta calaña. A usted nada de esto le ha pillado por sorpresa, ¿no es cierto?

—¿Por qué piensa usted eso?

—Porque, casualmente, pude intercambiar unas palabras con Cándido Aguilar la otra tarde cuando estuve aquí, y no me pareció que lo tuviera a usted en buena estima. Ahora creo que este rencor provenía del hecho de que lo veía a usted como una amenaza, quizá porque sabía que usted barruntaba algo de lo que estaba pasando. Sin ir más lejos, aquella misma tarde usted me retuvo para hablar conmigo en privado y hacerme partícipe de su preocupación por que alguno de sus obreros pudiera tener algo que ver con los crímenes, ¿no se acuerda?

—Bueno, yo entonces no es que tuviera ninguna certeza, pero sí que albergaba alguna sospecha, no se lo voy a negar. Por algún motivo todo este asunto de los crímenes me daba mala espina. Era como si en el fondo supiera que estaba relacionado conmigo, aunque ignorara de qué manera.

—¿Y no llegó a pensar en ningún momento que estas sospechas podían haberle convertido en un blanco para sus obreros, que podían haber atentado contra usted igual que lo hicieron contra su capataz? ¿No llegó a pensar que su vida podía estar en riesgo?

—Pues no, no lo había pensado. Verdaderamente, jamás hubiera podido adivinar la magnitud de todo cuanto ha salido a la luz en estos dos días... Perdonen que no les he ofrecido nada, ¿quieren entrar dentro a tomar un café o una copa?

—No, gracias. Nos vamos ya. Solo una cosa más: ¿sabe si se han llevado ya a la mujer de Cándido Aguilar para interrogarla?

—No, todavía no. Está en su caseta, custodiada por un agente. El capitán Cruz me ha informado de que en cualquier momento mandará que vengan a buscarla.

—¿Me daría usted su permiso para que hablara con ella unos minutos?

—Por mi parte no habría ningún problema, pero como comprenderá no depende de mí concederle ese permiso, sino del capitán. Si quiere, puede llamar por teléfono y preguntarle a él directamente.

—No será necesario. Es solo que me picaba la curiosidad por conocerla y saber algo más sobre la vida de este obrero, pero no quisiera importunar al capitán con mis caprichos. Y menos hoy, que debe de estar hasta arriba de trabajo. Mejor nos vamos ya para Madrid.

El ingeniero nos tendió una de sus enormes manos. Yo se la estreché primero y Bustos lo hizo a continuación.

—Espero que volvamos a encontrarnos en otro lugar y por otros motivos, inspector.

—Yo también lo espero —mentí—. Que nos encontremos por ejemplo paseando una tarde por las Ramblas, y compartamos un vermú a la orilla del mar, ¿le parece?

—Vaya, las Ramblas... ¿Quién se lo ha dicho?

—¿Lo de que reside usted en Barcelona? Bueno, me lo ha soltado un pajarito.

—Yo no soy mucho de pasear por la orilla del mar, ya sabe, por aquello de no ponerme como un cangrejo, como les ocurre a los turistas europeos que en estos años empiezan a llegar en manada, pero si se pasa alguna vez por la ciudad, con gusto lo invitaré a cenar. Ahora mismo no sabría decirle cuál es mi teléfono de allí, pero si quiere puedo entrar un momento a buscarlo.

—No hará falta, si alguna vez lo necesito no creo que tenga problema en averiguarlo.

—Claro, olvidaba que es su oficio averiguar cosas.

—Sí, y además para eso está la guía de teléfonos.

Regresamos al coche. Antes de que Bustos abriera la boca, quizá para interrogarme sobre la identidad de aquel sujeto o sobre alguno de los pormenores del caso, un caso por el que hasta ese momento él no había mostrado interés alguno, le pedí que condujera hasta la salida del campamento y, una vez allí, estacionara en un recodo del camino.

—¿Y eso por qué? —preguntó—. ¿Por qué no nos vamos de una vez?

—Necesito hablar con esa mujer, como sea.

—¿La mujer del obrero, la del asesino?

—Sí, esa.

—¿Para qué?

—Para atar algunos cabos.

—¿Para atar algunos cabos? ¿Y eso qué significa?

—Hazme el favor, anda.

Bustos cumplió mis indicaciones y detuvo el vehículo a pocos metros de la salida de la obra.

—Espérame aquí —dije—. Vuelvo en diez minutos.

Salí del coche y caminé furtivamente por entre las pilas de materiales y las barracas, tratando de no ser visto por ninguno de los habitantes del campamento. Solo advirtieron mi presencia un par de niños en los que no reparé a tiempo porque se hallaban jugando a las canicas tirados en el suelo, debajo de la pala levantada de una excavadora Caterpillar que les servía de cubierta para el agua. Aunque no me prestaron apenas atención, concentrados como estaban en su juego.

La puerta de la caseta donde retenían a la mujer estaba vigilada por un guardiacivil con el que, por fortuna, no había coincidido hasta entonces, y que, por tanto, no habría de reconocerme. El agente, que bordeaba peligrosamente la ancianidad, fumaba distraído sentado en una banqueta, bajo el faldón del tejado de la caseta.

—Buenas tardes —saludé, acercándome con naturalidad.

—¿Quién es usted? —preguntó el agente desde su asiento, observándome de arriba abajo sin demasiada curiosidad—. ¿Qué desea?

—Vengo a hablar con la señora.

—¿De parte de quién?

—De su capitán.

—Tengo órdenes de no dejar pasar a nadie.

Llegué hasta la puerta y descorrí el cerrojo.

—Ande, corra al teléfono y llámelo si quiere —dije, girando la cerradura—. Disculpe, pero tengo prisa. —El agente se encogió de hombros y bostezó, quedándosele el veguero prendido de la sequedad del labio superior.

El interior de la barraca estaba conformado por una sola estancia de unos pocos metros cuadrados. Desde el umbral, escudriñé la penumbra en busca de algún movimiento, puesto que en aquella tarde gris el tragaluz del techo apenas si merecía tal nombre. Lo hallé, el movimiento, en uno de los cuatro catres que ocupaban el cuarto, hasta el que me aproximé con cuidado de no golpear ninguno de los útiles de aseo y de cocina desparramados por el suelo. Por entre las mantas del catre asomaba la cabeza de una niña de unos doce años, que, como si de la de una hidra se tratara, enseguida se desdobló en otras dos testas, una de ellas la de una niña algo menor, de unos diez, y la otra la de una mujer adulta. A causa de la falta de luz, tardé unos segundos en identificar plenamente los rasgos de cada uno de los rostros. Al hacerlo descubrí que solo el de la mujer adulta me era desconocido, no así los de las niñas. Eran las dos chiquillas que había visto a la puerta de la caseta del niño enfermo que a esas alturas ya debía haber pasado a mejor vida —Andresito creía haber oído que se llamaba—, la mayor de ellas la que sostenía en sus brazos el cuerpo demacrado de la otra, sonrientes entonces las dos lo mismo que sonreían ambas en ese instante.

—¿Quién es? —preguntó la cabeza mediana de la criatura tricéfala oculta bajo las sábanas.

—Soy el inspector Trevejo —respondí, dirigiéndome a la cabeza adulta, que en realidad no era sino la de otra chiquilla no mucho mayor, de entre veinticinco y treinta años, morena de piel y de rasgos agitanados—. ¿Es usted la esposa de don Cándido Aguilar?

—Sí, soy yo. ¿Qué quiere de mí? —respondió la mujer, sin erguirse ni destaparse, mostrando unas encías grises y huecas quizá por una infección de juventud.

—Dígame su nombre, por favor.

—Felisa, Felisa Centeno.

—Encantado de conocerla, Felisa —dije, sonriendo y tomando asiento en el borde de otro de los catres—. ¿Son estas sus hijas?

—Sí. Tomasa y Elvira —respondió la mujer, y las cabezas de las niñas asintieron mansamente; la menor, Elvira, incluso me saludó sacando afuera un brazo delgado como una caña de maíz y agitando sus dedos blancos y descarnados—. ¿Qué es lo que quiere?

—Será cosa de un momento. ¿Fuma usted?

—No, no fumo. Antes fumaba, pero lo dejé por ellas dos. Pero fume usted si quiere.

—No, gracias, puedo esperar a que acabemos.

—¿A qué ha venido?

—Solo quería conocerla y saber qué piensa usted sobre todo lo que ha pasado.

—¿Cómo que qué pienso? ¿Qué quiere decir?

—¿Me permite serle sincero?

—¿Cómo que si se lo permito?

—Voy a hablarle claro. Digamos que yo personalmente albergo serias dudas acerca de la culpabilidad de su marido, y quisiera saber si usted comparte esas dudas.

La mujer me observó como si no acabara de comprender mis palabras. Aun así respondió:

—Yo no tengo ninguna duda. Sé que mi marido no ha hecho nada de lo que dicen que ha hecho.

—¿Por qué lo sabe?

—Porque es mi marido.

—Si es por eso, muchas mujeres no conocen del todo a sus maridos...

—Yo al mío sí.

La mujer se incorporó en el lecho dejando al descubierto su cuerpo y los cuerpos de sus hijas. Si el de la menor, Elvira, no era más que un esqueleto recubierto de pellejo casi traslúcido, los de la hermana y la madre tampoco es que anduvieran sobrados de carnes: no se adivinaban más que ángulos entre los pliegues de los tres vestidos blancos remendados que llevaban cada una de ellas. Las niñas reptaron entonces hasta refugiarse de nuevo en las sábanas, junto a las piernas de Felisa.

—Mi marido nunca ha sabido mantenerla dentro de los pantalones —aseguró la mujer a viva voz, sin cuidado de que la oyeran las pequeñas, a las que escuché reírse por lo bajo disimuladamente, no supe si por el comentario de su madre o porque las dos hubieran iniciado un juego secreto entre hermanas—. Esa es su debilidad, y por ahí le han venido siempre todos los problemas. Mi marido no es un comunista ni un asesino ni nada de lo que dicen. Lo que sí es, aparte de un mujeriego, es un descerebrado. Un completo descerebrado. Le han puesto el queso en el hocico y se ha dejado atrapar como un imbécil. Eso si no ha estado él de acuerdo en dejarse atrapar, que no me extrañaría nada.

—¿Cómo es eso? ¿Por qué se iba a dejar atrapar?

—¿Conoce usted a la maestra esa que viene por aquí de vez en cuando a dar clase a los niños?

—¿La señorita Carmela? Sí, la conozco, ¿por qué lo pregunta?

—Si la conoce, ya sabrá usted que es una mujer de costumbres, digamos, licenciosas...

—Sí, lo sé. —«Demasiado lo sé», estuve tentado de añadir.

—Pues esta mujer, esta señorita, como usted dice, aunque a mí se me ocurría algún otro nombre más apropiado para llamarla, se entendía con mi marido.

—Cuando dice usted que se entendía, ¿se refiere a que mantenían una relación amorosa?

—Sí, a eso me refiero, ¿a qué voy a referirme si no?

A pesar de la gravedad de la confidencia, no había verdadera rabia ni amargura en la voz de la mujer, sino más bien hartazgo, y algo de satisfacción, incluso, posiblemente porque yo debía de ser la primera persona a la que desvelaba esta información. Una información que no me sorprendió tanto como cabría suponer, y no solo porque me resultara verosímil que la señorita Carmela hubiera podido mantener una relación con un hombre casado, sino porque, a causa de mi oficio y el lugar donde lo ejercía, estaba muy concienciado de lo poco que tenía que ver nuestro país de cintura para abajo con esa España que desde algunos medios se nos pretendía pintar, el faro espiritual de la cristiandad en el mundo y esas mandangas. Había conocido suficientes casos de adulterio y de índoles tan distintas —muchos desgraciadamente concluidos en tragedia, claro está, de ahí mi acercamiento profesional a ellos— que a esas alturas ya no estaba seguro de que hubiera alguno que pudiera resultarme realmente asombroso.

—Esta relación entre su marido y la maestra, ¿sabe si fue una relación estable, o se trató de algo pasajero?

—¿Estable? Con esa mujer no existe nada que sea estable. Ahí es donde está la gracia. Mi marido no fue nada más que uno de tantos. Casi cada semana la vemos cambiar de hombre, más de lo que otras nos cambiamos de ropa. Y sin esconderse apenas, paseando con ellos a plena luz, solo por el placer de provocar por un lado a los hombres que ha dejado atrás y por otro a los que aún no han caído en su red. Y también, claro, por provocarnos a todas nosotras, a las que nos conducimos por la vida con un poco de dignidad y vergüenza.

—¿Sabe si la señorita Carmela obtiene rendimientos económicos de estas relaciones?

—¿Me está preguntando si es puta? Pues no, no ha cobrado nunca nada, que sepamos. Lo hace porque puede y porque le da la gana, nada más que por eso. Que todavía si lo hiciera para ganarse unos duros tendría perdón, que la vida nos puede colocar a cualquiera en una situación donde no nos quede otra que dedicarnos a lo que sea para salir adelante. Pero no es este el caso de esa mujer, se lo puedo asegurar. Lo suyo es puro vicio.

—Ya, todo esto es muy interesante —era ciertamente interesante, pero no era menos cierto que no tenía tiempo para ahondar en ello, ya que los hombres del capitán podían aparecer en cualquier momento—, pero dígame, ¿qué tiene que ver este asunto con la detención de su marido?

—Pues tiene que ver con todo. Le he dado muchas vueltas, y al final lo he visto claro, porque, aparte de mi marido y otra docena de obreros, ¿sabe quién más mantuvo en su momento relaciones con esta mujer?

—¿Quién?

—El capataz de la obra.

—¿El señor Santino?

—El mismo, que en paz esté. Él fue uno de los últimos. No hará ni dos meses que los vimos dirigirse juntos al interior del bosque. Bueno, no fueron juntos, sino cada uno a un tiempo, ella primero y el otro poco después, para que no resultara tan descarado, que este es el procedimiento que ella acostumbra a usar. Aunque no a todos se los lleva al bosque, que eso depende del hombre con el que esté. Así, por ejemplo, ha habido uno al que nunca se ha llevado al bosque, precisamente el último con el que mantuvo relaciones antes de hacerlo con mi marido, con el que por cierto tengo la certeza de que estuvo no hace ni cinco días.

—¿Su marido estuvo con la señorita Carmela hace cinco días?

—Sí, hace cuatro o cinco días fue la última vez. Lo que no sé exactamente es cuándo fue la primera, pero tampoco es que importe demasiado.

—¿Y quién es este hombre que estuvo con la señorita antes de que ella estuviera con su marido, el hombre al que no se llevaba al bosque?

—Estoy segura de que ya se lo imaginará usted.

—Lo imagino, sí, pero quiero estar seguro.

—Pues es él, no lo dude: el ingeniero jefe en persona, el alemán, Herr Guillermo o como se diga. Él fue uno de los que más tiempo estuvo enredado con ella, aunque se comenta por ahí que lo suyo no acabó del todo bien.

—¿Por qué se comenta eso?

—Porque los oyeron discutir una noche a la puerta de su oficina. Se dijeron de todo, al parecer.

—¿Y por qué discutieron?

—Ahí ya no sabría decirle, pero es fácil adivinarlo.

—¿Él la quería solo para él?

—Seguramente, pero ella ya estaría habituada a estar con unos y con otros y no estaría dispuesta a comprometerse con nadie. Y él pues estaría lo que se dice encoñado con ella, con perdón de la palabra.

—Perdonada, pero sigo sin entender qué tiene esto que ver con la detención de su marido.

—Mire, es muy sencillo, póngase usted en su posición, en la del ingeniero.

—¿Cómo que en su posición?

—Sí, hágase a la idea de que usted es él, y dígame qué haría si se quedara prendado de una mujer como esta de la que hablamos, a la que ya han catado buena parte de sus subalternos.

—No haría nada. Aguantar las mofas, supongo. Y soltar algún guantazo si fuese menester.

—Eso lo haría usted, que es cristiano y español. Pero póngase como le digo en la posición del otro, del alemán. ¿Sabe usted quién dicen que fue? ¿Lo que dicen que hizo en su país cuando la guerra entre los alemanes y los americanos?

—No creo que todo eso sean más que habladurías.

—Eso es porque no lo conoce lo bastante. Si lo conociera daría por ciertas todas esas historias, y aun algunas peores, no le quepa duda.

—De acuerdo, pero dígame, ¿qué cree usted que haría este hombre en esa situación?

—Pues lo que ha hecho. Lo que ha hecho, ni más ni menos.

—¿Qué cree usted que ha hecho?

—Pues matar a uno y conseguir que encierren al resto. Aprovechar la situación para quitarse de en medio a todos los que anduvieron con la mujer para tener vía libre o solo para desagraviarse, eso ya no sabría decirlo. Y todo esto con la ayuda de su compinche el capitán y quién sabe cuántos más.

—Esta es una acusación muy grave. ¿Tiene alguna prueba que la respalde?

—¿Yo, pruebas? Usted me ha dicho que quería mi opinión, y yo se la he dado. Cuando vengan a por mí sus compañeros de la Guardia Civil diré que sí a todo y me haré la tonta. Con algo de suerte saldré bien parada de esta. Todavía soy joven y tengo dos manos para trabajar.

—Antes ha dicho usted que su marido ha podido estar de acuerdo en dejarse atrapar, ¿por qué iba a estar de acuerdo en algo así? ¿Qué puede ganar él con todo esto? Como mínimo le caerá la perpetua, ¿por qué alguien iba a aceptar de buena gana una condena de este tipo?

—Eso se lo tendría que preguntar a él. Pero me imagino que le habrán amenazado. O que algo le habrán ofrecido. Igual soltarlo de aquí a unos años con unos miles de duros en el bolsillo, vaya usted a saber. Yo lo único que le digo es que él ya sabía lo que le iba a pasar. Anteayer por la tarde se despidió de mí y de las niñas como si no fuera a volver a vernos. Y en verdad no creo que lo volvamos a ver, o lo que es yo por lo menos no voy a hacer por volver a verlo.

—¿No le preocupa el futuro de su marido?

—Mire usted, mi marido me preñó de la primera cuando yo tenía quince años, y me tuve que quedar a su lado porque mi padre no quiso saber nada de mí ni de la niña y alguien tenía que mantenernos. Luego llegó la otra, Elvira, que ya ve usted en qué estado nos llegó, y con ella llegó también el hambre, porque los pocos ahorros que teníamos los tuvimos que dejar en médicos, y tuvimos que empeñar lo poco que teníamos y a mí me tocó hasta andar pidiendo limosna en las iglesias con una en brazos y la otra en una cesta. Fuimos de un lado a otro según a él le iba saliendo trabajo, siempre con lo justo para vivir, hasta que el año pasado a él le salió esto de la obra e hicimos las maletas con las cuatro cosas que nos quedaban para venirnos. Esto no es el paraíso, pero tampoco se está tan mal como parece. Por lo menos tenemos para comer, no pasamos frío, y a la Elvira el médico la viene a examinar de vez en cuando. Estamos aquí mucho mejor de como estábamos abajo en nuestra tierra. Pero ahora él se mete en este lío y esto ya se nos acabó. Créame usted, bastante tengo yo con preocuparme por el futuro de ellas dos y por el mío propio como para preocuparme también por el de él. Si él se hubiera preocupado un poquito, solo un poquito siquiera, por nosotras tres, habría tenido más cuidado con lo que hacía. Aunque no haya matado a nadie, con nosotras se ha comportado como un irresponsable, y yo por mi parte no tengo intención ni motivos para perdonarlo.

—La entiendo —dije, echando una ojeada a mi reloj: habían pasado los diez minutos—. Disculpe, pero tengo que irme. Ha sido un placer.

—Por favor, dígales que sean clementes conmigo, que yo no tengo nada que ver con todo este embrollo. ¿Hará usted eso por mí?

—Sí, por supuesto.

Salí fuera y me despedí del anciano guardiacivil con una palmada en el hombro. La lluvia arreciaba, así que apreté hasta llegar al automóvil, donde Bustos se entretenía intentando capturar palabras en el zumbido de la radio.

—En los anuncios te dicen que son de máximo alcance —dijo, girando las manecillas del aparato, una Skreibson último modelo—. Y una porra. Aquí no se oye nada. ¿Ya has acabado? ¿Podemos irnos?

—Sí, ya está todo.

Ya estaba todo. Antes de las tres entrábamos en la Puerta del Sol, y antes de las cuatro yo ya había recibido la felicitación personal del comisario Rejas y ya había devorado un cartucho de calamares fritos en El Brillante, justo premio a tantos sufrimientos como había padecido en los dos últimos días. Ya estaba todo, y esa misma noche la pasé con la marquesita en su apartamento, y a la mañana siguiente desayuné en el Fortuna como de costumbre, y a las ocho menos cinco entraba a Jefatura con la firme intención de no volver a pensar en aquella aventura de la que milagrosamente tan bien parado había salido.

16

Pero no estaba todo, claro que no. No estaba todo, y yo sabía que no estaba todo. Aquello no podía acabar así, no debía acabar así. Pero, ¿qué podía hacer yo para remediarlo?

Una mañana, a finales de aquel mes de enero, me dio por tomar la pluma y comenzar a escribir. Habría querido plasmar sobre el papel todo lo ocurrido, sin prescindir de ningún detalle. Recoger allí lo que no iba a recogerse en ninguna otra parte, lo que fue realmente. Pero lo dejé al tercer párrafo. Ni yo estaba dotado con el don de la escritura ni tampoco hubiera sabido qué hacer con el manuscrito una vez terminado.

¿Qué alternativa me quedaba, entonces? Ninguna. Desentenderme del asunto tanto como fuese buenamente posible, continuar como si nada, como de costumbre, como si aquello no hubiera sido sino un mal sueño, o no tan malo, por lo menos para mí, según se mire. Continuar soportando ese picor en la nuca que venía arrastrando desde hacía años, un picor o malestar sin origen preciso, pero que algo tenía que ver no ya con la manera en que se había resuelto aquel caso, sino con la manera misma de resolverlo todo, el desajuste, la incomodidad, la desazón, el conocer y desear no conocer que algo no funciona, que aquí hay algo que no funciona pero que es más conveniente callar, asentir, obedecer, y esperar a que vengan mejor dadas para levantar la voz tímidamente y proponer un cambio, y mientras el cambio llega saber adaptarse, camuflarse, sobrevivir, aguantar el tipo en espera de tiempos más propicios, no quitarse la careta ni siquiera para dormir, o todavía mejor, no dormirse nunca, por más que a menudo convenga hacerse el dormido para que no lo incordien a uno en exceso.

Desentenderse del asunto no resultó difícil, puesto que en la prensa el caso quedó despachado con una pequeña nota en la sección de sucesos de las principales cabeceras del país, firmada por la agencia CIFRA y publicada aproximadamente un mes después de mi viaje. El título anunciaba: «La Guardia Civil detiene a los componentes de Acción Obrera Revolucionaria», y a continuación el subtítulo añadía: «El grupo, de filiación izquierdista y compuesto por una docena de obreros de origen andaluz, es responsable de actividades subversivas de diversa naturaleza en varios municipios cercanos a Madrid.» En el subsiguiente cuerpo de la noticia se citaban los nombres de los arrestados, con Cándido Aguilar Moreno a la cabeza. Del resto de nombres, solo dos me resultaron conocidos. Uno era Cosme Román Serrano, alias *el Baenero*; el otro era José Manuel Campillo Luna. A este último no habían tenido reparos en citarlo como a uno más de los componentes del grupo, sin distinguirlo de los demás mencionando siquiera su edad, su procedencia, o su reciente fallecimiento. Nada se explicaba en la nota sobre la «diversa naturaleza» de las «actividades subversivas» llevadas a cabo por el grupo, ni se citaba el nombre de la comarca o los municipios donde se habían efectuado los arrestos, ni el de la compañía hidroeléctrica para la que trabajaban los obreros, ni mucho menos el del director general de esta compañía. Tampoco se citaba el nombre del capitán que había ordenado la operación, ni, por fortuna para ella, se citaba el nombre de la mujer de Cándido Aguilar. Tampoco, por supuesto, se citaba mi nombre. Era aquel un texto vacío de contenido, apenas veinte líneas huecas que suponían el cierre definitivo a un caso que, con fortuna, perviviría algún tiempo en la memoria de unos pocos, incluido yo, pero que más pronto que tarde sería relegado por todos al olvido más absoluto, desvaneciéndose como si nunca hubiese ocurrido, dejando tras de sí tan solo un leve rastro de tinta en las hemerotecas que nadie se ocuparía jamás de seguir.

En el momento de la publicación de la nota de prensa me hallaba de nuevo inserto en las rutinas de mi vida en la capital. Ya había superado completamente mi fallida internada en el campo de la escritura, así como mis recelos sobre la abrupta culminación de la anterior investigación. Tenía la cabeza centrada en un nuevo caso, el de un conocido sastre de Legazpi que se había dado a la fuga después de haber asestado un tijeretazo mortal en el cuello a un cliente tras un intercambio de pareceres acerca de un servicio prestado por el modisto. Todo parecía discurrir por donde debía, el invierno avanzaba sin novedad, y Madrid y los madrileños lo íbamos soportando como buenamente podíamos con la mirada puesta en una primavera que, según el calendario, todavía tardaría en llegar, pero que según nuestras impresiones, como siempre ocurría una vez pasado el Miércoles de Ceniza, debía estar ya a la vuelta de la esquina.

Mi ruptura definitiva con Celia tuvo lugar apenas una

semana después de la publicación de la nota. Fue a la salida del Monumental Cinema, en la calle Atocha, adonde la llevé aprovechando una prolongada ausencia del marqués, quien se había retirado a pagar una visita a sus latifundios del sur. Habíamos mantenido una de nuestras riñas habituales en su apartamento, y se me antojó llevarla al cine con la esperanza de calmar los ánimos y alargar un poco más aquella relación nuestra ya moribunda; alargarla al menos hasta la Semana Santa para haberla pasado con ella en algún discreto rincón de nuestra geografía nacional, con eso me hubiera conformado. Pero la pifié con la elección de la película, puesto que *Marcelino pan y vino* invitaba al llanto, la celebración de la religiosidad y el recogimiento del espíritu, y, en última instancia, claro está, al cargo de conciencia y la culpabilidad que estos sentimientos llevan aparejados, y no era este precisamente el efecto que yo buscaba con aquella velada pretendidamente conciliatoria.

—Eso se acabó —me soltó ella nada más poner un pie en la calle, al finalizar la sesión.

—¿El qué? —pregunté, haciéndome el longuis y tomándola de la mano, intentando evitar al menos que la escena tuviese lugar en público.

—Lo nuestro —respondió ella, zafándose—. Esto se acabó. No sé por qué he consentido en venir después de lo que me has dicho antes.

—Pues no es que haya tenido que insistir mucho para que vinieras... Y lo de antes, bueno, a veces a uno se le calienta la boca y dice las cosas sin pensar.

—O dice las cosas que piensa realmente.

—También puede ser.

Entre otras lindezas, la había llamado «niñata», «pesetera» y «fulana». Ella, por su parte, tampoco se había quedado corta en sus apelativos, todos de «mentecato» y «pil-trafa» para arriba. Uno de ellos, concretamente, me había llegado bien adentro: «monigote» me había dicho, con toda su rabia. «Monigote», y yo había enmudecido de repente, puesto que, a pesar de la aparente ligereza de la palabra, esta me había removido por dentro como un puñal.

—Esto se acabó —repitió—. Dame dinero para la vuelta y olvídate de mí.

Saqué la cartera y largué la pasta. Entre la pelea de antes y la emoción de la película me había quedado sin fuerzas para discutir.

—Toma, y vete mejor ahorrando para cuando el marqués la diñe —dije—, que ya vas teniendo una edad y no te va a ser fácil encontrar a otro primo que te mantenga.

—¿Qué sabrás tú, cacho facha? A mí me sobran pretendientes, para que te enteres.

—Eso es ahora, pero a ti te espero yo de aquí a un par de años, que las arrugas y las canas no cotizan al alza.

—Eres un indeseable, Ernesto, eso es lo que tú eres, un indeseable y un mierda.

Celia se perdió calle arriba en busca de un taxi, y yo, que hubiera debido encaminarme también en aquella dirección, tomé en cambio por la calle del León, no fuera a pensarse que la perseguía arrepentido de mis palabras para pedirle perdón.

Fue entonces, al poco de internarme en la calle donde muriera el ilustre don Miguel, cuando reparé, para mi sorpresa, en que el perseguido era yo y no ella. Solo que no era Celia mi perseguidora, ni mucho menos.

Quien me perseguía era un sujeto vestido de negro que cubría su rostro con una bufanda a cuadros y su cabello con una boina gris. No me resultó complicado percatarme de su presencia, puesto que aquel inexperto perseguidor se delató a sí mismo media docena de veces en los apenas trescientos metros que medía la calle. La primera sospecha me vino cuando, al volver fortuitamente la cabeza a mi espalda, el individuo, que se encontraba a muy corta distancia, demasiado cerca para pasarle por alto sin más, imitó mi gesto. La confirmación vino un poco más adelante, cuando, ya deliberadamente, me detuve unos instantes fingiendo interés en un escaparate, y él se detuvo a su vez fingiendo interés en un desfasado cartel de una corrida de toros.

Pude haber vuelto sobre mis pasos y haber encañonado al tipo, pero decidí seguirle el juego un poco más por ver en qué deparaba aquello. Mientras tanto, fui especulando sobre el rostro que podía esconderse bajo la boina y la bufanda y cuál podía ser la causa de aquel torpe acoso. Mi único descarte fue el protagonista de mi investigación por entonces en curso, el sastre rebanacuellos, a quien mis fuentes situaban en las proximidades de la frontera con Francia. Lo más probable, pensé, era que se tratara de un antiguo confidente, o de un amigo o conocido de un antiguo confidente, en busca de alguien que lo escuchara en confesión a cambio de algún favor para sí mismo, un amigo o un familiar. Lo menos probable, pero también probable a fin de cuentas, era que se tratara de un criminal, o de un amigo o conocido de un criminal, en busca de revancha por una condena o arresto a sí mismo, un amigo o un familiar.

Con aquella sombra manteniendo fija su distancia detrás de mí con admirable precisión, recorrí Ventura de la Vega hasta desembocar en la Carrera de San Jerónimo. Desde allí, avanzando despacio para que esta no me perdiera la pista entre la multitud de transeúntes pulcramente arreglados que paseaban por las inmediaciones de la Puerta del Sol en aquella plácida noche de febrero, subí hasta la calle Alcalá por Sevilla y luego por Virgen de los Peligros hasta la Gran Vía, emergiendo un poco más allá del Chicote y la *boutique* Loewe. Aunque mi intención original era regresar a casa y aguardar allí a que el individuo ejecutara su movimiento, mientras caminaba acera arriba me sobrevino una idea mejor.

Pasé de largo la entrada a Fuencarral y continué hasta desviarme, a los pocos metros, por la calle de Valverde, y de ahí por Desengaño hasta la de la Ballesta. Era temprano, no habían dado siquiera las once, por lo que el trajín en los portales era todavía escaso. Según fueran finalizando las sesiones en los cines y teatros del centro, los prostíbulos de la calle se irían abarrotando con buena parte del público de unos y otros, que acaso allí debiera Larra haber sido buscado al público en su día.

La sombra se mostró inmune a los encantos de las fumadoras pintadas y dobló conmigo por el callejón donde se situaba el bar Fortuna. Las claraboyas a ras de suelo estaban encendidas, era noche de sábado, por lo que Pepe Castro no cerraría al menos hasta la medianoche. Me entretuve a encender un pito a la entrada del garito, y mi acompañante, una vez vuelta la esquina, desconcertado por mi parada imprevista y por haber quedado súbitamente en evidencia al meterse tras de mí en el callejón, permaneció inmóvil sin saber exactamente qué hacer o qué decir. Me volví entonces hacia él y lo encaré abiertamente, resuelto a echar mano de la pistola al mínimo gesto sospechoso. Era un hombre de corta estatura y algo cargado de espaldas, pero, pese a la proximidad, las prendas sobre su cabeza y la pobre iluminación ampararon su anonimato.

—¿Le apetece una copa? —pregunté.

—¿Paga usted?

—Sí, pago yo, vamos.

Entré y me dirigí a la barra serpenteando por entre los bebedores. No había un solo asiento libre, ni tampoco una sola mujer. El aire estaba cargado de humo de tabaco, sudor, y vapores de bebidas alcohólicas. Pepe Castro, que se encontraba sirviendo unos combinados de Curaçao y jugo de naranja a tres jóvenes con uniforme militar, se turbó al verme allí a aquella hora tardía, tan ajena a mi costumbre.

—¿Cómo usted por aquí a estas horas, inspector? —preguntó, retirándose de los cadetes—. ¿No será otra emergencia de esas suyas?

—Eso mismo —respondí—. He venido a avisarte. Tienes que hacer las maletas y marcharte esta misma noche. Mañana por la mañana vienen mis colegas a desmontarte el chiringuito y mandarte a Carabanchel.

El rostro del tabernero perdió el color al instante.

—¿Lo dice en serio?

—No, esta vez es de broma, pero la próxima igual no.

—Cada día me cae usted más simpático.

—Anda, desalójame una lápida de esas más apartadas, que vengo con compañía.

—Enseguida.

Pepe Castro dejó la barra y largó a cuatro borrachos que dormitaban en torno a una mesa en un rincón. Me puse cómodo, e inmediatamente después el embozado, que se había tomado unos instantes de reflexión en la calle, entró a su vez en el local. Me buscó con la mirada hasta dar conmigo y se acercó discretamente. Cuando estuvo sentado a mi lado, se despejó por fin el rostro.

—Qué gracia verlo aquí, inspector, en un lugar tan distinto —dijo—. Habrá de disculparme todo este ritual del seguimiento, el gorro y demás, pero uno tiene que tomar sus precauciones. Y, además, me hacía gracia recordar viejos tiempos, no sé si me entiende.

—Lo entiendo perfectamente, don Abelardo. Y ahora, dígame, ¿qué hace usted aquí en Madrid? ¿Cómo ha podido librarse de las garras del capitán Cruz?

—Me he librado por ahora, diría yo —respondió el anciano, atusándose el pelo. Su mirada era mucho más viva, más juvenil, que en nuestro anterior encuentro en su sombría residencia en Valrojo—. Sepa usted que está hablando con un prófugo de la justicia. Prófugo a mis años, ¿quién lo hubiera dicho?

—¿El capitán no llegó a detenerlo?

—Ni pensarlo. En cuanto supe de la muerte de José Manuel hice el macuto y salí por patas. Sabía que iban a venir a por mí, que era solo cuestión de tiempo. Me he enterado de que se presentaron en mi casa solo media hora después de que yo me fuera, así que puede decirse que me fue de un pelo. El capitán tuvo que ponerse a dar botes como una mona del cabreo, ¿se lo imagina? Casi hubiera pagado por verle la cara en aquel momento. Aquello debió ser algo digno de ver.

—Digno de ver, sin duda.

—¿Dónde está esa copa, por cierto?

—¿Qué bebe usted?

—Vodka.

—No esperaba menos.

Me levanté, fui a la barra y pedí una cerveza y un vodka. Los militares de los combinados me miraron como si acabara de invocar al diablo.

—Ustedes a lo suyo —les ordené, mostrando la placa.

Con las bebidas en la mano, regresé a la mesa. Don Abelardo me esperaba con medio cigarrillo en los labios.

—Deme fuego —pidió.

Dejé las bebidas, tomé asiento y le encendí el cigarrillo.

—Le veo bien —dije—. Le sienta a usted bien la clandestinidad.

—Ya ve. Estoy como cuando tenía treinta años, o por lo menos como estaba hace treinta años, madre de dios, cómo pasa el tiempo. Solo espero acabar mejor que entonces, que no me apetece pasarme lo que me quede de vida encerrado en un calabozo pelándome de frío, que estoy del reuma que no me tengo y solo eso me faltaba.

—¿Cómo ha podido apañárselas sin la ayuda de sus camaradas?

—Bueno, digamos que no fui del todo sincero cuando le dije que los había delatado a todos. Supe callarme algunos nombres que debía callarme, y en estos días me estoy cobrando aquel favor.

—No soy yo quien debiera decirle esto, pero haría usted bien en salir del país en cuanto se le presente la oportunidad.

—No tardaré en hacerlo, no lo dude. Es solo que estoy intentando arreglar los papeles para hacerlo como dios manda, ya sabe, para poder moverme luego con un poco de libertad. Pero no es tan sencillo como parece, no es tan sencillo como lo era antes, ahora que el mundo ha cambiado tanto.

—¿Cómo me ha encontrado?

—Lo llevo siguiendo desde hace un par de días.

—¿Usted, siguiéndome? No lo creo. Me habría dado cuenta. Tiene usted muy poca maña como espía.

—Dejémoslo en que alguien lo ha seguido.

—Eso sí puedo creerlo. ¿Y por qué motivo se ha arriesgado a contactar conmigo?

—No veo dónde estaba el riesgo en contactar con usted.

—Soy policía, después de todo.

—Déjese de memeces. Los dos sabemos que no va usted a ponerme los grilletes. Usted no es de esos.

—¿De cuáles?

El anciano sorbió media copa de un solo trago y carraspeó sonoramente.

—De los malos —dijo—. No es usted de los malos, inspector. O por lo menos no es de los peores. Eso salta a la vista. Por más que quiera ocultarlo, no es usted como el resto.

—Ya, lo que usted diga. —Me llevé la cerveza a la boca, pero no hice más que probarla—. ¿Por qué me ha seguido? ¿Qué quiere de mí?

—Únicamente que me confirmara usted una cosa.

—¿Qué cosa?

—Que José Manuel se quitó la vida a sí mismo, que no fueron ellos quienes lo mataron.

—Se mató él solo. Yo estaba allí, pasé con él toda la noche.

—Eso no lo sabía.

—Pues ya lo sabe.

El anciano remató el medio cigarrillo y lo abandonó sobre el mármol.

—Me fío de su palabra. Si usted dice que fue así, le creo, aunque no sea usted un hombre sincero.

—Acaba de decir que no soy de los malos, ¿en qué quedamos?

—No es usted de los malos, pero no es usted sincero. Por más que le pese, no puede usted serlo, siendo policía.

—Dejemos el tema.

—Lo que usted diga.

—Ahora dígame usted, ¿qué había de cierto en todo eso del grupo obrero? ¿Sabía de su existencia? ¿Los puso usted en contacto con José Manuel?

—Nunca hubo ningún grupo obrero. Todo eso es un sinsentido. A mí todo esto me huele a cortina de humo para quitarse del medio a unos cuantos. Usted que trabaja para el Estado debe saber de qué hablo. ¿Un grupo obrero surgido de dónde? ¿Que atenta a las órdenes de quién, y con qué intención? Me va a perdonar el término, pero eso es una gilipollez. Una soberana gilipollez.

—¿Conocía usted a Cándido Aguilar?

—No, no lo conocía. No he hablado con él en la vida.

—¿Por qué cree usted que José Manuel mató a esas personas?

—¿No pudo preguntárselo usted en esa última noche que dice que pasó con él?

—Se lo pregunté, pero su respuesta no me pareció creíble. Dijo que lo hizo por su madre, por redimirla de la humillación de ser la puta del pueblo.

—Eso es otra gilipollez, con perdón.

—Eso mismo me pareció a mí. Por eso se lo pregunto a usted. ¿Se le ocurre por qué pudo matarlos? ¿Qué pudo impulsarlo a cometer una acción semejante?

El anciano sonrió de nuevo, pero su sonrisa ahora denotaba una honda pesadumbre.

—Antes del primer crimen, la tarde anterior a la muerte de los dos agentes, el chico pasó por mi casa y me ayudó con el tejado, como ya le dije...

—Sí, lo recuerdo.

—Ya desde el comienzo le noté distinto, muy distinto

a como era él siempre. Normalmente no hablaba mucho, era de los que prefería escuchar, le encantaba que le contara mis batallitas de mis tiempos de militante, que le hablara de mis viajes al extranjero y cosas así... Pero aquella tarde fue él quien habló. No dejó de hablar. Hablaba de esto y de aquello, del campo, de su madre, de su tío, de todo. Estaba nervioso, muy nervioso, y él nunca se ponía nervioso. Aquella era la primera vez que estaba conmigo de ese modo... Y al final logré que me contara el motivo. Primero me dijo que era porque tenía en mente cometer un disparate, y le fui picando y sonsacando hasta que me lo confesó abiertamente. Me dijo que iba a matar a dos personas. Así, tal cual: matar a dos personas. No me dijo a quiénes, solo que era algo que tenía que hacer, que no le quedaba otra, que lo haría muy pronto.

—¿Aquella tarde el muchacho le dijo que pensaba matar a dos personas? Me cuesta creerlo.

—Créalo, porque es la verdad.

—¿Qué hizo usted entonces?

—Nada, ¿qué iba a hacer? ¿Cómo iba yo a imaginar que aquello era algo más que una fantasía? Todos fantaseamos con cometer locuras de vez en cuando. Pensé que era una pataleta, que habría discutido con alguien, qué sé yo, con otros mozos del pueblo, y que como mucho aquello acabaría con todos ellos pasando un par de noches en el cuartel después de resolver sus diferencias a puñetazos.

—¿No intentó usted disuadirle?

—Sí, ¿cómo no? Intenté razonar con él, pero el error estuvo en que yo razoné con él como se razona con un niño pequeño, convencido, claro está, de que en el fondo la sangre no llegaría al río, sin ser consciente verdaderamente de la gravedad de la situación. Razoné con él como quien razona con un niño para que no cometa una travesura, empleando ese tono que a menudo empleamos los adultos con los infantes: bueno, bueno, ya, ya, venga va, venga... A la mañana siguiente, cuando me despertó el ruido de la gente que corría monte arriba en busca de los cadáveres, y sobre todo, cuando supe quiénes eran las víctimas, caí en la cuenta de la tragedia tan grande que había estado en mis manos evitar. Y no hablo solo de ellos dos, los dos guardiaciviles, sino especialmente de él, José Manuel, que de no ser porque yo no tomé en serio sus palabras aquella tarde, hoy estaría todavía vivo.

—¿Le dijo cuál era el motivo? ¿Por qué se le metió en la cabeza hacer algo así?

—No, no me lo dijo. Pero ya entonces se me ocurrió cuál podía ser el motivo, y con posterioridad, cuanto más he pensado en ello, más he ido reafirmándome en esa idea.

—¿Por qué cree usted que lo hizo?

—Digamos que la cuestión no es tanto por qué, sino por quién.

—¿Por quién cree usted que lo hizo?

—Tuvo que ser por ella, no me cabe la menor duda.

—¿Por ella, la niña, la ahijada del cura?

—No, esa no. La otra.

—¿Qué otra?

—La otra con quien el muchacho mantenía relaciones.

—¿Había otra?

—Sí, claro que había otra.

—¿Quién?

—Ella, la maestra.

El anciano apuró la copa y yo reí a carcajadas. Me dio por ahí.

—La señorita Carmela y el Lolo mantenían un idilio

desde hacía tiempo —continuó el anciano—. A mí me lo había contado él personalmente. Nadie más que yo lo sabía, o por lo menos no era algo de lo que muchos estuvieran enterados, porque ya se imaginará usted que si se hubiera corrido la voz se habría montado un buen cirio, que así funciona esto en los pueblos. Aunque bien pensado igual no hubiera sido para tanto, siendo él el hijo de quien era y teniendo ella la fama que tenía, pero ahora ya todo eso da igual, ¿no le parece? Sí, claro que ahora ya da todo igual.

—¿Me está usted diciendo que todo esto no pasa de ser un vulgar enredo de celos o infidelidades, que el muchacho actuó movido por el despecho?

—No, no va por ahí la cosa... Por lo que me dio a entender José Manuel aquella tarde, por lo que pude deducir de su manera de hablar y de comportarse, me pareció más bien que era como si por alguna razón él hubiera empeñado su palabra en cometer esa acción. O como si le hubieran obligado a empeñarla, más bien. En cualquier caso, no me pareció que la idea partiera de él, eso es a lo que me refiero. Aunque él estuviera plenamente convencido de que tenía que llevarla a cabo.

—¿Cree usted que ella pudo engañarlo para que lo hiciera, o chantajearlo tal vez de algún modo?

—No diría tanto como engañar o chantajear, más bien que había sabido persuadirle para que él tomara la decisión de cometer el crimen. Esa fue la sensación que tuve. No sabría explicarlo mejor.

—Pero, ¿qué podía tener la señorita Carmela en contra de los dos guardiaciviles y en contra de don Pascasio y doña Teresa, como para llegar al punto de persuadir a su amante de que acabara con ellos, y encima para que lo hiciera de la forma tan cruel en que lo hizo?

—Esa fue la pregunta que rondó por mi frente desde que descubrieron los cuerpos hasta que vino la Guardia Civil a arrestarme a mi casa, y la pregunta que me rondó también durante las primeras horas de encierro y tormento en el cuartel. La respuesta se me presentó de repente esa misma noche, mientras me dolía de las palizas en el suelo de la celda.

El anciano elevó la mirada al techo un instante, rememorando bien aquella celda, bien cualquiera de las múltiples celdas por las que hubiera pasado en su larga vida.

—¿Querrá compartir esa respuesta? —dije.

—No faltaba más —su mirada regresó a la mesa, y su cabeza al presente—, precisamente esta es otra de las razones por las que quería hablar con usted esta noche: quería hacerle a usted partícipe de todo lo que sé, descargar mi conciencia del peso acumulado. Es usted la única persona en el mundo a quien puede interesarle ya todo esto.

—Se me ocurre quizás alguna otra, pero continúe, por favor.

—Verá, no sé si está usted al tanto de lo que ocurrió en aquel pueblo cuando la guerra, lo que le ocurrió al padre de la señorita Carmela.

—Sé que lo mataron una tarde, junto a otros cuatro hombres, y que nunca se supo quién lo había hecho ni por qué.

—Yo no me encontraba en el pueblo en aquella fecha, pero desde mi vuelta no he dejado de intentar averiguar qué fue realmente lo que ocurrió. ¿Sabe qué es lo que he averiguado al cabo de todos estos años? Nada. Absolutamente nada. Y esto, no me lo negará, es algo cuanto menos curioso. Ya sabe usted que, aunque siempre resulta complicado conocer la identidad de los ejecutores materiales, suele resultar sencillo conocer en cambio a los responsables; es decir, se conoce qué bando fusiló en tal tapia o tal cuneta, aunque no se conozca exactamente la identidad de quienes apretaron el gatillo. Pero en aquel pueblo nadie parece saber nada. Y ni siquiera es posible dilucidar el motivo de esas muertes, puesto que ninguna de las víctimas estaba adscrita a ninguna ideología política. Sin embargo, fueron cinco los muertos, un número demasiado alto para poder atribuir los crímenes a un solo hombre que actuara en solitario movido por su provecho personal, como por desgracia ocurrió en tantos y tantos lugares en esos años. Ya sabe, aprovecharse de la situación para quitar de en medio al vecino y quedarse con sus tierras. Teniendo esto en cuenta, solo queda pensar que tuvo que ser cosa de ellos.

—¿La Guardia Civil?

—Es la conclusión más lógica. Pero la Guardia Civil nunca se atribuyó el crimen, o más bien, este nunca le fue atribuido y, por tanto, no pudo tratarse en ningún caso de un acto, digamos, oficial, con todos los matices que la palabra pudiera tener en aquel período, porque de haber sido así no se hubieran molestado en ocultar que habían sido ellos. Es más, puede que incluso se hubieran jactado de haberlo hecho. A lo que me refiero es a que, aunque la naturaleza del crimen nos invita a pensar que la Guardia Civil tuvo que estar detrás, todo el secretismo que lo rodea parece indicar que la ejecución respondió a una motivación más bien peregrina, o incluso insensata, por parte de la persona que la ordenó. El que lo hizo, el que ordenó a la Guardia Civil, o a algunos de sus miembros, al menos, matar a estos cinco hombres, ordenó a su vez guardar absoluto silencio sobre el asunto, como si, al revés de lo que sería esperable, al revés de lo que era habitual entonces, no quisiera que se divulgara el motivo de estas muertes.

—Como si se avergonzara de haberlas ordenado, quiere usted decir.

—Sí, eso es. Y ahora, dígame usted, ¿se le ocurre quién pudo ser ese alguien?

—Sí, por supuesto.

—Ahí lo tiene.

El anciano golpeó la mesa con el ápice del índice de su mano derecha como para remachar su razonamiento. Yo mojé de nuevo los labios con la cerveza, y con este segundo sorbo no me cupo ya duda de que Pepe Castro había aguado el barril para sacarle mayor provecho; más adelante cambiaría con él unas palabras sobre este particular.

—¿Por qué don Pascasio Periane iba a querer matar a esas cinco personas? —pregunté.

—Él era el alcalde —respondió el anciano—. Podía ordenar que mataran a quien le pareciera.

—Sí, pero, ¿por qué esas cinco personas en concreto? ¿Cuál fue la razón de que los mandara matar precisamente a ellos?

—Eso ya no sabría decírselo, pero tanto da, ¿no le parece? La cuestión es que tuvo que ser él, ¿quién si no?

—Usted dijo ser amigo suyo, ¿de verdad no se le ocurre qué motivo pudo tener para hacerlo?

—Fui amigo suyo en su momento, durante nuestra infancia, pero ya en aquel tiempo había dejado de serlo, por razones obvias.

Ocupé un momento en encajar las piezas de aquel rompecabezas. Sin embargo, aunque no parecía faltar ninguna, seguía sin ver el paisaje que debía aparecer al final. O quizás era que el paisaje al final del rompecabezas era en sí otro rompecabezas.

—Puede que su teoría sea cierta —dije—. Pero sigo sin entender cómo, después de tanto tiempo, pudo averiguar la señorita Carmela que don Pascasio había ordenado el asesinato de su padre, y que Ramón Belagua y Víctor Chaparro habían sido los verdugos. O dos de los verdugos al menos.

—Puede que lo supiera desde el principio y se lo hubiera guardado para sí desde entonces, ¿no cree? Pero esto es lo de menos. Lo que a mí personalmente me gustaría saber es si cuando ella se arrimó a José Manuel lo hizo de buena fe. O si por el contrario se arrimó a él ya con la idea de usarlo para sus fines. Esta segunda posibilidad me resulta especialmente repugnante.

Usarlo para sus fines, pensé, y de inmediato se me representó el cuerpo desnudo de la señorita Carmela tumbado en el duro camastro de la fonda. Todo adquirió repentina consistencia. El desenlace de nuestra cita de aquella noche no había sido tan espontáneo como yo había supuesto, después de todo. Ella habría venido en mi busca para ganarse mi favor o para cerciorarse de que el desarrollo de la investigación no apuntaba hacia ella. Repasé nuestra conversación a oscuras en el interior del Mercedes, y traté de figurarme qué debió cruzar por la cabeza de José Manuel mientras acechaba, agazapado en los arbustos bajo la lluvia, aquel vehículo averiado donde su amada departía a solas con un desconocido con el que, aunque él todavía no podía saberlo, iba a batirse a tiros minutos después. A la mañana siguiente, aún con los nervios de punta por lo sucedido en el bosque, el muchacho habría de resistir mi interrogatorio, y esto debió ser demasiado para él. No pudo soportar tanta presión y tomó una decisión equivocada que acabaría costándole la vida.

—¿Realmente piensa que la señorita Carmela actuaría con semejante frialdad? —pregunté, aunque conocía perfectamente la respuesta.

—No sé cuánto ha podido tratarla en los días que estuvo en el pueblo —respondió el anciano—, pero yo la conozco desde niña, y le aseguro a usted que es capaz de eso y de mucho más. Ahí donde la tiene, con su cara de no haber roto un plato en la vida, esa mujer es peor que la sarna. ¿No ha visto usted la película esa, *La mujer pantera*? Ella es igual. De día es una santa, pero por la noche los devora vivos a todos, juega con los hombres como una araña con su presa atrapada en la red. Lo lleva haciendo desde que tiene uso de razón. Me contaron que fue por eso por lo que su madre la mandó de joven a Madrid con sus tíos, a ver si ellos la enderezaban. Pero la tuvieron que mandar de vuelta porque por lo visto aquí, en la capital, sí que no había manera de controlarla.

De nuevo se me escapó una carcajada.

—¿Qué es lo que le hace gracia, inspector?

—Nada, nada. Disculpe. —Acababa de recordar el cálido saludo que habían intercambiado Aparecido y la señorita Carmela al encontrarse aquella noche en la carretera—. Pero hay algo que todavía no comprendo: si sabía desde un principio que José Manuel era culpable del primer crimen, ¿por qué no lo confesó usted en el mismo momento en que lo arrestaron? ¿Por qué soportó el encierro y la tortura durante tanto tiempo?

—No fue por salvarla a ella, como se puede usted imaginar... Pero, ¿qué quiere que le diga? Le tenía mucho aprecio al muchacho, ya lo sabe. Y pensaba: mejor yo que él.

Yo estoy aquí de milagro, llevo casi quince años viviendo en el epílogo de mi vida. Él tenía la vida entera por delante para redimirse por todo lo que hubiera hecho. A mí, en cambio, con todo lo que llevo detrás, no hay quien me redima ya sino la parca.

—¿Tanto aprecio le tenía que hubiera estado dispuesto a morir antes que entregarlo?

—Bueno, no fue solamente por aprecio al muchacho. También fue una cuestión de principios: antes muerto que vender un camarada al enemigo.

El anciano sonrió, cínico, y yo también sonreí.

—Pero ya ve que al final tanto sacrificio no sirvió de nada —dije—. José Manuel no ha podido salvarse.

—El sacrificio siempre es en vano —afirmó el anciano—. Eso lo aprendí hace ya mucho. El sacrificio solo sirve como unidad de medida del compromiso que uno adquiere con una determinada persona, o una determinada idea. No se trata de la voluntad de cambiar nada ni de proteger a nadie, sino solo de demostrarse a uno mismo hasta dónde llega su lealtad a la causa. Demostrárselo única y exclusivamente a uno mismo, sin que importe nada del exterior.

A mi espalda, los tres militares no nos quitaban los ojos de encima. Don Abelardo les saludó desafiante con la mano. Me volví hacia ellos y mi mirada bastó para contenerles, al menos de momento.

—Mejor me voy —dijo el anciano—, o todavía acabaremos mal esta noche. Ha sido un placer volver a verlo, inspector, y poder aclararle un poco las cosas.

—Yo también me alegro de haberlo visto, aunque, sinceramente, no creo que todo esto que me ha contado vaya a valer para algo.

—A mí ya me ha valido de mucho, se lo garantizo.

Don Abelardo se levantó y se dirigió con paso ligero hasta la puerta. Yo permanecí en mi asiento, observando los anillos de espuma marcados en el interior del vaso. Poco después me levanté y encaré a los cadetes, a los que, tras una breve conversación, acabé invitando a una ronda a la memoria de los caídos por España.

17

La tarde del lunes mandé un telegrama a la estafeta de Las Angustias invitando a la señorita Carmela a venir de visita a Madrid el fin de semana siguiente, con el pretexto de que la echaba terriblemente de menos. Su telegrama de respuesta llegó al cabo de unas horas. «Hasta el sábado», decía simplemente.

Dos días después, en la mañana del miércoles, cuando me hallaba en mi mesa pasando a limpio los resultados del interrogatorio al sastre asesino de Legazpi, arrestado la tarde anterior en una pequeña aldea próxima a los Pirineos y trasladado de vuelta a Madrid durante la noche, Mamen se acercó a mi mesa y me anunció que preguntaban por mí en el teléfono.

—¿Quién es?

—Dice que es de parte de no sé qué señor Marcos, de una empresa de construcción o algo parecido.

El comisario me había prevenido días antes de que aquella llamada podía producirse, pero pasado este tiempo casi había descartado que fuera a tener lugar. Me levanté y caminé rápidamente hasta el teléfono.

—¿Sí? —pregunté, sin levantar mucho la voz para no

molestar al compañero cuya mesa quedaba justo al lado de la pared de donde colgaba el aparato.

—¿El inspector Ernesto Trevejo?

—Sí, diga.

—Le llamo del despacho del señor Marcos Sorrigueta, que si sería usted tan amable de pasarse por aquí esta mañana, que don Marcos quiere tener una charla con usted sobre un asunto muy importante.

—Estoy muy ocupado. Dígale que me pasaré en cuanto pueda.

Por consejo del comisario, media hora después me encontraba en el hall del edificio de oficinas de don Marcos, situado en plena avenida del Generalísimo. Un ordenanza me acompañó hasta el piso superior, donde su secretaria, la misma con la que había hablado por teléfono, una mujer de unos cincuenta años vestida toda de marrón, me tuvo más de una hora esperando hasta franquearme el paso al despacho del empresario.

—Buenos días —saludé dócilmente desde la puerta—. Soy el inspector Trevejo. ¿Deseaba usted verme?

El despacho era de una superficie mayor que la de mi apartamento, tenía dos enormes ventanales dirigidos a la avenida y del techo pendía una lámpara de araña propia para una sala de fiestas. El suelo estaba cubierto con una fina moqueta de color verde.

—Pase, pase, inspector —me indicó el empresario, desde detrás de su vasto escritorio de cristal tintado—. Lamento haberle hecho esperar tanto tiempo, pero he tenido una mañana muy ajetreada. Ya sabe cómo son los negocios.

—Me hago cargo.

—Por favor, siéntese —me señaló una de las butacas orejeras frente a su escritorio.

Don Marcos Sorrigueta no tenía cara de cuervo, como habían asegurado los obreros de la presa, ni tampoco de cura. Tenía cara de huevo. Un huevo con bigote y orejas de soplillo. Vestía traje negro y corbata azul cielo, y frisaría los cuarenta años, pero hubiera pasado decididamente por sexagenario.

—¿Para qué me ha hecho venir? —pregunté, tras tomar asiento, suavizando con mi tono la aspereza de mis palabras.

La bandera nacional quedaba a la derecha del escritorio, sobre el hombro izquierdo de don Marcos. Lo que no hallé por ninguna parte fue la preceptiva fotografía del empresario con el caudillo o con alguno de sus ministros o generales. Estas debían estar expuestas en su domicilio particular, el lugar donde seguramente se ocuparía de cerrar los tratos de mayor envergadura.

—Solo quería darle a usted las gracias por todo lo que ha hecho, inspector —dijo—. Por su contribución a la resolución de la muerte de uno de mis empleados y las de otros hombres de bien a manos de ese grupo de terroristas que se había infiltrado entre el personal de mi compañía. Podía haberle llamado por teléfono o haberle escrito una carta de agradecimiento, pero me pareció demasiado impersonal. Las cosas se dicen mejor en persona, cara a cara, ¿no le parece a usted?

—Eso es cierto.

Con la excusa del cara a cara, con la idea de evitar la impersonalidad, los había que llevaban enriqueciéndose en España desde hacía décadas. El amiguismo y favoritismo imperantes en el entramado empresarial del régimen no congeniaban del todo bien con la distancia marcada por la palabra escrita. Dicho sea de paso, tampoco la palabra escrita congeniaba del todo bien con la incultura manifiesta de muchos de los integrantes de este entramado.

—¿Quiere tomar usted algo? —preguntó don Marcos, señalando un mueble bar con aspecto de contener un amplio surtido de bebidas de alta graduación.

—No, gracias.

—No me diga que no bebe usted estando de servicio.

—No me gusta beber antes de las comidas, solo durante.

—Vaya, usted se lo pierde, tengo un bourbon que me han pasado unos colegas americanos que es una delicia.

—Para la próxima.

—Le tomo la palabra.

—Discúlpeme, don Marcos, pero no creo que me haya mandado venir nada más que para darme las gracias por haber cumplido con mi trabajo y ofrecerme una copa.

—Ya veo que es usted de esos a los que no se les escapa una.

—Me lo dicen a menudo. Tendré que empezar a creérmelo.

—En ese caso, seguro que usted ya sabe para qué le he llamado.

Quise fingir un bostezo y se me escapó uno de verdad.

—Quiere usted asegurarse de que no abro la boca para que todo quede olvidado cuanto antes, por lo menos la parte del caso tocante a su compañía, ¿me equivoco?

Don Marcos sonrió.

—Siendo así —continué—, déjeme decirle que por mi parte al menos este asunto está ya más que cerrado.

—No sabe usted cuánto lo celebro, porque, verá, inspector, resulta que en estos últimos días ciertas voces me han comentado que se había mostrado usted disconforme por cómo se había resuelto todo.

—No le negaré que tuve mis dudas en su momento, pero usted entenderá que, como policía, me va en el sueldo dudar de todo, menos de la Inmaculada Concepción y cuatro cosas más.

—Entiendo, y dígame, actualmente, ¿sigue usted manteniendo esas dudas?

—Aunque las mantuviera, no tendría tiempo ni ganas de intentar solventarlas. Bastante tengo con intentar sacar adelante los nuevos casos que me asignan en Jefatura como para continuar enfrascado en los antiguos.

—¿Por qué quiso hablar con la mujer del obrero antes de regresar a Madrid?

Esta era la pregunta que esperaba desde el comienzo. Aunque no era probable que don Marcos Sorrigueta hubiera tomado parte de la operación maquinada por su amigo el ingeniero Leissner para purgar la empresa de elementos incómodos, sí era probable, en cambio, que este hubiera tenido un conocimiento siquiera parcial de esta operación, habiéndole sido seguramente omitidas las partes que hubieran podido resultarle más complicadas de aceptar, como por ejemplo la causa verdadera por la que venía motivada dicha purga. Así, me imaginaba que el ingeniero no habría tenido mayor dificultad en convencer a su compadre de la necesidad de montar una acción de este tipo con la excusa de acabar con cualquier futuro conato de insubordinación por parte del resto de obreros de su compañía: se trataría de una medida realmente drástica, había podido decirle, pero indudablemente efectiva.

—No quise hablar con ella por nada en especial —respondí—. Solo quería conocerla y saber qué iba a ser de ella y sus hijas con su marido entre rejas.

—¿Acostumbra usted a interesarse tanto por las mujeres de los delincuentes que envía a prisión, inspector?

—Normalmente solo me intereso por las que están de buen ver.

Don Marcos rio de buena gana mi respuesta, pero enseguida su rostro se tornó otra vez serio.

—Don Gabriel, su comisario, ha insistido en que es usted un hombre que sabe cuál es su sitio, y que no tengo nada que temer por su parte. ¿Esto es así?

—Sí, es cierto. Aunque de todos modos mi padre siempre decía aquello de: «no la hagas, no la temas», ya sabe.

—Sí, mi padre también me decía algo parecido. ¿Tengo su palabra, entonces? ¿Todo ha terminado?

—Hasta donde yo sé, todo esto terminó hace semanas. Para mí, por lo menos, terminó en el mismo momento en que puse un pie fuera de aquel pueblo, cuyo nombre prefiero no mentar siquiera.

—Sí, lo había olvidado, su estancia no fue precisamente placentera. Le echó usted valor. Cualquiera lo diría, viéndolo aquí delante, tan jovencito y menudo como es usted. Pero las agallas no tienen que ver con el tamaño. Bueno, o sí, pero solo con el tamaño de ciertas partes del cuerpo.

Don Marcos rio de nuevo, ahora con más ganas.

—¿Todo correcto, entonces? —pregunté—. ¿Me puedo ir ya?

—Sí, por supuesto. Solo una cosa más. Alguien me ha dejado un obsequio para usted.

Don Marcos abrió uno de los cajones del escritorio y sacó un objeto envuelto en papel de regalo marrón, por cuya silueta se adivinaba un pequeño estuche o libro. Una nota adherida al papel, escrita con letra minúscula y tinta azul, decía: «Para el inspector, de su amigo Wilhelm».

—¿Esto qué es? —pregunté, recogiendo el paquete.

—No tengo ni la más remota idea.

Lo desenvolví y, efectivamente, resultó ser un libro muy fino, de apenas un centenar y pico de páginas. «Albert Camus, *L'Étranger*.»

—Usted sabrá a qué viene este regalo —dijo don Marcos.

—Dele al señor Leissner las gracias de mi parte.

—Lo haré.

Estreché la mano del empresario, me levanté y crucé el despacho hasta la puerta.

—Ya me había advertido él, el señor Leissner, que era usted un tipo muy peculiar —se despidió don Marcos.

—¿Peculiar en qué sentido? —pregunté, sin volverme.

—Peculiar en el sentido de peculiar. Y no le faltaba razón.

18

El viernes por la tarde recibí un telegrama de la señorita Carmela donde me indicaba el itinerario de su autobús y su hora de llegada a Madrid el sábado por la mañana. Le mandé otro de vuelta acusando el recibo del mismo e indicándole que la esperaría en la Puerta del Sol a las doce en punto del mediodía.

El sábado llegué al punto de encuentro a las doce menos cinco minutos. El día había amanecido frío y nublado, por lo que la plaza estaba inusualmente vacía. Hube de esperar más de veinte minutos hasta que por fin avisté la figura inconfundible de la señorita Carmela caminando relajadamente por la Carrera de San Jerónimo. Llevaba una falda larga azul marino, medias oscuras y el mismo abrigo color negro que el día que nos conocimos. El pelo se lo había recogido en la nuca con unas pinzas.

—Perdón por el retraso —se disculpó, cuando estuvo a mi lado—. Pude haber tomado un taxi, pero me apetecía respirar un poco el aire de la ciudad.

Me abrazó y me besó recatadamente en la mejilla. Nadie que hubiera observado aquel beso hubiera podido inferir otra cosa que un cariñoso reencuentro entre dos hermanos.

—Pues aquí estoy —dijo—. ¿Qué tiene pensado hacer conmigo, inspector? ¿O prefiere que lo llame de otro modo? Lo de «inspector» suena muy impersonal, ¿no le parece? Es como una barrera entre ambos.

—Llámeme como quiera —respondí—. De momento, si le parece, podemos pasear.

—Muy bien.

Agarrados del brazo, recorrimos en silencio la calle Mayor hasta Bailén, y de ahí subimos hacia la plaza de Oriente, que a esas horas y con ese tiempo estaba tan vacía como la Puerta del Sol.

—Sentémonos un rato —dije.

—De acuerdo, pero solo un rato. Luego podemos ir a comer por la Gran Vía. Hace una eternidad que no voy por allí.

—Ya veremos.

Tomamos asiento en un banco de piedra junto a la estatua del rey Wamba.

—Yo estuve aquí mismo hace ocho años —dijo ella, y señaló con el brazo la fachada del Palacio Real—. Ahí, en ese balcón, fue donde estuvieron juntos Franco y Evita Perón. Fue la última vez que estuve en Madrid. Aquel día me vine en el autobús solo para verla a ella, igual que hoy me he venido solo para verle a usted.

—Aquel día yo también estuve aquí.

—¿Sí? Qué casualidad. Imagínese que nos hubiéramos conocido entonces.

—En aquella época yo hubiera sido muy niño para usted y usted muy mayor para mí.

—La diferencia de edad hoy sigue siendo la misma.

—Ya, pero nosotros y los de entonces ya no somos los mismos. O por lo menos yo no lo soy.

Una ráfaga de viento helado hizo que la mujer se estremeciera. Yo me levanté las solapas del abrigo y casi con el mismo gesto me ajusté el sombrero de forma que el ala me cubriera en parte las orejas. Era un sombrero nuevo, parecido al anterior, pero más pequeño.

—Le noto a usted distante —dijo ella—. No sé, esperaba otro recibimiento más cálido, más personal. Pero también es entendible. Todo aquello fue muy precipitado. A mí, la verdad, me gustaría hacer borrón y cuenta nueva, empezar de cero como si dijéramos, ¿qué opina usted?

—Opino que igual es un poco tarde para empezar de nuevo.

—Nunca es tarde si hay voluntad.

—Usted lo ha dicho: si hay voluntad.

—¿Acaso está usted disgustado por algo?

—No más disgustado que de costumbre, diría yo.

—Creo que no he hecho bien en venir, sabe dios que estuve dudando hasta el último momento.

—Ha hecho usted bien en venir, no le quepa duda.

—Lo último que quisiera es incomodarle. De cualquier manera, mañana mismo tengo que regresar al pueblo, así que no creo que vaya a suponerle mucha molestia.

—Por eso no se preocupe. Esta misma tarde tomará usted el autobús de vuelta.

Mi comentario la cogió desprevenida. Se apartó de mí con un movimiento brusco y amagó con levantarse del banco.

—¿Cómo dice?

—Lo que oye.

—¿Para qué me ha hecho venir, entonces? ¿A qué venía eso de que me echaba de menos? ¿Ha querido usted burlarse de mí?

—No. Era solo que quería hablar con usted y no estaba dispuesto a volver a poner un pie en su pueblo. Eso es todo.

—¿Eso es todo? ¿Cómo se atreve a hablarme así?

La mujer amagó de nuevo con levantarse, pero se contuvo, por curiosidad o temor.

—No es usted un hombre formal —dijo—. Creí que era usted distinto.

—Ya, por alguna razón que se me escapa todos piensan que yo soy distinto al resto, pero no lo soy, se lo aseguro.

Saqué un pitillo y me lo encendí sin ofrecer a la mujer. Ella echó mano al bolsillo de su abrigo y sacó a su vez el estuche con sus gafas. Se las colocó y me observó como quien reconoce súbitamente a un enemigo entre una multitud.

—¿Qué quiere de mí? —preguntó.

—La verdad, que no es poco.

—¿La verdad? ¿Qué verdad?

—¿Por qué hizo que José Manuel matara a esas personas?

Mi pregunta le sacudió en el rostro como una bofetada.

—¿Qué está usted diciendo? ¿Está usted loco?

Levantó el culo del asiento, pero la retuve sosteniéndola del brazo.

—Podemos hacer esto de dos formas —dije—. O se sienta y hablamos aquí mismo, y dentro de un par de horas toma el autobús de vuelta a su pueblo, o le pongo las esposas y hablamos de esto en Jefatura. Usted sabrá qué es lo que más le conviene, pero si me permite un consejo, creo que haría usted bien en sentarse.

Naturalmente, llevarla conmigo a Jefatura no era una opción viable, pero ella no podía saberlo.

—¿Qué quiere saber? —preguntó, sentándose.

—Le repito: quiero saber por qué hizo que el muchacho matara a esas personas.

—No sé quién ha podido decirle algo así.

—Me lo dijo él mismo antes de volarse la cabeza.

—No puede ser. Le mintió. No sé a qué viene todo esto.

—De acuerdo —ahora fui yo quien me levanté del banco—. Vámonos.

—No, espere —dijo ella, y se cubrió la cara con las manos, como si se dispusiera a llorar, pero no soltó una sola lágrima—. ¿Qué me hará si me lleva detenida?

—Lo que tenga que hacerle para saber qué ocurrió realmente.

—Y si se lo cuento aquí y ahora, ¿qué hará conmigo?

—La dejaré irse. Ya se lo he dicho.

—¿Me da su palabra?

—Mi palabra no vale nada. Pero sí, se la doy.

Volví a sentarme. La mujer se tomó unos segundos de reflexión. Finalmente, comenzó:

—José Manuel y yo manteníamos relaciones. La primera vez fue hace mucho, dos años por lo menos. Él no había cumplido aún los catorce... —Hizo una pausa y me miró en busca tal vez de un gesto de desprecio, pero no lo encontró—. Yo había sido su maestra y, bueno, una tarde que yo estaba paseando por el prado ocurrió que...

—No se me vaya usted por las ramas —dije, cortándola—. No me interesan los detalles, ni que me suelte ahora todo el rollo de lo bonito que es enamorarse y el dolor por el amor secreto y todo lo demás. Eso se lo guarda para cuando quiera usted escribir una novela de esas de a duro. Yo solo quiero saber por qué obligó al muchacho a que cometiera los crímenes, qué le habían hecho esos hombres que él mató para usted.

La mujer me lanzó la misma mirada retadora que me lanzaban todos los detenidos a los que no les permitía explayarse adornando sus testimonios.

—Si de verdad quiere usted saberlo —dijo—, yo le diré lo que me habían hecho esas personas: matar a mi padre, eso es lo que me habían hecho. Esos hombres fueron quienes mataron a mi padre y a los otros cuatro vecinos cuando la guerra. Esos dos guardiaciviles de mierda y otros cuantos de ellos, siguiendo el mandado del otro, el alcalde, don Pascasio.

Calló un instante como para que calara en mí aquella revelación que ella creía inesperada.

—La noche que nos conocimos me dijo usted que no sabía quiénes lo habían hecho ni por qué —dije, sin respetar su instante de silencio, dando a entender que lo que me había dicho era para mí información conocida, o al menos información que no merecía por mi parte mayor consideración que cualquier otra relativa al caso.

—Me crie sin saber quién había matado a mi padre, eso es cierto —repuso ella—, pero sabiendo que a quienes lo habían hecho debía cruzármelos cada día por el pueblo. ¿Sabe usted lo que es vivir así, sospechando de todo el mundo? Es para volverse loca. Pero por fin, hace ahora un año, pude averiguar lo que ocurrió.

—¿Hace un año? ¿Cuando murió su madre?

—Sí. Me lo contó todo en su lecho de muerte, como pasa siempre en las novelas esas baratas que usted dice, ya sabe, el moribundo revelando el secreto justo antes de que le llegue la hora. Lo había sabido todo el tiempo. Todos esos años se lo había guardado para ella. Lo había llevado adentro sin decírselo a nadie, y aguardó prácticamente hasta su último aliento para decírmelo.

—¿Por qué iba su madre a callarse algo así? Lo normal hubiese sido airearlo a los cuatros vientos, para que todos supieran quiénes eran los asesinos de su marido. Que todos supieran la verdad.

—Se lo calló por vergüenza.

—¿Vergüenza por qué?

—Vergüenza porque a mi padre se lo cargaron por joder con la mujer del prójimo. Por eso mi madre nunca quiso decir nada. Mejor viuda a secas que viuda y cornuda, ¿no cree usted? Mejor ser una víctima que ser el hazmerreír.

—Explíquese.

La mujer tomó aire lentamente. Seguía sin haber una lágrima en sus ojos.

—Mi padre y los demás fueron amantes de doña Teresa. Lo fueron al parecer durante mucho tiempo, durante muchos años, desde antes de la guerra incluso. Al poco de que estallara el conflicto, don Pascasio de algún modo debió de enterarse de lo que había estado ocurriendo entre su mujer y estos hombres. Puede que porque ella misma se lo confesara en un momento de debilidad, o porque alguien se lo chivara, o porque él mismo sorprendiera a alguno de ellos con su mujer en pleno acto, eso no lo sé. Pero lo que sí sé es lo que pasó después: aprovechándose de la coyuntura, del desconcierto durante las primeras semanas de guerra, don Pascasio ordenó a la Guardia Civil que ejecutara a estos cinco hombres, y ordenó que se hiciera de tal manera que nadie supiera nunca qué había ocurrido en realidad. Ordenó que los arrestaran y los ejecutaran sin que mediara un solo trámite, en un atardecer cualquiera, y que los cuerpos fueran arrojados al río, para que ni siquiera pudiéramos recuperarlos en un estado digno. El último recuerdo que guardo de mi padre es el rostro hinchado y ennegrecido que tenía cuando lo sacaron del agua.

—¿Y cómo llegó su madre a saber todo esto, no habiendo sido ella testigo de las ejecuciones?

—Mi padre le había contado tiempo atrás lo que él y los otros cuatro hombres habían estado haciendo con la mujer del alcalde. Le había dicho que se arrepentía muchísimo y le había prometido que no volvería a hacerlo jamás. Eso fue mucho antes de que comenzara la guerra, muchos meses antes. Mi padre había admitido su culpa y se había reformado, y mi madre, si no había llegado a perdonarlo del todo, al menos se había resignado a transigir, a llevar en silencio su pena. De modo que, cuando encontraron los cuerpos, ella no tuvo ninguna duda de por qué los habían matado. Probablemente era la única persona en el mundo que debía saberlo, aparte de ellos dos, don Pascasio y doña Teresa, porque no creo que ni los mismos agentes que llevaran a cabo las ejecuciones supieran por qué lo hacían. Más adelante, mi madre fue indagando hasta conocerlos también a ellos, a los ejecutores, no quiero ni imaginarme de qué medios debió valerse para conseguirlo. Y es que, aunque supiera que nunca estaría en su mano hacerles pagar por lo que hicieron, igualmente necesitaba conocerlos, saber quiénes eran cuando los tuviera enfrente. Ellos dos, Chaparro y Belagua, estaban entre ellos, pero hubo más, muchos más. Todavía a algunos he de verlos paseando por las calles y he de sonreírles y dedicarles un saludo. Sonreír y saludar a los mismos que fusilaron a tu marido o a tu padre, ¿acaso puede usted concebir una circunstancia más degradante para un ser humano? ¿Qué hubiera hecho usted en mi lugar? ¿Habría tragado usted con esta humillación?

—No lo sé si hubiera tragado con ella o no, pero lo que

sí sé es que no habría manipulado a un joven de quince años para que se manchara las manos de sangre en mi lugar. De haber hecho algo, lo habría hecho yo mismo.

—¿Manipulado, dice? Yo no he manipulado a nadie en mi vida. Jamás se me habría pasado siquiera por la cabeza. Está usted pintándolo de una forma que no es.

—¿Cómo he de pintarlo, entonces?

—Es cierto que yo llevaba mucho tiempo planeando alguna manera de acabar con esa situación, cometiendo barbaridades imaginarias en la soledad de mi cuarto. Pero nunca me atreví a cruzar la frontera que separaba la fantasía de la realidad. Entonces todavía tenía dudas de si alguna vez podría hacerlo, pero hoy ya no. Hoy, después de todo lo que ha ocurrido, ya sé que nunca podría dar ese paso. Pero él sí pudo hacerlo. Desde el día en que le conté lo sucedido con mi padre, José Manuel quiso matar a esos hombres. La idea partió de él, fue él quien desde un principio quiso convencerme de que debíamos hacerlo, pese a que yo en todo momento intenté quitarle la idea de la cabeza, porque sabía que aquello suponía buscarnos la perdición a ambos.

—Sobre todo la perdición suya, la de José Manuel, porque usted sabía muy bien que él jamás la delataría.

—No habría nada que delatar, porque como le estoy diciendo yo desde el comienzo quise evitar que lo hiciera. Pero no hubo manera. Él se lo tomó como una prueba de hombría o qué sé yo, como una necesidad. Durante mucho tiempo no habló de otra cosa. Al final yo me negué a verlo, lo dejé de lado. Pensé que mantenernos un tiempo separados le haría reconsiderarlo. Pero ocurrió al revés. No había pasado ni una semana desde nuestra ruptura, o nuestro distanciamiento, mejor dicho, cuando aparecieron los cuerpos de los dos guardiaciviles.

—¿De quién fue la idea de torturarlos?

—Suya, desde luego. Yo ya tenía la certeza de que algo no andaba bien en su cabeza, pero fue entonces, al conocer que además de matarlos los había torturado primero, cuando atisbé verdaderamente el alcance de su trastorno. Fui consciente en ese momento de que la historia de mi padre no había sido para él sino un pretexto para dar rienda suelta a sus impulsos, que antes o después habría matado a cualquier otro por cualquier otro motivo, que aquello era algo que él deseaba hacer en lo más hondo, y que yo lo único que había hecho era proporcionarle una justificación.

—¿Qué hizo usted entonces?

—Hablé con él esa misma mañana, la mañana en que aparecieron los cuerpos, en un descuido en que pudimos vernos a solas en la vorágine de aquellas horas. Le dije que no quería volver a saber nada de él, que si volvía a dirigirme la palabra le entregaría a la Guardia Civil.

—¿Cómo se lo tomó?

—No respondió nada, no me dirigió la palabra. Lo achaqué a que aún estaba aturdido por las consecuencias de su acción. Pensé que, con la luz de la mañana, comenzaba a percatarse de que había ido demasiado lejos, de que no había vuelta atrás, que era muy posible que junto con la muerte de aquellos dos hombres hubiera dictado la suya propia.

—¿Qué ocurrió después?

—Don Abelardo fue detenido a las pocas horas, y en los días siguientes no ocurrió nada más. Yo no volví a hablar con José Manuel, y las cosas fueron volviendo poco a poco a la normalidad. A mí me dolía mucho que don Abelardo tuviera que sufrir una condena que no merecía, y sabía que lo correcto hubiese sido informar a las autoridades de quién era el verdadero culpable. Pero a pesar de todo lo que había hecho, no tuve corazón de traicionar a José Manuel. Creo que porque en el fondo le seguía queriendo, aunque ni yo misma podía comprender mi actitud. Así, pasaron las semanas, y fue entonces, cuando menos lo esperaba, cuando ya había bajado la guardia, como si dijéramos, cuando aparecieron los otros dos cuerpos. No puede usted hacerse una idea de lo que este nuevo golpe significó para mí, porque, aunque me abochorna decirlo, en mi razonamiento había llegado a comprender o por lo menos a absolver en parte a José Manuel por lo que había hecho. Había cometido un error fatal, un error imperdonable, pero como usted ha dicho antes solo tenía quince años, y quién sabía si su acción no habría sido fruto de un brote psicótico o algo parecido, una enajenación pasajera. Ya ve usted qué ocurrencia la mía, qué manera de asimilar las cosas. Pero ante este segundo crimen ya no cabía disculpa alguna. Más de una vez estuve a punto de entregarlo. Llegué incluso a acercarme a la puerta misma del cuartel, pero me faltó valor. Sabía que debería dar demasiadas explicaciones, y a fin de cuentas el origen de todo estaba en lo que la Guardia Civil había hecho con mi padre. Con mucho esfuerzo logré aguantar hasta la mañana en que se produjo la liberación de don Abelardo, el único inocente que había resultado perjudicado por todo esto. Ahí fue cuando me decidí definitivamente a guardar silencio. Al final habían pagado los que tenían que pagar, José Manuel se había salido con la suya, y todo habría de quedar ahí.

—Y sin embargo, no quedó todo ahí.

—No, no quedó todo ahí, claro que no. Esa misma mañana José Manuel se presentó de improviso en mi casa y me pidió que retomáramos la relación. Supongo que lo hizo porque la liberación de don Abelardo fue también para él algo así como una liberación personal, un descargo de conciencia. Ya sabrá usted que estaban muy unidos. Con él en la calle, José Manuel debía sentirse totalmente redimido de sus acciones, y querría recuperar lo que había perdido a causa de ellas, o sea, recuperarme a mí.

—¿Y retomaron la relación?

—No, por supuesto que no. Yo no podía ni mirarle a la cara, no podía soportar su presencia. Quería tenerlo lejos de mí, apartarlo de mi vida. Y así se lo dije a él, pero se negó a aceptarlo. No llegó a amenazarme ni tampoco me tocó un pelo, pero su rostro lo dijo todo, en su silencio pude leer que yo sería la próxima. Las horas posteriores fueron de miedo y de angustia. No hubiera podido aguantar así ni siquiera hasta el día siguiente. Me sumí en un estado de nervios superior a mis fuerzas, estuve a punto de derrumbarme y confesarlo todo de una vez para salvarme. Aquella noche en el bosque él me habría matado, estoy convencida de ello. En cuanto el coche se detuvo yo ya sabía que era cosa suya, que era él quien había provocado la avería. Intenté que el conductor se quedara conmigo, pero el muy imbécil insistió en marcharse a por ayuda, y antes de que me diera cuenta me hallaba sola en el interior del vehículo, muerta de miedo y sin saber qué hacer. Cuando vi la luz de la motocicleta reflejada en el espejo retrovisor pensé que era él que venía a por mí. Pensé que había llegado mi hora. Pero no era él, era usted. El resto de la historia ya lo conoce.

—Dice que estaba muerta de miedo, pero si no recuerdo mal me costó dios y ayuda que me permitiera quedarme con usted. ¿Cómo se explica esto?

—¿Qué quiere que le diga? Era usted un desconocido,

y por más que por dentro estuviera aterrada, en ese instante fui capaz, no sé cómo, de mostrar cierta entereza. Pero puedo garantizarle que no les hubiera dejado marchar sin mí. Antes me habría venido abajo. Hubiera acabado llorando y suplicando como una niña que no me dejaran allí sola. Solo un leve reflejo de dignidad, de decoro, me permitió guardar la compostura. Puede que porque en el fondo estaba segura de que no serían ustedes capaces de abandonarme a mi suerte en aquel lugar.

Apuré lo que quedaba del cigarrillo y la miré a los ojos, pero no pude leer la verdad a través de sus gafas. Durante todo el tiempo que había durado la conversación no había sido capaz de adivinar si lo que aquella mujer me decía era cierto, o cuánto había de cierto en lo que me decía, mejor dicho. No había sido capaz de trazar como otras veces una línea que aislara la verdad de la mentira, una línea ni tan siquiera discontinua entre lo real y lo inventado. La mujer no había realizado un solo gesto ni había dejado escapar un quebranto de voz que refutara, o, por el contrario, reafirmara la veracidad de sus palabras.

—¿Piensa arrestarme? —preguntó al fin.

—Le he dicho que no lo haría. Váyase antes de que cambie de idea.

—¿Así, sin más, va a dejar usted que me vaya?

—Si lo prefiere puede quedarse y pasar conmigo la tarde. Podemos pasarnos por una terraza muy maja que conozco aquí al lado, en La Latina.

La mujer esbozó en su cara una media sonrisa, guardó sus gafas en el bolso y se levantó sin decir nada.

—Usted se lo pierde —dije.

—No, créame, es usted el que se lo ha perdido —dijo ella.

—¿Quiere que la acompañe al menos hasta la estación?

—Me sé el camino, gracias.

Se marchó, y yo caminé de vuelta hasta la Puerta del Sol, en cuyos alrededores me metí en un bar a tomar un bocadillo y redactar una carta que tenía pendiente desde hacía ya algún tiempo. Fui breve, puesto que tampoco tenía mucho que contar. A los hechos que yo mismo presencié, añadí las conjeturas y averiguaciones alcanzadas en los últimos días y en los últimos minutos. Como no pude recordar el nombre completo de la destinataria, en el sobre, que compré poco después junto con un par de sellos en un estanco cercano justo antes de la hora de cierre, anoté el nombre de su difunto hijo.

19

—Preguntan por ti, Ernesto.

La voz de Mamen me devolvió a la vida después de casi tres horas cotejando informes en mi cubículo. En alguno de los más de trescientos archivos que había sobre mi mesa se había colado por error un documento perteneciente a cierta investigación que tenía entre manos, y el comisario me había ordenado dar con él antes de las dos de la tarde, bajo la amenaza de que si no aparecía antes de esa hora debería atenerme a las consecuencias, unas consecuencias que, imaginaba, no serían en ningún caso provechosas para mi futuro. Pasaba largamente de la una, por lo que las posibilidades de salir airoso de aquella situación iban siendo ya más bien escasas.

—Le avisé a tu prometido que hoy estaba muy ocupado, que no me molestara —dije.

—¿A mi prometido? —preguntó Mamen.

—Sí, para el duelo a garrotazos ese que tenemos en proyecto él y yo, a ver quién de los dos se queda contigo.

—Yo sí que te daba un buen garrotazo.

—¿Quién pregunta por mí?

—No lo conozco. Es un chico joven, está ahí abajo, en recepción.

—Dile que tendrá que esperar un rato, que no estoy visible.

—Se lo digo, pero no lo tengas ahí mucho tiempo, que lo he notado muy nervioso. Igual es para algo importante.

—¿Te ha dado el nombre?

—Sí, como para olvidarlo: ha dicho que se llamaba Aparecido.

—¿Aparecido?

—Sí, Aparecido. No sé si estaría de cachondeo o qué.

Me levanté como con un resorte arrojando al suelo medio kilo de papeles y corrí hasta las escaleras.

Allí estaba, sentado en un banco en el vestíbulo. Traía el mismo atuendo de civil que había traído el día que vino a buscarme con el coche del capitán para llevarme a su pueblo, y sin embargo había cambiado bastante en los últimos dos meses y medio. Llevaba el pelo algo más largo y se había dejado un estrecho bigotillo que quedaba impropio en su rostro juvenil, lo mismo que un postizo.

—Vaya, hombre, esta sí que no me la esperaba —dije, acercándome—. ¿Cómo tú por aquí?

—Ya ve, inspector —respondió Aparecido, poniéndose en pie y tendiéndome la mano, que estreché afectuosamente—. Estaba de visita por la capital y no quería volverme sin saludarlo. Mire, ¿se acuerda usted de ella?

Reparé entonces en la chica sentada a su lado, que se levantó al ser nombrada. Aunque solo la había visto una vez durante mi estancia en Las Angustias, la reconocí al instante. Había engordado algunos kilos, que buena falta le hacían, y traía un vestido blanco y amarillo con flores estampadas adecuado para los primeros calores de aquella primavera en la que habíamos entrado semanas atrás.

—¿Cómo no? —dije, y la besé en la mejilla—. Esto sí

que es una sorpresa. Dígame, señorita, ¿qué tal se encuentran sus padres?

—Bien, como siempre —respondió la joven, algo retraída, seguramente menos por mí mismo que por el lugar donde se encontraba.

—¿Y cómo van esos estudios? ¿Ya ha decidido qué va a hacer cuando acabe el Bachillerato?

—No, aún no.

—Precisamente por eso hemos venido a Madrid —intervino Aparecido—, porque a Josica se le ha antojado pasarse por algunas facultades y consultar con algunos profesores qué es lo que más le conviene hacer en el futuro.

—Muy bien, muy bien —dije—. Bueno, y a ver, ¿cómo es que venís los dos juntos? ¿Desde cuándo está lo vuestro formalizado?

—Bueno, no se crea que está formalizado todavía, que hemos tenido que venir con carabina. Tenemos a una prima hermana de su madre esperándonos en la puerta. Digamos que todavía estamos arrancando.

Los dos jóvenes intercambiaron una mirada de complicidad, y pude apreciar que ella reprimió una caricia o un gesto de cariño hacia él, guardándolo para más adelante, para cuando estuvieran solos.

—Nunca lo hubiera imaginado —dije—. Su padre de usted, Josica, no estaba muy por la labor. Quiero decir, que lo cierto es que no me esperaba verlos a ustedes juntos. Díganme, ¿cómo fue? ¿Cómo comenzó todo?

—Si quiere acompañarnos a comer, con gusto se lo explicaremos todo, inspector —ofreció Aparecido.

—Vaya, el caso es que hoy justamente tengo muchísimo trabajo.

—Bueno, pues entonces otra vez será.

—Sí, otra vez... ¿Qué tal sigue todo por el pueblo, por cierto? ¿Alguna novedad que merezca la pena?

—Pues alguna ha habido, sí. También por eso queríamos venir a verle, porque nos imaginábamos que nadie más se lo habría dicho...

—Casi me da miedo preguntar, ¿qué ha ocurrido ahora?

—Pues que ha habido otra muerte.

—No puede ser, será guasa, ¿verdad?

—Pues no, ojalá lo fuera.

—¿Quién ha muerto?

—Ya le digo que por eso he querido venir, porque sé que usted la conocía y tuvo algún trato con ella.

—¿De quién me hablas?

—La señorita Carmela. La encontramos muerta en su casa la semana pasada. La habían apuñalado.

—¿La señorita Carmela? No puede ser. ¿Qué fue lo que pasó?

—Esta vez al menos parece estar todo bastante claro. Un vecino vio al hombre saliendo de madrugada de la casa de la señorita, y luego en el registro de la casa del sospechoso encontramos el arma y ropa empapada en sangre. —La muchacha hizo una mueca de asco y Aparecido le pasó una mano tranquilizadora por la espalda.

—¿Quién fue? ¿Quién lo hizo?

—Otro conocido suyo, bueno, nuestro: Rafael, el tío del chico que se mató, ¿lo recuerda?

—Sí, claro, Rafael... ¿Y se sabe ya el motivo por el que pudo hacer una cosa así?

—No, todavía no, pero bueno, conociéndola a ella, la manera de ser que tenía... No debe uno hablar mal de los muertos, pero ya puede uno suponerse por dónde pueden ir los tiros.

—Sí, puede uno suponérselo... Y la hermana, Merceditas, la madre de José Manuel, ¿qué ha pasado con ella?

—La tenemos en arresto en el cuartel, por si acaso hubiera tenido algo que ver, pero creo que no tardaremos en soltarla. El hermano ha declarado que fue él y solo él quien la mató, que no fue algo planificado, y que no le dijo a nadie que iba a hacerlo.

—¿Qué ha dicho ella, Merceditas, de todo esto?

—No ha dicho nada. No ha abierto la boca. Está como ida, como en otro mundo, pero también es normal. Ha perdido primero a su hijo y ahora a su hermano, o para el caso como si lo hubiera perdido. Lleva mucho sufrimiento encima esa mujer.

—Demasiado sufrimiento, sí... ¿Sabéis qué? Me lo he pensado mejor y creo que voy a subir a por el sombrero y os voy a invitar a comer a un sitio que conozco aquí cerca, que hacen unas rabas para quitar el sentido. Así me podéis contar exactamente todo lo que ha pasado en el pueblo en este tiempo. Y también, claro está, cómo ha sido lo vuestro, que casi es lo que más me interesa.

—Por nosotros estupendo, pero si tiene usted obligaciones que atender, no quisiéramos ponerlo en un compromiso.

—Lo que no se haga hoy ya se hará mañana. Un día es un día. Además, está una tarde magnífica y hay que aprovecharla.

—Sí, hace un solecito muy majo. Y hablando de eso, inspector, ¿sabe que con toda el agua que tuvimos que soportar usted y yo aquellos tres días, no ha vuelto a llover en el pueblo desde entonces? Ya es casualidad, ¿no le parece?

—Sí, mucha, muchísima casualidad... Dadme un segundo y enseguida vuelvo.

Moraleja-Villanueva de la Cañada-Biosca-Alcorcón
Septiembre de 2014-noviembre de 2015

Apunte del autor sobre el origen de *Aguacero*

Una de las primeras preguntas que me planteó mi agente literario, Bernat Fiol, fue la de qué me había movido a escribir una novela ambientada en una década tan oscura como lo fueron los años 50 en España. Esta misma pregunta me la planteó posteriormente mi editora, Carmen Romero, sorprendida, al parecer, de que un autor de veinticinco años (los que tenía cuando comencé y completé la mayor parte del manuscrito; veintiséis había cumplido ya al concluirlo) decidiera ubicar su historia en este período, en lugar de hacerlo en su propio tiempo. No fueron ellos ni los primeros ni los últimos en plantearme esta cuestión. También lo hicieron en su momento mi familia y amigos. A nadie parecía intrigarle por qué había decidido escribir una novela negra (o ni siquiera por qué había decidido escribir lo que fuera), sino únicamente el porqué de que la obra estuviera ambientada en esta época.

Pues bien, ahí va la respuesta a todos ellos. Y también, por supuesto, a quienes a lo largo de la lectura hayan podido hacerse una pregunta parecida («os debo una explicación, y esta explicación que os debo os la voy a pagar», que dijera aquel).

La respuesta en realidad es bien sencilla: un escritor no es otra cosa que la suma de sus vivencias y sus lecturas. Ciertamente, en las obras de algunos pesan más las primeras que las segundas (desde Jack London y sus aventuras en el Yukón a Hemingway y las suyas en la Primera Guerra Mundial, en África o en España, pasando por Cervantes y su encierro en Argel o el cazador que escribía que fue Delibes), pero en mi caso concreto, tratándose como se trataba de escribir una novela negra, y no siendo yo detective, ni policía, ni criminólogo, ni criminal, no me quedaba otra que recurrir principalmente a mi experiencia lectora a la hora de encarar la tarea que me había propuesto. Esta experiencia lectora, he ahí el quid, no era en absoluto la más apropiada para alguien que se hubiera decidido a lanzar su primer balbuceo literario dentro de este género. Yo había leído novela negra, claro está, pero en mi heterogénea biblioteca este tipo de obras no constituían sino una pieza más del conjunto; una pieza ni mejor ni peor que otras, pero solo eso, una pieza más. Por suerte, sin embargo, nunca sufrí del mal del Leopoldo Ralón de Monterroso (el mal de querer vivirlo y leerlo todo antes de asomarse a este, disculpen el exabrupto, «mar de mierda de la literatura», aunque lo del «mar de mierda de la literatura» no lo escribiera Monterroso, sino Bolaño), y por tanto no me sentí en la obligación de atiborrarme irreflexivamente de novela negra antes de emprender la creación de mi propia obra. Debería leer muchas más novelas de este género, sin duda, pero había leído las suficientes como para conocer sus mecanismos básicos. La duda que me surgió entonces fue la de cuál era la mejor manera de conjugar la necesaria labor de preparación y documentación con el escaso tiempo de que disponía, y a su vez conjugar estos factores con la irreprimible impaciencia de acometer y terminar la obra lo más rápidamente posible (en alguna ocasión escribió Marsé que el propósito de un escritor al comenzar una obra es acabarla cuanto antes; no le faltaba razón). Se trataba, en definitiva, de decidir de qué forma encauzar la creación de la obra, cómo maximizar mis esfuerzos, y también, por supuesto, y quizá sea esto lo más importante, de hallar, a partir de mi bagaje académico y cultural (y, por descontado, mis vivencias, aunque estas no puedan equipararse a las de London o Hemingway), una voz narrativa propia que no fuera un mero reflejo de la de otros autores del género negro. La solución surgió de manera espontánea, natural. No tuve más que levantar la vista del ordenador y observar algunos títulos de mi estantería. Allí, entre otros muchos, estaban Delibes, Cela, Ferlosio, Sender, Azorín, De la Serna, Aldecoa, Barea, Martín Santos o Laforet. Allí, en estos y otros autores, estaban representadas todas las tendencias, todas las corrientes, todos los bandos. Allí estaba, en buena medida, la historia de la literatura española de las entrañas del siglo XX. Y debía ser de ahí y no de otra parte de donde partiera mi obra. Lo supe enseguida. Debía mirar atrás, a un campo de trabajo que, por mi formación universitaria, me resultara bien conocido, un campo de trabajo en el que pudiera moverme con soltura. Yo era (lo soy) un enamorado de la literatura, y más aún de la literatura en nuestra lengua del siglo pasado, española y no española, de Machado o Lorca a Marsé, García Márquez o Montalbán. Podía haber ambientado mi novela en el Brooklyn del año 2030, pero de haberlo hecho, esa obra no habría dicho apenas nada de mí, mi voz no se habría podido expresar con auténtica libertad; dicho en otras palabras, no me habría encontrado cómodo, habría sido un pez de río en agua salada. Lógicamente mis circunstancias dentro de algún tiempo habrán de ser distintas, y tal vez me permitan (así será, sin duda) trasladar mis historias a otras épocas y lugares. Pero esta primera novela no podía estar ambientada en otra parte ni en otro tiempo: debía ser España, y debía ser la etapa del régimen franquista; una España ya pasada y, por mi edad, ajena a mí mismo, pero una España que, merced a los citados autores, sentía tan propia como la España en que me ha tocado vivir.

La decisión de la década vino un tiempo después, y fue una decisión más meditada, más fría si se quiere, fruto del inicio del trabajo de documentación. Los años 40, la etapa más dura de la posguerra, resultaban demasiado sórdidos para ambientar una obra de una naturaleza como la que me proponía hacer. Del mismo modo, los 60 adolecían de ser una época ya demasiado cercana y abierta (los años yéyé, aunque no fueron yeyé para todos). Así, los 50 se me antojaron la década más adecuada: a medio camino entre la miseria de la plena posguerra (fin de las cartillas de racionamiento, de las guerrillas armadas y de la fase más cruda de la represión franquista) y el optimismo moderado de los dorados sesenta y el tardofranquismo (apertura internacional, turismo, televisión, música pop). La década de los 50 fue, a mi juicio, la del verdadero cambio, del paso de lo que fuimos a lo que somos, el momento en que atisbamos por fin la salida de un agujero del que, sin embargo, todavía tardaríamos mucho en salir. Una década de claroscuros, en definitiva, la más conveniente para ambientar una obra que, como esta, aspirara a ser a la vez oscura y luminosa.

Por mi parte, nada más. Solo deseaba aclarar a todos este particular. Me reservo para mí mismo la mayor parte de la información relativa al proceso de creación de la obra, que no tiene por qué ser del interés del lector, cuya única ocupación, a fin de cuentas, ha de ser la de disfrutar (espero) del resultado de este proceso. En el supuesto de que no fuera así, sin embargo, y usted como lector deseara saber más acerca de esta obra o de su autor, me tomo la libertad de invitarle a que me plantee sus cuestiones por cualquier medio que considere apropiado. No tenga apuro en pagarme una cerveza si alguna vez me encontrara sentado en una terraza, lo atenderé con gusto. Siempre será un placer ofrecerle una respuesta verdadera o en su defecto una mentira muy bien maquillada.

Un saludo,

Luis Roso twitter.com/_LuisRoso

P. D. El autor desea declarar que los hechos y personajes de esta narración pertenecen exclusivamente al terreno de la ficción. Del mismo modo, desea expresar su respeto y admiración por la Policía y la Guardia Civil, que han sabido renovarse dejando atrás los procedimientos empleados durante el período franquista para convertirse actualmente en dos de las instituciones más valoradas por los ciudadanos de este país.